文学秩序与价值认同

中国当代文学研究
（1949—1976）

中国现当代文学
制度研究丛书

王本朝　著

九州出版社　全国百佳图书出版单位

图书在版编目（CIP）数据

文学秩序与价值认同：中国当代文学研究.1949—1976／王本朝著.--北京：九州出版社，2023.9
ISBN 978-7-5225-2215-9

Ⅰ.①文… Ⅱ.①王… Ⅲ.①中国文学—当代文学—文学研究 Ⅳ.①I206.7

中国国家版本馆 CIP 数据核字（2023）第 185542 号

文学秩序与价值认同：中国当代文学研究（1949—1976）

作　　者	王本朝　著
责任编辑	姬登杰
装帧设计	海　凝
出版发行	九州出版社
地　　址	北京市西城区阜外大街甲 35 号（100037）
发行电话	（010）68992190/3/5/6
网　　址	www.jiuzhoupress.com
印　　刷	鑫艺佳利（天津）印刷有限公司
开　　本	710 毫米×1000 毫米　16 开
印　　张	26
字　　数	266 千字
版　　次	2023 年 9 月第 1 版
印　　次	2023 年 12 月第 1 次印刷
书　　号	ISBN 978-7-5225-2215-9
定　　价	96.00 元

★版权所有　　侵权必究★

作者 王本朝

西南大学文学院院长，博士生导师。教育部"长江学者"特聘教授。国家社科基金重大项目首席专家，教育部教学指导委员会委员。中国老舍研究会会长，中国现代文学研究会常务理事，中国鲁迅研究会副会长，中国郭沫若研究会副会长，重庆市现当代文学研究会会长，重庆市作家协会副主席。主要从事中国现当代文学制度史、文学思想史研究。出版著作《20世纪中国文学与基督教文化》《中国当代文学制度研究（1949—1976）》《回到语言：重读经典》等10余种。

目录

导　论　中国当代文学的评价问题　/　001

第一章　文学制度与当代文学发展　/　023

　　一、引导和统合的制度力量　/　024

　　二、制度内外与文学创作　/　034

第二章　思想重建与当代文学创作主体　/　041

　　一、创作主体的思想重建　/　042

　　二、文学读者与文学功能　/　055

第三章　文学修养与当代作家培养　/　065

　　一、文学修养成了问题　/　067

　　二、青年作者的组织培养　/　075

三、从文学技巧开始 / 085

四、一厢情愿与事与愿违 / 095

第四章 "深入生活"与当代文学的生产方式 / 107

一、为何"深入生活" / 108

二、如何"深入生活" / 114

三、"深入生活"之后 / 120

第五章 爱国主义与当代文学的国家认同 / 129

一、爱国主义的文学书写 / 130

二、爱国主义的价值内涵 / 138

第六章 英雄主义与当代文学的革命精神 / 151

一、社会主义文学的新现实与新任务 / 152

二、符号政治：英雄形象的评价问题 / 162

三、关于英雄人物形象的塑造问题 / 174

第七章 理想主义与当代文学的想象世界 / 187

一、当代文学的理想主义话语 / 189

二、理想主义价值的文学赋能 / 197

第八章 集体主义与当代文学的时代意识 / 205

一、集体主义的文学书写 / 207

二、集体主义的社会建构 / 217

第九章　民族形式与当代文学的中国作风　/ 225

一、民族形式：当代文学的价值诉求　/ 226

二、传统与民间：民族形式的资源问题　/ 232

三、文学实践：传统形式与语言修辞　/ 241

第十章　史诗性与当代文学的美学迷思　/ 255

一、文学史诗的百年情结　/ 256

二、历史本质与史诗合法性　/ 263

三、左支右绌的史诗迷思　/ 268

第十一章　悲剧观念与当代文学的审美限度　/ 277

一、仗马之鸣的悲剧言说　/ 278

二、隐含的美学书写　/ 283

三、说与写的文学限度　/ 289

第十二章　文学风格与当代文学的美学底线　/ 295

一、文学风格的政策诉求　/ 297

二、文学风格的创作个性　/ 304

三、文学风格的批评底线　/ 309

第十三章　简练口语与当代文学的语言问题　/ 321

一、口语化的语言取向　/ 322

二、简洁化的语言资源　/ 328

三、言外之意的文学传统　/ 335

第十四章　概念化、公式化与当代文学的创作困境　/　343

　　一、概念化、公式化的文学症候　/　344

　　二、生活本质和艺术规律　/　350

　　三、文学形式主义批判　/　359

第十五章　赶任务与当代文学创作的时代命题　/　367

　　一、赶任务的政策引导　/　368

　　二、赶任务的创作局限　/　374

参考文献　/　389

后　记　/　403

导　论 |

中国当代文学的评价问题

这里,我们主要讨论1949—1976年间的中国文学。广义的"当代文学"指1949年以来的文学,而狭义的"当代文学"则指1949年开始到"文革"结束期间的文学。我取狭义之说。它有着一个不算太短的历史,是一个具有连续性的历史整体。当代文学历经风风雨雨,经过曲折的发展历程,它始终与社会主义革命和建设、社会变迁以及生活感受紧密地联系在一起。要评价当代文学的价值和意义,则需要重构当代文学观念,反思现代性和文学性的评价标准,坚持历史化、经典化和当代性相统一的原则,特别是需要明晰社会主义文学与当代文学、当代文学与世界文学的复杂关系,确立作为文学资源的当代文学理念,由此承担文学传统的历史使命,发挥文学经典化的导向作用。但在对中国当代文学的评价上,却出现了不同的看法。有赞叹和惊喜,也有遗憾和惋惜,有人说它是中国文学的高度,也有垃圾和负高度的说法①。应该如何总结和反思中国当代文学的成绩和不足,是需要认真讨论的问题。

一

中国当代文学始终与民族国家的振兴以及社会的发展、生活的变化联系在一起,特别是与国家和人民的命运息息相关,使其拥有鲜明的政治化倾向。可以说,文学的政治化一直或显或隐地贯穿于当代文学,它与文学的人性和情感诉求共同构成当代文学内容表达的两极。在新中国成立后,伴随着社会主义革命和建设事业的不断推进,文学事业蓬勃发展,贡献了一大批曾经脍炙人口的优秀作品,表达了人民群众当家做主人、建设新中国的感受和想象。改革开放以来,文学创作机制被激活而趋于开放,作家队伍和接受群体出现多样化,文学既在描述社会时代的发展、倾听文化心理的变化、促进改革开放等方面发挥了独特

---

① 陈晓明:《中国文学达到了前所未有的高度》,《羊城晚报》2009年11月9日。肖鹰:《中国文学批评怪象批判:兼驳"当下中国文学高度论"》,《探索与争鸣》2010年第4期;《从脚往下看的"高度"》,《中华读书报》2009年12月9日。王彬彬:《关于"当代文学"的评价问题》,《北京文学》2010年第2期。

的作用,又在文学观念、艺术风格、表现手法等方面不断探索和变化,增强了文学的表现力和影响力。

可以说,社会主义文学在当代中国的发生与兴起,是中国文学史上的重大事件和重要阶段,也是中国社会主义文化建设的重要内容和重大成果。社会主义文学在当代文学中居主体地位,起主导作用,虽有曲折的探索过程,由统摄的主宰和绝对的权威发展到起指导作用的主旋律,但它始终是当代文学的中心和主流。社会主义与社会主义文学、社会主义文学和当代文学之间既是统一的,又是有区别的,有数量的包含和相交,也有性质的主体与主导,显示出文学的计划性、一体化、意识形态等特点,实现了文学价值与社会存在的同向与同行,社会价值成为文学的基本价值。关于当代文学的社会主义性质问题,主要有三种观点:一是全盘肯定说,认为当代文学就是社会主义文学,如华中师范大学编写的《中国当代文学》即持此论;二是主流说,认为当代文学以社会主义文学为主,也同时存在其他成分,童庆炳的《文学理论教程》即有这样的主张;三是多元说,洪子诚的《中国当代文学史》和陈思和的《中国当代文学史教程》即主张当代文学构成的多元性。应该说,如从不同角度和标准看问题,包括社会历史、社会政治、文学艺术和文化立场等,就会有不同的关系论。无论怎样,将其称为当代文学或社会主义文学,都存在主导性、层次性和多样性问题。如社会主义文学性质主要强调无产阶级的阶级性、党性、人民性、民族性和人性的高度统一,追求共产主义的理想性与艺术的真实性、典型性、独创性的统一，强调革命的思想内容和民族的艺术形式的统一，深刻的思想性和强烈的艺术性的统一，同时，认为社会主义文学活动的客体对象——人及社会关系有历史的规定性，文学活动的主体——作家的思想也受社会关系的影响和制约。社会主义文学在题材、思想、人物、形式、风格和手法上，都有着明显的时代性、政治性和规定性。社会主义文学核心的价值取向是社会主义教育，它以文学与人民群众的关系为中心，将满足最广泛的人民群众的精神需求，提高人民群众的思想觉悟，丰富人民群众的精神生活，作为社会主义文学最重要的价值取向。为人民服务、为社会主义服务，也就是"二为"方针，一直是社会主义文学的发展方向和根本目的。刻画社会主义新人形象，即社会主义革命者、建设者形象，表现他们身上体现出来的革命理想主义、英雄主义、无私奉献的集体主义，是社会主义文学思想的追求。强调作家、艺术家和人民群众的结合，保持与人民和时代的血肉联系，是作家、艺术家成长和文学创作的人生选择。深入生活，深入群众，向生活学习，向群众学习，积极投身于沸腾变革的现实洪流，植根于人民的生活沃土之中，始终同人民群众的思想感情打成一片，自觉地从人民生活中汲取文学题材和主题、语言和艺术，创造无愧于时代和人民的优秀作品，被作为当代作家创作的必由之路。

  社会主义文学是有秩序和规范的文学，也是有着强烈的社会使命意识和崇高审美追求的文学。社会主义时代的社会主义文学，不同于其他任何时代，而有着中国当代社会文化的规定性和独特性,这或许可说是中国文学的新传统。正是有形的"秩序"和无形的"价值"才创造了中国社会主义文学,形成了中国当代文学在秩序里生存、因价值而存在的独特性和丰富性。它通过文学组织的有效管理、作家身份的自我认同、文学批评的运动化,促使人民群众成为文学的教育对象,由此建立了一套文学新秩序。由此,也确保了当代文学的社会主义性质,坚持了社会主义文化的领导地位,配合和推动社会主义政治、经济和文化建设。理解当代文学的社会主义性质和特征,需要回到历史中去,回到当代中国所选择和实践的社会道路中去,设身处地感受当代文学创建社会主义文化、表达政治理想的必然性和复杂性。如"十七年"文学中的《创业史》《三里湾》《保卫延安》《红旗谱》《红日》《青春之歌》《山乡巨变》《林海雪原》《红岩》《上海的早晨》《艳阳天》《我的第一个上级》《黎明的河边》《李双双小传》《百合花》《组织部来了个年轻人》《燕山夜话》《茶馆》《关汉卿》《布谷鸟又叫了》《葬歌》等。它们都充分展示了当时能够感受到的历史变迁和社会生活,知识分子的蜕变和农民的命运。应该说,它们符合社会生活逻辑规律和文学发展规律,它们也有着不同的艺术风格,在特定的历史时期也产生了重要影响和争议。如果忽略它们的社会价值和文学影响,显然是不恰当的。就是郭小川、贺敬之的"颂歌",也未尝没有特定历史背景中作家们个人的真切感受和生活理想,自然也具有很强的社会关注度和较高的艺术价值。

但是,人们对当代文学的时代性和政治性价值却给予了较多负面评价,特别是采用现代性和审美性的观念,遮蔽、忽略乃至否定了当代文学的价值。现代性理论作为一种历史叙述的思维方式和价值标准,有着偏见与公允、真理与权力、压制与整合的悖论,它强调从传统到现代的转变,有意识割裂传统与现代的关系,认为历史的发展按照直线的步骤有序地展开,并预设了历史的目的和终点。实际上,在现代性意识的深处隐含着历史的虚无主义和悲观主义,充满着历史的怨恨意识。文学的现代性理论常常借助于文学概念和意义框架去阐释和规范文学的历史,一种概念与解释框架又需要另一种概念或框架去承担它的合法性,由此带来无穷的逻辑推演,文学史也成了现代性理论和概念肢解的剩余物。"现代性"概念对中国现当代文学批评和研究影响深远,旅美学者李欧梵和王德威开风气之先,20世纪90年代中后期以后,它几乎成为描述和谈论中国现当代文学问题最主要的入思方式。"反现代性的现代性"以及"民族国家的现代性"也成为重新阐释革命文学、左翼文学、解放区文学以及当代文学的新视野。如认为"民族国家"是社会和现代性的最终表达,现代性作为一种特殊的话语技术同样也在社会经济生产标准化和一体化过程中服务于民族国家的产生。由此,社会主义现实主义也具有文学的现代性[1]。中国改革开放以前的社会主义虽然也是不同于西方启蒙现代性或历史现代性的另一种现代性方案,但在"话语形态"上与西方启蒙现代性或美学现

---

[1] 李杨:《抗争宿命之路》,时代文艺出版社,1993年,第32页。

代性共享着相似的思维逻辑。社会主义是一种现代性设计和工程,在社会主义的历史与文学叙事中,在《创业史》《红旗谱》等小说以及"革命样板戏"中,"无不笼罩着现代性的幽灵"①。"现代性"概念在当代文学批评中的广泛使用,既拓展了文学研究的思维空间,也掏空了文学的历史内涵。真实的文学历史应该是具体而丰富的,是活泼而生动的世界。

如果撇开文学的历史环境去评价文学,也会带来文学阐释的"隔膜",或者说是文学标准的"冲突"和错位。文学评价首先应该是历史的评价,既理解文学在历史中存在的客观境遇,又将其置入历史中去分析和判断。如同米兰·昆德拉所说:"只有在历史之内,一部作品才可以作为价值而存在,而被发现,而被评价。""伟大的作品只能诞生于它们的艺术历史之中,并通过参与这一历史而实现。"②并且,在文学日益世界化的过程中,当代中国的文学道路,无论是文学理论还是文学创作已具有自己的文学经验,有着鲜明的民族特色。"本土经验"作为一种开放性和流动性的概念,有着极其复杂和包容性的内涵,容纳了各种传统和现代经验,形成了既矛盾又统一、既独特又丰富的意义集合体。社会主义文学坚持文学的创作方向和热情,追求文学的人民性、时代性和诗情画意,创造了当代中国的文学经验。这种经验也是当代文学评价的历史化立场,所以,不能将当代文学置于

---

① 陶东风:《审美现代性:西方与中国》,《文艺研究》2000 年第 2 期。
② 米兰·昆德拉:《被背叛的遗嘱》,牛津大学出版社、上海人民出版社,1995 年,第 16 页。

当代历史和经验之外去做考察和评价。

二

在如何评价当代文学上,还存在一个评价标准问题。文学经典一直被作为文学"标准",文学的经典化也就成为文学评价方式。对传统社会而言,经典是不可缺少的,因为它的权威性在迟缓而分散的传统社会里,能够起到甚至代替法典、规则的作用,具有代表性和普遍性意义。经典在人类历史文化传承过程中达成了某种普遍性的共识,确立了知识和价值的统一性,它代表着一种标准,至少是一种尺度。朱自清曾将"标准"和"尺度"做了不同的区分。他将来自传统"不自觉"地接受并用来"衡量种种事物种种人"的作为"标准",而将修正或外来的标准称为"尺度"[①]。显然,文学经典所代表的是一种文学标准,而不仅仅是文学的一种尺度。但是,人们在评价当代文学时,常常将"文学性""审美性"等文学尺度作为文学标准,用它来确立当代文学经典,并由此评价当代文学成就的大小。

文学性曾经是文学评价和阐释的尺度。它先是20世纪初罗曼·雅各布森提出的文学术语,指的是文学的特性,即文学之所以成为文学作品的特性,主要是指文学形式和语言。后来,

---

① 朱自清:《文学的标准与尺度》,《朱自清全集》第3卷,江苏教育出版社,1996年,第130页。

"文学性"的含义又不断发展、扩张、变形,认为日常生活、电子传媒、公共表演等一切政治、经济和文化活动中也有文学性。文学性为文学的"独立性"和"自足性"提供了理论依据,同时也带来文学意义的泛化和争论。自20世纪80年代以来,"文学性"成为中国文学批评"去政治化"运动的理论旗帜,被等同于"纯文学",主张文学自足,不受社会政治的约束,而以审美性、形象性和情感性为目标。文学性成为人类诗性存在的证明和表达。应该说,"文学性"和"纯文学"观念的提出是当代文学的一种策略,目的是摆脱当代文学曾有的极端化意识形态。如果忽略"文学性""纯文学"被作为文学策略和手段的意图,而将其作为终极性或者说本质性的文学标准,反而会压缩文学经典的意义空间,忽略当代文学历史的丰富性。事实上,没有本质化的纯文学概念,离开历史语境的"纯文学"是一个空洞的概念,不过是特定历史背景中的虚构和想象。

文学作品能否成为经典,并不完全是文学内部的事,而是文学生产、文学传播以及文学评价共同运作的结果。文学的经典化是一个不断建构和解构的过程,文学的经典也是不断变化的,某个时代确定的文学经典并不能一劳永逸地成为经典。文学经典的建构与文学作品本身的艺术价值、可阐释的意义空间、社会意识形态和文化权力的变动、文学理论和批评的价值取向,以及特定时期读者不同的期待视野都有着或紧密或疏散的联系,也与历史中的"发现者"("赞助人")有联系①。可以说,文学经典是各种社会力量和因素共同参与的意义生产结果,它有自主化和社会化两种力量。文学传播与接受方式的变革使文学经典与现代社会合谋,形成了生产、流通和消费的文学秩序,使文学与社会,文学各要素之间如作者、作品、媒介和读者之间建立起了有效的运作机制,文学经典所代表的意义也被社会所承认或接纳,实现从审美向社会趣味的转变,直至被文学制度所收编而成为文学传统。

显然,以纯粹的审美眼光无法解释文学经典的生产过程,文学经典的命运常常折射出一个特定时代、民族和群体的文化态度与意识形态的立场,以及在其背后文学生产体制的差异。经典并不是一个"纯文学"的概念,它脱离不了自身的"历史语境"。弗兰克·克默德认为,经典"实质上是社会维持其自身利益的战略性构筑,因为经典能对于文化中被视为重要的文本和确立重要意义的方法施加控制"②。阿诺德·克拉普特也认为:"经典,一如所有的文化产物,从不是一种对被认为或据称是最好的作品的单纯选择;更确切地说,它是那些看上去能最好地传达与维系占主导地位的社会秩序的特定的语言产品的体制化。"③正因如此,经典并不一定就是人们眼里的"好作品",单纯

---

① 童庆炳:《文学经典建构的内部因素》,《天津社会科学》2005年第3期。
② 乐黛云、陈珏:《北美中国古典文学研究名家十年文选》,江苏人民出版社,1996年,第260页。
③ 同上书,第276页。

的文学性或审美性难以确定"经典"。对那些曾经影响了中国人精神生活的作品,如20世纪五六十年代的红色经典,即使现在看起来算不上所谓的"经典",但也不能视而不见,忽略它们曾经具有的文学贡献和作用,而应该给予其应有的文学史地位,何况"当代文学——至少是它的前30年,它本就是被意识形态高度渗透的,最后成为政治的形象解读,这是无法否认的事实"①。对八九十年代流行的现代派,也该有恰当的分析,不能在貌似正宗的"道德"面具下否认它们的探索,何况整个新时期文学就是西方文学参与下的产物,包括文学经典概念本身的兴起和讨论也带有西方知识和观念背景。

1993年,荷兰学者佛克马来中国讲学,就谈到了中国文学的"经典化"问题。1996年,谢冕、钱理群主编了《百年中国文学经典》,引发了一场有关"文学经典"的争论。围绕文学经典的权威性与代表性、经典的解释权和影响力等问题展开了辨析与讨论。如认为经典是一种文学修辞,不能神圣化、神秘化或理想化,而应该将它从传统拉回到当代,从权威手上还给普通人,认为当下现实对当代经典有命名权,有行使当代文学经典化的使命和责任②。与此同时,近年来的影视娱乐界也流行"戏说""改编"等"去经典"文化现象,"大话"经典,"水煮"名著,文学经典在市场利益驱使之下被快餐化和通俗化,经典化与去经典化形

---

① 曹文轩:《对一个概念的无声挽留》,《文学评论》2000年第1期。
② 吴义勤:《关于中国当代文学评价问题的一点思考》,《文学教育》2010年第6期。

成了当代社会的文化矛盾。实际上,文学的经典化与去经典化是文学意义的生产方式。维护或尊奉经典,可以保留传统,维护规范,确立秩序,对经典的反叛和解构也有反传统与创新意图,同时也不无历史虚无主义倾向。

20世纪80年代以来,人们通过区分文学与政治、文学的内部研究与外部研究策略,提出了"让文学回到自身"和"把文学史还给文学"的口号,在一定程度上,切断了文学与社会政治的联系,也在一定程度上贬低了当代文学的价值,忽略了文学与历史的关系,将一套固化了的文学概念及其知识体系作为唯一的合法观念,忽略了当代文学所具有的特殊规律和历史规定性,把文学与政治、"十七年"文学与新时期文学、文学历史与文学经典简单地对立起来,而没有作为一个不断变化并有密切联系的文学整体看待。事实上,有关文学的自律和纯粹,如果离开现代社会如科学、道德、艺术相分离的知识体制,它也是不存在的。所以,评价当代文学,既要充分理解它在历史中的合理性和合法性,也要以文学经典化标准理解不同历史阶段文学经典的意义和价值。不同历史背景下有不同的审美经验,也有不同的文学经典,文学性不能被本质化和唯一化。

在我看来,当代文学应是一种历史资源,是中国文学的新传统。作为文学资源的当代文学,应该承担文学传统的历史使命,发挥文学经典的引导作用,参与中国文学精神品格的建设和创造。经典化具有"标准"的意义,经典化就是文学的传统化,被经典化了的文学作品就会成为文学传统的一部分。传统是一个有机体,有产生、分化和传承的过程,有重复、结构和解构的功能。传统不可能一成不变,一劳永逸,也不可能干净利落地实现彻底反传统的效果。传统本身难以改变,变化了的只是我们的现实和生活。没有永恒不变的传统,问题在于应该通过什么形式去实现传统的改变。二极对立的矛盾斗争是一种方式,在对话与理解中实现沟通也是一种方式。但不可否认的事实是,对传统的彻底否定,可能会从根本上改变我们的生活方式和价值理念,甚至否定我们自身。鲁迅的反传统常常成为我们引以为自豪的事例,但鲁迅的独特性在于,他在反传统中洞悉自身的历史性,在传统之中反传统。没有传统却要反传统,虽是无畏,更显无知。文学经典化就是为了形成文学的传统,当然,经典的形成更是离不开传统的滋养,没有"先秦风骚汉魏骨",哪有"李杜文章光焰长"？没有荷马史诗和希腊神话,哪有《伊尼德》和《神曲》？如果赞同某些人的说法,认为当代文学缺少经典,在我看来,其中一个重要原因就是对中国古代和现代文学的简单否定。在20世纪50年代所启动的文学经典化工程,有力地支持了当时的政治秩序与文化秩序的建立,也引导了当代文学创作,如对革命史诗作品特别是战争题材作品的重视,就制约了当代作家的欣赏趣味,养成了文学的政治化取向。经典本身的示范性通过写作姿态与文本构成的合法性暗示,影响到作家的创作心态和意图的设定,反过来也会影响到文学创作,由此形成文学生产的意义循环。

一个显著的事实是,中国传统文学包括五四以来的现代文学,并没有被充分自由地生成为当代文学传统。在一个没有坚实的文学传统的社会环境中生成的当代文学也就失去了价值选择的多样性,新时期以后又过分偏向西方的现代派传统,相对忽略了中国文学传统的价值。重建当代文学传统,推动当代文学的合法化,确立当代文学的价值和地位,使其进入中国文学的意义共同体,应该是当代文学评价的当务之急。历史的吊诡之处在于,人们往往喜爱在历史的终结中完成历史,在时间的差异中体验意义的差异,以一种价值体系的解体和破坏来实现一个时代的结束。对历史的评价常常忽略它本身的时代价值和意义,常常依据自己所处的时代做出意义阐释,这也是所谓的现代性意义逻辑。

当代文学经典的确立应该超越局部或单一的评价,特别是社会的、历史的、审美和道德的极端化评价。脱离历史语境的"经典化"会颠覆文学历史的真相。文学史证明,文学经典的生成有着不同的方式,经典既有历史性,也有超越历史时代的超时性。文学经典并不一定是最有艺术价值的,一些具有强传播力和广泛接受性并产生了明显社会效果的文学作品也会成为文学经典。文学经典需要有不断的意义阐释,需要辩证地对待继承与发展、传播与接受的关系。文学的意义既存在于文学的创造,也存在于文学的影响和接受之中。因此,确立当代文学经典,不断推进当代文学的经典化,有助于扩大当代文学的影响。当代文学不能毁在当代人手上,历史在虚无之中虽可以通向未来,它却是空洞的、不确定的,也许有行走的自由和快感,但终究不能承受意义之轻,变成无根的漂浮物。

在如何评价当代文学的问题上,应该首先重建文学的价值,它不仅是文学自身的建构,也是文学的社会价值体系的重建,这是由文学的社会性质和意识形态性质所决定的。文学所涉及的价值问题,既表现为文学对社会历史本身所做的艺术解释及其体现的价值取向,也表现为文学对人生、情感、道德以及生命的表现和探索,由此,对社会发挥着潜移默化的作用,为人类的精神家园提供意义资源,对社会文化发挥整合作用。当代文学既拥有自身的价值,也通过文学方式对社会发展发挥了作用,它们是相互联系的。文学评价的历史化和经典化,是确立当代文学价值的主要方式。有着生动的历史的文学,哪怕最终消失在历史的缝隙里,但也表明它曾经"存活"过,如同鲁迅在《野草》"题辞"中所说,"借此知道它还非空虚"。有着文学经典的文学更不会死去,它会成为文学新传统,不断焕发出新的生命力。

三

对当代文学的评价,不但要回到文学本身,更要回到当代文学本身,把握当代文学与当代社会的复杂性,特别是文学要求与社会历史要求之间的矛盾性,以及由此产生的文学价值的矛盾性。对当代文学的评价应持多重眼光,坚持文学的历史化、经典化和当代性相统一的原则,特别需要辨析社会主义文学与当代文学、当代文学与当代社会、当代文学与世界文学的复杂关系。

比如文学的政治化显然是当代文学重要的实践方式,无论在理论上持何种批判态度和立场,都不得不承认,文学的政治化锻造了当代文学的性格和风貌,确立了当代文学的发展方向,开辟了社会主义文学道路,使文学全面参与了当代政治和社会生活,也在一定程度上提高了当代文学的社会地位和影响,由此带来的文学现象和作家作品,也应该得到历史的公正评价,不能采用狭隘的文学观念随意贬低它们的价值和影响。可以说,只有充分地认识到当代文学面临的社会政治背景,才能客观真实地理解当代文学。由此,对当代文学的评价,不能简单地得出高度或低度的结论,得出负债或盈利的说法,而应该从文学特定的历史情境及其在历史语境中所产生的文学意义,去阐释和确认当代文学的特殊性和丰富性。比如,何其芳曾有过这样的判断,他说:"我们的社会主义文学,是最新、最革命、最富有生命力的文学。从它的根本性质来说,它是过去一切时代的文学都无法比拟的。"[1]在今天看来,何其芳未免自信过了头和理想过了度,但若想到何其芳出此大言时正是刚刚解放之际的历史现实,我们的疑惑自然也就释然了。周扬也说:"新的时代要求新的文学艺术。我们要画最新最美的画,写最新最美的诗,这是时代对我们的要求。"[2]你看,"最"字句已成那个时代的惯常用语,只有采用

---

[1] 何其芳:《正确对待遗产,创造新时代的文学》,《何其芳全集》第5卷,河北人民出版社,2000年,第259页。

[2] 周扬:《我国社会主义文学艺术的道路:一九六〇年七月二十二日在中国文学艺术工作者第三次代表大会上的报告》,《中国文学艺术工作者第三次代表大会资料》,第61页。

这样的句式,才能表达他们的理想和激情。一向冲动的郭沫若却反而低调些,他说:"我们的文学艺术,反映了现实生活,也充满着明天的理想。"①可以说,社会主义文学对社会时代和文学自身都有着充分的自信和浪漫理想,乃至过高估计文学的社会功能和道德作用,如认为:"思想道德教育的问题成了社会主义现实主义文学的最重要的问题。"②"文学家、艺术家所创造的一切优秀的艺术作品都迅速地为广大群众所接受,成为他们共同的精神食粮;同时,群众又通过多样的业余活动的方式积极地参加了艺术创造的事业;我们的艺术不断地为群众的创作所补充和丰富。"③文学和社会、作者和读者的关系从来没有这么直接和亲近,希望它们能相互走近,双向发力。当然,这些说法,并非空穴来风,而有苏俄文艺的思想来源。卢那察尔斯基在论述社会主义现实主义时就说过,"我们的时代是人类所曾碰到的最伟大的时代。我们的时代是为社会主义、为人类的未来,为这个实际上唯一有存在价值的形态作英勇斗争的时代,也是对至今还残留着、然而对于人来说并无存在价值的陈旧事物作英勇斗争

---

① 郭沫若:《中国文学艺术工作者第三次代表大会闭幕词》,《中国文学艺术工作者第三次代表大会资料》,第66页。
② (苏)格·尼·波斯彼洛夫:《文学原理》,生活·读书·新知三联书店,1985年,第425页。
③ 周扬:《为创造更多的优秀的文学艺术作品而奋斗——九五三年九月二十四日在中国文学艺术工作者第二次代表大会上的报告》,《周扬文集》第2卷,人民文学出版社,1985年,第235页。

的时代"①,"我们的艺术,只能是一支可以对斗争和建设的总进程起重大影响的力量"②。社会主义现实主义者是"具有强烈的感情的人",是充满热情的"战斗者"③。社会主义现实主义"创造一种高于这个现实、可以提高现实、使人能展望未来,从而加快发展的思想中心"④。作为老师身份的苏俄文艺自然也会影响到当代文学的价值定位。

1954—1955年,苏联文艺学专家毕达可夫在北京大学中文系专门讲授一门"文艺学引论"课程,其中讲到社会主义现实主义,杨晦认为他"站在正确的立场上"⑤。毕达可夫认为,社会主义现实主义是马克思列宁主义文学理论的中心问题,是苏联文学和艺术的基本方法,也是"各人民民主国家的文学和艺术发展的主要道路"⑥,它的基本要求是"在现实的革命发展中真实地、历史地和具体地描写现实",并与"以社会主义精神从思想上改造和教育人民的任务结合起来",并使革命的浪漫主义,"即能在新事物的萌芽中看到属于将来的东西",有机地成为自己的组成部分⑦。将社会主义现实主义移植进入中国的周扬,依样画葫

---

① (苏)卢那察尔斯基:《社会主义现实主义》,《论文学》,人民文学出版社,1978年,第47页。
② 同上书,第48页。
③ 同上书,第53-55页。
④ 同上书,第57页。
⑤ 杨晦:《〈文艺学引论〉后记》,高等教育出版社,1958年,第528页。
⑥ (苏)依·萨·毕达可夫:《文艺学引论》,高等教育出版社,1958年,第502页。
⑦ 同上书,第503—504页。

芦,也认为它"就是艺术所要求的真实性和用社会主义教育人民相结合。过去伟大的艺术作品都是忠实地反映真实的生活的,但它没有社会主义。用社会主义精神教育人民,反对人民思想中的非社会主义东西,批判群众思想中的资产阶级、小资产阶级,甚至封建阶级的东西"①。他充分肯定了社会主义现实主义文学的政治价值和道德价值功能。在今天,价值概念似乎已变得如此含混而散漫,但中国社会主义文学的价值定位却不容置疑。人们对价值的认识和思考多从主客体关系上讨论,有主观性、客观性和关系性三种意见。人们的基本看法,价值是指"客体的存在、作用以及它们的变化对于一定主体需要及其发展的某种适合、接近或一致"②。这属于价值客体论。也有人认为,价值是"主体和客体之间的一种特定的关系,即客体以自身属性满足主体需要和主体需要被客体满足的一种效益关系"③。这是主客体关系论。关于价值的定义已基本上得到公认,它是客体满足主体需要,实现主体欲望,达到主体目的的效用属性,一句话,它是客体对于主体需要、欲望和目的的效用性,表示客体属性和功能与主体需要之间形成了效用、效益或效应的关系,一般是指个人、社会和国家对真善美的确立及其对正当、应当、义务和责任的规范。无论是立足主体的"满足"还是客体的"效用",

---

① 周扬:《在中国共产党第二次全国宣传工作会议上的发言》,《周扬文集》第2卷,人民文学出版社,1985年,第287页。
② 李德顺:《价值论:一种主体性的研究》,中国人民大学出版社,1987年,第13页。
③ 李秀林等:《辩证唯物主义和历史唯物主义原理》,中国人民大学出版社,1990年,第293页。

都拥有一个价值评价问题。价值评价不同于事实评价,事实评价以事实的"真实"为尺度,围绕"有没有""对不对"展开,当然,事实评价也涉及"好不好"的价值论问题。但事实评价对应的是客体要素与客体之间的关系,价值评价则对应着客体与主体的需要,客体是否满足主体需要的关系,人的需要是价值的关键。

当代文学是当代中国最为需要的文学,具有认识价值、审美价值、道德价值和政治价值多元一体的价值体系。当然,审美价值并不是当代文学的核心要素,政治价值、道德价值和认识价值才是它的核心观念。社会主义文学是以人民利益为目的,为人民服务、为社会主义服务的文学,文学的社会性和人民性,认识价值、道德价值和政治价值高于文学的个人性和审美价值。这也是社会主义文学的价值定位。一般说来,社会的价值理想、价值规范和价值导向与个人的价值目标、价值取向和价值认同之间存在着一定的差异和不同,个人的价值目标和取向总是千差万别、千变万化的,有主观性、任意性和随机性,但社会的价值导向对个人的价值取向具有决定作用,这对当代文学创作的个人价值取向,包括社会正义、社会规范、人生意义的选择等都会产生重要影响。在一个高度整合的社会,个人价值与社会价值之间的矛盾相对较小,但当社会发生变化转型时,就会出现价值观念的失范、震荡和困惑,在理想与现实、道德与利益、统一与选择之间,在价值的理想主义和功利主义、期待道德和义务道德、统一规范与多样选择之间也会出现张力。当然,这种张力是否必要或鲜明,也取决于社会的开放性和包容度。就当代文学价值而言,还涉及当代文学研究的现实需求问题,也可称之为文学的当代性,它主要是指主体意识到的历史深度,是主体面向历史而建构起来的一种叙事关系。当代文学和任何其他历史一样都是一种历史建构的结果。毛泽东《在延安文艺座谈会上的讲话》、第一次文代会和社会主义历史实践都是当代文学发生发展的主要标志,社会主义意识形态是其重要内涵。所以,评价当代文学价值和意义,特别是1949—1976年的当代文学,应坚持历史性、经典化和当代性原则,既注意它的高度一体化特征,又不忽略它的异质性和现实性价值。

第一章

文学制度与当代文学发展

中国文学的"现代"和"当代"自有其连贯性,也有其阶段性。其阶段性在于社会主义文学在当代中国的兴起、当代文学制度的建构就是中国文学史的重大事件。当代文学与社会主义文学并非固定不变的,而有历史建构的特质。它既被历史所规定也同时创造着多种可能性,有当代社会制度的参与,也有文学自身的努力。当代文学及其文学制度是当代社会主义文化建设的重要内容和生产机制,它开展文学秩序的重建、文学批判和文学斗争,确立文学价值和方向,创造了新的文学生产方式。中国文学从未像这一时期的文学那样表现出这么强烈的国家意识、这么鲜明的政治意识，但文学创作又不能完全适应国家化的制度方式，由此也产生了冲突、调适和改变的紧张关系。

一、引导和统合的制度力量

中国当代文学的发生与发展有赖于文学新秩序的建立和文学价值的确立。它通过文学组织的有效管理、作家身份的改造及认同、文学传播的组织与操控、社会读者的文学教育，建立一套理性化、机制化的文学秩序，引导或规范不断变化的文学观念和文学创作。它还借助文学创作的组织与引导，文学批评和文学斗争的评判，实现文学审美、社会道德和政治理性的融合与统一，坚持和维护社会主义文学价值的绝对性和主导地位，反对价值相对论和虚无主义。文学秩序和文学价值既在相互融合中实现互动，也时因相互不适应而不断做出调整。当然，秩序设计的理性化与文学经验、主流价值的绝对化与多样化之间也存在着一定的冲突和矛盾，因为文学秩序的理性化显然难以完全涵盖文学创作和欣赏过程中的个人感受和体验，文学创作和批评也就时有红杏出墙的冲动和越轨的笔致。文学创作个性与丰富性本来应该成为文学秩序的前提和基础，没有多样，何须规范？因此，理性化的规定或政策设计，应以作者和读者所能接受和感受到的方式获得设计者的预期效果，文学秩序的建立应考虑到如何助力文学创作实践。中国当代文学历经数十年风雨，经过了与共和国同命运、共呼吸的发展历程。回首过往，无论是赞叹还是反思,都无须掩藏作为当代社会实践的中国文学,经过不断探索和实验已创造了中国文学的新经验和新传统。中国当代文学不仅是一段新的文学历史的开始,更是一种新的文学秩序的建构,也是新的文学价值观念的确立。其中,社会主义文学在当代中国的发生与兴起,就是中国文学史上的重大事件和重要阶段,也是中国社会主义文化建设的重要内容和重大成果。社会主义文学在中国当代文学中居于主体地位,起着主导和中心作用。当然,它也有一个曲折的探索过程,由绝对权威的主旋律发展到文学主流及多样化并存。可以说,当代文学是有秩序和规范的文学,拥有强烈的文学使命和鲜明的价值追求。它不同于其他时段的文学,拥有当代中国社会历史的规定性以及思想文化的独特性,工具理性与价值理性并存,文学制度与文学价值既相统一,又出现分殊状态。正是有形的文学制度支持着无形的文学价值,形成了当代文学主潮,使其成为一种体制化形态,也正因为文学价值与文学制度的分流与冲突,才创造了当代文学的复杂性和独特性。

不可否认,当代文学是中国文学史上前所未有的一种新型文学。随着新型社会制度的建立,中国文学拥有鲜明的国家性质和政治身份,社会主义文学是其主线。它主要借助文学组织的有效管理、作家身份的自我认同、文学媒介和文学传播的社会化效果,建立起一套新型的文学制度。对此,洪子诚先生有精辟的论述①,我和张均教授也曾在同名著作《中国当代文学制度研究(1949—1976)》里有过分析和讨论②。这种新的文学制度或规范的建立,既包括文学方向的确立、文学创作任务的规定、文学题材等级的划分,也包括作家的文学活动以及作家的身份地位的获取,凡与文学有关的事项都曾在一段时间里被纳入组织化,加以管理、监督和评断。为了确保当代文学的社会主义国家性质,坚持社会主义文化的领导权,推动社会主义政治、经济和文化建设,建立一套与之相适应的文学制度,自有其历史合法性和现实合理性。"文学制度"既牵涉文学创制意图、过程和方式,又涉及文学的功能、效果和意义。中国当代文学制度主要表现为对作家思想的改变和评价机制,对文学创作的题材选择、形象设计、主题升华和形式处理的计划和引导,对报刊、出版等文学生产资料的计划管理,对文学读者的想象性设置,对文学批评的操控,以及文学政策的制定,等等。这一切的发生和运行都是中国特定时代政治、经济和文化规约下的产物,同时呈现为中国式文学的生产方式,生产出中国文学的意义和形式。

众所周知,当代文学被组织起来而成为社会意识形态的优势力量。中国文联和作协等文艺团体,表面上是自愿结合的带有民间性的群众组织,相对于国家其他政府中心机构而言,它虽是边缘化的,实际上依然是外围的政治组织。作家协会就是党

---

① 洪子诚:《中国当代文学史》(修订版),北京大学出版社,2007年,第22—25页。
② 拙著《中国当代文学制度研究(1949—1976)》由新星出版社在2007年出版;张均同名著作由北京大学出版社在2011年出版。

和政府联系文学工作者的桥梁和纽带,肩负着繁荣文学事业的重要力量。在其宗旨上,它始终强调围绕提高文学创作水平,尊重文学创作规律,尊重作家创造性劳动,完善文学生产机制,加强作家队伍培养,探索作家深入生活、表现生活的方式,推动文学精品力作的产生。当代文学组织趋于行政化,也曾在一个时期将广大作家和文学工作者纳入公有化和体制化管理。地方作家协会曾以驻会方式供养了一批专业作家,给作家发放工资以及各种福利待遇,作家们也需要完成作家协会制定或认定的创作计划或任务,定期参加作协组织的思想学习、深入生活或到地方兼任职务等。专业作家既有稿费收入,也享受着工资待遇,"作协和作家基本上是由国家全给包下来了","作家们出差或者深入生活的一切费用,都由作家协会报销"[1]。在一个以政治为中心或政治意识形态占主导地位的社会,组织性与体制化自有其合理性和必然性,对文学包括作家创作和生活也是强有力的支持,乃至成为作家们的自觉追求,对作家们的日常生活、政治名誉和物质利益都会产生相当大的影响,尤其是在资源稀缺、个人利益缺乏保障的年代,社会组织对个体而言就不失为一种护身符。当代作家曾被划为国家干部,能够分享到社会地位和经济资源。在一定意义上,相对优厚的物质待遇激发了作家的创作热情,推动文学的快速发展。诗人田间就曾在一段时间里

---

[1] 张僖:《筹建中国作家协会》,《只言片语:中国作协前秘书长的回忆》,十月文艺出版社,2003年,第35页。

出版了不少诗集,1957年有《马头琴歌集》和《芒市见闻》,1959年又有《东风歌》《英雄歌》和《天安门赞歌》等。当然,多部诗集的集中问世并不完全是物质因素,但不能忽略其隐含的因由。另外,全国和地方作家协会主办或联系着一大批报纸杂志,定期或不定期主办文学作者、教育工作者和文学爱好者的讲习所、辅导班和研讨会等,开展理论学习、作品座谈、下乡采风等活动,扶植、培养并团结了一大批文学青年。这样,当代作协和文联就成为组织文艺工作者"创作和学习的中心",承担着"组织文艺工作者到人民的实际斗争中去,组织文艺工作者的创作和学习,组织广泛的创作研究和讨论,大胆展开批评和自我批评"[1]的重要任务。

文学被纳入机构组织,成为文学单位,这与新中国成立初期通过大规模的社会主义改造,实行全方位的"国有化"有关,它将社会生产与生活资料全部收归国家所有,杜绝民间资产与私人资本,不允许国家资源外的社团、群体或报刊的存在可能。这使文学的社会生产只有依靠财政拨款,文学不仅是个人志业或职业,而且是与国家意识形态相关的事业。当然,文学刊物与社会国家和时代关系要复杂得多,其运作方式相对说来也有多样性,有个人差异。总体上,文学刊物不得不受制于社会环境,个别刊物虽然也不断调整和改变思路,左躲右闪,最终仍难以为

---

[1] 周扬:《整顿文艺思想,改进领导工作》,《周扬文集》第2卷,人民文学出版社,1985年,第140页。

继,不过是灵光一现而已。文学政策、文学会议、文学批评都是当代文学制度的运行方式。文学政策是社会阶级和政治集团、国家政权或执政党对文学提出的基本要求,是一个国家和政党意志在文学活动中的具体体现,属于意识形态的重要内容,意在实现意识形态的整合和引领,自然是最直接而简单的文学管理方式。对当代文学和当代作家而言,文学政策不仅仅是刚性的,还是柔性的,成为作家思想改变和生活体验的基本遵循。当代文学政策的制定和执行从中央到地方都是以政治利益和国家权力为中心,形成逐级统领和掌控,有总的政策、方针和目标,也有配套的文件和措施,层层传递,环环相扣,如同一个金字塔结构。文学政策是规范化的意识形态,是加强文学治理的法制依据,由此带来或引出一场又一场文学运动,对文学创作既有正面的激励和解放,也有负面的规约和限制。文学会议也是中国当代文学运动的展开形式。为了传达和贯彻国家文艺方针政策,统一认识和思想,布置新的文学任务,制订未来文学规划,矫正工作失误,举办文学会议就是其重要手段和方式。会议的形式也多种多样,有座谈会,有讨论会;有几年一届的大会,也有不定期的小会。由文学会议确定文艺政策,由会议设定文学目标,颁布文学计划,当然,下一个文学会议也可能再修正、调整以前的会议。这样,在一个时期里,当代文艺政策不断宣布、执行,又不断被修改和批判,形成建构与解构的循环关系。文艺批评也体现着文艺政策,当代文学的治理方式并不是简单地依靠政策指示,更主要的还是依靠文艺批评和文学斗争。文艺批评是"实现文艺工作中党的领导的重要工具。必须进一步提高批评的政治思想内容,并使之与对具体作品的艺术分析结合起来"①。当代文学批评非常复杂,它不仅仅是阐释当代作家作品,为作者与读者架设桥梁,也不仅仅是讨论文学创作、文学存在、文学接受等理论问题,更是当代文艺政策的开展方式,是当代文学制度的运行机制。当文艺批评演变成为文艺路线斗争,文学批评就超越了单纯的文学,成为文学中的政治。当代文学从来就不是单纯的存在物,而承受着难以承受之重。社会主义文艺的根本任务,被看作"帮助人民提高社会主义觉悟,从思想上来巩固和发展社会主义经济基础",这显然"是一个长期的、艰巨的任务",因为"资产阶级用了很长时间来建设它们的文艺,它们的意识形态,它们的上层建筑",从文艺复兴开始,到19世纪才完成②。而当代中国则希望能够在较短时间里完成新的意识形态建构,文学也就成为其重要力量和方式。

当代文学制度即是当代文学的治理方式,由文学管理与组织体系所构成的当代文学运作体制,让当代文学呈现为一种计划性生产。首先是文学活动的计划性,通过政治学习、文学会议、理论引导等形式,实现思想统一和观念净化,形成当代文学的主流取向,主导文学创作。其次是文学创作的计划性,以创作

---

① 周扬:《坚决贯彻毛泽东文艺路线:一九五一年五月十二日在中央文学研究所的讲演》,《周扬文集》第2卷,人民文学出版社,1985年,第64页。
② 林默涵:《努力发展社会主义文艺》,《林默涵文论集》,当代中国出版社,2001年,第503页。

规划、刊物编辑、文学批评与文学批判的规范和引导,推动文学创作构思、题材和形式的集中和趋同化。再次是文学功能的认知性和意志化,强调文学对社会的教育作用和改造功能,文学不仅反映社会现实,也试图创造另一种现实,成为现实的理想版本,以达到改造现实的目的。

朱自清曾经说:"现代的英雄是制度而不是人。"[1]现代制度的作用大于个人,虽然制度也是由人所设定并运作的。当代文学制度亦可作如是观。自然,我们不能忽略制度中"人"的存在及意义[2],人的存在是制度设置的前提,制度是由人设定、服务于人并限定人的。这里的"人"是主体,也是客体,还是工具。当代文学制度运作最为活跃和持续的应是文学批评和文学斗争。周扬就说过,"文学艺术从来是思想斗争的重要部门"[3]。当代文学与思想斗争和政治斗争有着直接而密切的关联,文学批评曾被作为文学斗争形式,甚至是思想斗争的手段。不同文学思想被看作不同阶级思想、不同社会思想的代表,而忽略了文学思想的个人性和偶在性。文学被看作"思想战线上的前哨",文学的思想斗争,自然就"反映着新的生产关系同旧的生产关系的斗争","每逢生产关系有了新的变革的时候,这种斗争就会在文

---

[1] 朱自清:《诗与建国》,《朱自清全集》第2卷,江苏教育出版社,1996年,第349页。
[2] 洪子诚、李浴洋、李静:《重审当代文学中的"制度"与"人":洪子诚教授访谈录》,《汉语言文学研究》2017年第2期。
[3] 周扬:《建设社会主义文学的任务》,《中国作家协会第二次理事会会议(扩大)报告、发言集》,人民文学出版社,1956年,第9页。

学领域内呈现出来"①。当代文学曾以文学批评实现文学斗争，持续不断而又热闹非凡，有其必然性，也带有理想化和英雄气。文学批评和文学斗争被作为文学发展动力，用来清除文学道路上的障碍和阻力。这也让作家创作无所适从，甚至惶恐不安，感到无论写什么都会被批判。

全国和地方作协以及其他文学主管部门"急迫地需要创作，希望各位'母鸡'生蛋"，作家们却多有苦衷，老作家感到"批评太凶，空气太严厉，怕"；新作家又感到"批评过左，怕"。大家在一起骂"批评家"，但又找不出一个真正的文学"批评家来"，全是冒牌的②。说这话的是路翎，20世纪50年代的他几乎成了受批判专业户。1950年的《朱桂花的故事》和《女工赵梅英》被批评。1951年的剧本《人民万岁》《祖国在前进》继续被批评。1953年奔赴朝鲜，归国后写作《初雪》和《洼地上的"战役"》，在权威刊物《解放军文艺》和《人民文学》上发表，《文艺报》还发表了肯定性评论，谁知1954年8月《新华月报》刊登了侯金镜的批评，说他的小说有"严重的缺点和错误，对部队的政治生活做了歪曲的描写"③。1964年，侯金镜为自己编选评论集时没有收入此文，也许事后他自己也意识到了多有不妥等问题。1954年

---

① 邵荃麟：《在战斗中跃进》，《邵荃麟全集》第2卷，武汉出版社，2013年，第334—335页。
② 路翎：《致胡风书信全编》，大象出版社，2004年，第228页。
③ 侯金镜：《评路翎的三篇小说——〈洼地上的"战役"〉〈你的战士的心〉〈你的永远忠实的同志〉》，《新华月报》1954年8月。

6月7日,中国作协召开主席团扩大会议,主要议题还是批评路翎。因与胡风有关,对其批判更有理由了。历史的乖张也在这里,在批评胡风和丁陈集团活动中一直非常积极的郭小川后来也遭受批判,说他的《一个和八个》存在"右倾"主义倾向,《望星空》贬低了社会现实,他在作协会上也不得不承认《一个和八个》是毒草,"充满了'人性论'的反动观点",《望星空》"根本上还是个人主义问题",因为"有个人主义思想的人,总是会感到空虚的"[①]。一批老作家或受历史拖累,或思想转变来不及,更易受批评,即使顺风顺水也是此一时彼一时也,如来自解放区的赵树理,无论是血缘还是资历都堪称正统,1959年他也因对"大跃进"的态度问题,而成为作协的斗争对象之一,后来又因"中间人物论"而受批判。就是在1956年"双百"方针前后成长起来的中青年作者,如王蒙、从维熙、邓友梅、流沙河、陆文夫、高晓声等,在收获一片掌声后也很快受到批判,初入文坛即让他们有晕眩之感。持续不断的文学批评和批判运动,对作家创作的思想观念和艺术选择都会起到一定的规范和控制作用,尽管在运动间隙,也会对文学政策、文学观念做出调整,留下有限的生存空间,容许一些不乏创新的文学观念和艺术方法的生长,但这样的时间和空间都相对短暂和有限,还带有一定的偶然性。

对作家、作品展开批判和斗争,也是改变思想、统一思想,规

---

① 郭小川:《我的思想检查:在作协十二级以上党员扩大会上》,《郭小川全集》第12卷,广西师范大学出版社,2000年,第31页。

范文学的文学制度。连深受文学批评之苦的丁玲也曾十分欣赏批评,喜欢日丹诺夫引用的斯大林的一段话:"没有批评,任何的组织,连文学组织在内,是会腐朽的。没有批评,任何的病是会深入膏肓和难于医治的",相信"那里没有批评,那里腐臭和停滞就会生根,那里就没有前进的余地"①。丁玲说这话,正是《文艺报》批评肖也牧小说《我们夫妇之间》的时候,她无法预料到自己也将成为批判对象,说这话的她有点站着说话不腰疼的感觉。当然,在文学批评和文学批判中也不免会有个人成见、私人恩怨,乃至意气相争,但在总体上,一段时间的文学批评和文学斗争并不是感情或情绪问题,也不完全是文学欣赏或审美问题,而是文学思想、文学观念、文学权益的斗争,并且相信只有文学斗争才能推动当代文学发展。

二、制度内外与文学创作

1949—1976年的当代文学似乎总不让人放心,特别是社会主义文学作为"新生事物",想在披荆斩棘中快速成长和成熟,既想切断与旧思想、旧观念的联系,又想在继承中发展壮大;既想隔离与西方资产阶级文艺的交流,但又无法完全切断晚清以降的新文学成为当代文学资源;它既担心"新生事物"被传染,

---

① 丁玲:《为提高我们刊物的思想性战斗性而斗争》,《丁玲全集》第7卷,河北人民出版社,2001年,第275页。

但又无法洁净自身。所以,它一方面既规范约束文学,不断开展文学批评和文学斗争;另一方面又以繁荣文学为目标,将文学批评、文学斗争作为实现文学繁荣的重要手段。它采用严苛方式要求文学,愿望和手段常常出现错位,希望也就不免落空。

如果采用简洁的语句概括1949—1976年的当代文学,"在制度里生存","向价值而生长"应是当代文学生态和特点的准确概括。因文学秩序与文学价值的互动与融合,乃至冲突和矛盾,当代文学也会出现一段波涛汹涌或风平浪静。当代文学拥有自己的存在方式,也有自己的经验和贡献。它贡献了文学形态与社会存在的高度统一,社会制度深度参与文学生产的体制和机制,文学成为社会表征和思想容器。显然,文学制度的理性化与文学经验存在矛盾和冲突。文学制度和文学意义既有融合与互动,也有诸多的不适应。在理论上,文学制度有理性化的限度,它的理性设计和刚性约束与复杂多变的文学现实自然会有冲突和矛盾,也自然会留下文学生长的缝隙与边缘空间。实际上,任何制度都有一定的合法性,其理性化设计不可能是凭空而起,也不完全是一厢情愿,但也有其历史限度,包括理性的有限性、实际情境与目标意图的错离。文学制度不可能完美如花,而有相对性和暂时性,因为它面对的是个性化的文学经验和主体性的文学感受,是远比规则丰富的文学现实。

洪子诚先生曾对文学制度表达过困惑,即如何处理"制度与思想、精神之间的关系",特别是"某一时空的文学制度的展现与对作家的心理状况的细察之间,如何取得在研究方法上的有效关联"①。现代社会的管治日趋完善和具体,人们的思想和心理也难辞其咎。作为精神和思想的文学,却以自由与个性为标识,拥有非体制、反体制或者说在体制之外的特点。文学自由与文学体制本身就有矛盾。特定的文学制度在多大程度上能够容纳文学主体的自由思想、精神和感受,能够展现多少真实性,这都是创作主体与文学制度之间存在的难题。实际上,它也是现代社会面临的困境。理性化的制度运行可能出现非理性化的困局,文学的自由和个性追求却需接受非个人化的结果。正如现代社会拥有日趋一致与开放的表征,其内里却日趋分裂与封闭,开放性的外在空间却隐藏着一个又一个封闭的内心世界。文学制度与文学作家和文学创作也并非直接面对面,可能还有一些非常微妙的看不见的东西存在。比如,体制权利与作家个性,语言形式与外在规范,文学世界与外部社会的融合互动,等等。人们对外在的制度形态的描述相对较为容易,如对社团活动、文学论争、文学刊物、文学编辑的讨论,但是,一旦要评估这些制度力量是在何时、以何种方式、在多大程度上影响了作家的塑造、作品的生产就显得非常微妙而且面临着巨大挑战。换句话说,理解一个时代背景对文学的影响可以从环境、时代、政治、经济等层面考察,如果讨论这些社会因素如何内化为一个时代的游戏规则,显然是难以捕捉,有关层次和空间更是十分暧昧的了。

晚清以来的中国文学,已整体性地嵌入现代社会变革和现

---

① 洪子诚:《当代的文学制度问题》,《中国现代文学研究丛刊》2015 年第 2 期。

代思想重建,并随着社会变化而不断发生文学制度、文学观念和文学形式的变化。它已经不可能像古代文学那样多囿于作家个人的精神情感世界,停留在语言文体形式上面,而是积极超越作家的个人世界,超越纯粹的文体形式和语言视阈,而开拓出更为阔大的社会公共空间,承担着更加强烈的社会责任和文化意识。古代文学的历史变迁自然而然,即使换了朝代,一种文体依然还会继续流传,从晚清到五四,中国文学实现了意义和形式的双重变革,它不断追寻社会化和现代化脚步,与民族困境的解除、现代国家的建立、个人观念的播散以及阶级意识的塑造都建立起了制度和意义关联,深度介入中国社会的各个层面,满足社会的各种期待,社会稍有风吹草动,就会借助文学制度这一"中介"力量而在文学里留下印记。现代社会变革的力量非常薄弱,换句话说,它可以征用的资源非常有限,甚至到了有些山穷水尽的地步,政治利益分散,经济资源不足,文化价值瓦解,语言方式和文学手段却被赋予时代重任。历史上的社会变革除了文艺复兴时期的意大利以外,似乎还没有哪个民族国家像现代中国这样需要借助语言变革来挑大梁,依靠文学形式来推动参与,这也使文学有如小牛拉大车,难以承受社会历史之重,乃至步履艰难。1956年,郭沫若在回答墨西哥文学杂志就"文学与社会"关系的提问时说:"文学和作家可以起很深刻的教育作用——发扬人们善良的意志,使人们明确地辨别是非,把爱与憎的感情深刻化,从而加强团结的力量。而移入扶善惩恶的行动",可以"促进一个真正人道的社会产生。"①他还认为:"文学是社会现象的经过创造过程的反映;反过来,社会要受到文学的创造性的影响而被塑造。社会向文学提供素材,文学向社会提供规范。把素材转化为规范是作家的创造性活动。"②社会向文学提供素材,这很好理解。文学向社会提供规范,社会受文学影响而被塑造和建构,显然过高估计了文学的作用。事实上,当代文学的确是社会主义社会理想和文化想象的组成部分。有什么样的社会理想就有什么样的文学,有什么样的社会主义文化,就有什么样的社会主义文学。社会主义文学不仅仅代言社会主义社会,还是社会主义文化的符号和象征。当然,当代文学也不全是社会主义的文化想象,但是,当代文学的主旋律确是在社会主义文化想象中展开的。

  建立有效而合理的文学制度,也意味着自晚清以来的中国文学同时追求语言形式、思想观念和文学体制的现代化目标。现代文学制度既可视为中国文学的现代化标志,也可看作文学与社会现代化过程中的平台和桥梁。在1949—1976年间,文学制度的运作更趋严密,也更有权威性,它通过文学批评、文学批判与政策规范等方式,将文学转变为社会政治对象,文学作家和批评家也逐步将外在力量内化为行为规范和思想观念。文学制度对文学产生规约性,从现代到当代,有一体性也有差异性,也

---

  ① 郭沫若:《文学与社会》,《郭沫若全集》第17卷,人民文学出版社,1989年,第129页。
  ② 同上书,第130页。

发生了不少变化。其文学制度的不同,就在于选择余地和选择空间问题,在于个人性和规约性的疏密问题。相对于多元而开放的文学制度,当代文学则更趋单一化和整体性,写什么,怎么写,写得怎么样,似乎都有一定的规定性,文学的价值、作家的身份、批评的倾向、读者的阅读,在一定程度上都有导向和规定。当然,文学制度也是历史建构的产物,有历史的必然性和意义的规定性,是理解文学意义结构的横截面。文学制度与文学生产之间存在多种可能性,文学制度在形塑当代文学的同时,在文学制度背后也隐藏着丰富的文学力量,散发出强劲的文学光芒,文学在被制度化的过程中,依旧具有文学的生机与活力。比如说柳青和孙犁,他们并不是脱离文学体制的作家,他们主编刊物,下乡体验生活,参加作协活动,他们的文学活动也被编织进了文学制度之中。但也得承认,他们在文学制度里也坚守着自身的独立个性,彰显着个人化和审美化的文学力量。在 20 世纪五六十年代,出现了长篇小说创作的繁荣,长篇小说成了优势文体,在这一现象背后正发生频繁的文学斗争。文学批评和文学斗争是否影响或妨害了当时长篇小说的繁荣呢?这是一个十分敏感而尖锐的问题。有学者认为,虽不能说它"受益于文坛所不断开展的斗争",但这些长篇小说却是社会主义文学规范的产物,而规范正是由文学斗争逐步建立起来的,这样,"用斗争来推动创作繁荣,特别是取得自己想要的创作繁荣,这倒是当代文学生产方式的独到之处"①。由此还概括为"以斗争求繁荣"的运作方式。其实,文学斗争是否带来文学繁荣,这是一个有待重新思考的问题,即使是繁荣也是相对的。真正的当代文学繁荣还是在80年代以后,文学制度进入一个新的运作状态和展开方式,它积极参与文学生产,又给文学创作留有空间。文学制度和文学生产若即若离,不即不离,丰富多样又充满张力。总体上,当代文学制度有别于现代时期,既呈现异样,也不无趣味。

---

① 李洁非:《共和国文学生产方式》,社会科学文献出版社,2011年,第147页。

第二章
思想重建与当代文学创作主体

　　20世纪四五十年代是中国文学的转折时代,从文学观念到文学形式都发生了巨大变化,其中,文学体制的改变和建立是中国文学进入"当代"的主要标志。它有效地实现了当代社会与文学的互动,促使文学作家、作品和读者都发生着相应变化。中国进入社会主义文学时代,它的任务"不仅要从作品中去真实地反映这些错综复杂的变化,而尤其重要的,是要以艺术的力量推进社会主义的改造工作,就是说,要以社会主义的思想去教育、改造千百万人民,用劳动人民的高尚品质和英雄气概去鼓舞他们前进的勇气和信心,同时,要坚决地对残余的封建主义和帝国主义的思想影响作斗争,要对资本主义的思想作斗争,要对于抵抗社会主义改造的各种思想作斗争,对人民中间的各种怕困难、保守自私等落后意识作斗争;这都是摆在我们目前的重要课题"①。与各种错误思想作斗争,成为文学的责任和任务,"要实践这样的任务",文学首先"不能不以社会主义思想为内容",作家也"不能不是社会主义者或努力把自己改造成为社会主义者",只有这样,文学才能够具体真实地反映现实,表现人民的今天,展望人民的明天,才能"照亮他们前进的道路",一句话,就是"要通过文学作品给人民以社会主义的思想教育"②。因此,成为一个社会主义文学作家,就是当代作家需要完成的任务,谁能说自己完成了这个任务呢?显然不能,那么,就需要有一个不断学习和进步的改变过程,包括思想、经验和写作方式。

一、创作主体的思想重建

建立有效而合理的文学制度是中国文学的现代性特征。从晚清到五四,中国文学实现了意义和形式的双重变革,在其背后也有着文学体制的变革,文学不断寻求和建立能积极有效地推动文学社会化的文学体制。文学制度是推动中国现代文学发展变化的重要力量,在文学与社会,作家与读者,文学的生产、评价

---

① 茅盾:《新的现实和新的任务:1953年9月25日在中国文学工作者第二次代表大会上的报告》,《茅盾全集》第24卷,人民文学出版社,1996年,第262页。
② 同上。

与接受之间,中国现代文学建立了一套文学制度,如职业作家、社团文学、报刊与出版、文学论争与批评,以及文学审查和奖励等,它们都对文学的意义和形式起到了一定的引导、支配和制约作用。中国当代文学不同于现代文学,它有自己的生存状态和生长方式,它也借助于文学体制力量实现对文学创作、文学传播以及文学接受的有效掌控,实现文学价值的最优化或最大化。其中,因作家身份定位而需要实现思想转变,就是社会主义文学的重要任务。

1949年前后,作家和知识分子满怀热情和希望走进新社会。解放军严明的纪律,共产党干部的艰苦朴素、廉洁奉公和自我批评作风,新政权铲除社会黑暗、抑制通货膨胀、稳定社会秩序的能力,以及整个社会所发生的"惊天动地的变化",这一切都赢得了知识分子的赞誉。他们感到"事事在变,物物在变,人人在变,南京在变,上海在变,整个中国也在变"[1]。"可见的新气象到处可见","中国民族——新生命确在开始了。"[2]新的生活开始了,作家们在感受变化的同时,也有了或多或少的愧疚和自卑,以及由此而生的改变旧我、适应新社会的诉求,这也配合了党和人民对知识分子的要求和愿望。许杰就有过这样的感受:"如今我们是被解放了,但我们能安于'被'解放,而不再进一步改造,把自己加入人民当中,在人民中学得一些什么,又发生一

---

[1] 梁希:《南京今昔观》,《光明日报》1949年7月26日。
[2] 梁漱溟:《国庆日的一篇老实话》,《梁漱溟全集》第6卷,山东人民出版社,2005年,第854页。

些什么作用吗?"他夸奖人民解放军"创造了历史上最伟大的事业",他们虽是"土里土气的中国农民青年",却是"现代的英雄""现代的圣人"。在他们面前,他"感动得几乎流出眼泪","顿时心地清明",感到自己需要经过一个长时期"理性和生活"的改造,"在人民当中,在群众的进步当中,人是可以改造的。我为什么不能改造呢?"[1]"人民群众"和"历史进步"也成了20世纪五六十年代知识分子和作家自我改造的重要依据。在人民群众和时代面前,知识分子感受到自己的渺小,在历史进步面前,他们又是缺席者,于是,他们就有了一种历史和身份的"原罪"感[2]。这也使知识分子和作家对开展思想学习、接受批评和自我批评、实现思想重建有了更多的主动性和自觉性,他们积极参加各种社会活动,从思想到情感、从心理到行为、从服饰到说话方式都努力地改变着自己。巴金从一开始就为自己不同于解放区作家的身份而生负疚感,"我们同是文艺工作者,可是我写的书仅仅在一些大城市中间销售,你们却把文艺带到了山沟和农村,让无数从前一直被冷落、受虐待的人都受到它的光辉,得到它的温暖。我好像被四面高墙关在一个狭小的地方,你们却仿佛生了翅膀飞遍了广大的中国,去散布光明"[3]。实际上,巴金小说也是拥有不少读者,特别是俘获了不少青年读者的心,但他仍为自

---

[1] 许杰:《从今日开始》,《文汇报》1949年6月25日。
[2] 季羡林在《我的心是一面镜子》一文中也写到这种没有参与革命事业的"原罪"意识:"反观自己,觉得百无是处","处处自惭形秽",恨不得时间轮回,重新有"立功赎罪"的机会。参见《东方》1994年第5期。
[3] 巴金:《一封未寄的信》,《巴金全集》第14卷,人民文学出版社,1990年,第11页。

己的生活和工作经历而生愧疚,开始反思和批评自己的创作,"时代是大步地前进了,而我个人却还在缓慢地走着。在这新的时代面前,我的过去作品显得多么地软弱,失色!有时候我真想把它们藏起来",他感到"现在一个自由、平等、独立的新中国的建设开始了。看见我的敌人的崩溃灭亡,我感到极大的喜悦,虽然我的作品没有为这伟大的工作尽过一点力量,我也没有权利分享这工作的欢乐"①。1952年,茅盾为"选集"作序时也检讨自己,"一个人有机会来检查自己的失败的经验,心情是沉重而又痛快的","沉重"是"年复一年""没有把自己改造好"。"数十年来,漂浮在生活的表层,没有深入群众,这是耿耿于心,时时疚悔的事。"②茅盾、巴金一辈作家拥有自己的人生经验,有自己的创作历史,难免跟不上时代的脚步,这也是再正常不过的事情。时间总被作为一个人进步的依据,事实上,时间确实是检验真正成功的标尺。

作家们在物质生活上的提高,也会在他们的精神情感上形成压力。当代作家被定位为国家干部身份,除在文联、作协机关工作以外,大部分在学校和文化出版部门工作,有着相当高的政治地位和经济待遇,享有相当的物质资源和文化声誉。1956年6月16日,国务院颁布了《关于工资改革的决定》,对国家机关、

---

① 巴金:《开明版〈巴金选集〉自序》,《巴金全集》第17卷,人民文学出版社,1991年,第20—21页。
② 茅盾:《〈茅盾选集〉自序》,《茅盾全集》第24卷,人民文学出版社,1996年,第210页。

企事业单位的工资制度进行了全面改革,提高了知识分子的工资待遇,如研究员和教授的月工资(京津等六类地区)为207元到345元,副教授为149.5元到241.5元,并对工资定了不同的级差。50年代初期的物价稳定,职工和公教人员实行低薪制,虽然大家都不富裕,但基本生活水平没有下降。一个月工资四五十元的职工,基本上能养活一个四五口之家,当时人均不足4.5元的家庭才算困难户,户主可在所在单位申请困难补助。同这些人相比,中级以上的知识分子和国家干部,就应算是比较富裕的了。对于饱受战乱、忧患和冻饿之苦的大学教授和高级知识分子而言,20世纪五六十年代是一个生活稳定、物质生活相对优裕的时期。文学作家和艺术家的经济收入和生活水平都要高于一般工薪阶层和劳动群众,有的虽然是没有固定工资收入的自由职业者,但大都除工资之外还有其他收入。有的在文联、作家协会编制之内,享受高级干部的工资级别,有的在新闻、出版等文化领域,有的在教育部门,都有稳定的工资收入。只有农民作家没有工资收入,但发表作品后也可以折成工分计算报酬。

当时的文学稿酬也比较丰厚。新中国的稿酬主要依据苏联稿酬标准制定,苏联作家恰是社会中的高收入者。新中国正式制定稿酬制度是在1950年9月25日第一届全国出版会议上,会议通过《关于改进和发展出版工作的决议》,其第十二条规定:"稿酬应在兼顾著作家、读者及出版社三方面利益的原则下与著作家协商决定;为尊重著作家的权益,原则上应不采取卖绝著作权的办法。计算稿酬的标准,原则上应根据著作物的性质、质量、字数及印数。"①当时任出版总署副署长兼人民教育出版社社长的叶圣陶,在日记里对稿酬制度的商谈和制定也有记载。1958年7月,文化部颁发了《书籍稿酬暂行规定草案》,正式制定统一的稿酬标准,规定著作稿每千字为4元、6元、8元、10元、12元、15元;翻译稿为每千字3元、4元、5元、6元、8元和10元。制定稿酬的指导思想是体现按劳付酬原则,保障作者、译者的经济收入相当于大学教授的水平,鼓励创作,又要防止作者追求物质享受。在实行三个月以后,1958年10月,文化部又颁发降低稿酬标准的通报,希望把稿酬标准降低一半,认为过高的稿酬标准,使一部分人的生活特殊化,脱离工农群众,对于繁荣创作并不有利。实际上,在"通报"发出以前,曹禺等几位作家已联名发表文章,主动提出降低稿酬,冰心还提出取消作家工资,只靠稿费生活,巴金一直是靠稿费维持生活、不拿国家工资的作家。1958年9月,姚文元还在《论稿费》一文中,从破除资产阶级法权、消灭体力劳动与脑力劳动差别的"高度",论证作家(包括学者)不应该要稿酬,批评"右派"分子傅雷是要稿费的一员猛将。在"大跃进"时期,许多地方都取消了稿酬。1959年3月,文化部又发出《关于降低稿酬标准的几个问题的通知》,认为实行"稿酬标准",既要有利于作者的思想改造,又要照顾到作者适当水平的物质生活,这样才能有利于繁荣创作,有利于社

---

① 《出版总署关于发布第一届全国出版工作会议五项决议的通知(1950年10月28日)》,《中华人民共和国出版史料》第2卷,中国书籍出版社,1996年,第649页。

会主义文化出版事业的发展。既需要给作者提供一定的物质生活,又要配合全社会对知识分子的思想重建,这也是一种潜意识心理,认为物质与思想是矛盾的。它也许是传统重义轻利思维的遗传,也可能是革命意识形态的价值取向。在革命者看来,物质欲望与私有财产、保守落后、小农意识是相关的,追求革命就必须脱离物质欲望,消灭与物质相关的感情、心理和思想观念。还在1949年中国共产党即将进城的时候,毛泽东就告诫人们不要"贪图享乐不愿再过艰苦生活",要经得住资产阶级"用糖衣裹着的炮弹"①。对待物质生活的态度最后成为检验思想是否进步、是否得到完全改造的重要尺度,稿费制度显然属于满足写作者必备的物质需求,没有一定的物质保障怎么能写出优秀作品?但人民政府相信,过于丰厚的稿酬利润又会影响作家的精神追求。这就存在一个两难问题。所以,到了1959年10月,文化部又发文否定了降低标准的文件,恢复了原来的标准。1960年,又废除版税制,对一部分完全依靠稿费维持生活的作家一律实行工资制,稿费只作为生活补助和鼓励创作的一种次要因素。到了1964年,再度停止实行印数稿酬,稿酬标准维持在著作稿每千字4~15元,翻译稿每千字3~10元。到了"文革"期间,稿酬被彻底取消。

20世纪五六十年代出版作品较多的老作家是巴金、茅盾、

---

① 毛泽东:《在中国共产党第七届中央委员会第二次全体会议上的报告》,《毛泽东选集》第4卷,人民出版社,1991年,第1438页。

郭沫若、老舍、冰心、赵树理、艾青等,他们不但有文集、选集和翻译作品出版,还有新作问世。巴金出版了 14 卷本《巴金文集》,从 1950 年翻译高尔基的《回忆契诃夫》《回忆托尔斯泰》《回忆布洛夫》,巴甫洛夫斯基的《回忆屠格涅夫》,到 1959 年出版译著高尔基的《文学写照》,一共出版了翻译著作 10 多部(篇),还出版了新创作的小说和散文集。郭沫若出版和修订著述几十本,包括文学作品、学术著作和文集等。老舍从 1950 年到 1966 年创作了几百万字的作品,还大量重印了过去的作品。这些老作家的稿费收入应该十分可观。就是刚出道的年轻作家依靠一本著作也有丰厚的稿费收入,如《保卫延安》《青春之歌》和《红岩》等都是"流行"读物,印数都在几十万册。梁斌的《红旗谱》和《播火记》由中国青年出版社和百花文艺出版社同时印行,稿费不菲,被称为"十万富翁"。

获取国家工资待遇,就有了一定的物质保障和社会地位,作家们的思想观念也就要求与物质基础和政治待遇相一致,他们的阶级出身、历史经历与社会要求恰恰又不一致,显然就需要进行思想变革和身份确认。阶级出身成为身份原罪,"小资产阶级出身并在地主资产阶级教养下成长的文艺工作者,在其走向与人民群众结合的过程中,发生各种程度的脱离群众并妨害群众斗争的偏向是有历史必然性的,这些偏向,不经过深刻的检讨反省与长期的实际斗争,不可能彻底克服,也是有历史必然性的"①。所以,思想变化有一个长期过程,并且,中国的知识分子有其历史的特殊性,"对资产阶级,对知识分子的问题处理不好的话,对革命事业是不利的。对资产阶级的办法,中国就与苏联不同。中国的资产阶级和他们的知识分子,人数虽少,但是他们有近代文化,我们现在还是要团结他们。地主阶级也有文化,那是古老文化,不是近代文化,今天用不着"②。这样,对知识分子的使用和改造需要同时进行,改造完成之后也是为了更好地使用。改造思想是新中国很长一段时间的政治任务,中共党史专家胡绳这样描述这段历史:"知识分子的思想改造,'是我国在各方面彻底实现民主改革和逐步实行工业化的重要条件之一'。建国之初,广大知识分子爱国热情很高,大多数有成就的知识分子不肯跟随国民党逃亡而留在大陆迎接解放,以李四光、老舍为代表的著名知识分子大批回国参加建设,就是一个明证。知识分子学习热情也很高,他们要求了解新社会,了解中国共产党,了解马克思列宁主义毛泽东思想。"③这里,胡绳说的主要是知识分子接受思想改变的主动热情高,没有提及知识分子思想改变的社会环境和历史情势。

相对于群体力量和社会发展而言,作为个体的作家总是单

---

① 《中共中央宣传部关于执行党的文艺政策的决定》,《毛泽东文艺思想全书》,吉林人民出版社,1992年,第1119页。
② 毛泽东:《同音乐工作者的谈话》,《毛泽东著作选读》,人民出版社,1986年,第749页。
③ 胡绳:《中国共产党的七十年》,中共党史出版社,1991年,第311页。

薄而弱小的,需要不断学习、不断进步,以求思想的改变。作为一种方法的思想运动在延安时期已被充分实践,1949年以后,思想改变上升到一项社会运动,成为团结和斗争策略。在何其芳看来,在革命文化界和文艺界的内部,实行长期的彻底的思想运动是毛泽东思想的伟大创造,"是在党内保持工人阶级先锋队的思想上的纯洁和在党外扩大工人阶级思想的阵地的伟大创造",是"建设新中国,建设社会主义社会"是否顺利和成功的前提,对作家而言,"全国的文艺工作者要无愧于光荣的'人类灵魂的工程师'的称号,就必须在这种自我教育和自我改造的运动中,走在全国人民的前面"[1]。沈从文检讨自己曾经在几个大学里"鬼混"了20年。萧乾批评自己的个人英雄主义思想。朱光潜说帝国主义的西洋教育把自己培养成了一个自以为超越政治和社会的"怪物"。这种自虐性的自我批判充斥着一种罪感意识,它主要来源于思想立场的错误,不革命或反对革命,也来源于思想观念的糊涂和资产阶级的家庭出身和教育。范文澜1952年在中国科学院检讨时说,知识分子家庭的经济地位,一般在小资产阶级以上,无产者家庭的子弟不可能或极少可能进入高级学校,更不用说到国外留学了。非无产阶级出生与中外反动阶级的教育,必然使知识分子深受帝国主义、封建主义以及自由资产阶级或小资产阶级思想的影响。丁玲也说过类似的话:"我们

---

[1] 何其芳:《毛泽东的文艺方向》,《何其芳文集》第4卷,人民文学出版社,1983年,第371页。

从什么地方来？不可否认我们一般都是小资产阶级出身,当我们还没有决定自己要为无产阶级服务,要脱离本阶级,投身到无产阶级中来以前,我们是为小资产阶级说话的,带有本阶级的一种情绪。但进步理论的接受,社会生活上的黑暗,使我们认识了真理,我们转变了。然而要真真地脱去小资产阶级知识分子的衣裳,要完全脱去旧有的欣赏、趣味、情致是很难的。我们的出身限定了我们不能有孙悟空陡然一变的本领。加上我们的知识、文学教养里面也包含了很多复杂的思想和情趣。"曾经阅读过的各种封建和资产阶级的文学书籍,虽也曾被"深深地感动"过,还养成了"崇高的感情",但"或许却是唯心的","这一些沉滤在我们的情感之中的杂质,是必须有一个长期而刻苦的学习才能完全清除干净的"[1]。虽然说这些话是1942年,1949年后的丁玲依然持这样的立场和态度。知识分子的出身也让他们背负着沉重的历史负担,不得不进行自我批判,甚至出现自虐和失态,成为语言表演的应时策略。就是到了20世纪80年代思想解放时期,仍有作家提出"思想解放和思想改造"的同一性,认为"在强调思想解放的同时,也强调一下思想改造?"[2]好在时代不同了,思想解放更合乎时代潮流和要求。

有意思的是,20世纪50—70年代,由于作家和知识分子需

---

[1] 丁玲:《关于立场问题我见》,《丁玲全集》第7卷,河北人民出版社,2001年,第67页。
[2] 臧克家:《致胡耀邦》,《臧克家全集》第11卷,时代文艺出版社,2009年,第186页。

要经常写自我思想批判方面的文章,报刊上还出现了《对写好检查提纲的意见》文体样式介绍文章①,专门教人们如何书写检查,成了一种时代文体。思想检讨的形式多种多样,基本方式主要有两种:一是参加各种政治和业务学习;二是下放到社会生产第一线锻炼,不同活动形式都是为了改变思想。1952年年初,全国文联组织文艺工作者深入部队、工厂、农村体验生活,改造思想。作家积极参加土地改革,了解中国社会现实,接受马克思主义思想,参加抗美援朝,清除西方自由主义思想,建立民族主义和英雄主义思想。巴金在去朝鲜以后,就深深感到,"在志愿军部队中间七个月的生活,对我一生有很大的影响,在生活上和在创作上都有很大的影响。因为我生活在新的人中间,我生活在英雄们中间。在我的周围每天都在发生可歌可泣的英雄事迹。我每天都受到那种深厚的爱和强烈的恨的感染。我自己的感情也逐渐在改变"②。

举办各种讲座和培训也是改变思想的重要方式。1950年5月30日,《文汇报》报道"培养文学干部,文协主办讲座"的消息,每逢星期日举行,共举办了21次。1954年7月17日,中国作家协会主席团第七次扩大会议讨论通过文艺工作者学习政治理论和古典文学遗产的参考书目。书目以《文艺学习》编辑部的名义,刊载于同年第5期《文艺学习》上,以文学组织的方式规

---

① 洪涛:《对写好检查提纲的意见》,《文汇报》1952年9月1日。
② 巴金:《衷心的祝贺》,《巴金全集》第14卷,人民文学出版社,1990年,第196页。

定作家看什么书不看什么书。阅读书目主要有理论著作:《共产党宣言》《社会主义从空想到科学的发展》《费尔巴哈与德国古典哲学的终结》《论个人在历史上的作用》《卡尔·马克思》《列宁文选》《帝国主义是资本主义的最高阶级》《国家与革命》《共产主义运动中的左倾幼稚病》《列宁主义问题》《无政府主义还是社会主义》《与德国作家卢德维希的谈话》《与英国作家威尔斯的谈话》《马克思主义语言学问题》《苏联社会主义经济问题》《苏联共产党历史简明教程》《在第19次党代表大会上关于联共中央工作的总结报告》《列宁斯大林论中国》《毛泽东选集》《马克思、恩格斯、列宁、斯大林论文艺》《苏联文学艺术问题》,等等。文学名著书目,包括中国、俄国、苏联以及英法美德意等国家的古今作品,如中国的《诗经》《论语》和"四大名著"等,外国的诗歌、小说和戏剧等,共计137种。有意思的是,有关中国现代文学阅读书目,只有鲁迅的小说、杂文和杂感选集,以及《瞿秋白选集》等作品。

自我思想批判是一项长期的工作任务。周恩来曾说:"不要怕听改造这两个字。改造,包括对非马克思主义思想和习惯势力的改造","改造没个完,一直到死还要改造,那时也不能说改造够了,只是比现在好一点","如果以为自己改造完成了,不需要再改造了,他就不是好的共产党员。"[①]思想改变不能急,要长

---

① 周恩来:《在文艺工作座谈会和故事片创作会议上的讲话》,《党和国家领导人论文艺》,文化艺术出版社,1982年,第43页。

期坚持,要有耐心。最后上升到采取各种各样的政治运动,对作家的影响也更大,不少作家由受到思想批判发展到被划为"右派",再到"文革"被下放到"干校",接受劳动改造,乃至受到迫害。1957年划定"右派"有六种处理情况:第一类,开除公职,送劳动教养;第二类,监督劳动;第三类,留用察看;第四类,撤职;第五类,降职停薪;第六类,只戴帽子,不予处分。如是共产党员和共青团员,被划为"右派"后一律开除出党团组织。实际上,无论是哪一种处理,对作家和知识分子都是不幸和残酷的。

作家本身不过是一种社会角色,它主要体现为作家的社会地位和行为模式。作为社会角色的当代作家,国家和人民对他们的期望和要求非常高,而作家对自己的角色身份的认知却有一个缓慢过程,即使他们对自己所担当的历史重任有所认识,但他们内心的文学之梦也让他们常常陷入犹豫彷徨之中,虽然他们对自己应该做什么、怎样做才符合自己的身份不无理解,但又不能完全配合要求,即使有配合也不令人满意。这就使作家们的角色行为与社会期望之间出现不一致,正是这种种矛盾的交织、渗透、克服和抵消状态,才是当代文学的创作生态。

二、文学读者与文学功能

社会主义文艺工作被看作"政治思想工作中的一个重要部分,是整个党的宣传教育工作中的一个重要部分。其理由其原因就是它是对广大人民进行教育的一个强有力的武器"①。具体地说,就是"对广大人民群众进行共产主义人生观和人民民主革命教育的强有力的武器"②。文艺的武器化和工具化也是社会主义文艺的基本特征,它是由社会主义文艺的性质和定位决定的。当代文学遵从列宁所说的社会主义文学是替千千万万劳动人民服务的文学,"二为"方向中有为工农兵服务、为社会主义服务要求,"双百"方针也"建立在尊重人民、信任人民的基础上"③。社会主义意识形态需要文艺,人民群众也需要文艺。前者是政治利益,后者是文化需求。也可以说,正是因为人民需要文艺,所以社会主义意识形态才要求文艺。"人民要看电影、戏剧等,这就是需要。人民看了戏、电影、文学作品以后,要能够教育他,提高他的社会主义觉悟,提高他的文化水平,这就是利益。所以文艺是党和国家对广大群众进行社会主义教育、共产主义教育的强大武器之一。所以创造社会主义新文学、新艺术是建设社会主义新文化的极重要的部分。"④实际上,利益也是一种需要,是一种更大的政治需要。这样,在文艺与人民构筑的利益结构里,最核心的还是政治利益。"对人民进行社会主义教育,

---

① 周扬:《在中国共产党第一次全国宣传工作会议上的报告》,《周扬文集》第2卷,人民文学出版社,1985年,第66页。
② 周扬:《整顿文艺思想,改进领导工作》,《周扬文集》第2卷,人民文学出版社,1985年,第133页。
③ 周扬:《与日本作家的谈话》,《周扬文集》第3卷,人民文学出版社,1990年,第366页。
④ 周扬:《在中国共产党第二次全国宣传工作会议上的发言》,《周扬文集》第2卷,人民文学出版社,1985年,第283页。

是社会主义的需要"①,因为文学影响广泛,效果明显,方式便捷。"说它重要,是因为它每天都联系千百万群众,影响千百万群众的精神生活,因为每天,人们都要看戏、听广播、看书。我们党就应当利用这个工具来影响人民的精神生活,提高人民的精神生活,培养人民新的道德品质,建立新的社会风气,要移风易俗。所以我们党一定要抓住这个武器。"②周扬说得如此直白。1953年,在第二次文代会上,周扬对文学任务做了同样的说明:"劳动人民作了国家的主人;随着他们物质生活状况的改善,他们需要新的精神生活。为满足群众的日益增长的文化需要,创造优秀的、真实的文学艺术作品,用爱国主义和社会主义的崇高思想教育人民,鼓舞人民向着社会主义社会前进。"③"需要"和"教育"成为社会主义文学主要的功能价值。由于劳动者成了国家主人,"需要精神生活",在特定历史时期,文学艺术就成为满足人民群众精神生活的唯一方式。这里的"精神生活"主要是指一种情感娱乐和思想引导,是与物质生活相对的思想情感"生活",而不是精神层面的思考和创造。

文学的功能和作用一旦被设定,文学的价值取向也就被规

---

① 周扬:《在全国第一届电影剧作会议上关于学习社会主义现实主义问题的报告》,《周扬文集》第2卷,人民文学出版社,1985年,第194页。

② 周扬:《在中国共产党第二次全国宣传工作会议上的发言》,《周扬文集》第2卷,人民文学出版社,1985年,第284页。

③ 周扬:《为创造更多的优秀的文学艺术作品而奋斗:一九五三年九月二十四日在中国文学艺术工作者第二次代表大会上的报告》,《周扬文集》第2卷,人民文学出版社,1985年,第234页。

定下来。人民利益是国家的政治利益,也是文学的根本利益。社会主义文学要实现与人民群众的结合,占领思想意识领域,自然就要形成自己的读者和接受群体,这恰恰被看作社会主义文化优越性的标志。资本主义文化雅俗分明,采取双轨制,"我们是按人民的需要,接受程度,把他们今天能接受的东西给他们,而且不断随着他们文化的提高,把人类文化最好的东西交给他们。劳动人民是全部文化遗产最合法的继承人,我们要为他们而创作,要逐步把全部文化交给他们"①。让劳动人民成为全部文化遗产的"合法的继承人",这是多么崇高而伟大的文化梦想。但要在社会实践中真正实现,则是一件非常艰难而漫长的事。

文学的人民利益被确定为文学的道德和纪律,成为规范作家和文学的制度力量。"文艺工作和群众结合是永远需要的,文艺工作永远要在党的领导下跟群众紧紧相结合。"②这是对作家提出的要求。"人民是有完全的权利要求文艺工作者产生比现在更多而又更好的作品的。因为人民在政治上和文化上迅速地成长了,他们对艺术的要求和趣味迅速地提高了,他们就不但要求新的文学艺术创作有足够供应他们需要的数量,而且还要求

---

① 周扬:《关于普及和提高问题》,《周扬文集》第3卷,人民文学出版社,1990年,第144页。

② 周扬:《关于电影〈鲁迅传〉的谈话》,《周扬文集》第3卷,人民文学出版社,1990年,第286页。

这些作品有适合于他们要求的水平。"①这是人民群众对文学作品的要求。西方接受美学把文学阅读和消费纳入文学意义生产过程,"只有当作品的连续性不仅通过生产主体,而且通过消费主体,即通过作者与读者之间的相互关系来调节时,文学艺术才能获得具有过程性特征的历史"②。文学史是作者的历史,更是读者的历史,文学读者也是文学史的书写者,它们有权利改写文学的意义,从此,文学意义也就失去了稳定性和权威性,而进入一个相对主义时代。但它们没有权利要求作家应该怎样不应该怎样,作家可以满足读者的需求,也可以置之不理。读者所起的作用只是参与文学意义的发生,却不能完全决定或支配文学。当代文学中的人民群众不同于接受美学意义上的接受者和文学读者,他们的地位和作用虽然也远远高于一般意义上的文学读者,但他们并没有文学接受的选择性和主体性,并不能真实表达自己的文学愿望,更不能自由敞开文学阅读和接受中的历史经验和阅读惯性。早在1949年,《文艺报》就举行过传统连载、章回小说的作者座谈会,研究该类小说的创作经验和文学读者情况。陈企霞在会上说:"不管哪一种文艺形式,当其被许多人所欢迎或注意时,我们就不能置之不理。"丁玲也希望"大家团结

---

① 周扬:《为创造更多的优秀的文学艺术作品而奋斗:一九五三年九月二十四日在中国文学艺术工作者第二次代表大会上的报告》,《周扬文集》第2卷,人民文学出版社,1985年,第239页。
② 姚斯:《走向接受美学》,《接受美学与接受理论》,辽宁人民出版社,1987年,第19页。

起来,争取小市民阶层的读者为人民服务",她认为:"过去新小说没有打进这一小市民读者层,今天我们也需要团结原来的这批人打进这一层去",改变小市民读者的思想和趣味,要和它"作战","改变自己对那些琐碎的人间私事的趣味,要对人民事业有趣味。"①文学"趣味"是文学欣赏的前提,如果文学趣味不存在,就只能接受文学中的"道理",文学阅读就变成文学教育了。这样,无论是用文学方式实现教育功能,还是在文学阅读中获得教育,文学趣味和文学审美将会越来越疏远和陌生了。

那么,人民群众是否可以对文学提出自己的要求呢?应该说,他们对文学肯定有要求和期待,但基本上都处于被动的沉默状态,缺乏自觉性和参与性。所谓"人民的要求"主要是政策预设,它所体现的主要是社会国家的政治要求。的确,文艺是"关系着千百万人的事情",作家也应以"千百万人的观点来观察事情",而不应该按照抽象的标准去观察,而"按照千百万人的实际去看,从千百万人的关系去看"②。这里的"千百万人"是指作者创作的思想立场和出发点,是文学创作获取合法性的依据。由此,对作家进行思想教育也就有了合理性,因为"文艺工作者的职责就是通过自己的作品去教育人民和改造人民的思想。要教育和改造别人,首先就得教育和改造自己"③。文学要教育人

---

① 杨犁:《争取小市民层的读者》,《文艺报》1949年第1卷1期。
② 周扬:《在全国第一届电影剧作会议上关于学习社会主义现实主义问题的报告》,《周扬文集》第2卷,人民文学出版社,1985年,第231页。
③ 周扬:《整顿文艺思想,改进领导工作》,《周扬文集》第2卷,人民文学出版社,1985年,第133页。

民,正人先正己,先改造好自己,再创造合乎读者需要的文学作品,这完全合乎社会主义文学逻辑。在这样的逻辑里,作家也成为一种文学工具和桥梁。"一个作家如果不努力去熟悉人民的新的生活,努力用社会主义精神去教育群众,帮助他们前进,那他将要不可避免地为人民所不需要,而成为时代的落伍者。"①人民群众主宰和判断作者的进步与落后,与人民同行,与时代同步,才是作家的人生选择和文学目标。不然,就会成为时代的落伍者、人民的叛离者,这还算是比较轻的判断,严重者还会被取消作家资格。"如果说一个作家想写什么就写什么,对社会没有一点责任感,对于人民都没有责任感,对于党他也没有责任感,那还成什么作家?"②那么,什么样的作家才是合格的呢? 就是那些"真正愿意为工农兵服务","把创造能为千百万群众所理解和爱好的作品当作自己最光荣的任务"的作家才是"进步的"③,才合乎时代要求。

人民作家不但要与人民群众同呼吸,共命运,还要有"共同的思想、语言和情感"④。在思想、语言和情感上,作家要与人民

---

① 周扬:《为创造更多的优秀的文学艺术作品而奋斗:一九五三年九月二十四日在中国文学艺术工作者第二次代表大会上的报告》,《周扬文集》第2卷,人民文学出版社,1985年,第248页。
② 周扬:《文艺创作和艺术表演》,《周扬文集》第3卷,人民文学出版社,1990年,第109页。
③ 周扬:《为创造更多的优秀的文学艺术作品而奋斗:一九五三年九月二十四日在中国文学艺术工作者第二次代表大会上的报告》,《周扬文集》第2卷,人民文学出版社,1985年,第259页。
④ 周扬:《与日本作家的谈话》,《周扬文集》第3卷,人民文学出版社,1990年,第368页。

群众达到完全的一致,显然会有一定困难。人民群众是一个社会群体,不完全是文学读者。周扬说:"新文艺是社会主义的,人民的新文艺"①,"人民的创造力是无穷的"②,这都是历史唯物主义的说法,不完全是文学传播和文学接受层面上的文学读者。1949年9月,周恩来在中国人民政协第一次全体会议上,把"人民"的构成解释为"工人阶级、农民阶级、小资产阶级、民族资产阶级,以及从反动阶级觉悟过来的某些爱国民主分子"③。这里的"人民"主要是阶级的集合。周扬认为:"人民的内涵因各时代而不同","今天我国,人民是指工人、农民、进步知识分子和进步资产阶级","今天一切都是人民的","首先是人民共和国,还有人民文学、人民美术、人民出版社,都是人民的。"④这里的"人民"是物质和精神财富的生产者和拥有者,是社会主义的劳动者,是接受教育的多数人。由此可见,人民主要是指阶级属性,带有强烈的意识形态特征,也是政治利益的话语表达方式。对文学创作、流通和接受而言,文学读者既是实实在在的,也有想象和虚构成分。人民和政治是社会主义文学的两个基本命题,人民是一个复数的集合,它的意义既抽象又实在,既确定又

---

① 周扬:《在中国共产党第二次全国宣传工作会议上的发言》,《周扬文集》第2卷,人民文学出版社,1985年,第286页。
② 周恩来:《当前财经形势和新中国经济的几种关系》,《建国以来重要文献选编》第一册,中央文献出版社,1992年,第84页。
③ 周恩来:《人民政协共同纲领草案的特点》,《建国以来重要文献选编》第一册,中央文献出版社,1992年,第17页。
④ 周扬:《对编写〈文学概论〉的意见》,《周扬文集》第3卷,人民文学出版社,1990年,第265页。

丰富,在不同场合有不同的含义。人民的文学在更多的时候是强调作家要为人民写作,"人民"和"作家"都带有社会主义意识形态特征。

事实上,人民群众是否真正获得了文学教育,那又是另一个问题。文学读者本来就是文学意义的生产环节和接受主体,它影响文学意义的发生,却不能完全控制文学创作。一个作家的写作,他考虑的读者可以是现实的,也可能是未来的,可以是具体的,可以是抽象的,甚至是模糊、不清晰的。读者对他的约束力在多数时候也是间接的。当然,在市场经济时代,那些专门为市场读者写作的作家,读者的影响却非常明显,包括题材选择、主题模式乃至艺术技法都有牵制作用。社会主义文学读者主要是人民群众,人民要求等同于读者需求,它对文学创作的影响有着决定性作用。文学要满足人民群众的要求,就"必须高度地反映我们伟大的现实!而不是低级的反映,更不是缺少反映",必须创作出"充分真实地、生动地反映我们的现实、思想性和艺术性都高强的优秀的作品",不然,"人民对于我们的怠惰、敷衍了事、粗制滥造,以及公式化、概念化的作品",就会"大大的不满"[1]。"人民的要求"也是社会政治的要求。人民群众真正发展到需要文学的地步,这时的人民群众自然就有了文学主体性,自然也会懂得选择什么样的文学。如果始终是停留在接

---

[1] 冯雪峰:《克服文艺的落后现象,高度地反映伟大的现实》,《冯雪峰论文集》(下),人民文学出版社,1981年,第4页。

受教育,这也在一定程度上表明他们多数时候还是被动的,缺乏真实的文学愿望。这时的"人民的要求"自然也成了一种理论假设。

第三章

文学修养与当代作家培养

　　成为作家,是一种社会荣誉。当代文学作者的创作热情高涨,但是,大多数作者缺乏文学素养,这制约着当代作家的成长和成熟,也影响到当代文学的发展。文学素养之于作家创作的重要性,老作家深有体会,青年作者也切实盼想。当代文学领导和文学组织非常重视作家的知识积累和素养提升,将作家培养作为中国文联和作协的重要任务。一批老作家和批评家也积极参与青年作者的培养和指导,特别强调文学修养对于文学创作的作用。但是,时代要求与作家愿望,培养方式和实际效果,并不如愿,也不相符,外在需要也没有转换成为主体价值,反而出现了一定的距离和错位。

20世纪80年代初,王蒙曾经提出作家学者化问题,认为许多作家提起笔来,靠的是深厚的阶级情感、丰富而又实际的生活经验、活泼的群众语言以及被艰苦的人生锻就的聪明机智,而不是依靠学问或学识。在他看来,作家不一定都是学者,但大作家都是非常有学问的人,如中国现代文学史上的鲁迅、郭沫若、茅盾、叶圣陶、巴金、曹禺、谢冰心,"有哪一位不是文通古今、学贯中西的呢?"虽然当代作家"在革命化、工农化、深入生活、劳动锻炼、联系群众、政治觉悟、社会意识、斗争经验"上胜于前人,但是,"建国三十余年来,我们的作家队伍的平均文化水平有降低的趋势(近年来可能略有好转),我们的作家愈来愈非学者化,这也是事实。而且,这是一个严重的事实"。因此,"如果不正视和改变这种状况,我们的文学事业很难得到更上一层楼的发展"[1]。王蒙所说作家非学者化的问题曾经是1950—1980年当代文学中普遍存在的现象,也曾被各级作家协会和批评家高度重视,他们还提出了不少改进措施和建议,但问题依然存在,且愈演愈烈,制约着当代文学的创新和发展,直至80年代老生代作家复出和先锋派作家的出现,作家的修养才得到大幅度的改善和提高。

---

[1] 王蒙:《一个值得探讨的问题:谈我国作家的非学者化》,《读书》1982年第11期。

一、文学修养成了问题

对作家而言,文学修养本来不应该成为一个问题,但在当代文学中却成了问题,并且是一个严重问题。《文艺报》曾编辑出版《文学十年》,主要展现1949到1959年间的文学成就,其中提到"十年来的文学新人",说"要想精确地说出十年来涌现的文学新兵的数字,是不可能的;就是作出一个大致不差的估计,也很困难"[①]。新中国成立后10年间涌现出不少文学新人,所提到的短篇小说作者,就有杜鹏程、李准、王汶石、玛拉沁夫、孙峻青、王愿坚,还有工人作家胡万春、费礼文、阿凤、唐克新、陆俊超、万国儒,农民作家王安友、韩文洲、申跃中、刘勇、徐银斋,战士作家崔八娃、车如平等,少数民族作家李乔,还有茹志鹃、浩然、方之、林斤澜。长篇小说作家有梁斌、杜鹏程、曲波、杨沫、玛拉沁夫、高玉宝、陈登科。诗人有郭小川、闻捷、未央、李学鳌、温承训、黄声孝、韩忆萍、刘章、张志民、苗得雨、李瑛、严阵。戏剧作者有陈其通、胡可等,可谓江山代有才人出。新中国成立后的10年间,还不断涌现文学的群众创作运动,有工人文艺竞赛、战士诗歌运动和农村民歌运动,被认为是文学蓬勃生机的表现。仅就诗歌而言,其"形象的鲜明,音节的整齐、响亮,色彩的明朗,语言的精

[①] 《十年来的文学新人》,《文学十年》,作家出版社,1960年,第275页。

练生动",也被看作现代新诗的丰富与发展①。说归说,成绩背后也有问题,虽然"一张白纸可以写最新最美的文字,画最新最美的图画",群众创作也可显示劳动人民在文学创造上蕴藏着无穷精力和才能,虽不应被轻视或泼冷水,不能违背群众表达的强烈意愿,以及提出过高要求,妨碍他们的艺术生产②。虽然文学生产热情高涨,作者人数众多,作品数量大,但并不能保证作家都富于文学素养,作品都有高质量,这确是当代文学创作存在的问题。

1953年,冯雪峰就意识到了问题。"打开我们的作品来看,那么,文理不通、语法不通、词语杂乱、拖沓,以及有的句子甚至费解到不知所云,等等,连寻常的文章里都不允许的现象,也还能在我们的文学作品上看见","我们文学上的语言是极不丰富,极不洗练,极不纯洁,缺少生动性和明确性,也缺少民族的性格,而且还存在惊人的杂乱现象","有不少作品,在内容上是有它一定价值的。可是几乎全部价值都被它的拙劣的语言所毁灭了"③。到了20世纪60年代,老舍依然说同样的问题:"建国十二年来,我们青年的文学创作有很大成绩。但也不无缺点。缺点之一,恐怕就是没有充足的基本功。一本小说,一个剧本,内

---

① 邵荃麟:《文学十年历程》,《邵荃麟全集》第2卷(上),武汉出版社,2013年,第402页。
② 同上书,第403页。
③ 冯雪峰:《我们的任务和问题》,《冯雪峰全集》第6卷,人民文学出版社,2016年,第54页。

容很充实,固然很好,但它究竟是艺术作品,必定要完整、精练、美丽。如果缺乏语言的基本功,就会把事实都写下来了,却写得不漂亮,不简练。这就是缺点。"①老舍说的是作家的文学基本功,实际上,从艺术技巧到文化知识,从作家作品到中外文史,他们或多或少都存在文学修养不足的缺憾。周扬也变相承认,"我们的社会主义文艺是有成绩的。开国以来出现许多好作品,但像郭沫若、鲁迅这样的作家现在还没有产生,因为新的一代准备还不够。鲁迅是有充分文化准备的,鲁迅、郭沫若以至周作人都是读了很多书的",今天的年轻作家"有斗争经验方面的准备,可是知识准备不够,所以要补课读书"②。"鲁迅、郭沫若在文化建设上有很高的成就,是与他们继承古代文化遗产分不开的。"③这个时候,现代作家的学养就成了一面镜子,照出当代作家的浅陋来。据林默涵回忆,他与柳青"文革"后相见,相视良久,竟同时发出感叹:"我们读的书太少太少!"④深感知识欠缺,缺乏看问题的理性。一句话,相对于老一辈作家,当代青年作者的确缺乏文化修养和文学素养,说这话的时候,从现代过来的老作家还没有受批判。五四一代老作家旧学根底深厚,新学视野

---

① 老舍:《本固枝荣:对天津市爱好文学青年的一次讲话摘要》,《老舍全集》第18卷,人民文学出版社,2013年,第179页。
② 周扬:《对编写〈文学概论〉的意见》,《周扬文集》第3卷,人民文学出版社,1985年,第237页。
③ 周扬:《对古籍整理出版的意见》,《周扬文集》第3卷,人民文学出版社,1985年,第14页。
④ 邢小利、邢之美:《柳青年谱》,人民文学出版社,2016年,第168页。

开阔,成为新文学超越传统、探索新样式、创造文学经典的重要保障。

1956年3月5日,在中国作协第二次理事会扩大会议期间,刘少奇同周扬和刘白羽谈话,他说道:"我们的作家,如果要成为一个好的专业作家,应该具有丰富的知识,应该懂得自然科学,化学、代数、几何、微积分,也应该懂得历史知识和世界文学知识,至少应该懂得一种外国语,要能看原文。既然是大作家,就应该懂得外国文。"如按懂外语作为标准条件,当代作家修养更成问题。刘少奇还承认:"我们许多作家,是革命培养出来的,有丰富的斗争经验,和群众也有联系,就是知识不够,是土作家。只懂得关于老百姓的一点东西,不知道世界知识。只当土作家是不行的。"[1]周扬在大会上也使用了"土作家"这个概念。实际上,当代作家们也毫不讳言艺术修养不足的问题,他们承认"还没有很好地掌握短篇小说这个形式。在很多青年的作品中,由于忙着交代事件,又不知道怎样交代,作品情节的'密度'都是不够的,有时候就像一个提纲。我们还不会衡量轻重,不会把交代过程减少到最低程度,把人物性格突出地、细致地表现出来。就像编织毛衣一样,我们不是把袖子编得太长,就是把腰身编得太短"[2]。作家对人物和事物的描写"太简单了",写人的感动,

---

[1] 刘少奇:《关于作家的修养等问题》,《党和国家领导人论文艺》,文化艺术出版社,1982年,第80页。
[2] 李准:《李准的发言》,《中国作家协会第二次理事会会议(扩大)报告、发言集》,人民文学出版社,1956年,第232页。

只写流泪,男人、女人和战士都是一样的面孔,"很少有爱情的描写,即使有也是很简单化,甚至生硬。我们的古人,从'诗经'一直到'聊斋',在这方面都写得很出色"①。连《百合花》作者茹志鹃也承认学养不足,"解放以后,涌现的许多作家中,受过完备的大学教育的,则更是凤毛麟角",于是,她希望通过自学成长,"文学创作这条路,不仅可以自学,好像还必须通过自学"。在她看来,"一个作家应该是一个思想家。我们现在搞创作的距离思想家还很远。鲁迅是伟大的文学家,也是伟大的思想家"②。作家需要生活经验和文学想象,更需要文化知识和社会思想,它们如鸟之两翼、车之两轮,有了它们,作家才可以走得远,飞得高。至于茹志鹃提到文学家还应是思想家,它确实是当代作家难以企及的目标。尽管周扬也提出过同样的要求,"思想是灵魂,没有思想是不可能成为大作家的"③,但他所说的思想主要还是观念,是想法,当他说"技巧里面也是包含了思想的"④的时候,他的意思一下就明白了。

1949年后登上文坛的青年作家,几乎都是工农兵出身,少有家学或师学传统,这自然会影响到他们的知识结构、文化素养和审美趣味。1921年出生的杜鹏程说,"往上数三代,我家没有

---

① 叶君健:《叶君健的发言》,《中国作家协会第二次理事会会议(扩大)报告、发言集》,人民文学出版社,1956年,第247页。
② 茹志鹃:《漫谈我的创作经历》,湖南人民出版社,1983年,第60页。
③ 周扬:《对文艺工作的希望和对作家的要求》,《周扬文集》第3卷,人民文学出版社,1985年,第87页。
④ 同上书,第89页。

读书识字的——我算是唯一的识几个字的人"①,"我小时在私塾读过一些四书五经之类的书,所以浅的古文书籍多少可以似懂非懂地看一些,我把书店中那些流行一时的中国民间小说,如《三国》《水浒》以及剑侠小说囫囵吞枣地看了很多"②。到了延安,他才开始阅读哲学、历史、政治经济学方面的著作。1949年开始写作《保卫延安》,同时大量阅读古典作品和苏联文学作品,如《战争与和平》《铁流》《毁灭》,这些小说的人物刻画、结构布局、情节场景处理技巧,都影响到了他的小说创作。曾经轰动一时的浩然也有同样的阅读经历,他曾经学过高中语文和初中一年级数学,自学过巴人的《文学初步》和苏联季摩菲耶夫的《文学原理》,读过陆侃如、冯沅君的《中国文学史》③。为了创作长篇小说,他还阅读了苏联作家肖洛霍夫的《静静的顿河》,传统的《红楼梦》和《三国演义》,"觉得自己能把握长篇了"④,就开始动手写作。这样的文学阅读经历,如放在现代文学环境,最多算是文学爱好者,但他们却成了当代著名作家,真是此一时也,彼一时也。

当代作家柳青与他们不同,他的经典之作《创业史》除源于他的生活基础外,也仰仗于他的学养。他喜欢读书,"中外古今的一些名著他几乎都浏览过,而这一切却不曾为外人所了解",

---

① 杜鹏程:《平凡的道路》,《杜鹏程研究专集》,福建人民出版社,1983年,第9页。
② 同上书,第13页。
③ 浩然:《浩然口述自传》,天津人民出版社,2008年,第147页。
④ 同上书,第232页。

他拼命读书,喜欢藏书①,精读海明威《老人与海》②,在他"那用朴素的白纸糊墙的房里,一眼看去全是书",他"是个勤读书、勤思考的作家,他懂外语,熟知马列和中外哲学、文学名著,渴求新的知识,思维敏捷,眼界开阔,这使他不同于某些仅仅满足自己熟悉农村生活,故步自封,因而停滞不前的'土'作家。他精神生活、内心世界的富有,与他一贯的极其淡泊简朴的物质生活、与他那身黑色中式布衣的穿着,恰成鲜明对比。他看上去实在像个当地普通的中年农民,最多像个村民办教师或算命先生"③。柳青拥有厚实的文学素养,他认为文学青年需"在生活中尽可能挤出时间读书",对作家而言,"一方面生活在现实生活中,另一方面又和书籍保持联系",既"在社会生活中保持住自己的独特性",又有丰富的现实感,而不至于因读书"把伪装的魔鬼当做上帝跟着跑"④。当书读多了,"在复杂的社会生活面前和古今中外作品面前,才能解放自己的思想,变得'自由'了,无束缚了"⑤。在这里,可以看到柳青不同于纯粹从战争战火中过来的作家,他还有自己的书斋生活,他甚至还说:"作家在社会生活中保持住一部分读书和写作的生活,没有什么根本不利的条件。"⑥对当代作家而言,深入生活是创作要求,在创作实

---

① 王维玲:《追忆往事》,《大写的人》,中国青年出版社,1982年,第67页。
② 陈淼:《铁骨铮铮》,《大写的人》,中国青年出版社,1982年,第17页。
③ 涂光群:《中国三代作家纪实》,中国文联出版社,1995年,第81页。
④ 柳青:《美学笔记》,《柳青文集》第4卷,人民文学出版社,2005年,第298页。
⑤ 同上书,第297页。
⑥ 同上书,第299页。

践中不断进行探索,同时需要接受思想教育,重视思想改造,这些要求容易获得共识,容易被人们所接受,但还要懂得创作高质量的文学作品,需要作家不断提高文学修养,需要如柳青所说的"读书生活",才不会眼低手低,才能创作出优秀作品,这些道理却常常不被青年作家所重视。

文学素养对作家创作的重要性,老作家孙犁既深有体会,他对读书自修情有独钟,可谓当代作家中的异数。20世纪70年代初,他有过一段休闲时间,他充分利用所得废纸和旧书,大量阅读,并在书衣上题书名、作者、卷数,亦将"偶然感触""附记之",成"书衣文录"。读杂书,形成了他的品位,累积了他的学养,成就了他的学问。后来,他一直主张作家要多读中外古典名著,"取法乎上","多看好作品,经常在头脑里有个较高的尺度,衡量我们的文字,衡量我们作品的思想和表现生活的高度"[1]。他评论韩映山的文学创作,指出他的叙述、描写和人物对话,借鉴了古典文学,艺术结构上也学习了外国文学[2],但也分明感到:"读书,我有这种感觉,一代不如一代。"[3]青年作者万国儒在短短几年间就出版了三部短篇小说集,茅盾对他赞赏有加;孙犁在为万国儒《欢乐的离别》撰写的"小引"里,仍希望他能扩大生活视野,扩大借鉴范围,向老一辈作家学习,因为他们都是"学贯中

---

[1] 孙犁:《勤学苦练》,《孙犁全集》第3卷,人民文学出版社,2016年,第496页。
[2] 孙犁:《作画》,《孙犁全集》第3卷,人民文学出版社,2016年,第540页。
[3] 孙犁:《文学和生活的路》,《孙犁全集》第5卷,人民文学出版社,2016年,第245页。

西的饱学之士",在青少年时代,他们就"读了汗牛充栋的书",不只是中国书,还读外国书,"我们读的书很少,这是我们创作上不去的一个重要原因"①。到了80年代,孙犁仍然强调作家文学修养的重要性,认为:"现在有一些青年人,在艺术修养这方面,功夫还是比较差,有的可以说差得很多",特别是读书少,相对于五四以来的大作家,"他们读书的情况,是我们不能比的。我们这一代,比起鲁迅、郭沫若、茅盾、巴金、郁达夫,比起他们读书,非常惭愧。他们在幼年就读过好多书,而且精通外国文,不止一种。后来又一直读书,古今中外,无所不通,渊博得很","现在我们读书都非常少,读书很少,要求自己作品艺术性高,相当困难。借鉴的东西非常少,眼界非常不开阔,没有见过很好的东西,不能取法乎上。只是读一些报纸、刊物上的作品,本来那个就不高,就等而下之。"②不读书,缺少参照物,就没有取法尺度和标准,只能创作一些等而下之的作品。这确是至理真言。

二、青年作者的组织培养

一般说来,当代作家的文学修养不应该成为问题,因为当代文学非常重视作家的学识积累和文化修养,还将作家培养作为

---

① 孙犁:《万国儒〈欢乐的离别〉小引》,《孙犁全集》第5卷,人民文学出版社,2016年,第350—351页。
② 孙犁:《文学和生活的路》,《孙犁全集》第5卷,人民文学出版社,2016年,第234页。

中国文联和作协的重要任务。1950年创办中央文学研究所,后来改为文学讲习所,中国作协1953年成立普及工作部,创办指导青年写作和阅读的刊物《文艺学习》,1955年成立青年作家工作委员会,采取阅稿、通信、巡回讲演、座谈会、报告会、训练班等方式,对青年作者给予多方面的指导和帮助。1953年,周扬在中国文学艺术工作者第二次代表大会上作报告,就提出"发现和培养工农作家、艺术家,是我们文学艺术方面的最重要的任务之一"[1],并且,还确定了任务和指标。1954年,在全国宣传工作会上,周扬再次希望"在第一个五年计划内(还有三年)每年培养一个作家,共培养出三个来,不知是否可以。培养作家当然是很困难的,有的甚至培养不成。作家要地方化。北京、上海应有许多作家,但作家都集中在北京、上海这是错误的办法。就是中央的作家,也应在地方上有根据地。苏联有许多作家都是地方的"[2]。郭沫若在中国文联和作协主席团会议上发言,也提出:"无论在任何方面我们都必须培养新生力量,必须把培养新生力量作为一项重要的中心任务。"培养新生力量,无论是重要任务还是中心任务,都是当代文学的历史责任和时代使命,至于如何培养,一般路径是发现、选拔和扶持,是"爱护、教育和锻炼"[3]。

---

[1] 周扬:《为创造更多的更优秀的文学艺术作品而奋斗:一九五三年九月二十四日在中国文学艺术工作者第二次代表大会上的报告》,《周扬文集》第2卷,人民文学出版社,1985年,第259—260页。

[2] 周扬:《在中国共产党第二次全国宣传工作会议上的发言》,《周扬文集》第2卷,人民文学出版社,1985年,第299页。

[3] 郭沫若:《三点建议》,《郭沫若全集》第17卷,人民文学出版社,1989年,第33页。

周扬和郭沫若都强调各级作协和文联等文学组织对作家的培养。孙犁1953年则提出文学刊物对培养作家的重要性,"培养新的作者,当然有各种方式和机构,在目前,我觉得一个文艺刊物的编辑,实际上负着这方面的光荣的责任","文艺刊物既是一块实际的园地,它就必须经常具备适当的土壤、雨水和气候"①。可以说,在文学政策和文学制度层面,作家成长有机会和空间,有提升文学修养的时代要求。

1954年7月17日,中国作协主席团第七次扩大会议,讨论并通过了文艺工作者学习政治理论和古代文学遗产参考书目,包括马克思列宁主义理论著作和中外古典文学名著两个部分。在"关于本书目的几点说明"中指出,"书目"是"专供文艺工作同志学习用的","以便有系统有计划地进行自修而开列"②,其目的是提高作家修养,对象是当代作家和批评家,当然也包括文学爱好者。书目内容丰富,如理论著作主要是马克思主义经典作家的政治、哲学论著,马恩著作3种,列宁著作4种,普列汉诺夫著作1种,斯大林著作6种,毛泽东著作5种。文学名著中国部分有《诗经》《楚辞》《论语》《孟子》《庄子》《史记》《西厢记》《聊斋志异》,以及李白、杜甫、苏轼、陆游和鲁迅作品,共36种;外国文学部分俄苏文学作品有普希金《欧根·奥涅金》、托尔斯泰《安娜·卡列尼娜》、契诃夫《樱桃园》以及高尔基、马雅可夫

---

① 孙犁:《论培养》,《孙犁全集》第3卷,人民文学出版社,2016年,第454页。
② 《文艺工作者学习政治理论和古典文学的参考书目》,《中国当代文学史史料选》(上),长江文艺出版社,2002年,第228页。

斯基等34种;其他各国部分从《伊利亚特》《奥德赛》《伊索寓言》,到朝鲜的《春香传》,共67种。开列书单目的是提高作家修养,指导和规范当代作家思想。当代文学是规范化的文学,其文学生产和文学形态都有一套制度化方式,拥有明确的价值预设。我想,如果作家们真正按照书单阅读,对当代作家的理论修养和文学素养的提升与丰富肯定会有帮助。

文学修养的提高主要还是依靠阅读。1960年,老舍提出成立读书小组,"约定时间举行座谈,交换意见",平常工作忙,"不易博览群书",读书小组"可以各将所得,告诉别人;或同读一本书,各抒己见;或一人读《红楼梦》,另一人读《曹雪芹传》,另一人读《红楼梦研究》,而后座谈,献宝取经"[①]。他还以鲁迅为范例,说鲁迅学识渊博、学养深厚,"鲁迅先生的渊博,助成了他的伟大。他的对中国古代学术的知识,放在另一个人身上,也许适足以教他成为一个有保守性的学者。可是,他既博古,又通今;既知东方的文学,又注意西方的;既创造,又热心翻译。他的学识使他心中有了一架最准确的天平,公平正确的秤量了一切;成见不能成为他的砝码!"事实是"学识越丰富","心里才越宽绰,成见才会减少"[②]。所以,他认为:"读书是件重要的事",可以得到知识,提高思想,培养感情,好比"眼睛有点近视,一读书啊就

[①] 老舍:《谈读书》,《老舍全集》第16卷,人民文学出版社,2013年,第646—647页。
[②] 老舍:《充实我们的学识》,《老舍全集》第17卷,人民文学出版社,2013年,第583页。

戴上了眼镜,眼看得远了,心里也透亮了"①。老舍并不是现代作家中以学问和思想见长的作家,却倡导阅读,增殖学识,足见其感受之切、忧思之深。

1956年2月27日—3月6日,中国作家协会召开第二次理事会会议(扩大),会议中心任务是"提高文学创作的思想和艺术水平,克服一切脱离现实主义的倾向"。茅盾致开幕词和结束语,作报告《培养新生力量,扩大文学队伍》,周扬作报告《建设社会主义文学的任务》,老舍作《关于兄弟民族文学工作的报告》,刘白羽作《为繁荣文学创作而奋斗》报告。茅盾在报告中说:"我国文学的新的一代的潜在力量是很雄厚的。这些新的作者,给我们的文学带来了新的声音,注入了新的血液"②,但也存在不少问题,"许多青年作者不了解一个作家需要有高度的文艺素养和文化素养。他们对于学习文艺理论和古典文学,存在着不正确的看法;对于各种科学文化知识,也很不注意。"③他提出在各个中等以上城市建立文学小组,组织文学爱好者学习;借助文学讲习所举办短期培训班,再创办正规的文学院,通过阅稿、通信、讨论作品,"有计划、有重点地进行对青年作者的辅导工作",每隔一两年召开一次青年文学创作会议,讨论青年作者作

---

① 老舍:《关于阅读文学作品》,《老舍全集》第17卷,人民文学出版社,2013年,第672页。
② 茅盾:《培养新生力量,扩大文学队伍:在中国作家协会理事会(扩大)会议上的报告》,《茅盾全集》第24卷,人民文学出版社,1996年,第431页。
③ 同上书,第439页。

品,交流经验,让老作家做指导,"与青年作家建立个别联系与个别地进行帮助(即'带徒弟')"①。再就是,加强文艺刊物和文学批评对培养青年作者的作用,他不无情绪化地说:"面对着这样伟大的时代,文学工作落后于现实的状况,是我们的耻辱。"②

周扬作大会报告时谦虚地说:"我不是作家,没有写过小说,也没有写过诗,算不上什么'文人',却被归到作家的队伍里来了。"③作为文学领导人,他提出,"青年作家是我们国家新的创作力量,是值得珍贵的。我们要用各种方法帮助他们成长。同时又对他们提出严格要求,要求他们提高政治修养、文学修养,成为道德品质优良,在写作上有高度技能的作家,这样可把中国文学事业推到世界高峰,在这个高峰上产生一个鲁迅,两个鲁迅,三个鲁迅,很多优秀作家,使我们文学创作事业走上历史上空前的繁荣和茂盛的时代"④。他强调了作家的文学修养,具体地说,就是政治修养、文化修养和道德修养,文化修养首先是文艺修养,要具备丰富的知识,历史知识、科学知识、外国文知识。由此,他还使用了"土作家"和"洋作家"概念,说:"我们有许多土作家,我们不是反对土作家,要洋作家,我们要求有世界知识

---

① 茅盾:《培养新生力量,扩大文学队伍:在中国作家协会理事会(扩大)会议上的报告》,《茅盾全集》第24卷,人民文学出版社,1996年,第441页。
② 同上书,第443页。
③ 周扬:《在全国青年文学创作者会议上的讲话》,《周扬文集》第2卷,人民文学出版社,1985年,第350页。
④ 同上书,第390页。

水平的作家。"①他所说的"土作家"就是从民间乡村走出来的青年作者,"洋作家"就是拥有西方知识文化的作家。

大会还通过了《中国作家协会一九五六到一九六七年的工作纲要》,将培养青年作家单独列为一项内容,具体做法是在工厂、机关、团体和学校建立文学创作者和爱好者小组;建立文学报刊通讯员制度;在地方作协建立青年作家工作委员会;举办青年作家短期训练班;举办文学讲座;为青年作者修改作品;召开青年文学创作者会议;请老作家作个别辅导;编选青年文学创作选集和评论选集;创办培养文学作家的学校等②。于黑丁还就《长江文艺》培养青年作家做了经验介绍,主要是设置"文艺通讯员"机制,鼓励和指导青年作家的生活和写作,对作者来稿要提出具体修改意见,对重点作者需作全面了解,加强与作者的联系,邀请他们到编辑部,或编辑部下去具体指导他们的创作,参与到青年作者的创作中去,为作家举办小型座谈会③。1956年3月15日—30日,中国作协和团中央联合召开了"全国青年文学创作者会议",来自25个省、自治区、直辖市和部队的480多人参加了会议。周恩来接见了与会代表,茅盾、老舍和团中央书记胡克实分别作《关于艺术的技巧》《青年作家应有的修养》和

---

① 周扬:《在全国青年文学创作者会议上的讲话》,《周扬文集》第2卷,人民文学出版社,1985年,第387页。
② 《中国作家协会一九五六到一九六七年的工作纲要》,《中国作家协会第二次理事会会议(扩大)报告、发言集》,人民文学出版社,1956年,第101—102页。
③ 于黑丁:《于黑丁的发言》,《中国作家协会第二次理事会会议(扩大)报告、发言集》,人民文学出版社,1956年,第177页。

《为社会主义写出更多更好的作品来》的大会报告。大会进行了分组讨论,一批老作家和评论家如赵树理、夏衍、公木、马烽、陈其通、张光年、袁鹰等参加了分组讨论。

赵树理在小组讨论会上即兴发言,他主要针对小组会上一些作者提出的问题发言,如是不是所有生活都写入文学作品,他认为不需要都变成文艺作品,可以写成其他文字。要写自己最熟悉的生活,生活只是材料,它和创作有关系,但不等于创作,如同"百货公司进货、销货的关系——进的时候是广为搜罗,销出的时候是可以搭配成套"①。他认为,生活材料进入人的脑子,有"整块的"和"化了的"之分,"整块的"是真人真事,"化了的"是某个或某类人"一连串的特殊印象"。在他看来,整块的用处不大,"化"在记忆里的材料,才"可调遣你的人物到任何环境中去"②。他还谈到理论批评与创作的关系,提出应将理论批评与具体作品对照着看,理解理论批评的"用语涵义的范围",不然,就"会造成若干新公式",比如"谈'怎样写矛盾',就会产生写矛盾的公式,谈了'这样写英雄',又会产生写英雄的公式"③。夏衍也出席了全国青年文学创作者会议,在会上谈到"知识就是力量",提出"我们应该老老实实地承认,我们这批文艺工作者,其实是比较地最无知识的人"④。于是,他希望作家应具有社会科

---

① 赵树理:《和青年作者谈创作:在全国青年文学创作者会议上的发言》,《赵树理全集》第4卷,北岳文艺出版社,2000年,第304页。
② 同上书,第303页。
③ 同上书,第305页。
④ 夏衍:《知识就是力量》,《夏衍全集》第8卷,浙江文艺出版社,2005年,第457页。

学、自然科学方面的知识,具有传统历史和外国文学方面的知识,具有农村生活经验的知识,"知识就是力量。我们要作最大的努力,加强我们的力量"①。在年轻作家眼里,夏衍这批现代作家恰恰是最有知识的作家,而他却说自己"无知",这或许有自谦成分。这个月,他改编鲁迅《祝福》为同名电影剧本,刊于《中国电影》杂志创刊号上,后被导演桑弧拍摄成电影,成为当代经典。

老舍在会上就"青年作家应有的修养"作了报告,认为:"培养作家队伍的新生力量是我们今天迫不及待的要事。"他提出,一要"勤学苦练,始终不懈","我们的修养不仅在有渊博的文艺知识,它也包括端好的道德品质";二要"多学多练,逐步提高","应当吸收世界上一切的好东西,以便创作出优秀的作品";三要"深入生活,理解全面";四要"提高思想,注重理论"②。实际上,老舍一直关注青年作者的修养问题,多次撰文指导。他每月都要接到青年来信请教什么叫作文学修养,他的回答是:"生活经验,社会主义思想与道德品质、写作技巧,和文学知识都凑在一处,才能算是文学修养"③,还说"文学修养不是一天半天就能得到的,不要着急"④,"在咱们的社会里,有文学修养的都不难

---

① 夏衍:《知识就是力量》,《夏衍全集》第 8 卷,浙江文艺出版社,2005 年,第 463 页。
② 老舍:《青年作家应有的修养》,《老舍全集》第 16 卷,人民文学出版社,2013 年,第 428—442 页。
③ 老舍:《文学修养》,《老舍全集》第 16 卷,人民文学出版社,2008 年,第 424 页。
④ 同上书,第 427 页。

成为作家,因为咱们比资本主义国家里有更好的创作环境与条件"①。从 1950 到 1954 年间,他"和工人同志们谈写作",谈创作心理以及写作方法,包括"多改多念",如何使用口语,写透一件事,安排材料、突出主题,刻画人物,等等。翻看《老舍全集》,其中有不少介绍文学经验、普及文学知识方面的文章,如"和工人同志们谈写作","跟战士们谈写作","大众文艺创作问题","关于写作的几个问题","怎样练习写稿子","关于阅读文学作品","关于文学创作中的语言问题","先学习语文","答某青年","文章别怕改","略谈提高","一点印象",等等。1964 年 2 月,作家出版社出版了老舍的《出口成章》,就是面向青年作者介绍写作经验和感受的文章。

胡克实代表团中央作报告,提出"发展社会主义的文学事业的重大责任,将主要落在青年的肩上,因为青年是热情奔放的时期,对社会上新发生的种种变化最敏感,最热衷于向人倾吐和表达自己的感情、愿望,最能够大胆地去揭示生活中的冲突和矛盾。所以党和人民把青年看作是文学新生力量的源泉"②。他希望青年作者加强思想品质修养,提高艺术表现能力,他还解释为什么取名文学"创作者"会议,而不像苏联叫作青年"作家"会议,就是绝大多数出席会议的还没有成"家",只写了一两篇短

---

① 老舍:《文学修养》,《老舍全集》第 16 卷,人民文学出版社,2013 年,第 426 页。
② 胡克实:《为社会主义写出更多更好的作品来》,《全国青年文学创作者会议报告、发言集》,中国青年出版社,1956 年,第 36—37 页。

文,"叫青年作家会议就名不符实"①。的确,从《全国青年文学创作者会议报告、发言集》一书收录的16位发言作者看,除邵燕祥、李希凡、鲍昌、郑文光外,大多数都不在文学领域,如董晓华、姚运焕、崔八娃、李昌松等。他特别提到青年作者在艺术表现上存在许多语言"文理不通""语言贫乏"、欧化长句等问题。

三、从文学技巧开始

文学创作需要文学经验,需要文化修养,也要有艺术修养。1962年2月17日,周恩来在北京召开的话剧、歌剧、儿童剧座谈会上发表讲话,他说:"作家本人还是要有修养——思想修养,艺术修养。光有思想方面的修养还不够,要有艺术修养。老作家的修养比较高。要有老作家的帮助。"②文化修养包罗万象,上自天文下至地理,其中艺术修养是关键。艺术修养即作家对文学及文学创作的感知和判断。它需要大量阅读中外文学作品,需要总结或吸纳前人创作经验,确立文学艺术的标准和尺度。当代作家尤其是青年作家对文学艺术,主要是怎么写、如何表达缺乏经验和认识,也缺乏练习的耐心。他们希望"老作家应该多多帮助青年们在文学技巧上的提高","我们还没有很好地掌握

---

① 胡克实:《为社会主义写出更多更好的作品来》,《全国青年文学创作者会议报告、发言集》,中国青年出版社,1956年,第36—37页。
② 周恩来:《对在京的话剧、歌剧、儿童剧作家的讲话》,《党和国家领导人论文艺》,文化艺术出版社,1982年,第76页。

短篇小说这个形式",很多青年作家的作品,"由于忙着交代事件,又不知道怎样交代,作品情节的'密度'都是不够的,有时候就像一个提纲"①。文学编辑也有同样的感受,他们对人物和事物的描写"太简单了",写人的感动,只写流泪,男人、女人和战士都是一样的面孔。"很少有爱情的描写,即使有也是很简单化,甚至生硬。"②事实摆在这里,当代作家的艺术表达能力不足,重视题材的选择和文学功能,忽略文学语言和形式创新。虽然文学修养不仅是文学技巧,而有更丰富的内涵,但青年作者多重视文学技巧训练。1958年,老舍在回答《文艺学习》关于青年创作问题时,专门写作《文学修养》一文,认为:"专凭技巧不能算有文学修养","生活经验、社会主义思想与道德品质、写作技巧,和文学知识都凑在一起,才能算是文学修养。"③生活经验深不可测,社会主义思想道德高不可攀,对青年作家而言,似乎只有写作技巧和语言形式更为熟悉,容易掌握。吴组缃也提出:"向中外经典作品学习,加强我们的艺术修养,学习技巧,我认为对我们是重要的。"这里的技巧不仅是民族的,还包括外国的,他说:"我们不必担心,以为吃了外国制的食品,就会变成外国人。不会的。'五四'以来的作品,还是中国作品,不只语言是中国的,不只所反映的生活是中国的,而且那看生活的方式、那总的

---

① 李准:《李准的发言》,《中国作家协会第二次理事会会议(扩大)报告、发言集》,人民文学出版社,1956年,第232页。

② 叶君健:《叶君健的发言》,《中国作家协会第二次理事会会议(扩大)报告、发言集》,人民文学出版社,1956年,第247页。

③ 老舍:《文学修养》,《老舍全集》第16卷,人民文学出版社,2013年,第424页。

精神实质也是中国的,决不会变成外国的作品。"[1]他认为,艺术修养很重要,语言简练是我国文学的特色,"有本领的棋手,动了一着,内可以防御,外可以进攻;管住了人家的车,还威胁了人家的将军。一着中有多方面的意义,有丰富的内容,那情形就不同了。写作的能手也是这样"[2]。他说,主要还是写作技巧,只不过是高超的艺术。刚解放时,周扬就提出,"我们在文学艺术上的技巧是十分不够的,需要学习与提高技巧",发展和丰富民族形式,"形式中最主要的因素是语言","语言简练自然。人物性格明确。情节发展交代明白,有头有尾,这是我国文艺的优良传统,值得我们学习的"[3]。民族形式、语言特色、写作技巧,都是有关艺术修养方面的内容,聚焦它们讨论,风险相对较低,不容易出问题。无论是有经验的老作家,还是刚刚起步的年轻作者,从文学技巧开始,既有话可说,也有愿望满足。

中华人民共和国成立以后,对作家的政治立场和世界观要求高了,但文学创作的门槛却相对变低了,作家们的文学修养也相对边缘化了。1950年5月,茅盾就谈到了文艺修养的重要性,希望作家要"多读多写多生活,边读边写边生活"[4],在"丰富其

---

[1] 吴组缃:《吴组缃的发言》,《中国作家协会第二次理事会会议(扩大)报告、发言集》,人民文学出版社,1956年,第266页。
[2] 同上书,第271页。
[3] 周扬:《坚决贯彻毛泽东文艺路线:一九五一年五月十二日在中央文学研究所的讲演》,《周扬文集》第2卷,人民文学出版社,1985年,第61页。
[4] 茅盾:《关于文艺修养》,《茅盾全集》第24卷,人民文学出版社,1996年,第146页。

生活"的同时,也要在"思想和表现技术上得到提高"①。"表现技术"主要就是指艺术修养和写作技巧。恰在这一年,在北京的中学语文教师暑期学习班上,茅盾作讲座,再次讲到如何欣赏文学和成为作家的话题,提到了作品的形式和技巧。如文字方面,用字要"得当",造句要"通顺",要注意"句法的变化","有长有短",处理好文学"结构""人物"和"背景"②。他还认为当时的文艺创作存在着公式主义和自然主义倾向,读了作品前半段,后面就可以猜出来,"看不到人物的思想、性格与生活的其他方面",文体上长篇多、短篇少,其原因也在于"艺术修养不够"③。当然,他还提到了思想和艺术的关系,"思想好而技巧不成熟,可称为半制品,是毛坯,但总还是一件东西,还能使用。反之,技巧虽然很好,内容思想却要不得的,则是对我们有害的,是毒药,能毒死人,根本就不能要"④。这是思想第一、技巧第二作品论,用"毒药"去形容有技巧而有思想问题的作品,也是那个时代的基本看法。随着当代文学的发展,茅盾越来越感觉到其艺术性的缺失和苍白,他不得不说出这样的话:"应该指出,在我们目前的

---

① 茅盾:《争取发展到更高的阶段》,《茅盾全集》第 24 卷,人民文学出版社,1996 年,第 159 页。
② 茅盾:《怎样阅读文艺作品》,《茅盾全集》第 24 卷,人民文学出版社,1996 年,第 166 页。
③ 茅盾:《目前文艺创作上的几个问题》,《茅盾全集》第 24 卷,人民文学出版社,1996 年,第 191 页。
④ 茅盾:《怎样阅读文艺作品》,《茅盾全集》第 24 卷,人民文学出版社,1996 年,第 165 页。

创作中,对于技巧问题的注意是太不够了。结构的混乱和松懈,语言的不纯洁和拖沓,成为相当普遍的现象,许多很好的题材,往往因此而损害了。由于缺乏熟练的文学技术,许多作品教人读起来,感到沉闷,没有生气,因而也就丧失了或减弱了它鼓舞感染的作用。"①

这是 1953 年 9 月 25 日茅盾在中国文学工作者第二次代表大会上所作《新的现实和新的任务》报告中的话。让人惊讶的是,在这样一份政治性和总结性的大会报告里,却大谈特谈文学的艺术技巧,如"一篇作品应当是一个完整的有机体","作品的人物、情节的描写,都不是可以随便增删的。也就是说,作家在处理人物、情节、环境描写等等的时候,应当精心计划,该有的就必须有,该去的就必须去,该长的就必须长,该短的就必须短。这样的工作,叫做'剪裁',是写作中一个重要的工作"②。所谓"精心计划"的"剪裁"功夫都是有关艺术写作技法问题,让它们出现在作协大会的报告里,确实有些匪夷所思。细想起来,也是可以理解的事。也许当时的文学作品在艺术上的确太粗糙了,难以达到基本的艺术水准,才让茅盾无法认同甚至无法忍受,不得不借助大会报告来讨论艺术技巧问题,让作家协会大会变成了文学培训班。当然,这也是茅盾之所长,能说得准、说得好。在当时文学的政治氛围里,大谈艺术技巧反而是一种策略,既可

---

① 茅盾:《新的现实和新的任务:1953 年 9 月 25 日在中国文学工作者第二次代表大会上的报告》,《茅盾全集》第 24 卷,人民文学出版社,1996 年,第 276 页。

② 同上书,第 277 页。

以放得开，又有话说，还不容易犯忌。于是，茅盾在"报告"里一一介绍素材的剪裁、故事的组织和人物的描写等技巧，接着又讨论语言问题，从用字的正确、适当，造句的合法到句法的变化，从语汇的丰富到语文的纯洁，都作了具体而详细的讨论，如同叶圣陶的《文章例话》和高语罕的《国文作法》，带点作文普及读物性质。

在中国作家协会第二次理事会会议(扩大)上，茅盾作了报告《培养新生力量，扩大文学队伍》，他特别提到如何培养青年作家等问题。茅盾一一列举了一批后起之秀，包括他们的优秀之作，如邵燕祥、崔德志、刘绍棠、从维熙、韩映山、刘真、玛拉沁夫、李希凡、唐因等人的作品，同时提到青年作家普遍存在文艺和文化素养缺陷，尤其轻视对古典文学传统的继承与发扬。在中国作协和团中央召开的"全国青年文学创作者会议"上，作为作协主席的茅盾也集中谈论"艺术技巧"。这个论题似乎偏小，近似于辅导班的讲座，但茅盾却将它作为大会发言，可见其重要性和紧迫感。他首先指出，人们对文学技巧存在着不正确的看法，如孤立地看待技巧，神秘地认识技巧，将技巧技术化和手术化等。他认为，技巧"不是作家在构思成熟以后外加上去的手术"，"技巧不同于技术。技巧中包含技术，但掌握了技术不一定就有技巧"[1]，"技巧问题不能同作者的人生观的深度和他的

---

[1] 茅盾：《关于艺术的技巧：在全国青年文学创作者会议上的讲演》，《茅盾全集》第24卷，人民文学出版社，1996年，第405页。

生活经验的广度割裂开来",技巧"依赖着思想"[①]。他采取否定句式为技巧铺路,技巧不在"巧",也不在"术",而是有思想的"道""术"。为此,茅盾还找来例证,"古典文学的大师们以及现代的杰出作家们,事实上已经做出了艺术地表现生活真实的光辉的范例,这些范例所包含的基本的艺术经验,形成了艺术技巧的一些惯用的原则;研究这些原则,并进而掌握这些原则,是可能的,也是必要的"[②]。技巧在哪里呢？在文学大师那里,在他们的创作"经验"和写作"原则"里。显然,继承文学遗产的问题也隐含在里面。接着,茅盾还特别提到创作构思过程,创作主体对文学素材的综合、改造和发展过程,"没有一个作家是纯然客观地在观察生活的。纷纭复杂的现实,在作家头脑中所产生的各种各样的反应——他所接受的,或者排斥的,喜欢的或者憎恨的,唤起他想象或者引导他作推论的,都是受他的身世、教养、生活方式等等所形成的思想意识的操纵。作家按照自己的世界观去解释现实,分析现实"[③]。他又绕到作家修养问题上去了。

茅盾将作者的"认知"称为"挖掘现实的本领","作家在现实生活中挖掘得愈深,他所创造的人物以及人物所活动的环境也就愈富于典型性,也就是这典型性给予作品以强烈的艺术感染力",由此分析,"不同的作家写同样的题材,为什么会有不同

[①] 茅盾:《关于艺术的技巧:在全国青年文学创作者会议上的讲演》,《茅盾全集》第 24 卷,人民文学出版社,1996 年,第 406 页。
[②] 同上书,第 406—407 页。
[③] 同上书,第 407—408 页。

的效果"①。茅盾将技巧与思想放在一起讨论,显然有心知肚明的顾虑,他所提出的"应当提高思想水平和深入生活""不能乞灵于技巧"②的说法,是对作家的提醒,也是自我防护。艺术的技巧可以学习,可以讨论,但终究应让位于思想和生活,茅盾对艺术技巧问题不得不设置逻辑前提。最后,围绕性格刻画中的人物形象、故事发展、环境描写及其相互关系,茅盾都谈了自己的看法,介绍了如何借助事件、行动、细节和环境去刻画人物的办法,其中不乏个人的切身经验,如认为"不适当的环境描写会破坏作品的完整性,至少也要破坏作品气氛。一段风景描写,不论写得如何动人,如果只是作家站在他自己的角度来欣赏,而不是通过人物的眼睛,从人物当时的思想情绪,写出人物对于风景的感受,那就会变成没有意义的点缀"③。当代文学中的"风景"是一个很有意义的论题,茅盾强调了风景与作品人物的密切关系,有意切割风景与作者的关联。事实上,文学中的"风景"是作品人物的生活环境,更是渗透了作者思想情感的想象,从"风景"中研究作家的精神情感更有学术意义。茅盾说的都是一些文学常识,他讨论得也极其认真,有板有眼。他还专门讨论了文学语言问题,对滥用方言和俗语提出批评,说:"我就看不出要把同一植物叫做'包谷'、'包米'、'玉米'、'棒子'等等名儿对于

---

① 茅盾:《关于艺术的技巧:在全国青年文学创作者会议上的讲演》,《茅盾全集》第 24 卷,人民文学出版社,1996 年,第 408 页。
② 同上书,第 411 页。
③ 同上书,第 414 页。

丰富文学语言有什么好处。"①实际上,它们也是有好处的,对刻画人物个性、书写地方风情,不同方言有着不同作用。同一事物的不同称呼在刻画文学人物形象那里也是有作用的,如土豆、洋芋、马铃薯,不同身份,不同地方的称呼亦不同。

　　茅盾有丰厚的艺术经验,热诚而执着地关心青年作家的成长,利用一切机会提高他们的文学修养,1961年5月,茅盾断断续续用了一个多月时间,选取1960年优秀短篇小说,采取札记、漫谈的方式,写作评论三万字。他主要结合这些短篇小说的文体特点,特别是小说取材、结构、人物描写、环境安排不同于中篇小说的艺术构思,进行了点评和分析,既介绍作品选材特点和内容细节,也分析作品人物的描写技巧、叙述方式及其艺术风格,还总结了它们的整体特点,指出其存在的艺术缺憾。其中的部分文字刊载于《文艺报》,后来,中国青年出版社将茅盾评论和短篇小说合印一册,名为《一九六〇年短篇小说欣赏》,并将评论拆分置于每篇小说之后,形成作品与评论合集。茅盾重点介绍了15位作家的18篇小说,他们中有老作家赵树理、沙汀和草明,也有文坛新秀李准、胡万春和茹志鹃等。涉及的作品有杜鹏程的《飞跃》,李准的《李双双小传》和《耕云记》,张勤的《民兵营长》,王汶石的《新任队长彦三》,胡万春的《在时代的洪流中》和《一点红在高空中》,欧阳山的《乡下奇人》,茹志鹃的《静静的产

---

① 茅盾:《关于艺术的技巧:在全国青年文学创作者会议上的讲演》,《茅盾全集》第24卷,人民文学出版社,1996年,第417页。

第三章　文学修养与当代作家培养　｜　093

院里》,万国儒的《欢乐的离别》,唐克新的《第一课》,赵树理的《套不住的手》,敖德斯尔的《欢乐的除夕》,草明的《姑娘的心事》,沙汀的《你追我赶》,肖木的《战斗的里程》和《长江的主人》,冯还求的《红玉》。这些评论多鼓励青年作者,对他们个人影响很大,甚至改变了他们的命运。《欢乐的除夕》的作者敖德斯尔事后回忆说:"一九六一年夏天,我正在鄂尔多斯高原搞整风整社,有一天,接到斯琴高娃同志的一封信,传达了茅盾同志对我的短篇小说《欢乐的除夕》的评价,而且详细抄录了他文章的摘要。当时,由于地处偏僻,过了两个月我才在旗里看到了先生的原文。当时,我只不过是无数文学爱好者中的一个,象草原上的一棵草,而且是'少中之少'的少数民族青年作者。我初学写作的几篇作品,只有在内蒙古草原上的牧民和青少年中有点影响,全国根本没人知道。我万万没想到这位身兼多职,工作繁忙,社会活动和外事活动很多的文学巨匠还能抽空看我的作品,而且给了如此高的评价。这对我是个多么大的鼓舞,又是多么大的动力啊!这在我的心里,就象是驮着重负行走在沙漠上的骆驼忽然见到了泉水一样,感到又香又甜。"[1]敖德斯尔所言多么真挚而热情。

在中国当代文学史上,这应是一件小事,却具有独特的文学史意义。相对于当代文学批评的概念化演绎和工具化导向,它

---

[1] 敖德斯尔:《关怀:深切悼念茅盾同志》,《忆茅公》,文化艺术出版社,1982年,第401页。

却显现了当代文学批评的实践性和针对性,在一定程度上,它推动了当代文学作品的经典化选择。经茅盾批评的小说李准的《李双双小传》,茹志鹃的《静静的产院里》和赵树理的《套不住的手》,后来都成了当代文学中的经典之作,应该说,茅盾的评论功不可没。更为重要的,它为当代作家创作提供了文学标准和尺度,总结了他们的文学经验,有助于青年作家的成长。它应是一个文学史事件。当然,这样的工作,只有茅盾能够胜任,因为他是大批评家,又是现代小说大师,有资历也有能力,有意愿也有条件去承担这样的任务。就是当代文学领导人物周扬也做不了,他长于政策指导而不擅长作品的艺术分析。20世纪五六十年代新起的文学批评家,如侯金镜、冯牧等,都缺乏创作实践经验,即使要去批评也把不准脉,说不到点子上。1963年,茅盾将1962—1963年间散载于部分地方文学杂志的14组作品评论,合称为"读书杂记"收入专集,评论了多篇小说,尤其注重对小说技巧和艺术风格的评点。

四、一厢情愿与事与愿违

提高青年作家的文学修养,说起来容易,做起来难。人们也知道,"培养青年作家是个十分细致和艰苦的工作","可能在培养的几百个人之中只能出现几个作家"①,却没有料到会这么艰难。到底问题出在哪里呢？文学修养本身是一个长期积累、不断提高的过程,既要循序渐进,又要久久为功,方才有效。如想一蹴而就,挥挥手就有云彩,那是不可能的事。当代文学始终处在不断变化发展之中,表现社会生活,反映时代变化,是其历史责任和政治使命,作家的生活和思想亦随时代而动,随社会而变,他们无法持久地停驻在社会时代之外的文化学习和修养培植上。他们习惯用脚走路,却难以用头思考。文学修养是后天培育的花朵,是在历史文化文学和科学技术的土壤中生长出来的,而不在实验室的温室中长出来。文学修养是作家品质的整体提升,最终体现在作家的"观察力、感受力、理解力",但"在我们社会里,独立思考往往被忽略"②。并且,它还有一个从阅读、思考到吸纳、转化的复杂过程,是从外到内、从表到里、从客体到主体的自我建构。当代作家常常被社会时代推着行走,一直处在赶路状态,老作家对自己的知识修养诚惶诚恐,担心露出封建传统的底裤和小资产阶级的马脚来,年轻作家又缺乏对文化修养和文学素养的充分认识和持续实践,总想一蹴而就,或画饼充饥,或临渊羡鱼,文学机构又以学习文件、听听报告、修改稿件等方式去实现青年作家文学素养提升,各各参与方并没有形成有

---

① 于黑丁:《于黑丁的发言》,《中国作家协会第二次理事会会议(扩大)报告、发言集》,人民文学出版社,1956年,第184页。

② 邵荃麟:《在大连"农村题材短篇小说创作座谈会"上的讲话》,《邵荃麟全集》第1卷,武汉出版社,2013年,第433页。

机的合力。

  对此,长期关注青年作家培养的茅盾就很有感触。他对青年人"要求培养"的"依赖思想"很不满,认为是"揣摩风气"的本领①,感到当代青年作者对"文学创作之学习与传授不同于其他知识或技术的学习和传授","没有正确认识",他们常"把培养简化为要求老作家传授窍门","写出来后必得由编辑部或个别作家修改而且保证发表"②。作家培养被理解成"传授窍门",不重视自己文学修养的长期积淀和艺术技巧的刻苦训练。茅盾曾经不遗余力地辅导青年作家艺术技巧,但他又担心落入形式主义歧途。他呼吁青年作家多重视文学修养,通过大量阅读和积累而养成,然而当代作家的首要任务却是深入生活和思想改造,阅读与思考倒是次要之事。文学创作肯定需要深入生活,同时也需要不断提高文学修养。这是一个非常简单的道理,但在当代文学的特定时期,简单的道理却需要多次申说,花费不少精力。普通的文学常识被当作高深的理论去阐发,由此也可见茅盾的无奈和悲哀。1961年8月,茅盾在天津文艺界座谈会上指出,要努力提高文化修养和艺术修养,多学习科学、历史、地理、文学史知识,多读文学名著,看戏,听音乐演奏,看美术展览,多"博览",多"游历","潜移默化,慢慢地吸收,慢慢地消化",最后

---

 ① 茅盾:《关于要求培养》,《茅盾全集》第24卷,人民文学出版社,1996年,第472页。
 ② 茅盾:《关于写真实和独立思考》,《茅盾全集》第25卷,人民文学出版社,1996年,第104页。

才能"慢慢地见效"①。但是,一些青年作者常给他写信,求他修改文章,像高玉宝那样当作家,茅盾却"很难答复",想不出"好办法"②回答。

实际上,茅盾关注当代青年作家的培养非常用心用力,尤其关注青年作家艺术修养的提高。1949年后的茅盾身份特殊,先后担任全国文联副主席、中国作家协会主席和文化部部长,作为文学领域和文化部门的领导者,他有责任和义务关注和扶持当代作家的成长。茅盾的创作经验丰富,对文学有深入独到的理性认知。他是大作家,也是批评家,对作家创作有真知灼见,能够说到点子上。20世纪五六十年代的茅盾处境极其尴尬,社会运动不断,"左"倾思想此起彼伏,他既被委以重任,又怕遭受批评,说话做事不得不谨小慎微,担心"因文罹祸",当领导言不由衷,搞创作又半途而废③。他评论当代文学创作,分析文学艺术手法,讨论作家艺术修养,则得心应手,信心十足。

赵树理也遇到过和茅盾同样的问题。1955年,赵树理说:"近几年来接到青年文艺爱好者很多来信(大部分是中学生的,小部分是各种岗位上的工作者),其内容大致不出以下的三种要求:要我谈生活经历、写作经验、写作方法。我对这些来信,回答

---

① 茅盾:《五个问题:1961年8月30日在一次座谈会上的讲话》,《茅盾全集》第26卷,人民文学出版社,1996年,第212页。
② 茅盾:《关于创作和评论问题:1963年4月26日在全国文化局长会议上的讲话》,《茅盾全集》第27卷,人民文学出版社,1996年,第16页。
③ 商昌宝:《尴尬的境遇:1950年代的茅盾》,《齐鲁学刊》2009年第4期。

的虽说也算不少,可是比起来信的数量来,是相差太远的——往往是回了几封,把其余的留桌子上;桌子上堆起来,用纸包住批上'待复'字样放到抽斗里;可是信还是源源而来,待复的那一包还没有来得及复,桌子上又积够一包,终于一包一包把抽斗塞满,移到柜子里。现在因为整理柜子,翻出历年的积信来一看,居然还有一九四九年的,这真是罪过——那时候的初中一年级生,现在已是高中毕业生了。"[1]赵树理解释很少回信的理由,主要是考虑到回信没有什么实际作用,"害怕他们不安心学习、不安心生产、不安心工作而脱离现有岗位去找'写作之路'",反而成了自己的罪过[2]。他规劝中学生和文艺业余爱好者,文艺可以爱好,但不要一心想着当作家,可以先当读者,但不一定都要当作者,"每个人都应该成为文艺爱好者,否则文艺便失去了普遍的作用","但不应该每个人都要把兴趣集中到文艺创作上,否则别的事就没人做了"[3]。怎么才能当作家呢?先要长期阅读文艺作品,被它感动,让"自己的思想感情,也为它们影响着、变化着、提高着"[4]。1957 年,赵树理还代茅盾给长沙地质学校夏可为同学回信,信是写给文化部部长茅盾的,茅盾看了不方便也不想回答,就委托赵树理答复。赵树理在回信中明确提出不要把业余爱好作为专业,放弃"自己最主要的学习任务而把主要精

---

[1] 赵树理:《谈课余和业余的文艺创作问题:答青年文艺爱好者的来信》,《赵树理全集》第 4 卷,北岳文艺出版社,2000 年,第 287 页。
[2] 同上书,第 288 页。
[3] 同上书,第 294 页。
[4] 同上书,第 296 页。

力用在任务以外的事情上就是'本末倒置'"[1]。他希望学生不要随便把信寄给部长或作家,这"不太恰当",至少"对自己的老师和各个刊物的编辑部不信任","部长们所管的事往往是全国性的,很难有时间来为中等学生批改文章",专业作家"一年有半年不在家,在家的时候也还有他们自己的事",为中等学生阅稿,"不是他们的职责",就是《诗刊》负责人臧克家也基本上不看稿件,"凭他个人阅,有五个臧克家也是阅不过来的"[2]。这封回信还刊载于《文艺学习》1957年第5期上,引来了不少质疑和"问罪",夏可为满腔热情,为何泼他冷水?有作为的青年难道不该有远大的理想吗?鲁迅是如何帮助青年的?还给赵树理冠上"打击青年"的罪名,指责他"你难道生来就是作家吗?"[3]赵树理称自己的回信如同"冰块",主要是为了让他们"更凉快一点吧"[4]。赵树理常被看作农民作家,实际上,他是生活在农村的知识分子,不仅有厚实的生活,还有较高的修养,深谙创作之道。谈到写作技巧,他说:"我是主张先读一些书","读的多了,就能看出它的好坏,写作时也就有了一定办法。如果不读书,就先来

---

[1] 赵树理:《不要这样多的幻想吧?》,《赵树理全集》第4卷,北岳文艺出版社,2000年,第332页。
[2] 同上书,第333页。
[3] 赵树理:《青年与创作:答为夏可为鸣不平者》,《赵树理全集》第4卷,北岳文艺出版社,2000年,第364页。
[4] 同上书,第368页。

研究如何写好文章,那一定会走弯路。"①读书就是知识积累,积累多了就是修养。对于创作,他说:"固然不要把它看得太神秘,认为它是高不可攀的东西,但也不要把它看得太简单,认为一动笔就能写成好作品。要想写出一点好东西,非刻苦钻研、反复磨炼不可"②,要"多当一个时期的文学爱好者"③。写作需要磨炼,先爱好阅读再进行专业创作,这应是经验之谈,但青年作者并不一定懂得其中道理,也不愿意去实践。郭小川也认为培养作家采用"带徒弟"方式的作用有限,"试问,哪个作家又是哪个先辈作家这样'带徒弟'带出来的呢?在文学史上,我们简直找不出一个先例",所以,作家要"独立地解决许多创作上的问题","前人摸索出来的经验,我们总得衡量再衡量,思索再思索;我们多年探索出来的若干美学原则,还得丰富再丰富。而要把这一切跟我们自己的创作实际结合起来,更是困难得多的事情了"④。师傅领进门,修行在个人,成为作家更需要这样。

另外,当代文学采取培训、学习、讨论等形式化和组织化方式,与作家素养和文学创作个人化也存在一定错位和差距,难以达到预期效果。柳青曾认为:"作家团体、文学报刊编辑部和文

---

① 赵树理:《当前创作中的几个问题》,《赵树理全集》第4卷,北岳文艺出版社,2000年,第430页。
② 同上书,第432页。
③ 赵树理:《不要急于写,不要写自己不熟悉的》,《赵树理全集》第4卷,北岳文艺出版社,2000年,第546页。
④ 郭小川:《也谈谈创作的甘苦》,《郭小川全集》第5卷,广西师范大学出版社,2000年,第461页。

学艺术学校是对培养艺术的观察能力有利的环境,但对培养生活的观察能力则是不利的环境。"①作家的生活经验和文化素养出自不同途径,二者不能相互取代。组织化培养也不能代替作家个人的长期训练。已成局外人的沈从文就看得很清楚。1960年7月15日,第三次文代会前夕,沈从文给他大哥写信,听说有好几千人参加会议,他说:"现代年青人做作家真是幸运!只要略有希望,即会得到加意培养。惟即或如此,好作品、好电影还是不容易得到较大丰收,有些写作方法上可能还有值得研究处。特别是写作的方法。间或看看时行短篇,多是不善于表现,费力多,易雷同。"②8月4日,他又在信中说:"开了十天文代会,二千多人中大都是新人,新生力量","文学这么受国家重视,似乎还是有史以来的一件事情,也可说是世界上有史以来一种新事情。"③他既感欣慰和兴奋,也不无忧虑和担心。1961年6月,中国作协召开文艺工作座谈会和故事片创作会,沈从文也有自己的看法,他认为如果按照老舍一些人的艺术认识和作风,"要他用一种较远大眼光来提学习问题。恐至多也只做到如他自己写的那样,打点哈哈(新哈哈),加上新内容如彼如此而已。说他是艺术语言大师,好了他个人,可害了许多年青人,因为学他,哪

---

① 柳青:《美学笔记》,《柳青文集》第4卷,人民文学出版社,2005年,第299页。
② 沈从文:《19600715·致沈云麓》,《沈从文全集》第20卷,北岳文艺出版社,2002年,第436页。
③ 沈从文:《19600804·致沈云麓》,《沈从文全集》第20卷,北岳文艺出版社,2002年,第438页。

会有真正突破前人成绩?"[1]显然,沈从文对1949年后老舍存在转向有不同看法,也有他的孤独和不满,但他并非无的放矢,发发牢骚。他敢说这话,是因为他有实实在在的写作经验,有丰富复杂的成长经历和真知灼见。哪怕是已停笔的沈从文,谈起创作来,也依然充满自信,头头是道。比如关于文学写作,解放后的沈从文依然认为,写作者应"打开眼睛,多学点,多懂点,也多写点,自己站得住,文章有风格也有性格,客观记事则能运用自如,不为习惯所拘,不为流行名辞所控制,天马行空,来去自由,也能粗野作大笔画,也能细致周到如绣花。换句话说,有思想又能充分表现思想"[2]。他以自己的经验为训,"紧紧的捏住笔十年八年不放松,不问成败得失写下去",虽不经济,也不聪明,但"还实际",相信"文学是个能独立存在的东西","不怕用半个世纪努力,也得搞好它,和世界上最优秀作品可以比肩",写了三十本书还算"未满师"的习作,"时代一变,一切努力不免付之东流",而"新社会正用种种方法鼓励新人新作品,只要肯听党的话,老老实实用心认真学下去,写下去,把当前一些成功作品当作参考,照政策要求写去,过不到二三年,便自然会有出路。一个作品稍稍写得好些,还可供全国广播,或改成电影,成为全国

---

[1] 沈从文:《19610804·致沈云麓》,《沈从文全集》第21卷,北岳文艺出版社,2002年,第82页。

[2] 沈从文:《19620119·致张兆和》,《沈从文全集》第21卷,北岳文艺出版社,2002年,第160页。

知名作品!做一个现代作家,真正是幸福!"①虽然社会时代提供了好条件,但当代作家的"基本功""练得不太够","许多人即成功了,还是难以为继","每天用家乡事情做点特写看,不必成篇也无妨,主要只是养成能写的习惯,不过分在某一主题上束缚自己,和写信谈家常一样写下去","且能试用种种不同方法,写各种人各种问题,主要这么坚持到一年半载,会发现这种随笔叙事的能力掌握住了以后,为今后写作将带来多少方便!"写作"和普通劳动一样",坚持下去,即使九十九篇习作完全报废了,"到第一百篇时却取得了应有成功!"②在沈从文眼里,写作是一个复杂的过程,有人事,有作料,还有混合作料的火候、温度、时间和环境,"实在大有辛酸!"③"若没有个欢喜写又能写作底子,即再用心培养,也不可能在茼蒿上开出牡丹花来。"④个人不仅要有爱好,更要长期坚持,要有写作底子,不能只靠培养,特别是文学修养,借助他人指导或机构培训,可以给创作指路子、开方子,但终究要靠自己走路,自己去摸索。出身并不是读书人的沈从文就懂得这个道理,他认为,学习写作先要有叙事基本功,再

---

① 沈从文:《19630822·复沈云麓》,《沈从文全集》第21卷,北岳文艺出版社,2002年,第344—345页。
② 沈从文:《196308下旬·致张兴良》,《沈从文全集》第21卷,北岳文艺出版社,2002年,第348页。
③ 沈从文:《19631112·由长沙致张兆和》,《沈从文全集》第21卷,北岳文艺出版社,2002年,第392页。
④ 沈从文:《19640102·致沈云麓》,《沈从文全集》第21卷,北岳文艺出版社,2002年,第412页。

看一大堆书,才能算毕业,"要有高度的集中,广泛的幻想,大量的对文字对事件的理解力、消化力,和重新综合力","决不是在学校上上课可以得到的"①。文学写作主要靠自己,文学修养更要靠自觉,因此,他对当代作家的培养方式持怀疑态度,"照他们目前训练作家方式,十年廿年却不可能见成绩的"②。已经不是作家的沈从文却看到了问题的症结,外在要求终究需要转化为自我追求。柳青也说过同样的话,1964 年,他到北京参加政协会议,有人希望他像鲁迅、高尔基那样培养青年作家,问他准备培养谁。柳青对这种说法不以为意。他认为,时代不同了,不再是作家个人培养,"好石匠可以教出好徒弟来,但文学却办不到。老作家的任务,一是要在深入生活上作出榜样,二是在写出优秀的作品上作出榜样。以自己的行动,影响新作者,带动新作者。作家是有条件的,一要有文学天才,二要肯付出艰苦的劳动,二者缺一不行"③。作家主要不是由作家带出来的,文学修养更不是由他人教会的,要由作家的主动追求和不断实践,当代作家培养却走了一条不断被客体化和对象化之路。

---

① 沈从文:《19680309·致沈虎雏》,《沈从文全集》第 22 卷,北岳文艺出版社,2002 年,第 116—117 页。
② 沈从文:《19720519·复程应镠》,《沈从文全集》第 23 卷,北岳文艺出版社,2002 年,第 88 页。
③ 王维玲:《追忆往事》,《大写的人》,中国青年出版社,1982 年,第 78 页。

第四章

"深入生活"与当代文学的生产方式

当代文学的发生与形成既是新的文学历史的开端,也是新的文学价值的建立和规范。"深入生活"就是当代文学一个十分重要的创作理念,它既是改造作家思想的重要形式,也是当代文学价值重建和文学政策推行的重要内容,得到了前所未有的重视和倡导,对中国当代文学创作及意义产生了深远影响。当然,"深入生活"也隐含着社会生活与个人创作之间的矛盾,有主体经验与生活现实的隔膜,写作对象对写作主体的挤压,特别是预先设定的社会"本质"和生活"规律"对深入生活和文学创作都有着或多或少的约束和干扰。于是,当代作家时常陷入熟悉与陌生、经验与观念、现象与本质无所适从的困惑。应该说，中国当代文学一直积极参与当代社会生活，甚至站在时代浪尖上或在社会中心呼喊。当代文学参与社会生活的方式多种多样，有社会意识形态的要求，也有作家的社会责任，还有个人经验的升华。

中国古代文学有"言志""感物"和"缘情"的创作传统，没有现代意义上的"社会生活"概念，也没有从"社会生活"角度建构创作逻辑和文学价值。徐中玉主编的"中国古代文艺理论专题资料丛刊"，将陆机在《怀土赋序》中所说"方思之殷，何物不感"作了文艺"源于生活"的理解[①]。事实上，陆机所说依然是文学的创作方式，而不是文学创作的生活源泉。对当代文学而言，从作家到作品和读者，从创作方法到批评尺度，社会生活都如影随形地渗透于文学创作和意义阐释的方方面面，成为当代文学重要的价值观念和创作理念。为何深入生活、如何深入生活，以及深入生活之后意图与效果的错位，特别是"深入生活"的理论预设与文学创作的审美想象构成了种种矛盾，都值得认真讨论和反思。

一、为何"深入生活"

当代文学的发生延续了延安的文艺传统，认为社会生活是

[①] 徐中玉：《本源·教化编》，中国社会科学出版社，1997年，第5页。

作家创作的源泉和土壤,成为文学创作的本体论和价值论。1942年5月,毛泽东在延安文艺座谈会上发表了关于革命文艺的纲领性讲话,认为"作为观念形态的文艺作品,都是一定的社会生活在人类头脑中的反映的产物",那么,人民生活就是文学艺术"本来存在"的"原料"和"矿藏",虽有些"自然"和"粗糙",却"最生动、最丰富",且是"一切文学艺术的取之不尽、用之不竭的唯一源泉"①。因此,"中国的革命的文学家艺术家,有出息的文学家艺术家,必须到群众中去,必须长期地无条件地全心全意地到工农兵群众中去,到火热的斗争中去,到唯一的最广大最丰富的源泉中去"②。话中的逻辑是,文学艺术是观念的,观念来自社会生活,那么深入生活和熟悉生活就是文学写作的资源和前提,由此抛弃了个人想象的创作方式,也弱化了文学传统作为创作资源的可能。

文艺与生活的关系复杂,隐含主体与客体、个人与大众、语言与世界的多重关系。康濯认为:"文艺工作的生活和创作问题,是一个比较复杂的问题。"③老舍也说:"作家必须深入生活是无须多加解释的。"④无论怎样,"深入生活"成了当代文学的

---

① 毛泽东:《在延安文艺座谈会上的讲话》,《毛泽东文艺论集》,中央文献出版社,2002年,第63页。
② 同上书,第64页。
③ 康濯:《生活、创作及其他》,《康濯文集》第5卷,湖南文艺出版社,1998年,第47页。
④ 老舍:《青年作家应有的修养》,《老舍全集》第16卷,人民文学出版社,2013年,第436页。

一项基本政策。它既是作家体验生活、搜集材料的创作方式,也成为作家思想改造的过程,还是文学批评的价值尺度。茅盾认为:"体验生活不仅仅要熟悉生活,而是在体验生活的过程中改造自己的思想。"①思想改造被作为深入生活的主要目的,具体说来,就是"在体验生活时提高了对生活的认识,进行思想的改造,同时孕育作品,然后写出作品,在作品中再考验和巩固思想改造的成就,然后再下去体验生活;如果这样周而复始,持之以恒,严肃认真刻苦地作下去,而仍然在思想上得不到改造进步,在写作上不能提高,我以为是不可思议的"②。冰心则怀有一份女性的天真和热情,认为知识分子包括作家下放农村,参加劳动,既可以"锻炼自己,可以调节城乡生活的悬殊",还可以"刺激农民的积极性",让不安心的农民安心劳动,不愿意嫁给农民的农村姑娘不"愁没有对象可挑选"③。作为文学领导的周扬站位更高,表述更为清晰,他认为:"教育者必须受教育","文艺工作者深入工农群众,参加劳动的过程,是一个熟悉工农群众的过程,同时更重要的是改造自己的世界观的过程。"④这样,深入生活或者说体验生活不仅可以改变作家的生活方式,也可改变作

---

① 茅盾:《体验生活、思想改造和创作实践》,《茅盾全集》第24卷,人民文学出版社,1996年,第243页。
② 同上书,第245页。
③ 贾俊学:《文联旧档案:冰心、许广平、白薇访问纪要》,《新文学史料》2013年第2期。
④ 周扬:《我国社会主义文学艺术的道路》,《中国文学艺术工作者第三次代表大会资料》,中国文学艺术界联合会编,1960年,第30—31页。

家的创作方式和思想方式,文学创作是作家思想改造的凭证,由此形成"体验与改造—创作与评价—再体验与再改造"的创作模式。周扬在中国文联第三次代表大会上作报告,提出文艺工作者下乡下厂,参加劳动和基层工作,对促进文艺工作者进一步同劳动人民结合,"促进他们的世界观、生活方式和文艺观点的改变,起了决定的作用"①,并且,"他们不是以文艺家的特殊身份去'体验生活',而是以普通劳动者的姿态和群众一同生活、工作和劳动"②。显然,体验生活成了重建当代作家身份的手段,"和群众一同生活、工作和劳动",作家也是一个"普通劳动者",由此改变作家的"世界观、生活方式和文艺观点"。显然,深入生活就不仅仅是文学创作问题,而且也是为了作家主体的重建。

因此,"深入生活"也成为作家检讨自己的理由。周立波感觉到:"我们要到群众中去参加斗争,我们这些小资产阶级出身的人,离开群众斗争的生活太远了,太久了。"③1959年,老舍发出感叹:"每天坐在这小屋里能写些什么东西?还不净是写些应景,赶任务的文章?"要真正"写出像样的东西,只有深入生活,

---

① 周扬:《我国社会主义文学艺术的道路》,《中国文学艺术工作者第三次代表大会资料》,中国文学艺术界联合会编,1960年,第30页。
② 同上。
③ 周立波:《思想、生活和形式》,《周立波选集》第6卷,湖南人民出版社,1984年,第217页。

到下边去才行"①,而自己没有写出"杰出之作",就是"生活不够",有"腿疾"、"不利落"、"只能在北京城里绕圈圈"、"我的笔不能左右逢源,应付裕如"②,所以,他"多么盼望腿疾速愈,健步如飞,能够跟青年男女一同到山南海北去生活,去写作啊!"③非常熟悉农村的赵树理也有自责。1952年,他说:"我近三年来没有多写东西,常常引起关心我的同志们、朋友们口头的和书面的询问,问得我除了感谢之外无话可答。我之不写作,客观的理由找一百个都有,可是都不算理由;真正的原因只有一个,就是脱离实际、脱离群众。"④深入生活建构了当代文学的多重意义,甚至还演变为不同文艺思想的斗争,决定着作家的人生命运。胡风曾认为:"哪里有人民,哪里就有历史。哪里有生活,哪里就有斗争。有生活有斗争的地方,就应该也能够有诗。"⑤后来,胡风"到处有生活"的主张受批判。1954年,胡风将林默涵所说"只有工农兵的生活才算是生活;日常生活不是生活"看作文学的五把"刀子"之一,认为它"把生活肢解了,使工农兵的生活成了真空管子,使作家到工农兵生活里去之前逐渐麻痹了感受机能",

---

① 贾俊学:《文联旧档案:老舍、张恨水、沈从文访问纪要》,《新文学史料》2012年第4期。
② 老舍:《我的经验》,《老舍全集》第17卷,人民文学出版社,2013年,第48页。
③ 同上书,第49页。
④ 赵树理:《决心到群众中去》,《赵树理全集》第4卷,北岳文艺出版社,2000年,第253页。
⑤ 胡风:《给为人民而歌的歌手们》,《胡风全集》第3卷,湖北人民出版社,1999年,第438—439页。

"使作家不敢也不必把过去和现在的生活当作生活,因而不能理解不能汲收任何生活,尤其是工农兵生活"①。1958 年,茅盾认为胡风"用'到处有生活'这句似是而非的口号来抵抗党所号召的描写火热的阶级斗争和生产斗争以及斗争中的新人新事"②。实际上,当代作家对深入生活怀着各种美好想象。茅盾认为它是党的一条"英明正确的决策","专业作家下放参加劳动生产和斗争",是"改造作家世界观的最有效的方法,这也是丰富作家生活经验、激发作家的创作灵感的最可靠的方法;同时这也是锻炼写作技巧的有效的方法"③。体验生活是"锻炼写作技巧的有效的方法",显然是夸大了它的作用。郭小川也认为:"要创作出社会主义文学的优秀作品,关键还在于作家深入生活。作家的生活实践,其实也就是创作实践的基本方面。因为,没有生活实践,也就没有真正的创作实践。"④人们把"深入生活"当成了灵丹妙药。有的说法却是至理名言。如老舍认为:"没有生活,就没有语言","从生活中找语言,语言就有了根;从字面上找语言,语言便成了点缀,不能一针见血地说到根儿上去。话跟

---

① 胡风:《关于解放以来的文艺实践情况的报告》,《胡风全集》第 6 卷,湖北人民出版社,1999 年,第 302—303 页。
② 茅盾:《关于所谓写真实》,《茅盾全集》第 25 卷,人民文学出版社,1996 年,第 261—262 页。
③ 茅盾:《反映社会主义跃进的时代,推动社会主义时代的跃进》,《中国文学艺术工作者第三次代表大会资料》,中国文学艺术界联合会编,1960 年,第 77 页。
④ 郭小川:《关键在于作家深入生活》,《郭小川全集》第 5 卷,广西师范大学出版社,2000 年,第 463 页。

生活是分不开的。因此,学习语言也和体验生活是分不开的。"①"语言的丰富源于生活的丰富"②,"语言脱离了生活就是死的。语言是生命和生活的声音。老实不客气地说,别以为我们知识分子的语言非常丰富。拿掉那些书本上的话和一些新名词,我们的语言还剩下多少呢?"③文学语言来自生活,将深入生活作为文学语言资源,抓住了语言的社会属性,人的生活经验和语言经验是统一的,需要长期积累,有助于人物个性和生活环境描写,也有助于改变现代汉语的欧化趋向,体现汉语表达的生动和鲜活之美。当然,人的语言和人的思想也是相互关联的,如只强调语言的生活性,而忽略语言的思想性,也会使语言流于工具性和口语化。

二、如何"深入生活"

既然深入生活是作家必须完成的社会活动,那么应该如何"深入生活"呢?对作家而言,"生活要怎样才能深入?这几乎是一个无法回答的问题"④。毛泽东《在延安文艺座谈会上的讲

---

① 老舍:《我怎样学习语言》,《老舍全集》第17卷,人民文学出版社,2013年,第576—577页。
② 老舍:《青年作家应有的修养》,《老舍全集》第16卷,人民文学出版社,2013年,第439页。
③ 老舍:《语言与生活》,《老舍全集》第16卷,人民文学出版社,2013年,第436页。
④ 康濯:《生活、创作及其他》,《康濯文集》第5卷,湖南文艺出版社,1998年,第47页。

话》里讲到深入生活的方式,就是要将"思想感情和工农兵的思想感情打成一片"[①],"观察、体验、研究、分析一切人,一切阶级,一切群众,一切生动的生活形式和斗争形式"[②]。先"打成一片",再去"观察、体验、研究、分析","打成一片"是为了熟悉生活,同时完成思想改造和情感转变,"观察、体验、研究、分析"是为了认识生活,积累一定的生活知识。与此同时,毛泽东也说过:"体验生活也有各样的,搞不好,老百姓就是不把心交给知识分子。现在有些知识分子下去体验生活,老百姓感到是灾难。"[③]体验生活却成了别人生活的灾难,这也许是体验者没有想到的事。依照茅盾的说法,深入生活有"深度"和"广度"之别,作家"就他所熟悉的生活长期地深入下去,了解这种生活里的一切(就是建立生活根据地),同时,通过阅读书籍、报刊、听报告等等间接方法以丰富他的生活知识",既不能片面强调"生活的深度",对"自己生活圈子以外的事情不闻不问",也不能不在"一地扎根"而"东奔西走","以走马观花的方式来取得广博的生活知识","两者都是不对的"[④]。不但要对生活有"观察和体验",而且还要有"研究和分析",因为"社会生活是整体的",

---

[①] 毛泽东:《在延安文艺座谈会上的讲话》,《毛泽东文艺论集》,中央文献出版社,2002年,第52页。
[②] 同上书,第64页。
[③] 毛泽东:《同文艺界代表的谈话》,《毛泽东文艺论集》,中央文献出版社,2002年,第174页。
[④] 茅盾:《培养新生力量,扩大文学队伍》,《中国作家协会第二次理事会会议(扩大)报告、发言集》,人民文学出版社,1956年,第47页。

有局部和整体,还有"时代精神和风貌"①。茅盾对深入生活的理解显然有他丰富的文学创作经验。

1951年,老舍也使用了"体验生活"的说法,认为"体验生活须是与大家打成一片的事","要多明白人情"②。"我们的生活必须和人民的生活打成一片"③,而不是"观察生活","'观察'生活,'观察'到死也很难体会深刻。谁深入生活谁就能写出东西来,否则就写不出来"④。显然,老舍和茅盾对深入生活有不同的体会和理解。老舍理解的深入生活关键在于融入生活,而不是观察生活,更不是分析生活。他还使用了"打井"的比喻说法,认为:"深入生活好比挖井,虽然直径不大,可是能够穿透许多层土壤。在一个工作岗位上坚持工作的好处就是在一个地方钻探下去,正像打井,一直到发现了水源。这些源源而来的活水使我们终生享受不尽。在文学史上,许多有才能的作家总是写他亲手掘成的那口'井',并不好高骛远地去写他们没有见过的海与大洋。"⑤"打井"找水源,即作家有他自己熟悉的生活,有他积累的生活经验,因为"我们体验生活不只是为了写某一件事

---

① 茅盾:《新的现实和新的任务:1953年9月25日在中国文学工作者第二次代表大会上的报告》,《茅盾全集》第24卷,人民文学出版社,1996年,第272页。
② 老舍:《谈体验生活》,《老舍全集》第17卷,人民文学出版社,2013年,第556页。
③ 老舍:《谈文字简练》,《老舍全集》第17卷,人民文学出版社,2013年,第764页。
④ 老舍:《"厚古薄今"及其他》,《老舍全集》第17卷,人民文学出版社,2013年,第774页。
⑤ 老舍:《青年作家应有的修养》,《老舍全集》第16卷,人民文学出版社,2013年,第438页。

情。作家的生活经验积累是一辈子的事,今天积累的经验也许多年以后才能用上"[1]。一些作家提出要建立生活的根据地。周立波就认为:"作家应该建立一个生活基地","创作的源泉主要是十分熟悉的地方,即生活的基地","顶好是一辈子都在那里。"[2]茅盾也提出:"把一个工厂或农村,作为我们生活根据地,这是完全有必要的。"[3]"根据地"曾是现代中国特别流行的语词,主要指战争年代长期进行武装斗争的地方,又指赖以存在的基地和基础。为了深入生活,还须设计"创作规划",再"分头深入生活,各就所愿,长期安家落户,以期三年五载,或十年八年,把工农兵在社会主义建设里的奋斗与成就写成较有分量的作品"[4],"创作规划要求我们深入生活,想得深刻,写得精彩"[5],事实上,创作规划虽然好做,但效果并不十分理想。因为社会生活随社会变化而变化,它有着鲜明的时代特点,由此也影响到作家对社会生活的感受和认识难以短时间完成,那种走马观花式的"深入生活"又不可能对生活有深刻体会和独到认识,建立生活根据地意在保持与社会生活的长期联系,是否能够实现使生活经验转化成文学资源,那又是另当别论的事了。

---

[1] 老舍:《谈谈文艺创作的提高问题》,《老舍全集》第17卷,人民文学出版社,2013年,第146页。

[2] 周立波:《素材积累及其他》,《周立波选集》第6卷,湖南人民出版社,1986年,第501页。

[3] 茅盾:《新的现实和新的任务:1953年9月25日在中国文学工作者第二次代表大会上的报告》,《茅盾全集》第24卷,人民文学出版社,1996年,第272页。

[4] 老舍:《创作与规划》,《老舍全集》第17卷,人民文学出版社,2013年,第725页。

[5] 同上书,第727页。

深入生活的方式和效果也会影响到文学的创作方式和文体形式。中国文联和作协的一项重要工作就是组织作家深入生活。刘白羽希望建立一种制度,"用轮流的办法,保证一个参加工作的作家每年平均有二至三个月的时间到劳动人民中间去接触生活,在完成他应该担负的业务工作的情况下,每周可以有两个固定的创作日"①。即使不能离开工作岗位,"也要设法在本地或附近,与工厂、农村、居民、学校发生联系",特别是在社会生活发生重大事情的时候,还应当在全国范围内,"组织作家担任旅行记者,为报纸、刊物写特写,这样可以使得广州的作家有机会领略一下天山的风雪,让黑龙江的作家去了解一下海南岛的生活"②。事实上,中国作协"一九五六到一九六七年的工作纲要",就规定在作协机关担任组织工作的作家,实行"每年二、三个月和每周两天的创作活动时间的制度",此外,还根据"必要和可能的条件,给其中某些作家以更长的从事创作活动的时间",作协报刊的编辑人员,"每人每年都要有一定的时间下去了解人民生活"③。定期安排和组织作家以下放、锻炼、走访的方式深入农村、工厂,希望能引起游记传记、通讯报道和报告文学的兴盛。这是典型的题材中心论,强调题材的社会效应,文学性和艺术性则有些微不足道了。刘白羽曾强调"特写"的重要

---

① 刘白羽:《为繁荣文学创作而奋斗》,《中国作家协会第二次理事会会议(扩大)报告、发言集》,人民文学出版社,1956年,第84页。

② 同上书,第85页。

③ 《中国作家协会一九五六到一九六七年的工作纲要》,《中国作家协会第二次理事会会议(扩大)报告、发言集》,人民文学出版社,1956年,第99页。

性,"我们整个文学队伍到现在还没有掌握,甚至还没有重视特写这种战斗的文学体裁",而"飞跃前进"的现实生活,如同"澎湃的急流","斗争非常尖锐"①,它也催生了"特写""速写"这种文学样式。表现现实生活是其不变的主题,直接书写是其文学手法。20 世纪 50 年代初,出现了大量描写新旧社会两重天的作品,如老舍的《我热爱新北京》和叶圣陶的《游了三个湖》。抗美援朝之后出版了《朝鲜通讯报告选》。50 年代中期,还发表了《在桥梁工地上》《本报内部消息》等"干预生活"的特写。1958 年的《文艺报》还开辟了"大家来写报告文学"专栏,出版了一系列报告文学作品,掀起直写生活、歌唱生活的文学潮流。

可以说,怎样生活就怎样创作。如同老舍所说:"熟悉什么就能写什么,倒更切实际些。这是老实话。"②但所有的"生活"要成为文学资源,还需要有作家个人的感知和自由想象。1956 年 12 月 10 日,沈从文在致张兆和的信里说,写小说"一定得有完全的行动自由,才有希望","如目前那么到乡下去,也只是像视学员一般,哪能真正看得出学生平时嘻嘻哈哈情形?即到社里,见到的也不能上书,因为全是事务、任务、开会、报告、布置工作。再下去,虽和工作接触了,但一切和平时生活极生疏,住个十天半月,哪里能凑合成篇章?"③显然,沈从文眼里的"生活"是

---

① 刘白羽:《为繁荣文学创作而奋斗》,《中国作家协会第二次理事会会议(扩大)报告、发言集》,人民文学出版社,1956 年,第 89 页。
② 老舍:《文学创作和语言》,《老舍全集》第 18 卷,人民文学出版社,2013 年,第 219 页。
③ 沈从文:《从文家书》,上海远东出版社,1996 年,第 254 页。

丰富、多样的。1951年年底,沈从文被下放到四川内江,也有创作冲动,感觉到"什么事都是生动的,新鲜的","可以用各种方式反映到文字绘画和音乐中",成为"创造的源泉"①。他也认为,对人事、自然和历史的"一切感动","是一切作品的媒触剂","一切成长都得通过了它,才有可能鲜明而具体的成为文学和艺术的作品"②。"生活"不仅包括社会现实斗争,还有对历史、自然和人事的体验和感动。如果限定作家如何深入"生活"以及深入哪些生活,特别是忽略个人的、日常的、普通人的生活,"生活"就会变得单一和表面,缺少真实性和丰富性。作家康濯曾将生活划分为日常生活与火热生活,火热生活就是"斗争生活"和"群众生活",虽然说"社会生活的各个方面都是互相联系的"③,但文学政策和文学报告所要求的深入生活,主要还不是日常生活,而是社会斗争生活,是被规定了的社会生活,日常生活和个人生活并不是"深入"的对象。

三、"深入生活"之后

尽管不断提倡深入生活,但文学创作却常常被批评"远远落后于生活","和人民的丰富多彩的生活相比,我们的文学作品

---

① 沈从文:《从文家书》,上海远东出版社,1996年,第180页。
② 同上书,第182页。
③ 康濯:《创作漫步》,《康濯文集》第5卷,湖南文艺出版社,1998年,第62页。

显得太苍白了"①,存在"创作题材狭隘"现象。具体说来,就是"生活不深入,不能沉入生活的火热的底层","生活也不广阔,只是停留在一个村子或者一件简单的事物本身"②,再就是"对生活的认识水平还不够","对生活漩涡中的复杂现象感到犹豫不定和没有把握"③。不深入生活写不出作品,深入生活之后依然写不出满意作品,一些作家对此已经习以为常,在文学会议的各种报告里,"差不多都谈到文学创作落后于现实生活和人民的需要",但作家们却"因为听惯了这种批评","并不觉得多么难堪"④。这是深入生活方式出了问题,还是文学创作存在问题?在我看来,它主要是因为深入生活本身成了当代文学意识形态,成为文学领导和文学批评想象的一种观念意识,并以其支配文学创作,此时的"生活"成了超越现实的本质和观念,"深入"成了寻找体现"本质"特征的生活现象。

20世纪50年代以后,沈从文虽然远离了文学创作,但他对深入生活存有不少疑惑。他说,白薇"体验了三四年的生活可也写不出作品来。她连《打出幽灵塔》那样的剧本也写不出了"⑤。

---

① 刘白羽:《为繁荣文学创作而奋斗》,《中国作家协会第二次理事会会议(扩大)报告、发言集》,人民文学出版社,1956年,第87页。

② 康濯:《关于这两年来反映当前农村生活的小说》,《中国作家协会第二次理事会会议(扩大)报告、发言集》,人民文学出版社,1956年,第157页。

③ 同上书,第158页。

④ 柳青:《柳青的发言》,《中国作家协会第二次理事会会议(扩大)报告、发言集》,人民文学出版社,1956年,第300页。

⑤ 贾俊学:《文联旧档案:老舍、张恨水、沈从文访问纪要》,《新文学史料》2012年第4期。

林斤澜也提到过一件事。60年代初,汪曾祺看见沈从文过于寂寞,受冷落,也不时拉他参加北京市文联的一些活动。有一次是下乡下厂青年作家的汇报会,主持人礼节性请沈从文发言,他先是声明现在不会写小说了,甚至从前也不会写,只是"写写回忆"。他还直接说道:"我不懂下乡几个月,下厂几个月,怎么就会写出小说来。"①短暂的"下乡"或访问难以触及生活的真实和隐秘处。如果作家没有生活记忆和情感想象,也就难以进行自由而独立的写作。

这样,当代作家不得不陷入生活的熟悉与陌生、经验与观念、现象与本质的困惑,特别是预先设定了社会"本质"和生活"规律",它们对深入生活和文学创作都有或多或少的约束和影响。老舍对深入生活虽持肯定态度,但他深知文学创作仅仅依靠深入生活还是不够的,"去了解一些情况较比容易,认识人很难,我往往只是了解了一些情况,就开始动笔,热情可嘉,但易失败。没有人物的故事只能是一段新闻。我们下乡下厂,访问了许多人,了解了不少的事,开始一动笔写,就不知怎么办了。毛病就在'访问'上。专凭访问,无从真认识个人、农民,或任何人。专凭访问,我们只能明白点某人在某件事中干了什么,无从知晓其全貌。这样,人物便无从站立起来。专凭访问,我们便偏重把事情编成一串儿,而人物只是来当差,这样,事控制了人,人

---

① 程绍国:《林斤澜说》,人民文学出版社,2006年,第170页。

便是几个影子而已"①。下乡或到厂矿"访问",虽然可使陌生生活变得相对熟悉,但对创作经验丰富的老舍,他深知如果仅限于此,显然不是真正的文学创作,因为"写作往往是生活了以后的结果。而不是出了题目再去生活"②。

深入生活将人民群众的生活作为社会生活的全部,且以本质化和理想化的"生活"取代现象的和现实的生活,这也使生活成为一种"概念"和抽象。曹禺曾认为:"在公式化概念化的下面,经常掩盖着思想水平的低下和生活知识的贫乏。"③曹禺显然是避重就轻,实际上,在概念化、公式化的后面主要还不是"思想水平的低下和生活知识的贫乏",而是思想和生活的单一化和本质化。周扬也有同样的描述,"如果作者写一个工人的创造发明的故事,那么,这个工人以至整个工厂的生活就都围绕着这件创造发明的事情旋转,好像除此以外,生活的其他一切方面都停顿了似的。人物也除了想创造发明这一件事以外,不再想其他什么,几乎对人生的一切都失去兴趣,甚至毫无感觉了。这样,生活和人物的真实性就跑得无影无踪了。情节成为千篇一律,

---

① 老舍:《创作的繁荣与提高》,《老舍全集》第18卷,人民文学出版社,2013年,第429页。
② 老舍:《文学创作和语言》,《老舍全集》第18卷,人民文学出版社,2013年,第220页。
③ 曹禺:《曹禺的发言》,《中国作家协会第二次理事会会议(扩大)报告、发言集》,人民文学出版社,1956年,第225页。

人物成为单纯的'正确'、'进步'或'错误'、'落后'的化身"[1]。周扬批评创作的公式主义,实际上是对生活简单化的批评。他认为,如果从"关于生活的抽象概念或政策条文出发,不按照生活的全部复杂性和多样性来表现生活,而按照一定的'公式'去表现生活,因而把生活简单化、片面化",出现"人为地把生活加以割裂"[2]。如果如实书写社会现实,又会掉入自然主义。周扬曾批评谷峪和李古北小说的自然主义倾向,他说李古北写一条大黑狗从女主人公两腿中间钻过去,几乎把她拱倒,一条骡子又"温柔地""伸过嘴来,用淡红色的、充满生命的嫩嫩的舌头"舔女主人公,"这样的描写难道能唤起读者的任何美感吗?"他认为作者犯了自然主义毛病,"用生物主义的观点来看社会和人,是自然主义的一个最重要的特点"[3]。在他看来,自然主义就是"照相式地记录生活,罗列现象,对于作品中所描写的事实缺乏应有的选择和艺术的剪裁,对自己所描写的人物的命运采取超然的冷眼旁观的态度,把人物的思想感情描写成低级的、庸俗的"[4]。公式主义是"把丰富多样的生活描写成简单的",自然主义是"对生活中个别的不重要的事实作冗长而烦琐的描写","两者正好相反相成","自然主义不但没有把公式主义克服,而

---

[1] 周扬:《建设社会主义文学的任务:在中国作家协会第二次理事会会议(扩大)报告》,《中国作家协会第二次理事会会议(扩大)报告、发言集》,人民文学出版社,1956年,第30—31页。

[2] 同上书,第30页。
[3] 同上书,第34页。
[4] 同上书,第31页。

且甚至把创作引导到更危险的道路上去"①。自然主义容易走向现象主义,这样,一边在要求文学艺术通过个别表现一般,通过现象表现本质,即艺术典型化的原则;一边又在反对公式主义和自然主义倾向,说它们违反和破坏了艺术创作规律。这就使当代作家的创作陷入左支右绌,如同老鼠钻进风箱里——两头受气。可是,在对创作中普遍存在的公式化、概念化倾向进行追根溯源的时候,恰恰又认为是"生活"还"深入"得不够。当代文学界对文学概念化和公式化的不满,常把理由推到深入生活不够,认为"公式主义作品的产生,主要是作者不熟悉生活"②,"概念化和公式化都是主观主义思想的产物。它们是一对双生的兄弟"③。老舍在检查自己为什么没有把戏写好时说:"第一是生活不够。例如,过去写过关于女店员生活的戏,由于只是从表面上去写,对生活没有很好地深入进去,因而感人不深。又如,算是比较完整的一个戏《全家福》,原意是要歌颂人民警察的,可是对人民警察的了解很不够。"④事实上,并非深入生活不够,而是所"深入"的"生活"与所要表达的"生活"并不相符,文学生活

---

① 周扬:《建设社会主义文学的任务:在中国作家协会第二次理事会会议(扩大)报告》,《中国作家协会第二次理事会会议(扩大)报告、发言集》,人民文学出版社,1956年,第31—32页。
② 萧殷:《生活现象的提高和概括》,《萧殷自选集》,花城出版社,1984年,第34页。
③ 茅盾:《新的现实和新的任务:1953年9月25日在中国文学工作者第二次代表大会上的报告》,《茅盾全集》第24卷,人民文学出版社,1996年,第265页。
④ 老舍:《深入生活,大胆创作》,《老舍全集》第18卷,人民文学出版社,2013年,第260页。

与本质"生活"相冲突。实际上,无论作家怎样深入生活,都难以表达本质化的生活,即使表达出来了,也是概念化、公式化的生活,反过来也要受到批评。两头都被堵住了,所走的路也就越来越窄。当康濯批评赵树理描写的新人物"有进展,但还不够"时,赵树理不无自嘲地说:"不过对写新人物,我也正使出吃奶的劲头儿在找,在发现呢!"[①]文学批评常以"难道生活是这样的吗?"质问作家,让作家无言以对。"生活"到底是怎样的,这个问题的答案并不在文学领导和批评家手上,而是在作家的感受和体验之中。文学批评者虽看到了公式主义病症,却没有找到药方,或者说是乱开药方。尽管人们都在批评文学创作的公式化和概念化倾向,却没有产生药到病除之效。

深入生活作为当代文学政策的重要内容,参与了当代文学创作与实践。事实上,当代文学既建立了文学新秩序,也确立了文学性价值。它通过文学组织的有效管理、作家思想的不断改造、文学读者作为教育对象、文学批评的监督以及文学斗争的参与和评判,实现文学审美、社会道德和政治理性的高度统一,确立了社会主义文学价值的绝对性和领导地位,反对价值相对论和虚无主义。作为文学创作理想的"深入生活",虽有可操作性,但模式化和规范化的"深入生活",并不完全能满足文学创作。文学价值是多样而丰富的,有主流也有支流,有中心和边缘,也有绝对化与多样性。文学秩序的理性设计也无法完全涵

---

① 康濯:《忆赵树理同志》,《康濯文集》第4卷,湖南文艺出版社,1998年,第269页。

盖和取代文学创作的个人感受和经验。文学的感性和想象是文学的本体诉求，也是文学秩序和理性化设计的前提，文学秩序的理性化设计需要充分考虑到文学的审美需要，当然，文学秩序的理性化设计拥有当代社会的历史情境，这也是文学创作不得不面对的客观逻辑。应该说，"深入生活"本身就是反抗逻辑在先和主题先行，如果深入生活成为逻辑先行，作家们已经确定了某个主题，然后再围绕这个主题去生活，寻找有关素材和故事，显然违背了深入生活的初衷。曾经的事实确是如此。深入生活成了另一种"主题先行"模式，甚至发展成"领导出思想，群众出生活，作家出技巧"的"三结合"方法。这样的"深入生活"无疑是对生活和文学的双重背叛，这样的文学创作也是一种概念化和论证式写作，其审美价值和社会意义形同虚设。对作家而言，他们也疲于奔命，手短衣袖长——抓不住！

第五章

爱国主义与当代文学的国家认同

爱国主义是中国文学思想传统,或者说是文学持久表达的基本主题。屈原也被称为爱国主义诗歌鼻祖。《汉书》卷二十八《地理志》云:"始楚贤臣屈原被谗放流,作《离骚》诸赋以自伤悼。后有宋玉、唐勒之属慕而述之,皆以显名。"[①]《楚辞》并非全是屈原作品,但屈原之作应是《楚辞》主体,自此,中国诗歌绵延不断地流淌着忠君爱国血液。屈原《离骚》的"长太息以掩涕兮,哀民生之多艰",曹植《白马篇》的"捐躯赴国难,视死忽如

---

① 班固:《汉书》第6册,中华书局,1962年,第1668页。

归",杜甫《春望》的"国破山河在,城春草木生。感时花溅泪,恨别鸟惊心",范仲淹《岳阳楼记》的"先天下之忧而忧,后天下之乐而乐",于谦《咏煤炭》的"但愿苍生俱饱暖,不辞辛苦出山林",共同汇成了中国文学爱国主题之长河。

一、爱国主义的文学书写

一般说来,爱国主义是指个人或集体对自己"祖国"和"国家"的认同态度和情感。爱国主义的对象非常明确,它既指祖国,也指国家。祖国,指祖先开辟的生存之地,经传宗接代、繁衍而成的固定疆土。国家,则多指政治共同体,它不仅是一个地理概念,更主要指文化政治实体,可谓地理、文化和政治集合体。列宁认为,国家是统治阶级的机器,是"一个阶级压迫另一个阶级的机器,是使一切被支配的阶级受一个阶级控制的机器"[①]。国家是社会各阶层利益关系的载体,也是全体国民的向往和追求。亚当·斯密说:"每个阶层或社会团体中最有偏见的成员也承认如下的真理:各个社会阶层或等级都从属于国家,只是凭借国家的繁荣和生存,他们才有立足之地。"[②]爱国主义具有其他民族精神无法企及的凝聚力和感染力。至于表现方式,更是多种多样,如对祖国河山的热爱和歌颂,如在国难当头时"天下兴

---

① 列宁:《论国家》,《列宁选集》第4卷,人民出版社,1960年,第49页。
② (英)亚当·斯密:《道德情操论》,商务印书馆,1998年,第299页。

亡,匹夫有责"的担当。即使是反思和批判,也是对民族国家的忧戚之情。中国历来不分"家""国",天下一家。"国"拥有至高无上的精神归宿,以"国"为家,"家"有土地和人民,祖国、人民和土地不可分离,拥有"家"的温暖。土地是人民生活的支撑,人民是历史的主体,也是祖国大厦的基石。爱祖国、爱人民、爱土地是一个事物的不同方面,在作家那里,也常常是浑融一体,只有不断吮吸祖国、人民和土地的乳汁,文学创作才能不断焕发生机和光彩。

并且,不同历史时期,爱国主义思想和情感也有不同特点。在近现代,由于被帝国列强入侵,民族矛盾变得极其尖锐,民族国家之情更为浓烈,驱逐外侮,渴求祖国独立自强,成了人们共同的心声。1949年以后,共和国的礼炮结束了中国人民饱受屈辱的历史,中国人民站起来了!中国历史开始了新纪元!国家成了人民的国家,人民成了国家的主人,爱国主义成为维持、巩固和提升国家认同的思想基础和主要内容。文学艺术对社会的历史把握和现实表达,为民族国家认同提供了强大的价值支撑和坚实的信念保证。重塑国家形象,书写民族历史,使之与社会现实形成密切的对话关系,就成为当代作家和文学创作面临的重要任务。

爱国主义是一种伟大的精神力量。对灾难深重的民族来说,它是寻求解放的号角,动员和鼓舞民众抗敌御侮的精神长城;对获得独立和自由的人民来说,它是振奋民魂民气、引导社会进步的火炬,是增强民族凝聚力、树立民族自尊心和自豪感的旗帜。车尔尼雪夫斯基就说过,"爱国主义的力量多么伟大呀!在它面前,人的爱生之意、畏苦之情,算得了什么呢!在它面前,人的本身又算得了什么呢!"①文学创作拥有了爱国主义思想,就有了感人力量,就可给读者在经受磨砺、遭遇挫折之后获得生活的勇气,就会洋溢起青春的热血和豪迈的气节,引导读者超越曲折和困难,承担社会历史重任,心存理想之火,走向美好的明天。可以说,爱国主义主题对于文学具有不可替代的功能。对当代中国作家而言,爱国主义成为最本真的创作动力和创作情感,巴金说:"我爱我的祖国,爱我的人民,离开了它,离开了他们,我就无法生存,更无法写作。"②当代文学一直拥有爱国主义传统,它在继承五四新文学爱国主义传统的基础上,又融入了新的社会内容,有了新的时代特点。1951年,为了加强对文艺思想的指导,首先是宣传学习毛主席文艺思想,其次就是"表现爱国主义",认为,"今天的爱国主义,主要是要表现今天中国人民的光荣以及中国人民过去的光荣"③。爱国主义有不同的时代内容,也有不同的表现形式,"爱国主义一定要有无产阶级的立场,没有无产阶级的爱国就成了民族主义的、小资产阶级的爱国

---

① (俄)车尔尼雪夫斯基:《艺术对现实的审美关系》,《车尔尼雪夫斯基文学论文选》,上海译文出版社,1998年,第78页。
② 巴金:《〈探索集〉后记》,《巴金全集》第16卷,人民文学出版社,1991年,第273页。
③ 周扬:《在中国共产党第一次全国宣传工作会议上的报告》,《周扬文集》第2卷,人民文学出版社,1985年,第75页。

主义了,甚至成为落后的反动的了"①。社会主义文学的爱国主义是无产阶级的爱国主义,在艺术形式上,"特别要强调民族化、大众化"②。

1952年,丁玲在莫斯科为苏联《文学报》撰写了《中国的春天》一文,她欣喜地写道:"今天,是一九五二年春天的日子,是温和的阳光落在我书桌上的时候,是雪在悄悄融化的时候",中国"无处不是新鲜,一切新事物都在绚丽的阳光之下,在温柔的和风之下发芽,蓬蓬勃勃地生长着,四处都感觉到有一种不可压制的力量。"③"中国到处都充满了春天的阳光,中国正走在开满鲜花的道路上",这是什么样的"力量"和"阳光"呢?丁玲回答道:"人们在一切的运动中,迅速地变了样。人们抛弃了自私自利,生长了爱国主义和国际主义。"④春天的阳光下,遍地开满鲜花,生长着爱国主义,这是多么诗意而又斩钉截铁的回答。人民群众在政治上、经济上和文化上从被奴役者而成为国家的主人。他们的爱国热情像岩浆似的喷发出来,欢呼祖国的新生,歌唱自然的美丽。社会主义文学是真正人民的文学,人民的爱国热情和献身精神是时代主旋律,自然也是当代文学的主要内容。

1949年中华人民共和国的成立,是中国人民在全世界面前

---

① 周扬:《在中国共产党第一次全国宣传工作会议上的报告》,《周扬文集》第2卷,人民文学出版社,1985年,第83—84页。
② 同上书,第84页。
③ 丁玲:《中国的春天:为苏联〈文学报〉而写》,《丁玲全集》第7卷,河北人民出版社,2001年,第285页。
④ 同上书,第292页。

站立起来的日子。1949年10月,何其芳发表了《我们最伟大的节日》;胡风发表了《时间开始了》,表达了颂扬之情,"时间开始了"中的"欢乐颂"写道:"时间开始了/毛泽东/他站在主席台中间/他站在地球面上/中国地形正前面/他/屹立着像一尊塑像……/掌声和呼声静下来了"[①]。诗人成为时代的代言人,成为党和人民的歌喉,颂扬与贬抑构成了诗的主基调,但总体上,它是一个颂歌的时代。他们赞颂中国共产党和领袖,颂扬新中国成立后的新生活,表现各民族人民在伟大时代的崭新面貌。郭沫若如鱼得水,甚至有些欣喜若狂,在创作上也有些随心所欲,把艺术直接作为政治表态。1958年1月,他在《人民文学》上发表诗作《新年,你好》,直接歌颂新中国第二个五年计划,1959年国庆又发表《十年建国增徽识——(诗八首)》。诗人公刘也像一个战士那样赞美新时代,他的诗富有想象力,意象奇异,精彩纷呈,具有个性特色。白桦也是战士诗人出身,他早期抒情诗概念化痕迹非常明显。军旅诗人李瑛的诗歌创作以构思巧妙、立意别致、感情细腻、语言纯净而引人注目,但也不无雕琢痕迹。

共和国最杰出的颂歌诗人应是贺敬之。他的诗歌歌颂党,歌颂祖国和人民,情感真挚深厚,而且还有自己的颂歌艺术手法,他创造了神圣而理想的共和国形象,塑造了横空出世的抒情主人公形象,具有豪迈雄健的激情和辽阔高远的意境,也不无真理在场的思辨性。除此之外,还有众多歌颂祖国具体建设成就

[①] 胡风:《时间开始了》,《胡风全集》第1卷,湖北人民出版社,1999年,第101页。

的诗作,如邵燕祥的《中国的道路呼唤着汽车》、戈壁舟的《千里成渝路》以及蔡其矫的《水利建设山歌十首》,都歌颂交通道路建设。有赞美劳动人民挖山开荒、勤劳耕作的,从修建公路铁路到水利建设,从挖山开荒到钻井开矿、炼钢采油,从种地采棉到牲口喂养,甚至是村里新引进一台抽水机、开了一场会,都成为诗人的歌咏对象。写作者并非负有盛名的作家和诗人,多为名不见经传的新生作者,甚至是初学者、练笔者,只要敢开口、敢动笔,都可成为诗人,成为作家。歌颂新中国、高唱社会主义赞歌,成为共和国时代诗歌的主题节目。

吟咏山水也是中国文人传统。李杜的诗歌、苏辛的词、柳宗元的散文等都不乏抒写自然的优秀之作。到了新中国,作家们更是大量书写祖国山河城池,赞颂祖国山河的美丽,借助自然山水表达自己的家国情怀。直接歌颂祖国的,如阮章竞的《漳河水——漳河小曲》,艾青的《十月的红场》,何建平的《我飞上祖国的天空》,田间的《我是和平的歌者》和《祖国颂》,晓雪的《祖国的春天》,袁鹰的《祖国的泥土》以及黎央的《那声音——寄新中国》,等等。也有借景抒情,以赞美地方风物来歌唱祖国的,如戈壁舟的《延河照样流》《天安门赞歌》,牛汉的《我赞美北京的西郊》,邹荻帆的《写在透明的土地上》,蔡其矫的《西沙群岛之歌》,臧克家的《松花江上十三首》,田间的《天山顶上放歌》,杨朔的《亚洲日出》,绿原的《北京的诗》以及刘国正的《迎着北京明朗的早晨》,等等。季羡林的散文《西双版纳礼赞》可谓代表之作。文章借助山水自然寄寓深厚的家国深情,从不同时代的对比中，表达西双版纳"换了人间"，从"人间地狱"变成了"另一番景象，另一个天地"的"人间乐园"，"所谓蛮烟瘴雨，早为光天化日所代替，初升的朝阳照穿了神秘的原始密林。花显得更香，叶显得更绿，果实蔬菜显得更肥更大，风光显得更美更妙"；"十几个语言不同、信仰不同、服装不同、风俗不同的民族聚居在一个村子里，和睦融洽地生活在一起，工作在一起，像是一个大家庭。"作品不仅书写自然美景，更表现人们的精神变化，"青年们的眼睛特别明亮，他们把自己的理想和前途，同祖国的前途，同这个地方的前途联系起来，把这个地方当作了自己的家乡"①，由自然环境写到故乡之恋，写到国家之感。古人谢灵运以山水诗著称，柳宗元也有咏物散文，但都还不能称之为爱国主义诗歌，他们借山水托物言志；而当代作家则借山水表达国家观念，表达爱国情怀，他们笔下的"自然"是祖国山水的代名词，山山水水、一草一木都是祖国的组成部分。

节日的颂歌，也是表达爱国情感的重要方式，每到国庆节都不乏祝贺诗作。1954年10月，社会主义建设第一个五年计划正顺利实施。《人民文学》第10期刊载了数篇以庆祝新中国成立五周年为主题的作品，如阮章竞的《祖国的早晨》、未央的《歌唱你，祖国的十月》、邹荻帆的《我的国家，我的人民》、徐迟的《十月献诗》、茅盾的散文《天安门的礼炮》、巴金的《跟志愿军一起欢度国庆节》、柳青的《人民要前进》、臧克家的《我们已经走得

---

① 季羡林：《西双版纳礼赞》，《人民文学》1962年第8期。

很远——庆祝中华人民共和国成立五周年》等。1955年10月,郑振铎写作《人民的愿望实现了》,庆祝社会主义建设第一个五年计划胜利完成,小说家沙汀也写了《迎接祖国伟大的节日》,庆祝新中国的第七个普天同庆的日子。新中国赋予了作家强烈的民族自尊心和自豪感,由事及人,由心及物,共和国发生的每一项重大事件都成为文学的书写对象,成为表达爱国主义情感的重要载体。1954年宪法草案发布,这也成为当代作家的抒写对象,如田间的《祖国颂》、老舍的《大喜》、郑振铎的《我们有了"宪法草案"了》、洪深的《为人民的宪法欢呼》、曹禺的《用文艺宣传的实际行动来拥护宪法的公布》、冰心的《学习宪法草案的体会和感想》和臧克家的《胜利的宣言——庆祝"中华人民共和国宪法"草案公布》,等等。攀登珠穆朗玛峰在今天常是驴友爱好者的活动,但它曾经被看作民族精神的象征和国家意志的体现,自然也是文学表达自豪情感的抒写对象。珠穆朗玛峰是世界第一高峰,中国本来是登山条件最好的国家,但最先登上珠峰顶峰的却不是中国人。1953年,新西兰和英国两名登山者,成为第一个登顶成功的登山队员。1956年,瑞士登山队在人类历史上第二次登上了珠穆朗玛峰。1960年5月25日,中国登山队终于首次登上了珠穆朗玛峰,这也是人类首次从北坡成功攀登珠峰。这被作家当作一份巨大的民族国家的荣耀,黄药眠的《我们把五星红旗插上帕米尔高原》、鲁光的《踏上地球之巅》都抒写了这份荣耀。此外,中国在国际体育比赛中的获胜也是抒写对象。1961年4月9日,中国北京举行了第26届世界乒乓球锦标赛,中国男子乒乓球队在男子团体比赛中首次夺得世界男子团体冠军，邹荻帆写了《星汉灿烂——第 26 届世界乒乓球锦标赛即景》，庆祝此次夺冠，表达了自己炽热而又真挚的爱国情感。一句话，歌颂社会的作品题材丰富，体裁多样，还有话剧，如老舍的《西望长安》，王拙成的《火车开来的时候》，高晓声、叶至诚的《走上新路》，孙维世的《初升的太阳》，等等。老舍也写了大量的歌颂新北京、新人民政府的散文，如《我热爱新北京》《新社会就是一座大学校》。爱国主义虽有时代性，不同时代有不同时代的爱国主义内涵，但都没有当代中国文学表现得这么普遍而丰富。

二、爱国主义的价值内涵

当代作家继承了感时忧国的文学传统，自觉意识到与国家和人民的息息相通，意识到自己的社会责任和历史使命。人有人格，国有国气，民有民魂。所谓国气民魂，关键的是爱国之心。鲁迅说："惟有民魂是值得宝贵的，惟有他发扬起来，中国人才有真进步。"[①]民族是要靠民魂来维系的，一个丧失了自尊心和自信心的民族，一个没有爱国精神的民族，显然是没有前途和希望的。任何一个正直有追求的作家，都不会放弃弘扬爱国主义精神的责任。当代作家几乎无一例外都主动或被动地参与到共和

---

① 鲁迅：《学界的三魂》，《鲁迅全集》第 3 卷，人民文学出版社，1963 年，第 152 页。

国时代的颂歌创作中,当然,他们的艺术水平也是良莠不齐。当代文学的爱国主义思想与文艺政策有关。文艺界先后组织了多次活动,从提倡到批评,不断地修正、引导和规范,共同建构爱国主义的文学主潮。

先说提倡与规范。1951年的元旦,《人民日报》刊发社论,提倡爱国主义,认为中国人民今日的爱国主义,并不是什么抽象的东西,它的内容,就是反对帝国主义侵略和封建主义压迫,就是保卫中国人民民主革命的果实,就是拥护新民主主义,就是拥护进步,反对落后,就是拥护劳动人民,拥护全世界劳动人民的国际主义联盟,就是为社会主义前途而奋斗。"兴起这种爱国主义,就是总结中国人民的斗争经验,完成中国人民反帝国主义的思想解放,用中国人民对于自身伟大力量和光明前途的信心,来消灭帝国主义侵略者及其走狗买办资产阶级所制造、散布、藉以瓦解中国人民革命斗争的殖民地人民的自卑心。"[1]爱国主义是当代中国政治、经济和文化的总要求。1951年,茅盾提出"我们的文艺工作者必须继续以加倍的努力对群众进行新爱国主义的宣传教育"[2],文艺应以"国际主义和爱国主义的精神教育年青的一代"[3]。端木蕻良也认同"创作中的爱国主义",特别提到爱国主义的当代性,"过去的爱国主义是抵抗侵略,改变政治制度,

---

[1] 《在伟大的爱国主义旗帜下巩固我们的伟大祖国》,《人民日报》1951年1月1日。
[2] 茅盾:《目前文艺创作上的几个问题》,《茅盾全集》第24卷,人民文学出版社,1996年,第182页。
[3] 茅盾:《新中国的文艺运动:为苏联〈文学报〉作》,《茅盾全集》第24卷,人民文学出版社,1996年,第239页。

表现人民的勤劳勇敢和创造的智慧。现在的爱国主义是热爱新的制度,热爱我们英明伟大的人民领袖——毛主席,争取社会主义的前途"①。他把爱国主义具体化、明晰化了,自然也更加政治化了。也在这一年,郭小川在《长江文艺》编辑部召集的一次座谈会上说到爱国主义:"爱国主义主题,无疑地是我们文艺创作的最主要的和最中心的主题",并将当代爱国主义称为新爱国主义,具体表现为将对"祖国的一种最深刻的感情"与"新民主主义制度"和"毛泽东所指给我们的方向相结合"②。1951年5月12日,周扬在中央文学研究所发表讲演说:"我们的文艺历来是爱国主义的,也就是说,历来是反对帝国主义侵略和封建主义压迫,充满了对一切侵略者、压迫者的仇恨和对自己民族命运的深刻关心的。"③中国人民为完成伟大的历史任务而奋斗,"在长期革命斗争中,在人民制度下,经过锻炼、教育,日益提高了他们的觉悟程度。从他们中间不断涌现出新的人物,战场上、生产中,以及其他各种工作上的优秀模范。我们的文艺首先就要表现中国人民中的这些先进人物,表现中国民族与中国共产党的伟大力量,他们高度的智慧和英雄主义"。社会主义文艺就是要帮助人民扫清民族屈辱地位所造成的"自卑心理",建立"适应

---

① 端木蕻良:《创作中的爱国主义》,《端木蕻良文集》第 5 卷,北京出版社,2009年,第 504 页。

② 郭小川:《在爱国主义创作问题座谈会上的发言》,《郭小川全集》第 5 卷,广西师范大学出版社,2000 年,第 438—439 页。

③ 周扬:《坚决贯彻毛泽东文艺路线:一九五一年五月十二日在中央文学研究所的讲演》,《周扬文集》第 2 卷,人民文学出版社,1985 年,第 56 页。

于我们今天国家地位的,伟大中国人民应有的民族自尊心,加强人民对自身伟大力量和光明前途的信念"①。这些都是对文学中爱国主义的政策引导,文学被作为教育人民的重要手段,通过表达爱国主义发挥教育作用。周扬非常推崇寒风的小说《青春》,认为它"有力地表现了人民战士的新的品质"②,主人公尹青春像"铁人"一样在困难面前毫不畏惧,经受住了考验,立了大功,顺利地加入了中国共产党。作品歌颂了劳动模范,肯定劳模的勤恳劳动,也是爱国行为,体现了爱国情怀和精神。于是,他要求文艺工作者要"描写出人民今天新的愉快的生活的事迹和明天更美好的生活的远景"③,歌颂新中国、新政府、新生活,书写美好的明天,歌颂祖国美丽的山川。

再说文学批评与引导。除了文艺政策规范之外,文学批评的引导也不容忽视。除对具体文艺创作正面引导之外,周扬对文艺创作也提出了批评,认为有些文学作品,"错误地把敌人的力量描写得超过人民的力量,甚至把帝国主义者侮辱我们中国人民的行为也津津有味地加以描写,毫不感觉到损害自己民族的尊严"④。"有些艺术作品却仍停留在对过去悲惨生活的单纯的痛苦的回忆,而没有足够地描写出人民今天新的愉快的生活

---

① 周扬:《坚决贯彻毛泽东文艺路线:一九五一年五月十二日在中央文学研究所的讲演》,《周扬文集》第2卷,人民文学出版社,1985年,第56页。
② 同上书,第58页。
③ 同上书,第57页。
④ 同上。

第五章 爱国主义与当代文学的国家认同 | 141

的事迹和明天更美好的生活的远景"①,"有些文艺作品却过分地热衷于描写人民中的消极人物和刻画人民身上残留的落后因素,而不去或不善于描写人民中的积极人物和刻画人民身上正在产生的新的因素"②。以上三种情况主要关系到文学如何处理过去与现实、灰暗与美好、消极与积极的不同取向,其背后的逻辑都是对美好现实的积极肯定。周扬还以丁克辛小说《老工人郭福山》为例,认为这部作品"起决定作用的是生理的因素,而不是政治的因素;是家族的关系,而不是党的关系。这样的作品,在政治思想内容上说,是完全错误的"③。1951 年 12 月 16 日,《人民日报》刊登"认真学习,改造思想,改进工作——文艺报第五卷第四期社论",社论认为,"祖国的生活在不断地前进,而文学艺术工作却远远落后于现实生活的发展。我们虽有一些优秀的作品,却远不能满足广大群众日益增长的要求;我们的文学艺术没有能充分反映出伟大祖国和劳动人民的新的生活、新的面貌;相反地,有许多作品却是歪曲了劳动人民的生活和形象"④。周扬是当代文学批评家,他对这些文学现象的批评显然具有极强的针对性和杀伤力。

　　文学批评的倡导和文艺政策的规范,对当代文学爱国主义

―――――――

　　① 周扬:《坚决贯彻毛泽东文艺路线:一九五一年五月十二日在中央文学研究所的讲演》,《周扬文集》第 2 卷,人民文学出版社,1985 年,第 57 页。
　　② 同上。
　　③ 同上书,第 58 页。
　　④ 《认真学习,改造思想,改进工作:文艺报第五卷第四期社论》,《人民日报》1951 年 12 月 16 日。

创作实践产生了重要影响,文学创作也趋于理想化和激情化。贺敬之"放声歌唱":"啊,多么好/我们的生活/我们的祖国……。"严阵感受到"凡是能开的花,全在开放/凡是能唱的鸟,全在歌唱"(《凡是能开的花,全在开放》)。石方禹也有同样的体会:"假如我感到自己还有什么可以骄傲/那是因为我生长在新中国的时代……"(《和平最强音》)文学创作与文艺政策存在多种情形,或超越外部力量的介入,或受制于外在规范,或出现既错位又统一的关系。个人创作超越外部力量的介入,主要指受到外部力量干预相对较小,作家对于文艺政策有自己的独特理解,能够体现一定的个人创作主动性。如巴金散文《奥斯维辛集中营的故事》,与当时激昂的战斗精神并不完全一致,但其反对帝国主义的主题与社会时代则完全是契合的。沈从文的《五月卅下十点北平宿舍》,胡风的《时间开始了》,臧克家的《有的人》,都有自己的感受和思考。至于个人创作受制于外在规范的情形,它是说作家几乎完全遵照文艺政策进行创作,最典型的莫过于曾受到周扬推崇的寒风的小说《青春》。

还有,就是作家反复修改作品,使创作出现概念化、类型化和简单化。郭沫若的《新华颂》《百花齐放》等作品就带有这样的特点。1958 年,为宣传"百花齐放"方针,郭沫若用了 10 天时间,选择 100 种花为题目,写了 101 首的诗集《百花齐放》。它采用"形象描述—政治概念"的构思方式,从描述花的形态和肌理特征,上升到对政治命题的说明。例如,由水仙花的"只凭一勺水,几粒石子过活",联想到"总路线"的"多快好省"口号,说它是"活得省,活得好,活得多"的"促进派"。它在当时获得了很高的评价,但也开创了简单化比附咏物诗的先河,艺术上乏善可陈。1959年,郭沫若在给陈明远的信中,曾做过诚恳的自我批评,说:"我的《百花齐放》是一场大失败!尽管有人作些表面文章吹捧,但我是深以为憾的。"又说:"尽管《百花齐放》发表后博得一片溢美之誉,但我还没有糊涂到丧失自知之明的地步。那样单调刻板的二段八行的形式,接连101首都用的同一尺寸,确实削足适履,倒像是方方正正、四平八稳的花盆架子,装在植物园里,勉强得插上规格统一的标签。"①除诗集《百花齐放》,诗作《新华颂》相比之前的诗歌创作,其艺术性也大打折扣。如有这样的诗句:"人民中国,屹立亚东/光芒万道,辐射寰空/艰难缔造庆成功,五星红旗遍地红/生者众,物产丰/工农长作主人翁";"人民品质,勤劳英勇/巩固国防,革新传统/坚强领导由中共,无产阶级急先锋/现代化,气如虹/国际歌声入九重";"人民专政,民主集中/光明磊落,领袖雍容/江河洋海流新颂,昆仑长耸最高峰/多种族,如弟兄/千秋万岁颂东风。"在当时,此类应试唱和之作并非个案。

  另一种情形是在调适中走向统一。作家有意识地按照文艺政策要求进行创作,但也渗透个人感受和理解。巴金和杨朔的创作就是例证。1952年冬天,巴金担任全国文联组织赴朝创作

---

① 郭沫若:《致陈明远》,《郭沫若书信集》(下),黄淳浩编,中国社会科学出版社,1992年,第104页。

人员组长,他带领一队创作人员换上军装,踏上了满目疮痍的朝鲜土地。在朝鲜战场上,巴金同创作人员深入志愿军当中,同许多战士结下了深厚友谊。回国后,巴金写出了中篇小说《团圆》,1961年8月刊于《上海文学》。小说主要写广大志愿军战士在朝鲜战场的浴血奋战,并借助父子、父女、老战友之间的生死离别、劫后重逢来结构故事,抒写了革命事业的艰难历程。作品以细腻的笔触表现王成这个英雄战士的成长过程及其影响。后被改编成电影剧本《英雄儿女》。小说表现了家国合一的爱国主义思想,超越了家乡地域和家族意识。

1950年年底,杨朔以《人民日报》特约记者身份奔赴抗美援朝战场。在朝期间,除了写作大量战地报道外,他还创作了长篇小说《三千里江山》。他亲身感受到战士对祖国深沉和高贵的爱,这种情感激励着他,逼着他写作。在战火纷飞的环境中,杨朔开始了这部长篇的创作。小说1953年3月由人民文学出版社出版。它一面世即获得好评,有评论家认为它是"文学创作的新收获","这部小说是杨朔同志在创作上的一个新的发展,它在思想上和艺术上的成就都大大的越过了他过去的作品。而且,抗美援朝两年来,我们在文学领域里,通讯和短篇是有过许多的,但还第一次出现象这样一部比较深入和真实地反映这个运动的长篇。在文学还未能满足群众需要的现在,一部比较成功的作品的出现便引起了读者很大的重视,这是完全可以理解的"①。50多年以后,曾是当年读者的资中筠仍记得这部"抗美援朝小说"广受欢迎的情景:"那个时期这本书堪称'家喻户晓',方今畅销书很少能与之相比。因为它不仅是文学作品,而且起政治辅导教材作用。与魏巍的《谁是最可爱的人》可以相提并论。"②杨朔将小说人物作为共和国英雄进行塑造,他在《写作自白》中说,在创作时,他"遇到一个问题,就是对英雄人物的认识问题",他对"英雄"有自己的理解,一是"英雄不是高不可攀的。英雄就是这样一些平平常常的人,从人民当中生长起来,具备着先进人民的思想感情,和人民有着血肉的关联",同时,"英雄"又为"党"所"培养","英雄不是神而是人,而且是差不多像我们一样的人。但是在党的培养下,他首先具备着先进人物的思想感情","党就是这个时代的灵魂,也是英雄的灵魂"。二是"英雄"及其"英雄主义"的力量源泉是"爱国主义",这是"人世间最伟大的爱","我在小说里想要着重写的就是我们人民的爱国主义"③。对"党"和"领袖"的深情以及对祖国的深情,在作品中融为一体,构成英雄人物"思想感情"的内核,并且,"抗美援朝"的国际背景也使爱国主义与国际主义交织在一起,成为小

---

① 陈涌:《文学创作的新收获:评杨朔的〈三千里江山〉》,《人民文学》1953年1月号。

② 资中筠:《忆杨朔》,《资中筠自选集》第4卷,广西师范大学出版社,2011年,第43页。

③ 杨朔:《写作自白:在一次座谈会上谈"三千里江山"》,《读书月报》1955年第2期。

说的叙述主题。为了突出正面英雄人物,小说还设置了一位落后人物——技术员郑超人,对英雄形象构成反衬作用。郑超人的社会身份是"生在个有钱的商人家里",在"城里长大的知识分子",生活中"头发梳的溜光","吃的考究,穿的考究,吃完饭必定刷刷牙,时常对着镜子摸着自己的脸蛋",思想上"太过于看重自己",且犯有"恐美病"。郑超人的个人主义以及恐美思想,也衬托了英雄人物的英雄主义、爱国主义和国际主义思想。小说对郑超人的批评、教育和感召,在某种程度上,也回应了小资产阶级知识分子思想改造的时代诉求。这样,杨朔通过共和国英雄形象的塑造,表达出强烈的爱国主义思想。共和国的建立不仅需要现实政权的确立,更需要精神情感层面的认同。可以说,文学所表达的爱国主义主题,参与了共和国精神理念的建构,成为共和国意识形态的重要内容。

　　实际上,文学表达的爱国主义具有多层次、多方面的丰富内涵,它既反映个人对祖国的依赖和热爱,如热爱祖国的锦绣河山、骨肉同胞、灿烂文化以及生于斯长于斯的民族国家,以及由此生长出强烈的民族自尊心、民族自信心和民族自豪感,也包括不断调整个人与祖国关系的行为规范和社会实践,将国家和民族利益置于个人利益之上。爱国主义思想和情感既是一种自然而然的感情,同时也是被社会历史建构起来的思想观念。爱国主义是民族的自尊、自励和自强。当然,爱国主义也与民族主义有关,民族主义拥有多种形态,如政治权力、社会运动和意识形态,表现为种族、语言、历史、宗教、文化习俗、政治制度,以及土地和人口等不同内涵,包含历史形成、情感归宿、语言象征、政治运动、信仰及其意识形态①。同时,它也与现代性进程、民族国家建构和社会变迁紧密地联系在一起,成为现代性的组成部分,关系到人民和民族、理性和非理性的文化共同体意识。民族主义还与前现代有着密切关联,它对现代性也有一定的防御和反抗,这样,它同时具有"现代""前现代"和"反现代"等不同面相和内涵。民族主义是一把双刃剑,既有强大的组织力量,可以化解统治危机,反过来也可能威胁到社会政治和社会秩序,导致不和谐、不稳定局面。一句话,它可能是社会团结的精神力量,也可能成为排挤或损害其他民族利益的极端因素。爱国主义和民族主义都是一个民族的感情或情绪,民族主义更多指向社会现实,爱国主义则主要指向文化传统,它主要是对所属民族和国土的热爱与眷恋,对所属文化及价值的认同和肯定。爱国主义主要是情感归属,民族主义则多为忠诚行为。民族主义作为强化民族自尊心、自强心和自信心的重要手段,有助于维护民族国家的独立、主权和统一。在现代社会,每个国家的社会意识形态都或多或少吸收了民族主义思想,以此维护社会秩序的稳定,抵抗外来意识形态的冲击。现代中国经历了惨痛的历史遭遇和贫穷的社会现实,拥有丰厚的爱国主义文化传统,民族主义是现代中国的认知图式和社会大众的普遍情感。

---

① (英)安东尼·史密斯:《民族主义:理论、意识形态、历史》,上海人民出版社,2006年,第6页。

真正的爱国主义,不能脱离对祖国现实和人民命运的深切关怀,它是一种崇高的社会意识和民族主体意识,是对人民命运的热切关注,对民族现状的深入思考,对祖国前途命运的不懈追求,是对个人权利和人格尊严的勇敢捍卫,并与损害和剥夺这种权利和尊严的各种势力进行反抗和斗争。当代文学曾在一个时期与世界文化和文学缺乏广泛联系,文学的社会政治视野提高了,思想文化视野却有些局促。它的现实目标更加明确,政治意识更加强烈,文化精神却出现了单一和逼仄,缺乏容纳世界优秀文化的开阔胸襟和精神气魄,这也影响到文学表达爱国主义的思想深度。有研究者就认为,以鲁迅为代表的现代作家,站在世界文明的历史进程高度,把中华民族的生存和发展置于现代世界的坐标系中加以审视,因而对中华民族的文化发展和精神解放有着更根本、更长远的思考和追求,而部分当代文学作家,却主要限于中华民族自身的历史和文化发展的有限时空,去思考当代中国的现实及未来,这不能不给这些作家作品的思想价值和艺术水准带来了某种程度的弱化[①]。这样的判断也并不是没有道理。

在表达方式上,人们对生于斯长于斯的这块土地,常常会抱有一种特殊感情,这种感情会以各种不同方式表现出来。歌颂是一种方式,热爱祖国的山山水水;反思甚至批评它的不尽如人

[①] 王培元:《沉重、痛苦而执著的爱:当代文学爱国主义精神略论》,《社会科学在线》1996年第4期。

第五章 爱国主义与当代文学的国家认同

意之处,也应是爱国主义思想情感的内容表达。中国当代文学也存在思想力度和艺术深度不足等问题,尽管当代文学批评也承认,"真正的爱国主义承认自己的落后,人家先进就是先进,这是真正的爱国主义"①,也真切认识到,"我们的国家和社会,正在经历着一个巨大的改造工程。我们应当看到旧社会所遗留的坏思想和坏习惯在人民身上有根深蒂固的影响,但是同时更应当看到人民经过长期革命斗争的锻炼正在迅速地摆脱这些影响,特别是青年的一代就更少受到这些影响的拘束。在现实生活中,新的人物正在涌现出来。而文艺创作的最崇高的任务,恰恰是要表现完全新型的人物,这种人物必须是和旧社会所遗留的坏影响水火不相容的,恰恰是不仅仅要表现我们人民的今天,而且还要展望到他们的明天。只有这样,文学艺术作品才能培养人民的新的品质,帮助人民前进"②。也承认我们身上还有"旧社会所遗留的坏思想和坏习惯"。但在道理上可以说,可以讨论,如落到文学创作上则会引来不少批评或批判,自然就会影响到作家思考和创作的勇气。

---

① 周扬:《在中国音协第二次理事(扩大)会议上的报告》,《周扬文集》第 2 卷,人民文学出版社,1985 年,第 451 页。

② 周扬:《为创造更多的更优秀的文学艺术作品而奋斗:一九五三年九月二十四日在中国文学艺术工作者第二次代表大会上的报告》,《周扬文集》第 2 卷,人民文学出版社,1985 年,第 251 页。

第六章

英雄主义与当代文学的革命精神

　　社会主义文学与社会生活,与时代人民保持着血肉联系。文学来自生活,作家服务人民,人民有权利要求文艺工作者不断创造出更加优秀的作品,为他们提供充足的精神食粮。塑造英雄人物形象,彰显英雄主义价值观理所当然是中国社会主义文学的重要内容。塑造英雄人物形象不仅是文学政策要求,更是人民群众的审美诉求,它们既是火热社会生活的表现,也是人民群众学习模仿的榜样,因为"人民在政治上和文化上迅速地成长了,他们对艺术的要求和趣味迅速地提高了"①。人民群众要学习模仿文学人物形象,这充分显示了社会主义文学的功能和作用,也是社会主义文学创作不断探索的实践经验。"文艺作品所以需要创造正面的英雄人物,是为了以这种人物去做人民的榜样,以这种积极的、先进的力量去和一切阻碍社会前进的反动的和落后的事物作斗争。"②准确地讲,不完全是文学中的英雄人物形象成为人们生活学习的榜样,而是英雄人物形象所代表的英雄主义价值观成为建构社会主义意识形态的重要力量。

一、社会主义文学的新现实与新任务

英雄主义是中外文学艺术表达的共同主题,从古希腊神话的普罗米修斯到荷马史诗的阿伽门农,从莎士比亚戏剧的哈姆雷特到歌德笔下的浮士德;从夸父追日、后羿射日、大禹治水到岳飞、文天祥和秋瑾,都表达了对英雄主义的崇敬和膜拜。英雄主义是人类社会由野蛮向文明演进过程中,逐渐形成的具有集体意识的精神价值观,它主要以社会群体中具有非凡胆识、不断进取品格的人物为摹本或榜样,弘扬抗争意识和超越精神,并以此鼓动、激励或凝聚社会意识,规范人们的行为和追求,凸显社

---

① 周扬:《为创造更多的优秀的文学艺术作品而奋斗:一九五三年九月二十四日在中国文学艺术工作者第二次代表大会上的报告》,《周扬文集》第2卷,人民文学出版社,1985年,第239页。
② 同上书,第251页。

会主流意识的正义性和抗争性。1840年,卡莱尔在一次演讲中说:"世界历史就是人们在这个世界上所取得的种种成就的历史,从根本上讲,也就是伟大人物活动的历史。这些伟大人物是群众的领袖,而且是伟大的领袖,凡芸芸众生所要做或想要得到的一切,都是由他们塑造和设计出来的,从广义上讲,他们简直就是创造者。"① 英雄主义作为一种精神意识,具有强烈的历史感、时代感和感召力,拥有世界的普遍性和广泛性,也有民族国家的差异性和特殊性,并且与爱国主义和理想主义相互渗透,长成一棵英雄精神的大树。中华人民共和国成立,人民群众开始了当家作主的新生活。战争硝烟散去,年轻的共和国百废待兴,社会政治需要稳定,经济更需发展,文化尚待整肃,可供利用的资源捉襟见肘,社会面临不少困难和问题,依然需要继续高扬文化精神,发扬革命战争年代不怕牺牲、勇往直前的英雄主义,经历过、体验了或想象着战火洗礼的当代作家自然承担着书写英雄的文学使命和责任。

中国的英雄主义不同于西方的英雄主义,它没有西方的神话和宗教色彩,而带有强烈的伦理和世俗色彩,受到了儒家思想"杀身成仁、舍生取义"以及精忠报国思想观念的影响,它也有不同的英雄类型,如民族英雄、帝王英雄、民间英雄和武侠英雄,等等。岳飞是民族英雄,秦皇、汉武、唐宗、宋祖是帝王英雄,《水

---

① (英)托马斯·卡莱尔:《论英雄和英雄崇拜》,中国国际广播出版社,1988年,第1页。

浒传》则刻画了众多英雄豪侠。西方英雄重个人人格,中国英雄重社会道义,但都具有超凡伟绩和道德功能。晚清以降,西方殖民入侵,民族国家面临生死存亡,东西方文明冲突加剧,仁人志士有着强烈的危机意识和反抗精神,呼唤着英雄主义和爱国主义。就中国文学而言,近代以来的中国文学一直涌动着英雄主义思潮,其高潮就是共和国文学创作,由此形成中国文学一道亮丽的风景线。到了"文化大革命"时期,以"革命样板戏"为代表,以"三突出"为理论依据,出现了一批高度理想化和极度夸张化的"高大全"英雄形象,其模式化和概念化反而失去了真实性和艺术性,辉煌背后却是空洞和刻板。

英雄主义来自英雄崇拜,英雄崇拜是人类社会一种普遍的心理意识,它既是人们文化心理和道德人格的体现,也与社会政治有关。贺麟曾认为,英雄崇拜不是政治问题,而是文化道德和人格修养问题,崇拜英雄是"修养高尚的人格,体验伟大的精神生活",是"增进学术文化和发展人格"[①]。他的立论依据是人类普遍的文化道德立场,而中国当代文学的英雄书写,则与社会主义文学价值观和社会政治有关。当代文学以"建设新的人民的文艺"为目标,周扬在第一次文代会报告中就提出建设"新的人民的文艺",表达新的主题,塑造新的人物,采用新的语言形式,特别提到书写英雄人物,"反映着与推进着新的国民性的成长",让人们"更多地在人民身上看到新的光明",这是"新的群

---

① 贺麟:《论英雄崇拜》,《文化与人生》,商务印书馆,2015年,第78页。

众的时代不同于过去一切时代的特点,也是新的人民的文艺不同于过去一切文艺的特点"[1]。这里所说的"新的国民性"不同于鲁迅笔下的国民性,新的国民性需要英雄人物的塑造和价值引导。创造英雄人物是社会主义文学价值和任务的具体体现,"目的是很清楚的。我们文学的任务,既然是以社会主义精神去教育人民,去培养人民中间新的道德品质,去教育他们为创造新生活而斗争,那么就不能不要求作家创造出各种明朗而生动的,足以为人民做榜样的先进人物的艺术形象,使人民群众能够从他们身上感到必须向他们学习的高尚品质,从他们身上,看到新时代的伟大理想,从他们身上得到鼓舞和振奋,得到亲切的感受。这样的英雄在现实生活中是新生活的积极建设者,在我们文学中也就不能不是主要的典型和主要的人物。这种英雄形象对于人民,特别是对于年青一代所起的巨大作用是难以估计的"[2]。当代文学所确立的价值和功能,就是人们需要从文学英雄人物身上,看到新时代的伟大理想,能受到鼓舞和振奋,得到亲切的感受。"创造社会主义时代的新英雄人物",就是"革命的文艺工作者最中心的任务","社会主义文艺所以要求创造新英雄人物,为的是树立为人民效仿和学习的榜样。英雄人物是无产阶级的先进分子,是走在时代前面的人。如果我们的舞台

---

[1] 周扬:《新的人民的文艺》,《周扬文集》第1卷,人民文学出版社,1984年,第518页。
[2] 邵荃麟:《沿着社会主义现实主义的方向前进:在中国文学工作者第二次代表大会上的总结发言》,《邵荃麟全集》第1卷,武汉出版社,2013年,第344页。

上没有那些光芒四射的英雄人物,一方面是不能真实地反映我们伟大时代的精神面貌,另一方面缺乏推动历史前进的动力。"①文学成了另一种教科书,叙述英雄故事,表现英雄意识,对社会读者就能产生价值规范和道德示范作用。

不但人民群众需要英雄主义,而且现实生活也在不断涌现出英雄人物。1950年,茅盾认为:"工农兵是我们新社会的主人,又是我们作品中主要的描写对象,所以,当我们描写我们的劳动英雄战斗英雄时要有鲜明强烈的色彩,可以比现实提高,加以理想化。要表现他们虽然目前尚在艰苦的生活中,但是心情愉快,坚强,有自信心,一切有办法的作主人的崭新姿态,因为这才是合于人民时代的实情和需要。"②社会现实各行各业不断涌现先进模范,社会主义生活也创造着英雄,"正如同在我们祖国的广大的土地上,在工厂、矿山和农场中,成千成万地涌现了劳动英雄和生产模范一样,我们的文艺作品中也将屹立着这些新中国的人民英雄的形象,他们是比我们现在的作品中所有的更为雄壮而完美的形象,他们以无限的信心,旺盛的精神和愉快的情绪,克服了困难,创造着新的生活;在他们身上,我们看到了新中国的成长与发展。他们的崇高的品质对于我们年轻的一代,

---

① 孔罗荪:《数风流人物,还看今朝:谈新英雄人物的创造》,《罗荪文学论集》,上海文艺出版社,1984年,第293页。
② 茅盾:《欣赏与创作》,《茅盾全集》第24卷,人民文学出版社,1996年,第100—101页。

将是最好的精神教育"①。令人遗憾的是,文学常常是慢半拍,跟不上时代脚步,也总是挨批评,受责难,文学领导对它多有不满,文学批评也发出非议,连作家自己也深感惭愧。当代文学任务重,责任大,承担着政治、道德和审美等多重功能,特别是思想教育、道德规范和情感升华,让它有着不能承受思想之重的压力。

书写英雄人物是当代文学担负的重要任务,文学中的英雄人物充满希望,朝气蓬勃,与社会现实保持同步,英雄主义成为当代文学创作的主旋律,出现了《保卫延安》《林海雪原》《青春之歌》《红旗谱》《红日》《铁道游击队》《苦菜花》《敌后武工队》《烈火金刚》《野火春风斗古城》《红岩》《三家巷》《创业史》《欧阳海之歌》等英雄主义文学谱系。它们主要表现了英雄形象的抗争意识、献身精神和美好理想等思想内涵,表现了英雄形象的无私无畏、大智大勇、勇于牺牲、坚定乐观、把党和人民的利益看得高于一切的精神特征。塑造英雄形象的精神品质是当代作家创造人物形象的重要内容,因为只有英雄形象的精神品格才符合社会现实的时代要求,如侯金镜所说:"选择波澜壮阔的材料,在尖锐的斗争和劳动的直接描写中创造英雄人物,以更高更广地概括时代精神,这是历史向文学艺术家们提出的重要任

---

① 茅盾:《文艺创作问题:一月六日在文化部对北京市文艺干部的讲演》,《茅盾全集》第 24 卷,人民文学出版社,1996 年,第 125 页。

务。"①这样,创造英雄人物的英雄品格就是文学家创作的社会责任。当代文学艺术中的小说、电影、戏剧、话剧、诗歌等都塑造了大量的英雄人物形象,创造了共同的英雄主义主题,因为"艺术既然是阶级的感官,时代的声音,它就必然是要宣传自己阶级和时代的思想。无产阶级的革命艺术家从来不隐瞒自己的观点,我们的艺术要求创造新英雄人物,在于体现时代的精神,阶级的思想,也就是要宣传无产阶级的社会主义思想、集体主义思想"②。社会主义文学不同于其他时代和形态的文学,"文学感染人的也不再是那种怜悯和悲叹,而是劳动人民的英雄气概和革命热情"③。这是社会主义文化建设的需要,也是社会主义文学的标志,社会主义文学"就是要宣传社会主义、反对资本主义,宣传集体主义、反对个人主义","要以社会主义、共产主义的精神教育人民",要让新英雄人物身上"闪耀光辉的优美的品质",充分地体现了这种精神品质,由此,成为"千百万人民群众仿效的、前进的榜样!"④茅盾也认为,文学"要以社会主义的思想去教育、改造千百万人民,用劳动人民的高贵品质和英雄气概去鼓

---

① 侯金镜:《创作个性和艺术特色:读茹志鹃小说有感》,《侯金镜文艺评论选集》,人民文学出版社,1979年,第68页。
② 孔罗荪:《创造时代的新英雄人物:纪念高尔基诞生九十五周年》,《罗荪文学论集》,上海文艺出版社,1984年,第154页。
③ 邵荃麟:《在战斗中继续跃进:在中国作家协会第三次理事会会议(扩大)上的报告》,《邵荃麟全集》第2卷(下),武汉出版社,2013年,第329页。
④ 孔罗荪:《创造时代的新英雄人物:纪念高尔基诞生九十五周年》,《罗荪文学论集》,上海文艺出版社,1984年,第156页。

舞他们前进的勇气和信心"[1]。社会主义文学是表现社会主义思想的文学,是作家成为社会主义者创作的文学。英雄主义属于社会主义思想内容,文学的英雄主义思想理所当然是社会主义文学的基本要求。

　　社会历史发展了,思想进步了,人们的思想意识和审美取向也发生了巨大变化。"社会关系与人民生活的巨大变化,自然引起人们思想、意识、心理状态的深刻而复杂的变化"[2],社会主义文学创造了新的英雄人物形象,表达了具有革命意识、反抗精神、斗争意识的英雄主义精神主题。实际上,当代中国社会出现了众多新型英雄人物,"在我们的新社会里,值得歌颂的新英雄人物是越来越多了。千千万万的普通人之间,每时每刻都在生长着非凡的新人。在他们的身上我们看到了共产主义的新品质,看到了社会主义时代的新精神。他们是平凡的,又是伟大的,他们的精神境界是高尚的,如我们现实中的雷锋,艺术中的李双双,都是极好的范例"[3]。在他们身上,"萃聚着工人阶级和劳动人民的创造智慧和一切新的、在生长着的崇高品质",具有"共产主义的高度的忘我精神、自我牺牲的革命英雄主义和爱国

---

　　[1]　茅盾:《新的现实和新的任务:1953年9月25日在中国文学工作者第二次代表大会上的报告》,《茅盾全集》第24卷,人民文学出版社,1996年,第262页。
　　[2]　邵荃麟:《文学十年历程》,《邵荃麟全集》第2卷(上),武汉出版社,2013年,第394页。
　　[3]　孔罗荪:《创造时代的新英雄人物:纪念高尔基诞生九十五周年》,《罗荪文学论集》,上海文艺出版社,1984年,第154页。

主义精神",具有"劳动人民传统的勤劳坚忍的传统精神"①。创造新英雄人物也是社会时代的强烈诉求,更是社会主义文学的重要内容。如孔罗荪所说:"建设无产阶级的社会主义文学,首要的任务是创造出我们时代的新英雄人物。"②通过塑造现实中的新英雄形象,更能鼓舞和教育广大群众,发挥文学教育作用。新英雄人物形象也开辟了文学人物形象新画廊,给文学创作也带来了新风格和新气象。但是,"创造时代的新英雄人物,要比一切描写旧时代的人物困难得多",作家"首先要改造自己,摆脱长期养成的旧习,使自己努力成为一个站在时代前面的革命的思想家,并且生活在新人物中间,同他们打成一片,只有在这个时候,新人物的孕育才能成熟起来"③。要塑造新英雄人物,作家首先要能跟上时代,拥有新思想,这似乎又掉入20世纪20年代革命文学论争的思维逻辑之中,但是,事物发展常常自觉不自觉地带有某种循环性,特别是在思维逻辑上,总绕不开一些先验命题和思维惯性。

邵荃麟曾经这样描述新中国10年的文学创作成就,"不论是现代生活或过去革命斗争以及其他历史题材的描写,绝大多数作品所表现的思想感情是和当前的革命情绪紧密地相联系

---

① 冯雪峰:《我们的任务和问题》,《冯雪峰全集》第6卷,人民文学出版社,2016年,第43页。

② 孔罗荪:《创造时代的新英雄人物:纪念高尔基诞生九十五周年》,《罗荪文学论集》,上海文艺出版社,1984年,第153页。

③ 同上书,第152页。

的,充满了革命英雄主义的色彩的。革命英雄主义——这是十年来我国文学上一个主要的基调,和过去三十年间的作品更着重于对反动统治压迫的暴露、批判和抗议,显然有所不同。那个时期文学中所创造的形象,更多的是受迫害与反抗迫害的农民、城市贫民与知识分子的形象或地主、资产阶级的反面人物,而现在我们作品占主要地位的,则是光辉灿烂的革命英雄形象和正面人物了。被读者所欢迎的,也是这些英雄形象"。他还举例说,如《保卫延安》中的周大勇、王老虎,《红旗谱》中的朱老忠,《铜墙铁壁》中的石得富,《红日》中的沈振新,《万水千山》中的李有国,《红色风暴》中的施洋和林祥谦,《林海雪原》中的杨子荣,《上甘岭》中的张忠发,"都已经成为群众极为熟悉的人物了"[1]。当代作家创造英雄人物形象,是社会时代的要求,是文学现实的诉求,如邵荃麟所说:"我们的时代是一个英雄的时代,在文学上就要求有高昂的声音和明亮的色彩,要求有强烈的革命浪漫主义的精神。"[2]因此,英雄主义也是社会主义文学价值选择,英雄人物形象所具有的纯朴忠厚、坚毅朴直、勇于献身的精神品格,恰恰是社会时代所需要倡扬的精神价值。

---

[1] 邵荃麟:《文学十年历程》,《邵荃麟全集》第 2 卷(上),武汉出版社,2013 年,第 395 页。

[2] 同上书,第 396 页。

二、符号政治:英雄形象的评价问题

新中国文学塑造的英雄人物形象,在"不同程度上显示出新的社会的本质力量,从他们身上反映出中国人民的高贵革命品质和崇高的道德观念,反映出社会生活的变化,对于人们精神生活所产生的巨大影响和力量"[①]。当代文学的英雄人物形象与社会本质力量、革命道德观念和审美精神力量密切相关。刘白羽在《解放军文艺》1951 年第 1 期上发表《将部队文艺创作提高一步》,指出"革命的现实主义者正是要在作品中树立这样一种典型,一种伟大先进的英雄的榜样,来教育人民,提高人民,让解放军中千百万战士向先进的英雄看齐"。他进一步强调了伟大先进的英雄人物,"在部队作品中应该是色彩鲜明、精力充沛的人物,代表着先进的力量的人物,不但有无比的英勇,还有无比的智慧的人物,为了公众利益与革命的理想甘于牺牲个人利益以至个人生命的人物,是在无论多么艰难困苦情况之下都保持着革命的乐观主义,排除万难,奋勇前进的人物,是为了革命的前进而不断与落后、保守现象作斗争的人物,是永远站在前面而起向导作用的人物"[②]。军人形象是这样,其他行业的英雄人物形象也具有相近的优秀品质,如无比英勇和智慧,甘于牺牲个人

---

① 茅盾:《新的现实和新的任务》:1953 年 9 月 25 日在中国文学工作者第二次代表大会上的报告》,《茅盾全集》第 24 卷,人民文学出版社,1996 年,第 257 页。
② 刘白羽:《将部队文艺提高一步》,《解放军文艺》1951 年第 1 期。

利益,具有革命乐观主义和斗争精神。

英雄人物形象被看作社会现实的价值标本,成为人们取法的对象,自然也会被期待、被盼望,还需要承受社会现实的评价,需要面对文学的审美检验。1953年,茅盾就评价道:"我们的许多作品对于正面的英雄人物性格刻划的乏力",英雄人物"往往缺乏个性,缺乏感情,缺乏思想的光辉,这种人物常常是以说教者或演讲者的姿态出场,高高地孤立于群众之上,被偶像化了的",作家"对于新的英雄人物还不够熟悉",虽有观察和访问,也搜集了不少资料,但"并没有真正从内在生活中去理解他们,从斗争中认识他们发展的过程,甚至对于他们还缺乏一种衷心热爱的感情",所以在描写时"不免用自己主观的概念去代替,或者用一种东补西贴的方法去描写,结果英雄人物丧失了生活的光彩,成为毫无生命的形象"[1]。在他看来,"英雄人物的性格总是从斗争中间发展的。没有斗争,也就不会产生英雄。凡是不能或不大胆去表现革命与反革命、进步与落后力量的斗争的,不是把英雄人物放在斗争的中心去描写的,就不可能创造出鲜明、生动,使群众激动鼓舞的形象"[2]。在革命斗争中去刻画英雄人物,但斗争本身却作了本质化设定,这使文学所描写的英雄形象难免出现概念化倾向。至于一些作品,"作者为要表现战斗中的乐观主义精神而采用了大量的日常生活中的'逗乐'和'开

---

[1] 茅盾:《新的现实和新的任务:1953年9月25日在中国文学工作者第二次代表大会上的报告》,《茅盾全集》第24卷,人民文学出版社,1996年,第267页。

[2] 同上书,第268页。

玩笑'的描写,其结果反而冲淡了战争的气氛,显得没有力量。事实是,只有表现了艰苦的战斗,才能够更突出地表现战斗的英勇和战斗的乐观主义,否则就削弱了战争的真实感,并且也造成了人物性格的模糊"①。显然,日常生活被排除在"斗争生活"之外,只有"革命与反革命、进步与落后"的社会实践才是斗争生活。将作品人物形象塑造作为当代文学的价值取向和目标,这给当代作家创作带来了不小的压力。

那么,如何评价英雄人物形象呢? 从理论上讲,"只要主题思想是正确的,作者就有充分的自由和权利去支配题材;运用这充分的自由和权利去工作,我想是决不会犯政治上的错误的"②。事实并非如此简单。关于英雄人物的评价问题,曾经引起不少讨论,它主要围绕英雄人物的事迹和品格、完美和弱点展开,特别是英雄人物形象缺点问题,引起的争论最大。"有人认为:英雄是不应该有任何缺点的;也有人则认为,不把缺点放一点在英雄身上,英雄就不生动了。"③陈企霞认为,完美人物也是存在的,但离不开历史条件,在另一历史条件下就不一定完美。他认为英雄人物遭受挫折,面临困难和失败,或者在斗争中发生错误,这些都是英雄人物身上的弱点和缺点,也是生活条件和历史过程对英雄人物的考验。在面临考验时,英雄人物的失误和

---

① 茅盾:《新的现实和新的任务:1953年9月25日在中国文学工作者第二次代表大会上的报告》,《茅盾全集》第24卷,人民文学出版社,1996年,第269页。
② 冯雪峰:《谈一个问题》,《雪峰文集》第2卷,人民文学出版社,1983年,第238页。
③ 陈企霞:《创造新英雄人物讨论小结》,《企霞文存》,作家出版社,2008年,第441页。

不足都是正常的。因此,他认为可以写英雄人物的缺点,当然,应主要表现英雄人物如何克服弱点,展开自我斗争,借助"克服的过程"显示英雄人物的高尚品质和道德力量,并以这种品质和力量实现文学的教育作用,但又"决不能把这种自我斗争描写成像资产阶级文学中所描写的两重人格的分裂。这种两重人格的人物,决不可能是我们社会中现实主义的英雄人物的典型"①形象。英雄人物有缺点,但不是分裂的,而是临时的,或者说暂时的,最终都将被克服掉。陈荒煤也认为英雄人物本身有弱点,文学写英雄人物弱点是为了写他的发展变化。他认为:"观众感兴趣的并不是你所写的这个人物是一个天生的英雄,而是这个人物如何成为英雄。观众和读者是通过对人物成长的描写来教育自己,他们关心的是新的人应该具备怎样的性格,怎样成长起来的,如果人物一开始就是一个凝固的'英雄',在任何事情、任何困难面前他都可以毫不思考地做得非常正确,这个英雄形象,将使人感到无法当作一个榜样来学习。"②"凝固的英雄"感动不了观众和读者;变化的英雄,书写"如何成为英雄",才能感动和教育读者,因为这英雄形象主要是用来学习的,通过他们的成长变化,才能让读者产生自我认同的愿望和改变的可能。

周扬对英雄人物形象的弱点规定得更为具体明确,他认为,如果说英雄形象有缺点,那只能是性格弱点,如果在政治和道德

---

① 邵荃麟:《沿着社会主义现实主义的方向前进:在中国文学工作者第二次代表大会上的总结发言》,《邵荃麟全集》第 1 卷,武汉出版社,2013 年,第 346 页。

② 陈荒煤:《解放集》,上海文艺出版社,1980 年,第 105 页。

上存在缺点,那就不适合作为英雄形象了,"一个人物如果具有和英雄性格绝不相容的政治品质、道德品质上的缺陷或污点,如虚伪、自私甚至对革命事业发生动摇等,那就根本不成其为英雄人物了",因此,"为了要突出地表现英雄人物的光辉品质,有意识地忽略他的一些不重要的缺点,使他在作品中成为群众所向往的理想人物,这是可以的而且必要的"①。所以,"写英雄当然不能写他动摇,如果动摇,就不是英雄了"②。"动摇"在人物性格上是软弱,在政治方向上却是犯错误。英雄人物是理想人物,不能有缺点和弱点,英雄人物也有一个成长过程,"从政治上不大成熟到成熟,从这样一些过程写他一些个性,个性有些是好的,有些是不好的,这样去写一个人物才是合情合理,人们才可以相信。如果从开始作者就把英雄写得像神仙一样,生活细节上与众人不同,甚至那些英雄生出来就与众不同,使人们觉得英雄是不可做到的"③。周扬所强调的英雄人物形象价值,并非从文学形象的丰富性和艺术性上,而着眼于文学的教育作用。

事实上,生活中的英雄人物也是有缺点的。周恩来就认为:"事物本身总有长处和短处。说是一切都好,世界上没有这种人","不承认英雄有缺点",这是"不合乎辩证法的","英雄人物

---

① 周扬:《周扬文集》第 2 卷,人民文学出版社,1985 年,第 252 页。
② 周扬:《在全国第一届电影剧作会议上关于学习社会主义现实主义问题的报告》,《周扬文集》第 2 卷,人民文学出版社,1985 年,第 201 页。
③ 同上书,第 205 页。

不犯错误,是新的教条。"①在周恩来看来,不是不能写英雄人物的缺点,而是怎么写,是缺点多,还是正确的东西多。他的意思非常明白,英雄也有缺点,也可以写他们的缺点,但英雄人物的缺点不是主要的,更不是主流的。陈毅也主张可以写英雄人物的缺点,他认为英雄人物长处很多,缺点也可能很多,甚至"他的长处正是他的缺点","写他的缺点更可以看出他的长处,为什么不可以写?有时反而更有教育意义"②。作为国家领导人的周恩来和陈毅常常比一般批评家和作家的思想眼光更为长远,更符合客观实际,也更加真实可信。

事实上,英雄人物也有普通人的一面。当时就有人提出"写普通人"的说法,主要是把英雄人物当作普通人来写,写出他们的人之常情,或是从普通人身上发现英雄潜质,刻画成长中的英雄人物。另外,也有人提出在英雄人物形象之外,也关注和创造普通群众及其他各色人物形象等。批评家萧殷和陈涌就有过这样的看法。冯雪峰主张:"创造正面人物的艺术形象,对于我们,是居着最重要的地位",但这并不等于只写英雄人物,而应该以"普通人民群众的精神和力量为描写的根据。"③但是,冯雪峰的意见遭到了批判。后来,秦兆阳也针对英雄人物的神化倾向,提

---

① 周恩来:《对在京的话剧、歌剧、儿童剧作家的讲话》,《党和国家领导人论文艺》,文化艺术出版社,1982年,第72页。
② 陈毅:《在全国话剧、歌剧、儿童剧创作座谈会上的讲话》,《党和国家领导人论文艺》,文化艺术出版社,1982年,第154页。
③ 冯雪峰:《我们的任务和问题》,《冯雪峰全集》第6卷,人民文学出版社,2016年,第44页。

出不论是正面人物还是反面人物,都要"把这些人当做普通人看待",因为"只要是人,就都是普通的人,因为他们都有普通人所共有的思想、感情、欲望、习惯的特点",若不注意到这一点,"即或是去描写那些本来是很惊人的新英雄人物,也会在我们的笔下失去其内心的、个性上的、生命的光彩"①。这是多么精彩之论!书写人物形象,无论是英雄还是普通人,都要使其具有"内心的、个性上的、生命的光彩"。王西彦也结合赵树理和茹志鹃的文学创作情况,提出:"我们不能把英雄人物和普通人物放在对立的地位。这两种人物决不是对立的。对那些出现在茹志鹃同志作品中的人物来说,尤其是如此。"他充分肯定了茹志鹃笔下那些"正在成长和改造中的人物"以及"前进着的人物",认为其意义不亚于写英雄人物的"慷慨就义或英勇牺牲"②。的确,英雄人物虽然有超常人的一面,也有普通人的日常生活,或者说,英雄人物既是英雄,也是普通人。有些基本常识因被先验判断或被既定意识所遮蔽,反而需要经过反复申说或论争才能被认同,只有经过不断讨论才会变得清晰起来,由此可见,回到常识也要经过曲折的过程。

赵树理心目中的"英雄"则是不张扬自我、不刻意表现自己、老老实实的劳动者。他觉得"在日常生活中,我们常常碰到许许多多这样的英雄人物。他们有远大的理想,一声不响,勤勤

---

① 何直(秦兆阳):《现实主义:广阔的道路》,《中国当代文学史料选》(1948—1975),北京大学出版社,1995年,第251—252页。

② 细言(王西彦):《有关茹志鹃作品的几个问题》,《文艺报》1961年第7期。

恳恳地在那里建设社会主义,别人知道他,也是这样干,别人不知道他,也是这样干"①。从普通人的日常生活发现英雄人物,将"理想"和"实干"作为英雄人物的优秀品质,塑造英雄人物,就应当书写他们这样的"品质",表现他们的"觉悟"和"道德品质",刻画他们的"干劲"和"精神",表现他们"事事站在群众前头","时时刻刻站在群众当中"②。他们既是群众的表率,也是群众中普通的一员。英雄从群众中来,英雄虽是少数个人,但他们也代表着大多数人的愿望和利益。革命事业不是少数人干出来的,而需要广大群众的积极参与。英雄是个人,也是集体,是平凡的,也是非凡的。英雄人物不是概念化的,而是活生生的,在"写英雄人物时,不要先在自己脑子里就把英雄人物不同凡俗的高高供奉起来,英雄人物也是一个普通劳动者,在斗争中生活中显出其为英雄,而不是先做好了英雄然后才去斗争,这样的英雄大概是没有的。现在有些作品写英雄人物,常常把他们从日常生活中孤立出来,好像英雄人物就是一天到晚在斗争,不食人间烟火似的","写英雄人物和写任何人物一样,必须从现实生活出发,而不能从概念出发"③。这些告诫可谓真知灼见,文学创作要从生活出发,不能从概念出发,这些常识性判断,遍布于当代中国文代会大会报告和作家作品评论,与"社会主义""现

---

① 赵树理:《当前创作中的几个问题》,《赵树理全集》第 4 卷,北岳文艺出版社,2000 年,第 420 页。
② 同上书,第 421 页。
③ 邵荃麟:《谈短篇小说》,《邵荃麟全集》第 2 卷(上),武汉出版社,2013 年,第 383 页。

第六章　英雄主义与当代文学的革命精神

实主义""文学价值"一样都是高频率词汇,但真正实践起来或者说坚持下来的确不容易。20世纪60年代初,为配合文艺政策的调整,邵荃麟还建议《文艺报》继"题材问题"专论后,再组织"典型问题"专论,着重谈论人物的多样化。1962年,在大连"农村题材短篇小说创作座谈会"上,他提出了"写中间人物"论,认为除了写好英雄人物与落后人物,还"应该注意写中间状态的人物",写好中间人物同样可以起到教育人民的作用,"强调写先进人物、英雄人物是应该的。英雄人物是反映我们时代的精神的。但整个说来,反映中间状态的人物比较少。两头小,中间大;好的、坏的人都比较少,广大的各阶层是中间的,描写他们是很重要的。矛盾点往往集中在这些人身上"①。所谓"中间状态人物",是指那些介于先进人物与落后人物之间的人物,如梁三老汉、亭面糊、赖大嫂、小腿疼、吃不饱、严志和等艺术形象。

中间人物形象恰恰能够表现人物性格的复杂性,也丰富了当代文学人物形象,还可修正英雄人物形象的简单化和概念化。当然,文学作品中的英雄形象既不完全是人物形象问题,也不纯粹是艺术技巧问题,而是文学与政治的关系以及文学的功能和作用问题。中间人物论虽有其合理性,也有艺术的个性化追求,却忽略了英雄形象的社会价值,受到人们的批判和质疑也是预料中的事。在批评者看来,"艺术创造出来的各种人物,他们都

---

① 邵荃麟:《在大连"农村题材短篇小说创作座谈会"上的讲话》,《邵荃麟全集》第1卷,武汉出版社,2013年,第425页。

会起着各自不同的作用。英雄人物总是站在时代的前面,起着模范作用,特别是具有一种推动人民群众前进的力量,这种力量,也正是革命的阶级最需要的、最宝贵的力量",而"中间人物"只能起镜子作用和警醒作用,"读者把它当作一面镜子来照一下,从而惊醒起来",因此,作家也应以"批判的态度","绝不应当以欣赏和同情的态度来写他们"[①]。中间人物只可起到镜子作用,却不能作为学习榜样,自然就不能被大力倡导和肯定,因为英雄人物形象早已不是文学审美的事情,而是作为一种符号政治,一种文学功能,已被拔高或者说固化了。

柳青《创业史》是一部反映农业合作化运动的史诗,在当代文学史上占有重要地位。它主要叙述我国西北地区一个小村落蛤蟆滩的生活演变,概括了我国农业合作化运动初期的社会矛盾冲突,着重表现从私有制到公有制过程中社会思想和情感心理的变化。它的一系列人物形象也反映了符合时代气息的英雄主义观念。柳青认为,英雄人物有群众英雄和个人英雄,前者在人民中成长,在人民中壮大,成为群众代表,为群众利益而奋斗,又以自己的思想行为提高群众的认识,推动历史前进。后者主观自生,以自我为中心、自我扩展,高人一等[②]。显然,《创业史》书写的是群众英雄,而非个人英雄。小说出版以后,引起了社会的强烈反响,评论家和作家褒贬不一。周扬认为:"《创业史》深

[①] 孔罗荪:《创造时代的新英雄人物:纪念高尔基诞生九十五周年》,《罗荪文学论集》,上海文艺出版社,1984 年,第 155 页。

[②] 王维玲:《追忆往事》,《大写的人》,中国青年出版社,1982 年,第 71 页。

刻描写了农村合作化过程中激烈的阶级斗争和农村各个阶层人物的不同面貌,塑造了一个坚决走社会主义道路的青年革命农民梁生宝的真实形象。"①严家炎"不能同意这样一种流行的说法:《创业史》的最大成就在于塑造了梁生宝这个崭新的青年农民英雄形象"②,认为《创业史》的最大成就,"恐怕也还是在它所独有的反映土改后农村生活和斗争的深度和广度方面,虽然它在塑造革命农民形象上比同类题材作品也有着突出进展"③,但"作为艺术形象,《创业史》里最成功的不是别个,而是梁三老汉。这样说,我以为并不是降低了《创业史》的成就,而正是为了正确地肯定它的成就。梁三老汉虽然不属于正面英雄形象之列,却具有巨大的社会意义和特有的艺术价值。作品对土改后农村阶级斗争和生活面貌揭示的广度和深度,在很大程度上有赖于这个形象的完成。而从艺术上来说,梁三老汉也正是第一部中充分地完成了的、具有完整独立意义的形象"④。那么,柳青是怎么看的呢?他对《创业史》最低期望值是50年,他说:"任何一部优秀作品,传世之作,决不是专家、编辑和作家个人自封的,至少要经过50年的考验,才能看出个结果。"⑤他有历史感,看得很远,认为"不要给《创业史》估价,它还要经受考验;就

---

① 周扬:《我国社会主义文学艺术的道路》,《中国文学艺术工作者第三次代表大会文件》,人民文学出版社,1960年,第27页。
② 严家炎:《谈〈创业史〉中梁三老汉的形象》,《文学评论》1961年第3期。
③ 严家炎:《关于梁生宝形象》,《文学评论》1963年第3期。
④ 严家炎:《谈〈创业史〉中梁三老汉的形象》,《文学评论》1961年第3期。
⑤ 王维玲:《追忆往事》,《大写的人》,中国青年出版社,1982年,第111页。

是合作化运动,也还要受历史的考验。一部作品,评价很高,但不在读者群众中考验,再过50年就没有人点头。"①柳青自己所信奉的文学观念,相信作品生命力主要由读者和群众去决定,他一再强调《创业史》需要经受"历史的考验",将自己的心血之作与合作化运动密切地联系在一起,揭示社会历史运动的深刻变化。事实上,无论在当初还是以后,人们对《创业史》的评价仍然与对合作化运动的认识密切相关。当初,评论界将《创业史》定位成文学"史诗",它所依赖的正是合作化运动在中国社会发展中的地位②。在20世纪80年代中国农村实行家庭承包生产责任制以后,又有人认为,《创业史》宣传了错误政策,梁生宝不是先进人物典型,而是犯了严重错误,也有人从政策变化角度为《创业史》辩护③。还有人将合作化运动区分为前后两个阶段,论证《创业史》描写内容的真实性④。在这些看法背后,有题材中心论的影响,重视写什么,忽略怎么写以及写得怎么样。题材

---

① 阎纲:《四访柳青》,《大写的人》,中国青年出版社,1982年,第148页。

② 阎纲在《史诗:〈创业史〉里激情赞颂合作化运动》中认为:"自从盘古开天地,三皇五帝到如今,谁看见过社会主义?然而,在共产党毛主席的领导下,新制度出世了,鸡毛居然飞上天,五亿多农村人口大规模的群众运动把旧制度翻了个儿。"(《柳青专集》,福建人民出版社,1982年,第219页)

③ 林默涵认为:"把生产责任制与农业合作化对立起来,把前者看成是对后者的全盘否定,既不符合党的农业政策,也不符合农业的实际情况,因而是荒谬的。"(《润水尘不染 山花意自娇:忆柳青同志》,《大写的人》,中国青年出版社,1982年,第11页)

④ 罗守让认为:"关于农业合作化的方针政策,在50年代中期以后,曾经一度产生过偏离客观生活实际的'左'的错误,给后人留下了经验和教训。然而在50年代初期的互助组、初级社阶段却是正确的。"(《为柳青和〈创业史〉一辩》,《文学评论》1991年第1期)

决定主题,现实性、时代性等重大题材成为文学写作尺度,一旦社会题材发生转移或者变化,作家作品又会面临着不同评价,出现不同命运。

三、关于英雄人物形象的塑造问题

如何塑造英雄人物形象,这是一个问题。就书写英雄人物的"事迹"和"思想"而言,冯雪峰提出"还是应当放在这个英雄的品质与精神上面,即放在这些一连串的战绩与功劳所建筑成的他的革命英雄主义的伟大高贵的品质和精神及其来源上面",因为"正是这些连贯的战斗事迹,表现着战斗英雄之成长,表现着他的思想与精神之成长与胜利,表现着他的功劳对人民和国家的利益和意义"①。英雄形象之所以感动人,恰恰在于他的英雄事迹,英雄事迹又体现出他的思想意识和精神品格,并且,英雄人物具有"革命英雄主义的伟大高贵的精神与品质思想和精神",也是"历史真实内容之最高的表现",是"劳动人民在革命战斗中最高的产物,也是马克思主义、毛主席和党的教育的最高产物",英雄们"以其流血的奋斗和牺牲,创造了、发扬了和代表了人民的这种伟大高贵的品质与精神"②。由此,在书写英雄人物的"事迹"和"精神"时,将"历史""革命"和"人民"合而为一,

---

① 冯雪峰:《谈一个问题》,《冯雪峰全集》第4卷,人民文学出版社,2016年,第108页。

② 同上书,第109页。

共同体现了社会主义现实主义的创作方法和艺术追求。

1954年,杜鹏程出版了长篇小说《保卫延安》,立刻引起轰动。冯雪峰高度评价它是"第一部""真正可以称得上英雄史诗"的小说,表明"我们的文学能力在逐渐成长起来,已经能够真正在艺术上描写新的人民英雄"①,其艺术成就在于"成功地描写了我们的人民英雄"②,其原因就是作者"全身心地在体验、肯定和歌颂这次战争的伟大精神的,他和战争的精神之间没有任何隔离;他在创作时,也仍然是在和战争同呼吸,同跳动的"③。作者以高昂的激情、凝重的笔触和磅礴的气势书写了人民解放战争的壮丽画卷,塑造了革命战争中的英雄形象,开启了当代文学书写英雄形象的创作序幕。接着,相继出现了孙犁的《风云初记》、吴强的《红日》、曲波的《林海雪原》、刘知侠的《铁道游击队》、高云览的《小城春秋》等,以及中短篇小说《平原烈火》(徐光耀)、《五彩路》(胡奇)、《小英雄雨来》(管桦)、《黎明的河边》(峻青)、《党费》(王愿坚),等等。它们以汹涌奔腾之气势,掀起了当代文学英雄人物形象的创作高潮。稍后,在1959年前后,为了"向建国十周年献礼",又有一批优秀战争小说蜂拥而至,如冯德英的《苦菜花》、李英儒的《野火春风斗古城》、刘流的《烈火金刚》、冯志的《敌后武工队》、雪克的《战火中的青

---

① 冯雪峰:《论〈保卫延安〉》,《雪峰文集》第2卷,人民文学出版社,1983年,第281页。
② 同上书,第282页。
③ 同上书,第283页。

春》、李晓明和韩安庆的《破晓记》、柳杞的《长城烟尘》、丁秋生的《源泉》、陆柱国的《踏平东海万顷浪》、柯岗的《逐鹿中原》等，以及中短篇小说《辛俊地》（管桦）、《小兵张嘎》（徐光耀）、《七根火柴》《粮食的故事》（王愿坚）、《百合花》（茹志鹃）、《长长的流水》（刘真）等。它们讴歌革命斗争，张扬乐观的英雄主义和浪漫的理想主义，风格高亢激昂，满足了人们对革命战争的热情渴望，表达了战胜苦难的必然信心。

塑造英雄人物形象却容易流于概念化、公式化和脸谱化，给人以似曾相识的雷同印象。巴金说过，"要繁荣创作，要提高创作的质量，就得让作家在自己的工作上多花工夫"，写英雄"不能先学好一套描写英雄模范的本领，才到生活里去访问英雄模范"，"最好是让他先跟英雄们在一起生活一个时期，等到他有了描写英雄模范的创作欲望时，再同他讨论怎样描写英雄模范，或者既让他多写英雄模范，然后就他的作品的优点和缺点来讨论，向他指出他应该努力的方向。倘使一个作家装满了一脑子的优点缺点去找英雄模范，结果他看见的不是人，只是一些优点缺点"①。巴金的小说《团圆》将战争、英雄命题融注于亲情团圆，构思精巧，体现了他既有的取材构思方式，又折射出"十七年"特定的文学意识形态。小说延续了巴金"激流三部曲"、《憩园》、《寒夜》所习惯的家庭题材，从家庭伦理角度切入，细致描

---

① 巴金：《巴金的发言》，《中国作家协会第二次理事会会议（扩大）报告、发言集》，人民文学出版社，1956年，第170页。

绘了以王芳为中心,与其他家庭成员之间以及与战友之间的情感和故事。小说主要由"我"的观察、人物对话和他人讲述承担叙述任务,特别是借助人物的对话和动作的描写,将王芳塑造成为一个外表可爱、思想成熟、勇敢坚强、热心助人的英雄形象,同时展现王主任面对女儿(王芳)是否相认、实现"团圆"的复杂心理活动。巴金并不十分了解前线生活,却巧妙地避开了对战场的直接描写,而通过小刘与王芳的互相描述来表现志愿军战士的英勇高大,其中对英雄赞美的僵硬表达,将流血牺牲等同于英雄性,也有硬凑的嫌疑。《团圆》是一个妥协、迂回和试探性的文本。相比20世纪50年代初的作品,巴金的《我们会见了彭德怀司令员》《生活在英雄们的中间》《英雄的故事》《朝鲜战地的夜》,《团圆》则弱化了主流的英雄叙事。这里藏有巴金的苦衷,他说:"我缺乏写自己所不熟悉的生活的本领。解放后我想歌颂新的时代,写新人新事,我想熟悉新的生活,自己也作了一些努力。但是努力不够,经常浮在面上,也谈不到熟悉,就象蜻蜓点水一样,不能深入,因此也写不出多少作品,更谈不上好作品。"①因此,《团圆》是巴金创作不熟悉题材的一种"努力",写"新人新事",不免又"蜻蜓点水"。显然是,非巴金不能也,实不为也。陈荒煤曾说,写英雄人物,作家要和英雄的思想感情"融合在一起,能感受到英雄人物的思想与情感的跳动,能感受到他在斗争中想些什么、感觉些什么,感受到英雄所感受到的东西,

---

① 巴金:《文学的作用》,《巴金全集》第16卷,人民文学出版社,1991年,第42页。

那么,才能真实地表现他。否则,我们就只是表现了英雄的躯壳,而没有表现英雄的灵魂"①。在他看来,"革命的英雄人物,绝不是一个头脑简单、缺乏思想、很少感情的人。英雄确也有英雄的欢喜、热爱、希望、痛苦、失望和悲哀"②。理论上无可厚非,如要落到创作实践,真正"创造我们伟大英雄时代的英雄人物,是一个光荣的任务,但也是一个艰巨的任务"③。任务光荣,责任重大,做起来比说起来困难得多。

当代中国是一个高度政治化的时代,特定的历史背景,使"政治超脱了经济和社会,走到了经济和社会的前面"④,政治意识渗透在社会各个方面,引导着社会的发展。当塑造英雄人物成为文学主潮时,描写日常生活如爱情、家庭等作品则日渐稀少和尴尬。即便是描写农村生产斗争的作品《山乡巨变》,因较多描写了日常生活和地方风情,富有诗情画意,也被批评"过分地追求艺术技巧"⑤,没有"突出的时代气息"和"农村中阶级矛盾与阶级斗争的鲜明图景",希望能多些"风云之色"⑥,英雄人物

---

① 陈荒煤:《创造伟大的人民解放军的英雄典型》,《解放集》,上海文艺出版社,1980年,第42页。

② 同上书,第43页。

③ 陈荒煤:《创造无愧于时代的新英雄人物》,《解放集》,上海文艺出版社,1980年,第306页。

④ (法)亨利·列菲弗尔:《论国家:从黑格尔到斯大林和毛泽东》,重庆出版社,1988年,第93页。

⑤ 肖云:《对〈山乡巨变〉的意见》,《周立波研究资料》,湖南人民出版社,1983年,第398页。

⑥ 黄秋耘:《〈山乡巨变〉琐谈》,《周立波研究资料》,湖南人民出版社,1983年,第424—426页。

应该在时代浪尖上经受锻炼,只有宏大的叙事才能担起宏伟的任务。又如王林小说《腹地》,其遭遇颇为曲折。1942年5月,冀中人民经受了一场前所未有的战争浩劫,即日本帝国主义实行惨绝人寰的杀光、烧光、抢光"三光政策"的"五一大扫荡"。冀中根据地指示所有做公开工作而不能隐蔽和不需要留下的同志都到山岳根据地里去。王林本来应该随部队撤离平原到太行山,但他为了忠实记录这个伟大的时代,经过请求冒死留在冀中,同人民一起浴血奋战。1942年至1943年之间,在老百姓的掩护下,在地道口、夹墙中,利用战争间隙,在"堡垒户"用麻袋遮住窗户的昏暗油灯下,他创作了反映这场战争灾难的长篇小说《腹地》。1949年10月由新华书店出版,1950年3月再版,并且多由《人民文学》作为新书推荐目录。王林也明确表示:"要给冀中人民在伟大抗日战争后期,面对万恶不赦的日本法西斯强盗的暴行进行着英勇而巧妙的斗争,描绘出一幅鲜明的图画。"① 小说记录了抗战历史中人们的"众生态",虽"经过了不短的时间,而且也进行过多次的修改,在很多的章节上有过较大的增删和变动",但与社会主义文学要求有着较大距离,而受到人们的批评。陈企霞认为:"我们带着十二分的惋惜,郑重在这里指出,《腹地》这部长篇小说,在刻画作者所选择的英雄人物形象上,在处理干部的关系从而反映农村内部的斗争上,在描写觉

---

① 陈企霞:《评王林长篇小说〈腹地〉》,《企霞文存》,作家出版社,2008年,第298页。

醒中的人民群众的风貌上,在深入描写党内斗争与党的领导上,这些内容的主要方面,无论从主题上说,从人物、题材、结构甚至语言上说,都存在着本质的重大的缺点。"[1]小说描述的"英雄形象""干部内部的斗争""群众的风貌"和"党内斗争与党的领导"等内容都没有达到意识形态的要求。

　　1958年,《野火春风斗古城》一出版就产生了很大反响,作品中金环的形象却引起了较大争议,特别是她和梁队长、赵大夫的情感纠葛以及遗书中希望四岁女儿能得到烈属待遇,在今天看来,应该是十分立体地表现了英雄人物丰富细腻的内心世界,但在当时却被指责为降低了英雄品格。李英儒在修改时增加了她对梁队长和武功队员们的关怀体贴,删掉了和赵医生的某些生活瓜葛,还撰文说明书写金环遗书的理由[2]。1963年被改编成电影时,也删除了这些能从侧面凸显英雄多面性格的精彩之笔。小说《战斗到明天》企图通过抗日革命战争时期山东抗日根据地军民的对敌斗争,表现小资产阶级知识分子的革命改造过程。小说讲述几个不同阶级出身的知识分子,在抗日初期就参加八路军。地主出身的孟家驹,为了追求爱情参加革命,动机不纯又吃不了苦,在中途投敌叛变。其他的人物在经过教育和"锻炼"后,也被改造成为人民军队的坚强的干部,表明爱情成

---

　　[1] 陈企霞:《评王林长篇小说〈腹地〉》,《企霞文存》,作家出版社,2008年,第299—300页。
　　[2] 李英儒:《关于〈野火春风斗古城〉:从创作到修改》,《李英儒研究专集》,解放军文艺出版社,1984年,第119页。

为英雄的绊脚石,没有儿女情长才能成为英雄人物。路翎《洼地上的"战役"》的遭遇也是当代文学史上众所周知的文学事件。小说讲述一位志愿军战士王应洪深入前线,与朝鲜姑娘金圣姬之间产生了没法实现的爱情的故事。朝鲜房东的女儿金圣姬,对给他们挑水、劈柴做好事的志愿军战士王应洪先已产生了微妙而又纯洁的爱情;王应洪也记住班长的话,知道严格的军队纪律和严酷的战斗任务,爱情不能被容许。我们的战士既在与美帝国主义战斗,也在做自我精神的战斗。他在金圣姬给他洗净的军装里,发现了她暗中赠送的绣有两人名字的手帕。他抓获了敌人军官,俘虏的狂叫引来了敌军凶猛的反扑,为了掩护战友转移,他和班长机智地与敌军在洼地丛林中周旋,最后以鲜血染红了那条绣有两人名字的手帕。小说中,朝鲜姑娘金圣姬和志愿军战士王应洪之间的爱情,真实朴素而又微妙,两人在无私帮助、共同战斗中自然产生爱情,小说也写到了志愿军战士能自觉地以纪律约束自己,不作儿女之态,在战斗中英勇牺牲,表现出鲜明的国际主义献身精神。可以说,小说是路翎独具慧眼的发现,他在如火如荼的战火中发现了爱的小插曲,表现了生活的真实和人性的丰富,发掘了细腻而真切的人物心理。但是,小说受到了严厉批评,主要是关于"纪律与爱情""爱情与中朝友谊"和"中国士兵和朝鲜姑娘"等问题。有批评认为志愿军战士和朝鲜姑娘谈恋爱,违反了军纪,弱化了中朝友谊,丑化了中国士兵形象。连作为批评老将的茅盾也认为小说的心理描写是"不适宜的","目的性不明确","歪曲"了"志愿军的精神面貌"①。1958年,茹志鹃的小说《百合花》在《人民文学》第11期发表,同样讲述解放战争时期一个新婚小媳妇把结婚用被捐献出来,包裹伤员,盖在了向她借过被子的年轻战士身上。小说描写了年轻战士的朴实真切,特别是对新媳妇和小战士生动微妙的心理刻画,真切而细腻。整个故事虽然简单,却纯真感人,藏有一种淡淡的忧伤和美丽,是当代文学史上令人难以忘怀的名篇佳作。

刻画英雄人物形象之难,问题出在对人物个性特征和刻板印象关系的处理上。英雄人物常被刻画成一个公式、一个概念,缺乏生机活力。如陈其通所说,英雄"离家十余年,在某种场合下妻儿意外相遇,又在霎时之间分开,可是他们为了革命,见了面是什么话都不谈的!很显然这些英雄都是些硬心肠的人。说真话,我在部队中工作多年,在我的战友中,我还没有见到过这样的硬心肠呢!"②有的英雄形象不近人情,不食人间烟火,弄巧成拙,适得其反,达不到感人的目的,甚至出现人物失真的后果。《林海雪原》塑造了众多英雄形象,他们虽没有《西游记》中孙悟空上天入地的本领,却有着超常的个人能力。少剑波是剿匪分队领导,他忠诚果敢、智勇双全;杨子荣有超人的智勇和胆略,百战百胜;栾超家身怀绝技,是攀山能手,如剑侠般穿谷越涧;刘勋

---

① 茅盾:《关于人物描写的问题》,《茅盾全集》第24卷,人民文学出版社,1996年,第356页。
② 陈其通:《陈其通的发言》,《中国作家协会第二次理事会会议(扩大)报告、发言集》,人民文学出版社,1956年,第221页。

苍有李逵似的勇猛,勇擒刁占一,袭击虎狼窝,活捉许大马棒;孙达得忠厚老实、刻苦耐劳,犹如飞毛腿,一连六天在雪地里飞奔600公里;高波聪明活泼又机智勇敢。小说里的每一个人物都是英雄金刚,身怀绝技,尤其是侦察英雄杨子荣更具传奇色彩。至于行踪无定的猎人姜青山和居住在深山老林的蘑菇老人、棒槌公公等,更像神仙和奇人。刘知侠的《铁道游击队》主要描写了解放战争时期鲁南枣庄矿区的一批煤矿工人和铁路工人粉碎敌人扫荡的故事。小说塑造的英雄形象也带有浓厚的传奇色彩,飞车搞机枪的刘洪坚决勇敢,夜探敌情的王强机动灵活,还有彭亮、鲁汉、林忠、李正以及小坡等,个个都有看家本领。正是这些英雄形象演绎出一个个奇异生动的故事,读起来虽让人热血沸腾,也有对他们高强本领的疑问。

文学在表现英雄形象时,常常注重刻画他们的超常形迹和绝对意志,却对他们的情感世界表现不充分。峻青的《黎明的河边》精心刻画了一组英雄群像,其中,小陈个子矮小,感情内向,乍一看没有什么特殊之处,但骨子里却有着胶东人民强悍、豪爽、热情、正直、坚韧的英雄气质。当"我"和老杨得知陈老五施以毒计,想让陈大爷诱惑革命同志,借以赎回自己被关押的老婆孩子时,情绪顿时紧张起来,他知道母亲和小弟也在忍受敌人的折磨和摧残,他选择了舍小家顾大家,当他爹对他说"整整五天了,你娘和小佳一直吊在梁头上。我到处去找你也找不到"时,他反问道:"找我咋?"大义舍亲。英雄形象的爱情也是被忽略的角落。《平原枪声》马英的父亲被苏金荣所杀害,因为工作需要回到村里,与仇人相遇,为了革命工作而克制复仇冲动,与仇人开展既联合又斗争的工作。在抗战过程中,苏建梅对马英心生爱意,马英一心在工作上,没有丝毫的儿女情长。在突围时,苏建梅被捕,马英被围困,杨百顺试图以苏建梅劝降。面对杨百顺的枪口,苏建梅勇敢地说:"马英同志!你不要听他的鬼话,叫他们打死我吧,我不怕。"苏建梅英勇牺牲。小说写她牺牲时"挺着胸昂着头,晚风吹着她蓬乱的头发和她身上被撕破了的布片。她的身体象突然变得高大起来,顶向天空"①。为了突出英雄人物形象的高大上,常常采用夸张手法,但艺术形象总有个限度,一旦越过反而降低了人物形象的真实性和丰富性。

为了刻画人物形象的多样性,巴人、钱谷融等还提出了"文学是人学"的主张,但由林彪、江青炮制的《部队文艺工作座谈会纪要》把塑造工农兵英雄形象确定为社会主义文艺的"根本任务",要求采用"三突出""三陪衬""三铺垫"方法,更让英雄人物形象走向漫画化和理想化,失去了真情实感,成为不食人间烟火的神仙符号。在某种程度上,当代文学中的英雄形象存在着被净化和拔高的情形,少了些普通人的平凡和亲切。《保卫延安》塑造了一系列铁骨铮铮的英雄形象,他们运筹帷幄、英勇顽强、身先士卒,谱写了气氛激昂、格调高扬的英雄主义群像。如周大勇形象,为正义事业献身和英勇无畏是周大勇的性格特征,他有崇高的目的与动机,坚定的信念与意志,一往无前的精神。

---

① 李晓明、韩安庆:《平原枪声》,作家出版社,1959年,第300—301页。

小说描述了他在保卫延安极为艰苦的战斗中,表现出的勇敢、机智和顽强,创造出的一个又一个奇迹。战斗和学习几乎成了周大勇生活的全部,尽管小说也写到他与战友、与老乡的感情,他在与李振德老伴的交往中,也触及了对母亲的思念之情。总体上,小说在书写周大勇的成长过程中,主要是通过外部冲突去表现,忽略了他内心的复杂矛盾和感情纠葛。写好英雄人物形象,必须从历史深处、从现实冲突、从文化人性中去创造,表现英雄形象的丰富性、复杂性和多样性。

第七章

理想主义与当代文学的想象世界

　　20世纪五六十年代是理想主义空前高涨的年代,理想主义成为那个火红年代人们共同的精神世界,为理想社会和美好国家而激情澎湃。全社会充满着理想的热情、坚定的意志、亢奋的心态,在这样的氛围中,文学主旋律自然拥有理想主义。社会主义文学承担着"教育人民正确地认识现实"的政治任务,要"使他们向前看而不是向后看",必须要求"我们的作品能够真实地具体地反映现实,不但表现出人民的今天,并且要展望到人民的明天,要照亮他们前进的道路——一句话,要通过文学作品给人民以社会主义的思想教育"①。用文学"照亮他们前进的道路",就是文学理想主义,于是,革命正义、社会完美和个人模范,成为当时文学创作的基本主题。新中国的成立,改变了当代作家的自我认同。作家们热情地拥抱新社会、新生活和新的意识形态,也思索着自己的处境及社会责任,并考虑采用何种方式表达对社会现实的感受和希望。不论是诗人还是小说家,或是剧作家,都不约而同地把目光投向了新的国家和社会建设,满怀着强烈的社会认同感和政治责任感,不遗余力地歌颂新生活,颂扬与社会制度相适应的理想人物和理想精神。1960年,第三次文代会后,《人民日报》发表社论,认为:"革命理想,永远是我们社会主义文学艺术的灵魂,抽去了这个灵魂,文学艺术就会苍白无力,不再成为革命的文艺了。"②理想主义引导着文学创作,谱写出一曲又一曲华美篇章,青春、劳动和民族国家成为理想主义的讴歌对象。理想主义也带来文学风格的变化,"正如同在我们祖国的城市,农村,矿山,到处洋溢着自觉劳动的快乐的节奏,到处响应着为了追求伟大目标而奋斗的雄壮的呼声一样,在我们的文艺作品中以主宰的色调出现的,将不再是灰色的惨淡的生活,声泪俱下的哭诉,低沉的无可奈何的叹息,彷徨苦闷的歇斯底里的叫喊,被压迫的呻吟,而是阳光灿烂,朝气蓬勃,有办法,有步骤,

---

① 茅盾:《新的现实和新的任务:1953年9月25日在中国文学工作者第二次代表大会上的报告》,《茅盾全集》第24卷,人民文学出版社,1996年,第262—263页。

② 《更大地发挥社会主义文艺的革命作用》,《人民日报》1960年8月15日。

有信心,胜利而愉快地迈步前进的生活上升的景象"①。与此同时,我们也注意到,在意识形态不断强化的各项社会运动中,当代作家在顺应时代潮流尽情地书写关于新中国的未来想象,但也并未放弃对真实生活与人性的探求,对中国社会中不良现象的批评,依然有着坚持不懈的努力。

一、当代文学的理想主义话语

新中国如同初升的太阳,闪耀着青春活力的光芒,宣告着美好生活的即将来临,这样,对青春的歌颂应运而生,并成为当代作家们共同表达的基本主题。1953 年,王蒙开始创作长篇小说《青春万岁》,1956 年定稿,他在创作时沉醉其间,自我欣赏,自说自话,像在写一部长诗,"吟咏背诵,泪流满面",又像唱一首歌,"高亢入云,低沉动地",还像表演体操,"跳跃翻腾,伸展弯曲"②。他在作品的"序诗"里写道:"所有的日子,所有的日子都来吧/让我编织你们,用青春的金线/和幸福的璎珞,编织你们。""所有的日子都去吧,都去吧/在生活中我快乐地向前/多沉重的担子,我不会发软/多严峻的战斗,我不会丢脸/有一天,擦完了枪,擦完了机器,擦完了汗/我想念你们,招呼你们/并且怀着骄

---

① 茅盾:《文艺创作问题:一月六日在文化部对北京市文艺干部的讲演》,《茅盾全集》第 24 卷,人民文学出版社,1996 年,第 125—126 页。

② 王蒙:《半生多事》,《王蒙自传》第 1 部,北京联合出版公司,2017 年,第 138—139 页。

傲,注视你们。"①这是一种未来主人翁的姿态,热情地拥抱生活,以崇高的英雄主义和激情的浪漫主义,表达积极乐观而进取的精神状态,憧憬着未来生活的美好。这也是那个时代普遍的社会心理,也是新中国欣欣向荣的大气象。小说歌唱新中国的诞生、新中国的朝气,描画了新中国第一代青年人的理想。后来,他不无自豪地回忆道:"我挽留了伟大的时代,我挽留了美好的青春,我挽留了独一无二的新中国第一代青年人的激越,我挽留了生命的火焰与花饰。"②《组织部来了个年轻人》与《青春之歌》一脉相承,也被王蒙称为"青春小说",他还有了这样的感叹:"青春洋溢着欢唱和自信,也充斥着糊涂与苦恼。青春总是自以为是,有时候还咄咄逼人。青春投身政治,青春也燃烧情感。青春有斗争的勇气,青春也满是自卑和无奈。青春需要成长,成长又会面临失去青春的惆怅。文学是对青春的牵挂,对生活与记忆、生命与往事的挽留,是对于成长的推延,至少是虚拟中的错后。"③青春是美好的,因为它始终充满着理想和盼望。

赵树理的《登记》为配合宣传新的婚姻法而作,意在揭示根深蒂固的封建思想残余对新事物的压制。小说通过"小飞蛾"与艾艾母女两代人婚姻的不同命运,反映社会时代的发展进步,虽然也伴随着各种阻碍和波折,但小说充满理想色彩。小说书写的农村女性"小飞蛾"因包办婚姻而失去初恋,她的女儿却在

---

① 王蒙:《〈青春万岁〉序诗》,《王蒙文存(一)》,人民文学出版社,2003年,第1页。
② 王蒙:《半生多事》,《王蒙自传》第1部,北京联合出版公司,2017年,第119页。
③ 同上书,第136页。

新社会中拥有了自由恋爱的权利,并获得了幸福生活。时代在变迁,思想也在进步,艾艾和小晚带着新社会的希望,自由地恋爱和结婚,不能不让人感叹新社会青春的美好。孙犁擅长诗情画意的战争描写,1949年以后,他的写作风格已基本定型,《白洋淀纪事》就是其代表。他着力刻画具有青春活力的女性形象,如《吴召儿》中活泼可爱的吴召儿,《秋千》里情思敏感的大娟,《山地回忆》里泼辣娇憨的妞儿等,都给读者留下了非常美好的印象。即使表现社会现实生活的《铁木前传》,也塑造了一些无关主旨的人物,这些人物身上也带有特别的生命力。如小说中游离于故事主线和主旨之外的人物形象小满儿,她并非小说的主角,也非先进人物,自负美貌也不甚自爱,对于这样一个人物,按照文学的时代逻辑本应作为批评对象,孙犁抑制不住自己的喜爱,反复书写她的青春活力。小说对小满儿形象的刻画,避开了创作意识形态的刻板观念,也避免人物形象的模式化书写,而创造出鲜活生动的人物形象。

正因为青春充满理想,才显得那么美好,但理想并不是一帆风顺、一蹴而就的,总会同时伴随着青春的喜悦和感伤。杨沫《青春之歌》描写了一个青年知识女性的精神成长历程,表达知识分子的个人幸福只有和民族国家命运结合在一起,才能真正实现人生的价值,成为另一曲青春之歌。在今天看来,小说带有小资情调,是一个带有个人情感经历的文本,只不过披上了革命的外衣。小说中的林道静,年方十七,身着白衣,背着乐器出走,故事颇有浪漫气息。小说回答了自五四以来的女性解放主题,也就是娜拉出走之后怎样的问题,但小说中的爱情描写赋予了日常生活气息,让人体会到青春的无限美好。茹志鹃《百合花》也是一首没有爱情的爱情牧歌。小说讲述了战争间歇中的一段小插曲,在书写英雄本色的同时,也展示了青春的纯洁和美好。"我"与小通讯员在残酷的战争环境下,相互帮助、依赖,彼此产生了莫名的情愫,因为羞涩而让情意隐而未现。新媳妇为牺牲的小通讯员含泪缝补衣服的情景,更体现了一个年轻生命对另一个年轻生命深深的怜悯,一个女性给予一个男性的同情和温暖。小通讯员作为一个牺牲者,英雄的死"以价值的认识来取代生命本体价值的认识","消解了战争文学的悲剧美学"[①],而充满着对鲜活生命和美丽青春的惋惜。

当代诗歌也表达了青春美好的理想,不少诗人通过描写美好的爱情彰显青春的纯真与活力。闻捷是在延安成长起来的诗人,1949年后以诗集《天山牧歌》活跃于诗坛,"在政治话语一统天下的时代,《天山牧歌》以较为清新自然、淳朴真挚的抒情风格,以及对热烈、美好、活泼的青年男女爱情的描写,给当时的诗坛耳目一新的感觉"[②]。最受人称道的是他的《吐鲁番情歌》和《果子沟山谣》两组爱情诗。爱情作为人类最美好的感情,也是中外文学史上书写的永恒主题。闻捷诗中的爱情既有鲜明的时代性,又有个人的独特性,主要表现健康、热烈、大胆、爽朗的爱

---

① 陈思和主编《中国当代文学史教程》,复旦大学出版社,1999年,第57页。
② 董健、丁帆、王彬彬主编《中国当代文学史新稿》,人民文学出版社,2005年,第70页。

情,男女之间是热情的对话、大胆的表白,毫无爱情的忧郁和阴影。《葡萄成熟了》这样写道:"马奶子葡萄成熟了/坠在碧绿的枝叶间/小伙子们从田间回来了/姑娘们还劳动在葡萄园/小伙子们并排站在路边/三弦琴挑逗姑娘心弦……"[1]它借助描写葡萄成熟时的丰收场景,表达男女青年们的喜悦心情,表达对爱情的向往和对青春的赞扬。纯洁美好的爱情、乐观积极的生活便是闻捷诗歌表达的基本主题。闻捷并不单纯描写男女间的情爱,常常借助劳动场景的书写,表达男女之间的相互倾慕和吸引,劳动创造爱情之真,爱情生产劳动之美。爱情不是生活的全部,为建设新社会作贡献、在劳动中展现自我才是爱情的真谛。《追求》描写了一个已定婚期的哈萨克族姑娘等待着她的未婚夫,"他从不满足自己的生活,眼睛永远闪着光芒,怀着一颗炽烈的心,想一手改造自己的家乡"[2]。男女间中意的不只是感情,还有社会贡献。诗人将个人爱情与社会主义建设结合起来,看似歌颂男女之间的爱情,实则表达对社会主义建设的颂扬。在书写青春赞歌的诗人中,李瑛也是一位有特色的诗人,他将青春融于火热的战斗生活,表现战斗中的青春理想。他的《我们的哨所》《哨所静悄悄》和《月夜潜听》等,大都描写了支援边疆建设的青年坚守岗位,以高度的斗争精神、坚忍的精神毅力,为祖国奉献青春的感人故事。如《月夜潜听》这样写道:"月亮,不要照

---

[1] 闻捷:《闻捷》,人民文学出版社,2006年,第15页。
[2] 郭志刚:《中国当代文学史初稿》,人民文学出版社,1980年,第401页。

出我的影子/风,不要出声,祖国睡去了/枕着大海的涛声/我们出发,伴着满海明月/我们出发,披着一天繁星/警觉的夜象万弦绷紧/刺刀上写着战士的忠诚。"[1]

当代文学也表达了对祖国人民的美好想象和理想。周扬曾在第一次文代会上直截了当地号召作家,"假如说,在全国战争正在剧烈进行的时候,有资格记录这个伟大战争场面的作家,今天也许还在火线上战斗,他还顾不上写,那么,现在正是时候了",他希望看到书写战争,歌颂伟大民族国家的"最有价值的艺术"[2]。这种歌颂与中国历史文化有关,在从古至今浩如烟海的文学创作中可以发现,中国文学素有对家园故土的热爱和赞美。爱国爱民的情思在历代文学中清晰可见,尤其是在民族危亡、山河动荡之时比比皆是。近百年的中国文学充满了悲哀、伤感、愤怒,新中国成立后中国文学则体现出自豪的喜悦和欢欣。对于新社会而言,为了战胜各种困难阻挠,保卫新生的人民政权,建设好美好祖国,保护好美丽国土,成为全国人民一致的理想,也是当代文学表达的共同声音,成为文学书写的共同理想。

就是对中国革命历史及其人物形象的书写也充满着理想主义。梁斌的《红旗谱》通过叙写三代农民的革命英雄事迹,展示波澜壮阔的农民革命斗争历史。小说着力塑造的主人公朱老忠形象被认为是一个"兼具民族性、时代性和革命性的英雄人物典

---

[1] 郭志刚:《中国当代文学史初稿》,人民文学出版社,1980年,第401页。
[2] 周扬:《新的人民的文艺》,《周扬文集》第1卷,人民文学出版社,1984年,第529页。

型","不仅继承了古代劳动人民的优秀品质,古代英雄人物的光辉性格,而且还深刻地体现着新时代(无产阶级革命时代)的革命精神"[1]。显然,朱老忠形象带有鲜明的理想主义特征,梁斌自己也认为,"几千年来,在中国革命史上,涌现了许多有勇有谋的农民英雄。因此我认为对于中国农民英雄的典型的塑造,应该越完善越好,越理想越好"[2]。他抱着塑造完美人物形象的目的,创造了朱老忠形象,尽管这并不一定符合艺术本身,却真切反映了人们对民族国家的想象和盼望。借助书写革命斗争,表达革命理想主义,罗广斌和杨益言创作的《红岩》尤为突出和典型。它表现了革命者视死如归的牺牲精神,展示了理想主义的精神力量。有评论家认为,"在同类的作品中,达到了像《红岩》这样丰富强烈的思想高度的还不多见。说它丰富,是因为《红岩》写革命牺牲精神不是孤立的,而是和革命理想主义、革命集体主义、革命的智慧谋略相综合的",更重要的是它"写出了时刻有被枪杀的可能的革命者和走向刑场的革命者的凛然正气,以及战斗到最后一瞬的大无畏精神"[3]。

还有很多诗作表达对祖国大好河山的赞美,也饱含着理想主义情怀。诗人贺敬之写下了《桂林山水歌》:"云中的神呵,雾中的仙/神姿仙态桂林的山/情一样深呵,梦一样美/如情似梦丽

---

[1] 冯牧、黄昭彦:《新时代生活的画卷》,《文艺报》1956年第19期。
[2] 梁斌:《漫谈〈红旗谱〉的创作》,《人民文学》1959年第6期。
[3] 阎纲:《悲壮的〈红岩〉》,上海文艺出版社,1963年,第6—7页。

江的水/水几重呵,山几重/水绕山环桂林城。"[1]这首诗看似描写桂林山水,实则是对祖国大好自然山河的赞美。这里的自然不纯粹是物质世界,而是理想主义的自然世界,是美好生活、人民幸福的象征之物。因此,这首诗虽描写桂林山水,却没有刻画桂林山水的自然特点,山是什么样的山,水是什么样的水,相对其他地方的自然山水,有什么特色,都没有在诗中描绘出来。如果诗名不题"桂林"二字,将这些自然理想放在其他地方,似乎也是可以的。桂林山水是社会主义理想的寄托之物,诗人所要赞颂的不是桂林山水,而是山水背后的理想世界,是欣欣向荣的社会前景。李瑛写《南方的山》与贺敬之也有相同的构思,他描写祖国的壮丽河山,并借助这些壮丽山河表达新中国的美好理想。诗人还将自然之美植入政治话语,通过自然山水的雄伟壮丽印证民族国家的伟大,山河爽朗,如诗如画,在自然风景背后隐含着对民族国家和社会生活的美好向往。

流沙河的散文诗《草木篇》也是一首托物言志的短诗,通过对五种植物的描绘,抒发作者对人性、对人生、对理想的真知灼见。作者笔下的白杨,"孤伶伶地立在平原,也许一场暴风会把它连根拔去,但纵然死了吧,他的腰也不肯向谁弯一弯",道出了白杨无论在多么恶劣的环境下也顽强生存,表达诗人在任何险恶环境中绝不卑躬屈膝的傲骨。诗歌借助对寄生野藤的描写,批判那些为达目的不择手段的小人,表达作者不趋炎附势的人

---

[1] 贺敬之:《桂林山水歌》,《人民文学》1961年第10期。

格理想。作者还将令人肃然起敬的梅花与严寒的冬天看作一对恋人,彼此相依,不离不弃,表达对忠贞不渝的爱情的向往。在作者眼中,爱情是纯洁的,是神圣不可侵犯的。可以说,《草木篇》表达了诗人对纯真人性的渴求、对真挚爱情的向往,极富理想主义色彩。20 世纪 50 年代末出现了"新民歌运动",它采用夸张的语言、高昂的调子和粗线的浪漫主义手法,表现理想主义的放肆和空洞。如贵州民歌《大河也能扳得弯》写道:"一根扁担三尺三,修塘筑堰把土担,高山也能挑起走,大河也能扳得弯。"[①]在"人人是诗人"的鼓动之下,普通老百姓积极投身文学创作,涌现出一大批伪理想主义的诗人和诗作。

二、理想主义价值的文学赋能

文学是表达人类理想的一种特殊方式,在某种程度上,"诗"和"远方"本身就是一种理想。文学作为人类的精神情感活动,其本身就是人类精神想象和心灵飞翔的话语行为,因此,它也担负着营造人类理想的职责,并通过这种光荣梦想,摆脱现实困境和心灵焦虑,摆脱世俗生活的平凡和冗杂,建立抗争苦难、超越绝望的生存勇气,展示心灵的自由和充盈、精神的豪迈和旷达,确认生命的意义和价值。

众所周知,文学是引导人们前行的灯火。文学不能没有理

---

① 郭沫若、周扬:《红旗歌谣》,人民文学出版社,1959 年,第 35 页。

想,更要表达社会的理想。当人们期盼美好生活的时候,文学就要扬起理想的风帆,表达人们的希冀,让理想成为社会共同的心声。我们面对的社会现实,有丑恶,有虚假,有个人主义、拜金主义和享乐主义,但就整个社会而言,却始终不失理想和向往。作为人类精神营养师的当代作家更应担负表达社会理想的使命和职责,高扬社会主义理想。社会主义文学具有更为远大的目标,更加高尚的理想,更为诱人的憧憬。文学鼓舞人心,洋溢理想,它关乎文学价值的高低,关乎文学地位和命运。文学的理想主义既不是现实的点缀品,更不是人为的光明尾巴,而是浸透在作品之中的精神关怀,是对历史方向和社会生活的深邃洞察,是对祖国、人民、正义事业和人类前途的坚定信念。有了这种信念,作家就能捕捉到新事物的萌芽,就能游刃有余地驾驭复杂的社会现实。一个作家最怕没有信念,一代文学最怕没有理想。没有信念的作家没有创作动力,没有理想的文学缺乏震撼的力量。中国社会主义文学深深扎根于厚实的社会现实之中,扎根于社会理想的沃土之中,并以多姿多彩的文学形式反映人民生活,折射出理想主义的光芒。它让理想附丽于社会现实,附丽于人民大众,让文学和人民同在,和理想同在。文学理想主义为社会主义价值赋能,成为社会主义思想组成部分。

  文学理想主义生长于现实主义的土壤里,文学表现社会现实,需要有理想性,理想性即是现实生活的前进方向。如冯雪峰所说:"我们的现实主义的文学,就是在今天的实际生活的描写中必须描写出它的理想性和前进的方向,否则我们的文学就不能说是充分真实的。""现实主义文学的任务,就在于向广大的读者指出我们的实际生活及其远景和目标,鼓舞人们去为今天的胜利和明天的灿烂的理想而奋斗。现实主义要完成这个任务,就只有真实地描写今天的实际生活,于是也就把今天还是萌芽的事物加以鲜明的、突出的、扩张的描写,使人们看了这个萌芽,发生充分的信心而鼓舞起精神来,为了它长大成树而加倍进行斩荆除草的工作,加倍保护和灌溉。"①理想主义必须根植于现实,必须在现实主义的观照中发扬光大。所以,中国当代文学的理想主义是植根于社会现实的理想主义,没有现实基础的理想主义很容易滑入空想主义和虚无主义。在社会现实的沃土中,才能开出绚烂的理想主义之花,如同周扬所说:"现实与理想的结合是最现实的,也是最理想的,缺乏理想的现实不是最现实的,缺乏现实独立性是不可靠的理想。"②当然,文学理想主义应有一定的底线,不能以理想主义否定或剥夺文学的审美价值,而追求道德的完美主义。中国传统社会也素以道德理想著称,甚至被称为道德理想主义。道德理想主义也隐含着一定的困境,因为道德依托人的理性而存在,要求抑制感性和欲望,而人并非都是理性的,即使拥有理性,也并非都处于理性状态。道德生活需要人的自觉,当人处于功利得失之中,道德自觉依赖道德生活

---

① 冯雪峰:《英雄和群众及其他》,《雪峰文集》第 2 卷,人民文学出版社,1983 年,第 548 页。
② 周扬:《谈革命现实主义和革命浪漫主义的结合问题》,《周扬文集》第 3 卷,人民文学出版社,1990 年,第 65 页。

所带来的好处。并且,过分强调道德理性,会以德行作为人物评价标准,这也容易给社会蒙上一层虚伪的面纱,将德行伪装起来。在社会政治上,道德理想主义也易导致好人政治,崇拜清官和明君,一旦出了问题,也常常归咎于个人修养,不能从根本上解决问题,走不出历史循环的怪圈。道德理想主义也容易使知识分子失去批判意识,导致人的感性生命受到过多的压制。

当代文学的理想主义,首先强调文学理想与伟大时代的统一。一个时代有一个时代的文学,当代文学就是当代社会理想和价值表达,当代文学的理想主义是社会时代和社会生活的真实反映,也是这个伟大时代的精神向往。所以,它强调文学反映社会时代特征和揭示历史发展趋势,追求文学题材中心和文学的史诗性。这既是当代文学的基本品格,也是社会主义文学经验。其次,它追求文学个体理想与社会理想的统一。当代中国的理想主义是一种革命理想主义,它所体现的英雄情结、爱国情怀、革命意志和牺牲精神,不仅是社会时代的主潮,而且也是革命理性的映射,突出个人理想与社会理想的辩证统一,将个性意识与社会使命有机地结合起来,反对个体脱离社会的自由主义。当然,它也可能出现群体对个性的压抑和排斥,理论上是使个体融入社会,推动群体与个体的互动共生,但在具体实践中也可能出现相反的情形。再次,它强调文学理想与审美表达的统一。文学需要诉诸理想,理想需要借助审美表达来实现。文学理想主义主要表现为作家的主观愿望、价值判断和审美理想,它们都要通过审美表达才能实现,通过恰当的艺术形式才会产生审美感染力。

　　文学与人类的理想情怀息息相关,在人类面对各种现实生存困境时,理想主义就成了人的精神情感寄托。理想主义也是当代文学的精神资源和历史传统。理想主义是一种浪漫主义的文学想象,新的政权、新的国家给人以朝气蓬勃的气象,当代文学创作自然带有鲜明的浪漫的理想色彩。当代文学的理想主义也处在不断变化之中,它时而高昂,时而低回,既有主旋律,也有变奏曲,甚至有高调的夸饰和脱离现实的乌托邦。有化作一股春风,隐藏在字里行间的表达,也有直白裸露的大喊口号。可以说,理想主义给当代文学带来一抹绚丽的色彩,有时也失去理性而陷入时代的迷狂,追求人物形象的高大上,表现社会现实的完美和圆满,缺乏对现实生活的质询、对幽暗历史的反省、对复杂人性的勘探,以及对心灵深处的倾听。这也是令人遗憾的文学事实。到了20世纪80年代,出现了文学创作的自我反省和超越。1979年,张洁借助短篇小说《爱,是不能忘记的》中的主人公钟雨之口说过一句话:"我只能是一个痛苦的理想主义者。"一时间,"痛苦的理想主义者"就成为作家张洁的自画像,从某种意义上,也成为20世纪五六十年代知识分子的精神称谓。"痛苦"是其精神状态,"只能是"隐含着不少无奈,理想主义的主动性和被动性都在里面了。

　　张中晓对理想主义曾有过反思,他认为:"理想主义不切实际,实际主义缺乏道德标准。僵硬的人生关系是另一极端,是一盘散沙的纷乱和敌对。"①在他看来,"一切美好的东西必须体现在个人身上。一个美好的社会不是对于国家的尊重,而是来自个人的自由发展"②。作为理想主义先师的柏拉图将世界分为理念世界和现实世界,理念世界以"善"为核心,现实世界则以理念世界为模仿对象,世界成为一元世界,都在某个基点上。这样,理想主义成了一个单一世界,它追求完美、神圣和纯粹,缺乏世俗世界的多样性。理想主义虽是对未来的想象,其出发点却关系到社会现实和个人自我。如认为现实人生不圆满,才有真实的理想主义;如社会现实很完美,理想主义不过是现实翻版,反而带来某种虚幻感。当代文学对社会现实多有理想设计,却对社会现实的局限性认识不充分。20世纪60年代初,陈毅在戏曲编导工作座谈会上讲话,他开篇就申明:"今天发表一点个人意见,不代表组织。不是什么决议,不要听了就去改,也不要那么紧张。"接着就讲了时代"局限性问题","不仅过去时代有局限性,我们这个时代也有局限性。封建阶级有局限性,资产阶级有局限性,无产阶级也有局限性。我们只能尽量做我们这一代所能够做到的事,不是一切事情我们都能够做",这是从社会时代和阶级角度讲的。他又说:"我们可以设想,也许过了一百年、两百年之后,有人会批评我们,说我们这样不对,那样不对。"这是从历史发展角度讲。他还说"毛主席也不能超过今天的时代

---

① 张中晓:《无梦楼随笔》,上海远东出版社,2004年,第22页。
② 同上书,第33页。

去解决问题,否则就要犯错误",接着说他自己,"我现在有一种恐慌,也许是无谓的恐慌,就怕我一闭眼睛,人家把我的什么历史都抄出来,造我许多谣言"。他的结论是:"有些人总是批评古人有局限性,仿佛他就没有局限性。其实我们有很大的局限性。我们只能根据现代的条件,解决现代的问题。"①陈毅主要回答如何辩证看待历史的问题,实际上指向了社会现实,因为如何理解历史,关系到如何理解社会现实。社会历史不完美,有缺憾,社会现实是未来的历史,自然也是有局限的。对社会现实的理想化认识,显然没有出自长远的历史眼光。

当代文学的理想主义成为价值规范,影响到作家的文学表达和艺术构思。1962 年,在大连召开的"农村题材短篇小说创作座谈会"上,赵树理说到小说《小二黑结婚》中"没有提到一个党员",他"不想套",因为"农村自己不产生共产主义思想","给他加上共产主义思想,总觉得不合适。什么'光荣是党给我的'这种话,我是不写的。这明明是假话"②。1964 年,在中国作协作家、编辑座谈会上,他再次发言,"我没有胆量在创作中更多加一点理想,我还是相信自己的眼睛"③。理想主义有时也让作家无所适从,或陷入沉默,停止文学创作。曾被称为现代杰出的抒

---

① 陈毅:《在戏曲编导工作座谈会上的讲话》,《党和国家领导人论文艺》,文化艺术出版社,1982 年,第 91—93 页。
② 赵树理:《在大连"农村题材短篇小说创作座谈会"上的发言》,《赵树理全集》第 4 卷,北岳文艺出版社,2000 年,第 510 页。
③ 赵树理:《在中国作协作家、编辑座谈会上的发言》,《赵树理全集》第 4 卷,北岳文艺出版社,2000 年,第 621 页。

情诗人的冯至,在《昨日之歌》《北游及其它》《十四行集》里表达了丰富的哲思,后来,他又停止诗歌写作。在新中国成立以后,他又"重新写起诗来",出版了《西郊集》《十年诗抄》等诗集,诗风与过去迥然不同,思想改变了,也进步了,他深感"一切为了人民,不是为了自己","有信心,有前途"①,他的诗歌作品里就闪烁着理想主义的光芒。王蒙刚走上文学道路,他就相信:"文学与革命是天生地一致的和不可分割的。它们有共同的目标——旧世界打个落花流水,鲜红的太阳照遍全球。文学是革命的脉搏、革命的信号、革命的良心,而革命是文学的主导、文学的灵魂、文学的源泉。"②他后来的文学道路,也并不如其所愿。郭小川说他写诗时,没有考虑艺术形式问题,而是"情不自禁"地"不加修饰地抒发自己的感想",他"所向往的文学,是斗争的文学","我自己,将永不会把这一点遗忘,而且不管什么时代,如果我动起笔来,那就是由于这种信念催动了我的心血!"但他总是想到"文学毕竟是文学","需要很多很多新颖而独特的东西","好的作家,也应当是独特的",好的社会主义文学也需要"作者的独特的风格和独特的艺术文学"③。这样,就陷入了文学创作的矛盾和痛苦。

---

① 冯至:《西郊集后记》,《冯至全集》第 2 卷,河北教育出版社,1999 年,第 132—133 页。
② 王蒙:《我在寻找什么》,《王蒙文存(二十一)》,人民文学出版社,2003 年,第 23 页。
③ 郭小川:《〈月下集〉权当序言》,《郭小川全集》第 5 卷,广西师范大学出版社,2000 年,第 394—396 页。

第八章

集体主义与当代文学的时代意识

集体主义也是当代文学的主流价值。周扬提出:"社会主义精神是要培养人民的共产主义世界观与人生观,培养人民爱国主义与国际主义思想,培养人有一种集体主义思想去克服个人主义思想。"① 社会主义文学"应当以积极培养人民集体主义思想,克服人们意识中的个人主义作为自己的任务",反对和人民脱离的、对立的个性,反对资产阶级的卑鄙的个人主义的破坏性

---

① 周扬:《在全国第一届电影剧作会议上关于学习社会主义现实主义问题的报告》,《周扬文集》第 2 卷,人民文学出版社,1985 年,第 211 页。

的个性①。可以说,社会主义的集体主义思想对当代文学创作也产生了深远影响。爱国主义、英雄主义、理想主义和集体主义可称为中国当代文学四大主流价值,它们各有偏重,爱国主义和集体主义侧重民族国家和人民意识,英雄主义和理想主义侧重斗争精神和战斗意志,但不能截然分开。如果具体到某一思想价值,它又是相互贯通、浑然一体的,如英雄主义价值世界,也有爱国主义、集体主义和理想主义思想。茅盾曾经认为:"社会主义现实主义所要求塑造的英雄人物既是抱有伟大理想的舍己为人的英雄,同时又是现实的人;他们不是个人主义的英雄而是集体主义的英雄;是从群众中间产生、而仍然是群众中一员的英雄,而不是从半空掉下来的超人式的英雄。"②英雄主义是集体的英雄主义,也是阶级的英雄主义,更是民族国家的英雄主义,这样理解才符合社会主义文学的英雄主义价值观。自然,在爱国主义和理想主义价值里也有集体主义内涵。爱国主义隐含集体主义意识和情感,这不难理解,当代文学中的理想主义主要也是社会的、群体的理想,而非个人主义的理想。如此,当代文学的集体主义、爱国主义和英雄主义是相互融合互补的。

比如,《红岩》塑造了无产阶级革命者的英雄群体,许云峰、江姐为了无产阶级的解放,而同国民党反动统治者顽强斗争,最后献出了宝贵生命。《青春之歌》描写了林道静由个人反抗走

---

① 周扬:《发扬"五四"文学革命的战斗传统》,《周扬文集》第 2 卷,人民文学出版社,1985 年,第 280 页。

② 茅盾:《夜读偶记》,《茅盾全集》第 25 卷,人民文学出版社,1996 年,第 226 页。

上革命道路,其成长道路证明个人奋斗没有出路,个人如果脱离了革命集体,不管处在什么环境,都会陷入空虚、烦闷和没有意义。只有把个人命运同祖国、人民命运结合在一起,才会有光明的前途,才能焕发青春的绚丽光彩。《红旗谱》叙述朱老巩与地主恶霸斗争,由于单枪匹马、赤膊上阵而失败。朱老巩斗争的失败,说明自发的个人反抗对付不了当时强大的封建势力。小说将革命英雄主义与集体主义精神结合,弘扬集体主义精神。爱国主义与集体主义走向内在统一。集体主义是社会主义道德的基本原则。集体主义强调国家、集体、个人三者利益的辩证统一,同时,个人服从集体,集体服从国家。在某种意义上,爱国主义也体现了集体主义的内在要求。爱国主义与集体主义都强调国家利益高于一切,当个人利益与国家利益、个人利益与集体利益出现不一致,个人利益应该服从国家利益和集体利益。当然,爱国主义和集体主义也不因此忽视或抹杀个人利益,而是主张把个人利益作为社会主义利益群体的有机组成部分,这样,爱国主义、集体主义和社会主义是内在统一的。

一、集体主义的文学书写

新中国成立以后,当代作家将高昂的热情融入创作,表现人民的集体力量和集体化道路。集体主义,从广义上讲,它强调个人从属于共同体,共同体利益优先于个人利益,个人利益应当服从集团、民族、阶级和国家利益;从狭义上讲,它是指无产阶级的集体主义。集体主义是无产阶级世界观的内容之一,主要指人们的一切言行都以合乎无产阶级及其广大人民群众集体利益为根本出发点。马克思认为:"只有在集体中,个人才能获得全面发展其才能的手段,也就是说,只有在集体中才可能有个人自由。"[①]他强调了个人与集体的关系。具体说来,个人只有依赖集体才能获得全面发展,只有在集体中才可能实现个人自由。与集体主义相对应的是个人主义,个人主义是以自我为本位,以个人利益作为根本出发点。当集体主义将个人主义视为自己的对立面时,思想斗争常常成为唯一的对话方式。

当代文学对集体主义的书写,主要有反映合作化道路的《创业史》《山乡巨变》《公社一家人》等,反映工业化生产的《工人》《抢红旗》《白云鄂博交响曲》等,还有反映知识分子道路选择的《青春之歌》等。它们从不同侧面描写了集体的光辉和伟大,个人的自私与落后,以及个人如何拥有集体而获得新生。农村合作化曾被作为社会主义发展的"必由之路",这影响到当代作家的价值判断和文学创作。李准《不能走那条路》将集体与个人对立起来,干净利落地回答了集体合作化道路的正当性。它不仅包含了群众对传统清官的期待和想象,也包含了党和集体对集体"代言人"的标准要求,思想上"去个人化",行动上踏实肯干,一心为公,牺牲小我,服务群众和集体。它主要描写农民张

---

① 马克思、恩格斯:《费尔巴哈》,《马克思恩格斯选集》第1卷,人民出版社,1972年,第82页。

栓因为倒卖"牲口"而欠账,想卖掉土改时分到的土地,再用还债剩下的钱去继续做生意。小说还写村里另一个农民宋老定,土改之后攒了钱,本想买下这块地为后代置一份产业,后来,他在儿子、共产党员东山的劝说下,放弃了买地的念头,转而将自己的钱拿出来帮助张栓,一起走上了互助合作的道路。小说批评了以宋老定为代表的自发的资本主义思想,指出只有互助合作才能使广大农民走向共同富裕。

柳青《创业史》也呈现了个人与集体冲突的叙述模式。小说中梁三老汉、郭振山、梁生宝等,起初只看重自家利益,对集体利益和事业漠不关心,后来受到集体代表——梁生宝、李月辉、刘雨生等的教育和帮助,认识到只有依靠集体,走集体化道路才是正确的道路。小说体现了强烈的塑造社会主义新人的愿望,同时表达出对整个社会改造的要求,"这一改造的目的,不仅仅是要求个人服从集体,更深刻的原因则是要求个人迅速地建立起对现代民族—国家的认同,而所谓集体只是这一认同过程中的一个中介,或者说,个人—集体—国家之间实际构成的正是某种'一体化'的关系"[①]。由此,个人的思想和自由被纳入国家、民族、集体的思想和自由之中,新型革命者始终站在党和人民的高度,对怀有私心、自我的个体进行批评教育,以此达到集体主义规训的目的。个人主义与集体主义发生冲突,最终结构必然

---

① 蔡翔:《革命/叙述:中国社会主义文学—文化想象》(1949—1966),北京大学出版社,2010年,第96页。

是集体主义战胜个人主义，个人自私保守思想消融于集体主义。梁三老汉的理想仅是新棉袄、瓦房院，不关心集体事业，而身为预备党员的梁生宝严肃地用他在整党学习会上学来的道理，给继父讲解中国社会发展的前途，主要说明大家富裕的道路和自发的道路有什么不同。他指出集体主义才是出路，"图富足，给子孙们创业的话，咱就得走大伙富足的道路。这是毛主席的话！"起初想单干（买地、盖瓦房）的庄稼人郭振山，在受到党支书教育后，也摒弃了他的"五年计划"，而认定"一块过，底子厚，力量大！"小说第三章写道，他明白"离开了惊心动魄的社会革命运动，他个人并不是那么强大！过去推动蛤蟆滩工作的主要力量，也不是他个人在蛤蟆滩的威望，而是党的政策的无比伟大的力量"。最终，郭振山超越了个人主义思想，成为一名自觉的共产党员。梁生宝形象是集体主义思想的代表，他为人谦逊、纯朴、厚道，信仰社会主义，一心扑在集体主义事业之中，在他心里，"照党的指示，给群众办事，受苦就是享乐"。

周立波长篇小说《山乡巨变》，也主要表现农业合作化运动。小说上篇描写1955年清溪乡在建立社会主义初级社过程中所发生的变化，下篇则写1956年高级社的成立，出现了斗争的深入和合作社的巩固发展。全书揽括了社会主义改造时期农村从互助组过渡到初级社再进入高级社的历史过程和矛盾斗争。其中，代表着集体和党的意志的是乡党支部书记兼农会主席李月辉，他总是"将心比心"，善于把"全乡的人，无论大人和小孩，男的和女的"都团结起来。农业社社长刘雨生也一心为公,为办社忙前忙后,他因妻子拖后腿而离婚,却在与再婚妻子盛佳秀结婚的当晚去检查社里谷草。还有县里来的工作组长邓秀梅,热爱劳动,关心群众,是一个可亲可敬的基层干部形象。小说还设置了王菊生、张桂秋两个富裕中农形象,王菊生虽有灵活的头脑和熟练的耕作技能,却因个人主义的私有观念作祟而贪婪狡诈,他开初拒绝入社,想做单干户,最终失败后,观念发生转变,也加入了合作社。张志民的组诗《公社一家人》,通过春喜爷、春喜爹、春喜妈、春喜妻和春喜等人物形象,生动地表现了人民公社化后农民新的精神品质。他们热爱集体经济,努力学习,积极生产,要求进步,推动了社会变化,改善了生活水平。马烽的《三年早知道》描写了赵满囤这位只顾谋私利的小生产者,在集体的教育和帮助下,终于克服了自私自利的思想,并把自己的存款全数拿出来支援公社的水利建设,成了一名热爱集体的先进农民。西戎的《赖大嫂》描写了一名养猪只顾自家利益而践踏集体利益的村妇赖大嫂,在遭到丈夫和村里人的批评教育后认识到自身错误,重新融入集体的故事。李准的《不能走那条路》也描写了获得土地的"翻身农民"出现了"两极分化",最终,集体化才是唯一正确的道路。胡可《槐树庄》书写的郭大娘,也是一位经历了新旧两个时代的农村劳动妇女形象。她由一个地主家奶妈成长为有觉悟、有群众威信的农村基层干部,为了农业合作化,她将个人利益置之度外,全心扑在合作化集体事业上,承受了各种外界压力的打击,最终成为优秀的基层干部和革命母亲形象。

社会主义工业建设也发生着工业化和集体化的大转变。胡万春小说《工人》写周阿兴毕业被分配到工厂后，工作积极，很快学会了各种技能，但王工长却认为他不算一名好工人，因为周阿兴只考虑自己，没有集体合作意识。王工长教导阿兴说："轧钢生产是上百个人的集体生产，只要有一个人破坏了生产的节奏，整个车间生产的节奏就全破坏了。工人阶级是最有组织性、纪律性的，在思想上的表现就是集体主义。"周阿兴认识到个人主义思想的危害性，改正了工作作风，成为"集体主义大家庭"中的一分子。杜印等人的《在新事物的面前》讲述第三钢铁公司经理薛志刚办事雷厉风行，富有责任心，全心全意地投入工业建设，为了集体事业，宁愿牺牲休息时间甚至个人的爱情。夏衍的《考验》也描述了新华电机制造厂两个思想作风截然相反的领导干部——杨仲安和丁纬，杨仲安经受住了革命战争的种种考验，却在社会主义革命和建设面前吃了败仗，他的传统思想始终挥之不去，致使家庭和制造厂矛盾重重。丁纬则是作者热情歌颂的正面人物形象，他勤劳勇敢，勇于接受新事物，热爱工作，为了维护党的利益，甚至不怕被误解，一切从集体利益出发，拥有强烈的集体荣誉感。作者通过杨仲安和丁纬的对比描述，表明了个人主义的危害性以及集体主义的先进性，社会主义工业化建设只有以集体利益为重，才会得到更好更快的发展。

集体主义更是革命斗争的一面旗帜。杨沫小说《青春之歌》通过叙述林道静的成长历程，概括了青年知识分子如何抛弃个人主义，融入革命集体的人生过程。小说第15章写到了一个细节,林道静在参加北大学生"三一八"大游行时,"第一次,她感到了群众的巨大的力量。她不再孤单,不再胆怯,她已经是这巨大的人群当中的一个"。林道静被捕后也受到了革命者的帮助和鼓励,让她感受到"集体的力量是伟大的,是无穷的",虽"隔着多少层铁壁然而却紧紧结合在一起的伟大的整体中"。小说写卢嘉川在面临集体危险时,选择牺牲个人挽救革命集体的安危。他认为:"个人的生命,个人的一切算得了什么,可是,党的事业,集体的事业,还在燃烧着的斗争火焰却不能叫它停熄下去。"小说写林道静与余永泽决裂而奔向卢嘉川,这不仅是爱情的选择,而是对个人主义和集体主义的人生选择。余永泽和卢嘉川分别代表着过去和未来、个人和集体两种不同的人生道路,林道静选择卢嘉川,就是抛弃个人主义,走向革命的集体主义,标志着集体主义战胜个人主义。

郭小川是时代鼓手。他的政治抒情诗《投入火热的斗争》,也以一股磅礴气势唱出了时代的最强音:"公民们!这就是我们伟大的祖国。它的每一秒钟,都过得极不平静,它的土地上的每一块沙石都在跃动,它每时每刻都在召唤你们投入火热的斗争,斗争这就是生命,这就是最富有的人生。"作品激励人们投入祖国建设,充分发挥聪明才智,投身到集体事业,集体才会为个人提供发展空间。长诗《深深的山谷》没有简单书写个人主义和革命集体主义的矛盾,而展示了爱情的美好和人生的迷雾。诗歌主人公大刘也拥有超越个人爱情而投入革命集体的人生历程,但她并没有抛弃甜蜜的爱情记忆。诗歌对大刘情人——

"他"的书写更显示了人的复杂性。他是一位真诚的个人主义者,对现实和自我都有清醒认识:"我少年时代的富裕生活/就培植了我的优越感和清高/我的敏锐和聪慧的天赋/更促成了我性格上的孤傲/我的这种利己主义的根性/怎么能跟你们的战斗的集体协调?"他知道自己身上的知识分子属性,也理解大刘不同的人生,意识到他们之间的"天壤之别",他也试图朝大刘的"方向转变",但"一切努力都失败了/命运的安排是如此地不可动摇"。但"他"仍忠于爱情,忠于自己的内心:"我爱你,是因为看透了你的心/我爱你,是因为我绝对地忠实于自己/我决不戏弄这只有一次的人生/而爱情是人生的最重要的依据。"爱情的自由以及人生意义,给了"他"极大的勇气,他无怨无悔,还提醒大刘:"你已经不是小孩子/世界绝不是如你想象得那样光明。"当大刘骂他是卑鄙的"个人主义者",他并没有愤怒和辩解,而是兑现了承诺,同大刘一起到了敌后根据地,他虽然理解大刘"战斗的欢欣和生命的价值",但又担心失去大刘的爱情,害怕"那无尽的革命和斗争的日子","那一段没有目的地的旅途",最后,他选择了跳崖自杀。诗作对大刘的书写近于模式化,对大刘的情人"他"的书写却复杂丰富,表现了爱的力量和复杂心理。虽然,诗作也将爱情纳入个人主义与集体主义的书写模式,却写出了爱情之于个人价值的多种可能性。诗作写大刘在情人离开后,与指导员结了婚,走上"共同的人生道路",生活"很幸福",开启了新的人生道路。最难能可贵的是,作品对个人爱情的自由和权利,对他人的尊重和理解,有其特别的价值内涵。

闻捷的《金色的麦田》也写了爱情与集体主义的关系。巴拉汗姑娘和情人约定了婚期,什么时间呢? 就是"等我成了青年团员,等你成了生产队长"。她抛弃了爱情的"至上主义",而把个人爱情建立在热爱祖国、热爱劳动,建设社会主义美好生活的思想基础上,爱情已不再是个人的,而与集体利益、与国家命运紧密相连。阮章竞的叙事长诗《白云鄂博交响诗》,也体现了集体主义价值取向。它通过描绘牧民阿尔斯朗一家三代人半个世纪艰难曲折的革命历程,展现了建设白云鄂博矿山的宏伟图景。阿尔斯朗一家三代为了集体利益,牺牲了个人利益和家族利益,带领广大农民投入矿山建设,在大家共同努力下,社会主义集体建设取得了良好成绩,人民生活有了翻天覆地的大变化。

到了"文革"时期,文学更是成了集体主义的颂歌。浩然的代表作《艳阳天》和《金光大道》就是集体主义的传声筒。浩然的创作意图,就是"想给中华人民共和国的农村写一部'史',想给农村立一部'传';想通过它告诉后人,几千年来如同散沙一般个体单干的中国农民,是怎样在短短的几年间就'组织起来',变成集体劳动者的;我要如实记述这场天翻地覆的变化,我要歌颂这个奇迹的创造者!"[①]作者意在表达单个农民是孱弱的,只有融入集体化的农业互助组和合作社,农民才有力量,才能真正当家作主、发家致富。小说主要说明,任何从个人私利出

[①] 浩然:《有关〈金光大道〉的几句话》,《泥土巢写作散论》,河南大学出版社,1997年,第261页。

发的行为都是邪恶、卑鄙的。只有在农业合作社的集体中,农民才是高贵的,才是真正的人。《艳阳天》讲述京郊东坞农业合作社的萧长春带领合作社农民,如何与阶级异己分子马之悦,中农弯弯绕、马大炮做斗争,维护了农业合作社道路,取得了农业大丰收胜利的故事。京郊东坞农业合作社是一个神圣的集体,在合作社即将迎来小麦生产大丰收之际,马之悦、弯弯绕、马大炮等人瞅准形势,妄图想以加入合作社前土地的多少来分配丰收成果,萧长春等合作社农民发现了他们的险恶用心,维护了合作社的集体成果。

  小说表现的集体主义思想在于,首先,它将集体农业合作社看作是神圣高贵的,萧长春就是集体正义的化身,而为一己私利的马之悦、弯弯绕、马大炮等人则是邪恶伪善的。其次,在开展农业合作社过程中,恰恰是集体主义思想教育感化了个人主义思想人物,如生活作风不好的孙桂英曾被马之悦利用,唆使她勾引萧长春,被萧长春拒绝,她在萧长春的批评教育下,在集体劳动中成了新人。再次,小说中的家庭、婚姻和爱情都是集体主义的衬托,女人和爱情则是对集体主义的奖励。为了国家和集体,萧长春在妻子死后三年不再续娶,儿子小石头也被马小辫推下山崖,萧长春为了让麦子尽快收割完毕,没有中马之悦奸计,忍住悲痛继续参加劳动,牺牲了个人家庭。农业合作社团支部书记焦淑红却被萧长春一心为了集体的思想和行为所吸引,爱上了萧长春。虽然作为集体破坏者、自私自利代表的阴谋家——会计马立本也在追求焦淑红,却被焦淑红断然拒绝。焦淑红的爱情选择,就是集体主义对个人主义的胜利。这样的写作模式,与《青春之歌》如出一辙。《金光大道》也讲述了农业集体化道路的问题,延续了《艳阳天》集体主义和个人自利主义的斗争模式。作者将农村两条路线斗争和阶级斗争扩大化,演绎出高大泉和张金发、田雨和王友清、梁海山和谷新民之间的斗争模式,试图将政治上"两条道路、两条路线"的斗争和"文革"时期反"党内走资派"政治故事化、小说化。小说想表达的主题是,只有集体主义农业合作化才是社会主义的"金光大道",资产阶级个人式的"发家致富"是一条死胡同,走不通。

二、集体主义的社会建构

当代文学之所以表现出鲜明的集体主义思想,并将个人主义作为批判对象,这与当时的社会主义思想和文学政策有关。新中国成立初期,第一次文代会总结了五四以来文艺运动的历史经验,确立了文艺为工农兵服务、与人民大众相结合的文艺政策。周扬表示:"新的人民的文学艺术已在基本上代替了旧的、腐朽的、落后的封建阶级和资产阶级的文学艺术。"[1]文艺工作者们竭尽所能歌颂社会主义,歌颂新中国,他们热爱社会主义这个大集体,认识到只有在社会集体的引领下,个人才能充分发挥

---

[1] 周扬:《为创造更多的优秀的文学艺术作品而奋斗:一九五三年九月二十四日在中国文学艺术工作者第二次代表大会上的报告》,《周扬文集》第 2 卷,人民文学出版社,1985 年,第 235 页。

作用，才能实现自己的人生价值，个人的孤军奋战没有出路。1953年我国进入第一个五年计划，中心任务是在一个相当长的时期内，逐步实现国家的社会主义工业化，并基本上完成对农业、手工业和资本主义工商业的社会主义改造。社会主义热火朝天的工业化建设激发了许多文艺工作者，紧扣集体主义与社会建设关系开展文学创作，张志民创作了组诗《公社一家人》，柳青写作了《创业史》，胡可写了《战斗里成长》，掀起了表现集体主义主题的创作高潮。

1956年，毛主席提出"百花齐放，百家争鸣"方针，打破了文艺只"歌颂"不"暴露"的创作禁区。毛泽东指出："现在，在所有制方面同民族资本主义和小生产的矛盾也基本上解决了，别的方面的矛盾又突出出来了，新的矛盾又发生了。县委以上的干部有几十万，国家的命运就掌握在他们手里。如果不搞好，脱离群众，不是艰苦奋斗，那末，工人、农民、学生就有理由不赞成他们。我们一定要警惕，不要滋长官僚主义作风，不要形成一个脱离人民的贵族阶层。"①这为文学批判官僚主义作风提供了支持，也从反面表明集体主义的重要性，忠实于集体则有良好收益，背离集体原则就会带来严重损失，集体主义对于社会发展不可或缺。正是在"双百"方针指引下，《在桥梁工地上》和《本报内部消息》，批判官僚主义作风，为集体主义道路扫清障碍。

---

① 毛泽东：《在中国共产党第八届中央委员会第二次全体会议上的讲话》，《毛泽东选集》第5卷，人民出版社，1977年，第325—326页。

1956年至1957年上半年,文艺运动主流是良好的,1957年"反右派斗争"扩大化,"伤害了一大批文艺工作者,其中包括一些有才华、有作为、勇于探索的文艺工作者"①。1958年又兴起了"大跃进"运动,1959年开展反对"右倾机会主义"斗争,文艺界呈现昏暗状态,很多优秀作品遭受了非人待遇,作家个人自身难保,或遭批判或遭冷落,集体创作得到鼓励和提倡,尤其是大型的戏剧和长篇小说等体裁的创作。1958年,《文艺报》发表了《集体创作好处多》的专论②。正是集体书写的驱使,引发了1958年的新民歌运动,掀起了群众文艺创作高潮,他们歌颂集体劳动,歌颂劳动集体,歌颂农业合作化和农村的社会主义道路,但也犯下背离文学发展规律的错误。

当代文学秩序对文学创作起到了主导作用,形成文学一体化的规范形态,但也存在偏离、悖逆主流文学的情形。洪子诚曾有"非主流"之说,它主要是指那些被接纳、被肯定、被推崇的主张和创作,这些"非主流"的"异质"文学在高度一体化的文学语境之中,处于被压制的地位,有的受到批判,有的未能发表,只在一定范围的读者之间,以"地下"方式流传,并且,这些作品或产生于文学"规范"要求有所放松阶段,或产生于文学控制十分严厉的时期③。这些带有"异端性"的作品,如萧也牧的《我们夫妇

---

① 周扬:《继往开来,繁荣社会主义新时期的文艺》,《周扬文集》第5卷,人民文学出版社,1994年,第176页。
② 洪子诚:《中国当代文学史》,北京大学出版社,2010年,第164页。
③ 同上书,第151页。

之间》、路翎的《洼地上的"战役"》、贺敬之的《雷锋之歌》以及1956—1957年"百花时代"的作品等。《我们夫妇之间》讲述了知识分子李克与工农出生的张同志感情婚姻的变化,却一度被批评为"离开政治斗争,强调生活细节"的低级趣味作品。而《洼地上的"战役"》则讲述了侦察班战士王应洪与朝鲜姑娘金圣姬的爱情悲剧,也被批评为"散布消极、动摇、阴暗、感伤的情绪,散布和平幻想和反动腐朽的资产阶级思想感情"①。《雷锋之歌》通过讲述雷锋的个人成长来歌颂雷锋精神,但长诗对当时阶级斗争形势的估计过高,还有些绝对化的提法,受到了当时某些形而上学和唯心论倾向的影响。此外,王蒙的《组织部新来的年轻人》、陆文夫的《小巷深处》、宗璞的《红豆》等都在一定程度上背离了集体主义格调,被看作"一股创作上的逆流"②。

20世纪五六十年代开展"大跃进"与人民公社化运动,集体主义是其思想支撑,它所高扬的集体利益高于一切的思想,极大地激发了人民群众建设社会主义的热情。但是,过分强调集体主义,主张由集体代表个人,轻视甚至反对个人利益,要求个人利益无条件地服从集体利益,甚至不惜牺牲个人利益,这在物质资源贫乏的前提下,有其客观条件的合理性,但个人利益如长期得不到保证,个人尊严长期得不到尊重,集体主义就会被掏空、被虚化。如果人们长期感受不到集体主义带来的好处,而感受

---

① 陈涌:《认清〈洼地上的"战役"〉的反革命本质》,《中国青年》1995年第14期
② 李希凡:《从〈本报内部消息〉开始的一股创作上的逆流》,《中国青年报》1957年9月17日。

到个人权利的被剥夺,自然也会对传统集体主义产生排斥心理。1956年,周扬反思"百花齐放"并没有得到真正体现,其主要原因就是教条主义、宗派主义和行政化的领导方式①,他指出,社会主义现实主义不是教条和公式,应是社会主义文学的新方向。他检讨说,"过去强调集体主义、爱国主义,强调纪律性,反对个人主义,于是许多英雄人物出来了","这对人民有教育作用",但也有消极的一面,"因为反对个人主义连个性也反对掉了,因为强调集体主义把个人的事情忽略掉了,只承认党性,不承认个性"②。1962年,在"广州会议"上,陈毅质问"领导出思想,群众出生活,作家出技巧","作家就没有思想啦?领导就可以包思想啦?群众出生活,作家就没有生活?领导就没有生活啦?领导就死掉啦?作家出技巧,这个作家就仅仅是一个技巧问题呀?不晓得哪里吹来这么一股歪风!"③他还严厉批评了不切实际的集体主义创作倾向,认为:"离开了个人,就没有什么集体;有了集体,以集体作为依靠,个人就得到更大的发展。每个个人是健全有力的,这个集体就更有力","个人的才能、个人的努力是基本,没有个人的才能、个人的努力,再什么集体喊口号哇、鼓动

---

① 周扬:《关于当前文艺创作上的结构问题:在中国作协文学讲习所的讲话》,《周扬文集》第2卷,人民文学出版社,1985年,第408页。
② 同上书,第417页。
③ 陈毅:《在全国话剧、歌剧、儿童剧创作座谈会上的讲话》,《党和国家领导人论文艺》,文化艺术出版社,1982年,第141页。

哇、鼓掌呀,没有用的!"[1]陈毅所反对的是极端个人主义思想和做法。

应该说,个人与社会、个体与整体关系是人类社会思想的重要内容,它是一个复杂的价值问题,也一直存在个人主义和集体主义的观念分歧。个人主义和集体主义的内涵和意义都有一定的历史性和相对性,个人主义也有新旧之分,集体主义也面临着社群主义的挑战。不能将个人主义看作资产阶级价值观念,它也应是人类的普遍价值,并且不是静止不变的,不同历史时期有不同的内涵和形式。集体主义也不是僵死的教条,它有不同的文化渊源和历史过程,并且,它也常常以民族主义和爱国主义等观念形态而呈现出来。当代中国的集体主义具有特定的思想内涵,如强调个人利益与社会利益的统一,在出现利益矛盾和冲突时,社会利益和价值处于优先地位。集体主义与社会主义有着密切的内在关系,社会主义生产资料公有制为个人利益与社会利益的一致性提供了现实基础和根本保障,集体主义也为社会主义制度提供伦理支持。个人主义与集体主义是辩证统一的关系,集体由个体组成,离开个体,集体也不复存在;而个体又要依靠集体,离开集体,个体也会失去某些价值和意义。只有以个人与集体共同利益关系为轴心,以互利互惠为前提,以公平公正、共同发展为目的,才能实现个人与集体的完满结合与高度统一。

---

[1] 陈毅:《在全国话剧、歌剧、儿童剧创作座谈会上的讲话》,《党和国家领导人论文艺》,文化艺术出版社,1982年,第170页。

但对文学创作而言,它常常会出现偏差,多数时候是对个人主义思想的批判和忽略。1959 年,郭小川在作协批判会上作自我检讨,认为:"个人和集体:个人是渺小的,集体是伟大的,每到一段,有更高的要求。"[①]这可说是当代作家最为普遍的思想认知,但是,对集体主义的过分迷恋或推崇,难免不会影响到文学的思想深度和艺术的丰富性。

当代文学倡导集体主义思想,表达集体主义观念,这与传统文化和社会现实的群体至上有关,它强调社会、国家、群体利益至高无上,强调人的社会责任,相对而言,它对个体存在价值、个性的多样化发展,却没有充分展开,甚至将个人人格、尊严和自由当作是对集体伦理的背叛,而遭受到压抑和排斥。当代中国经历了漫长的知识分子教育改造过程,通过思想和行为的批判和改造,实现了思想统一,排斥了不合时宜的思想和声音。当然,这也影响到当代文学创作,特别是在文学题材、文学主题和文学风格上的高度一致,出现了题材雷同、主题集中的同一化和模式化现象。如革命历史和农村生活题材创作,无论是歌颂革命斗争表明历史发展的必然性,还是赞扬农村新人新事,证明农村合作化运动,都或多或少出现过形象脸谱化、主题概念化、形式公式化现象,而缺乏创作个性和艺术趣味,乃至出现"三突出"创作模式,以及"领导出思想,群众出生活,作家出技巧""三结合"的创作原则,都不完全是匪夷所思的事情。

[①] 郭小川:《作协批判会议发言记录》,《郭小川全集》第 12 卷,广西师范大学出版社,2000 年,第 49 页。

第九章

民族形式与当代文学的中国作风

民族形式不仅是中国现代文学重要话题,也是当代文学的价值诉求和文学实践。从 20 世纪 30 年代文艺大众化到 40 年代民族形式讨论,如何利用传统形式,创造民族新形式,适应社会革命和民族战争需要,发展民族新文艺就成为新文学发展方向和目标。50 年代以后,中国社会主义文学艺术事业的发展,也迫切要求文学艺术的民族化,并且,认为只有这样,才能创造出新鲜活泼的、为广大群众喜闻乐见的文学艺术,才能使中国当代文学拥有中国作风和中国气派。

一、民族形式：当代文学的价值诉求

1938年10月,毛泽东在中共六届六中扩大会议报告里提出了"民族形式和国际主义的内容"相结合的"马克思主义的中国化"命题,认为使马克思主义和中国具体特点相结合,只有通过民族形式才能实现,必须废止洋八股,少唱空洞抽象的调子,让教条主义必须休息,取而代之的才是新鲜活泼的、为中国老百姓所喜闻乐见的中国作风和中国气派。1942年,《在延安文艺座谈会上的讲话》对普及和提高的关系做了理论阐述,认为文艺如果不采取群众喜爱的、便于接受的形式,就不可能普及到群众中去,同时也不可能实现文艺的提高。每个民族的文艺都应有表现自己民族特点的民族形式,何况中国这样一个人口众多、历史悠久、文化深厚的伟大民族,它的文艺必须具备民族特有的形式。因此,文艺的大众化和民族化,就具有特别重要的意义。

20世纪40年代所讨论或倡导的民族形式问题,其背景是马克思主义的中国化,是五四新文学的大众化和传统形式的现代化。当时,人们对文学的民族形式也有不同看法,哪怕是同一阵营,看法也不一致。艾思奇认为:"我们需要更多的民族的新文艺,也即是要以我们民族的特色(生活内容方面和表现形式方面包括在一起)而能在世界上站一地位的新文艺。没有鲜明的民族特色的东西,在世界上是站不住脚的。中国的作家如果要对世界的文艺界拿出成绩来,他所拿出来的如果不是中国自己的东西,还有什么呢?"①他从文学的世界化视野看待文学的民族化,民族化是中国文学在世界舞台立足的身份和特色。郭沫若则认为:"在中国所被提起的'民族形式',意思却有些不同。在这儿我相信不外是'中国化'或'大众化'的同义语,目的是要反映民族的特殊性以推进内容的普遍性。所谓'马克思主义必须通过民族形式才能实现',便很警策地道破了这个主题。又所谓'洋八股必须废止,空洞抽象的调头必须少唱,教条主义必须休息,而代之以新鲜活泼的,为中国老百姓所喜闻乐见的中国作风与中国气派',更不啻为'民族形式'加了很详细的注脚。这儿充分地包含有对于一切工作者的能动精神的鼓励。无论思想、学术、文艺或其他,在中国目前固须充分吸收外来的营养,但必须经过自己的良好的消化,使它化为自己的血、肉、生命,而重新创造出一种新的事物来,就如吃了桑柘的蚕所吐出的丝,虽然同是纤维,而是经过一道创化过程的。"②同时,民族形式也不是"要求本民族在过去时代所已造出的任何既成形式的复活,它是要求适合于民族今日的新形式的创造。民族形式的中心源泉,毫无可议的是现实生活"③。郭沫若强调的是民族形式的主体性和创造性,是对现实生活和外来营养的消化和创造。

1949年以后,民族形式与社会主义内容成为当代文学发展

---

① 艾思奇:《旧形式运用的基本原则》,《文学的"民族形式"讨论资料》,知识产权出版社,2010年,第12页。
② 郭沫若:《"民族形式"商兑》,《文学的"民族形式"讨论资料》,知识产权出版社,2010年,第254页。
③ 同上书,第264页。

的基本逻辑。这里的民族形式已不是民族国家范畴,也不同于帕斯卡尔·卡萨诺瓦在《文学世界共和国》中所表达的世界文学"中心"与"边缘"、"首都"与"边疆"概念。当然,当代中国文学也相信借助语言形式可提升民族国家的世界地位,它不是为了国家和民族的互相成就,而是文学和政治的相互推进、相互成就。卡萨诺瓦认为,文学的世界化需要依赖政治、经济去实现,更需从为政治服务中独立出来,成为反抗和脱离政治的历史。当代文学的民族形式,则是塑造革命价值的主要方式,关涉到如何再现和建构中国社会主义价值的问题。这里的价值首先是被毛泽东、周恩来、周扬等政治家和理论家所建构起来的。在毛泽东看来,人民要求充实的政治内容,又要有适当的艺术形式,才能实现思想性和艺术性的统一。作品形式也要大众化,什么是大众化? 就是被群众所喜爱,便于群众接受的形式。他是从文艺与革命的关系上确立文艺价值,认为文艺要服从于政治,而"政治是阶级的政治、群众的政治,不是少数政治家的政治",更"不是少数个人的行为",并且,"革命的思想斗争和艺术斗争,必须服从于政治的斗争,因为只有经过政治,阶级和群众的需要才能集中地表现出来"[①]。政治是阶级的、群众的,服从于政治的文学艺术,自然也应是群众的,或者说大众的,是被阶级和群众所需要和接受的表达内容和表现形式。1940年,毛泽东说:

---

① 毛泽东:《在延安文艺座谈会上的讲话》,《毛泽东文艺论集》,中央文献出版社,2002年,第70页。

"中国文化应有自己的形式,这就是民族形式。"①这里的民族形式是指中国文化的主体性问题。1956年,他说:"艺术的基本原理有其共同性,但表现形式要多样化,要有民族形式和民族风格。一棵树的叶子,看上去是大体相同的,但仔细一看,每片叶子都有不同。有共性,也有个性,有相同的地方,也有相异的地方。这是自然法则,也是马克思主义的法则。"②这里的民族形式和民族风格主要是指事物的个性和多样性,具有主体性的中国,它的民族性应包含事物本身的多样性,所以,他说:"中国的语言、音乐、绘画,都有自己的规律"③,"形式到处都一样不好","还是要多样化为好。"④艺术上应该"标新立异",但"应该是为群众所欢迎的标新立异"⑤,"在中国艺术中硬搬西洋的东西,中国人就不欢迎","中国人还是要以自己的东西为主"⑥,"民族形式可以掺杂一些外国东西。小说一定要写章回小说,就可以不必;但语言、写法,应该是中国的"⑦。"多样性"是指事物呈现方式,"中国的"则指事物性质。并且,这里的"中国"并不是完全回到过去,回归传统,而是立足现代社会生活。毛泽东说:"社会

---

① 毛泽东:《新民主主义的文化》,《毛泽东文艺论集》,中央文献出版社,2002年,第42页。
② 毛泽东:《同音乐工作者的谈话》,《毛泽东文艺论集》,中央文献出版社,2002年,第146页。
③ 同上书,第147页。
④ 同上书,第151页。
⑤ 同上。
⑥ 同上书,第147页。
⑦ 同上书,第151页。

主义的内容,民族的形式,在政治方面如此,在艺术方面也是如此。"①"社会主义的内容"就是当代社会价值。毛泽东也用民族性评价鲁迅,认为"鲁迅是民族化的",他"对于外国的东西和中国的东西都懂"②,"鲁迅的小说,既不同于外国的,也不同于中国古代的,它是中国现代的"③。鲁迅的成功实践证实了"中国的和外国的要有机结合,而不是套用外国的东西",应该是将外国有用的东西,"用来改进和发扬中国的东西,创造中国独特的新东西"④。同时,还要向古人、向传统学习,"向古人学习是为了现在的活人,向外国人学习是为了今天的中国人"⑤,"学"不分中西,哪怕是"非驴非马也可以",中国的政治、经济和文化"都不应该是旧的,都应该改变",但"中国的特点要保存",要在"中国的基础上面,吸取外国的东西。应该交配起来,有机地结合",由此才能"创造出中国自己的、有独特民族风格的东西"⑥。

关于中西融合,毛泽东在这里采用生物学"交配"的说法,让人耳目一新。周恩来则采用"化合"一词来表达。周恩来"主张先把民族的东西搞通,吸收外国的东西要加以融化,要使它们不知不觉地和我们民族的文化融化在一起。这种融化是化学的

---

① 毛泽东:《同音乐工作者的谈话》,《毛泽东文艺论集》,中央文献出版社,2002年,第148页。
② 同上书,第152页。
③ 同上书,第154页。
④ 同上书,第153页。
⑤ 同上书,第154页。
⑥ 同上书,第154—155页。

化合,不是物理的混合,不是把中国的东西和外国的东西'焊接'在一起"①。陈毅则主张在吸收传统基础上,坚持现代化立场。他说:"我们要保持民族传统,发扬民族传统,要民族化。但是,我们也主张现代化","现在的问题是有片面性,强调了这一面,又忽略了那一面;抓住了这一面,又丢掉了那一面,扶得东来西又倒,这个不好。"②毛泽东对民族形式做出了科学论断,当代文学创作和批评也就有了理论指导和实践方向。1952年,周扬就提出,"中国文学必须具有自己独特的鲜明的民族风格。但是中国文学的民族特点,决不是什么孤立的、狭隘的、闭关自守的东西,恰恰相反,中国文学可能而且应当在自己民族传统的基础上吸收世界文学的一切前进的有益的东西"③。1953年,在第二次文代会上,周扬再次提出:"我们要求文学艺术作品在内容上表现新的时代的人物和思想,在形式上表现民族的作风和气派。一切作家、艺术家都必须认真地学习自己民族的文学艺术遗产,把继承并发扬民族遗产的优良传统为己任。"④他还进一步指出民族遗产对于当代文学发展的重要意义,认为:"'五四'新文化

---

① 周恩来:《在文艺工作座谈会和故事片创作会议上的讲话》,《党和国家领导人论文艺》,文化艺术出版社,1982年,第54页。
② 陈毅:《在戏曲编导工作座谈会上的讲话》,《党和国家领导人论文艺》,文化艺术出版社,1982年,第114页。
③ 周扬:《社会主义现实主义:中国文学前进的道路》,《周扬文集》第2卷,人民文学出版社,1985年,第183页。
④ 周扬:《为创造更多的优秀的文学艺术作品而奋斗:一九五三年九月二十四日在中国文学艺术工作者第二次代表大会上的报告》,《周扬文集》第2卷,人民文学出版社,1985年,第254页。

运动介绍了西方资产阶级民主主义文化和社会主义文化,同时把自己,民族文化中的带有人民性的一部分,如《水浒》《三国演义》《红楼梦》《儒林外史》等作品,提到了中国文学正宗的地位,给了高度的评价,这是一大历史功劳。但是'五四'运动没有正确解决继承民族文学艺术遗产的任务"[1],而"新的文学艺术是不能脱离民族的传统而发展的,只有当它正确地吸取了自己民族遗产的精华的时候,它才能真正成为人民的。另一方面,旧的遗产也只有在新的思想基础上加以整理之后,才能完全适合人民的需要。"[2]继承民族文学艺术遗产,特别是传统文学的人民性内涵,显然是当代文学的必然要求。正如周扬所说:"新的社会主义现实主义的文学,只有当它有意识地、自然也是批判地吸收了自己民族遗产的优秀传统的时候,才能成为真正的人民的文学。"[3]显然,民族作风和中国气派是人民文学,或者说是社会主义文学的形式内容和价值支撑。

二、传统与民间:民族形式的资源问题

毛泽东对文化的根本追求是民族化,也是大众化,因为民族

---

[1] 周扬:《为创造更多的优秀的文学艺术作品而奋斗:一九五三年九月二十四日在中国文学艺术工作者第二次代表大会上的报告》,《周扬文集》第2卷,人民文学出版社,1985年,第254页。

[2] 同上书,第237页。

[3] 周扬:《社会主义现实主义:中国文学前进的道路》,《周扬文集》第2卷,人民文学出版社,1985年,第191页。

化讲普及,也讲提高。他所主张的民族化是民族生活、民族心理和民族情感,表达方式则是中国作风和中国气派。大众化是民族化的有机组成部分,包括平民大众的生活和喜闻乐见的形式。他曾主张中国诗歌的发展路径是从古典、民歌到新诗[①],显然,传统和民间就是民族形式的主要资源。

1949年,《文艺报》组织平津地区长篇小说作者刘雁声、陶君起、陈逸飞、徐春羽等和解放区的马烽、赵树理、柯仲平、丁玲等讨论章回体小说的写作经验及发展问题,会上希望赵树理谈谈经验。他说,中国旧小说有"有话则长,无话则短"特点,这与西洋小说"有话则有,无话则无"不同,这种旧小说传统"入情入理,适合中国人民口味"。在他看来,"哪一种形式为群众所欢迎并能被接受,我们就采用那种形式。我们在政治上提高以后,再来细心探究一下过去的东西,把旧东西的好处保持下来,创造出新的形式,使每一主题都反映现实,教育群众,不再无的放矢"[②]。赵树理的民间指向传统,绕开了民族形式概念,他说的是实在话,不讲大道理。1952年,冯雪峰在《文艺报》发表《中国文学中从古典现实主义到社会主义现实主义的发展的一个轮廓》,认为传统是由一个时代需要决定的,可以及时就地阐释,确认传统文学对于当代文学的价值意义。1960—1961年,周恩来、陈毅都强调发掘传统遗产的人民性的重要性。1961年,《文艺

[①] 陈晋:《毛泽东与文艺传统》,中央文献出版社,1992年,第322页。
[②] 赵树理:《在连载、章回小说作者座谈会上的发言》,《赵树理全集》第4卷,北岳文艺出版社,2000年,第186页。

报》开辟"批判地继承中国文艺理论遗产"专栏,探讨建立中国作风、中国气派的意义和路径。

显然,民族形式离不开传统资源。对此,周扬的表述是"所谓'推陈出新','陈'就是传统。'新'就是社会主义"①,"文艺与政治结合了,它就在现实中生了根,文艺承继并发展了民族传统,它就在历史中生了根"②。他认为,对待传统不能像黑格尔说的那样当管家婆,"传统是一条河流,河流怎么能断呢?而且这河流,越到后来越大,旁的地方的水吸收进来了。这条传统的河流,流到隋唐的时候,西域的文化来了,涨得好高啊,可能长出不中不西的东西来了。流到一九一九……'五四'的时候,便忽然膨胀,越到后来越膨胀,西方的文化来了。河流总是这么流,传统也总是这么流,流到后来越大。我们要继承传统,发扬传统,创造我们新的传统,在我们这一代,要创造出一种新的社会主义传统"③。民族形式需要接受传统影响,如同河流一样,下游无法截断上游之水。文艺的推陈出新离不开民族传统,并且,只有发扬民族传统,才能实现文艺群众化,"革命的文艺如果不具有民族特点,不在自己民族传统的基础上创造同新内容相适应的新的民族形式,就不容易在广大群众中生根开花。文艺的民族化和群众化是互相联系而不可分的","一切外来的艺术形

---

① 周扬:《关于当前文艺创作上的结构问题:在中国作协文学讲习所的讲话》,《周扬文集》第 2 卷,人民文学出版社,1985 年,第 407 页。
② 周扬:《文艺思想问题》,《周扬文集》第 2 卷,人民文学出版社,1985 年,第 265 页。
③ 周扬:《在中国音协第二次理事(扩大)会议上的报告》,《周扬文集》第 2 卷,人民文学出版社,1985 年,第 443 页。

式和手法移植到中国来的时候都必须加以改造、融化,使它具有民族的色彩,成为自己民族的东西",文艺有了民族性,也就有了群众性,民族性是"一个时代、一个阶级的文学艺术成熟的标志"①。民族性、群众化和外来艺术的逻辑关系就这样被建构起来。

在理论上,民族形式的民间资源也是自然而然的事。民族形式是为了文艺的群众化,群众化是实现文艺教育人民大众的目的,群众化自然是民间的、地方的最为适宜,所以,民间的、地方的艺术和风情被作为民族形式的同义语。乡村叙事曾经是当代文学创作主潮,从社会历史、政治伦理到乡村风俗,可谓无处不在。赵树理的《三里湾》采取民间艺人的乡村叙事,周立波的《山乡巨变》偏重文人化的乡村叙事,李准、马烽的乡村小说则带有鲜明的情节化和故事化,孙犁的乡村叙事又有抒情化和散文化,王汶石的乡村叙事有场景化和戏剧化特点。这些作家作品都采用了民间艺术、传统资源书写当代乡村社会,体现了传统资源与民间艺术的融合。

那么,民族形式的主要内容是什么呢?周扬认为:"在文学艺术上最能代表民族特点的,表现为民族形式的因素,是语言,心理状况,以及风俗习惯的不同。"②民族语言是大多数人民大

---

① 周扬:《我国社会主义文学艺术的道路:一九六〇年七月二十二日在中国文学艺术工作者第三次代表大会上的报告》,《中国文学艺术工作者第三次代表大会资料》,第35页。

② 周扬:《关于在戏剧上如何继承民族遗产的问题》,《周扬文集》第2卷,人民文学出版社,1985年,第156页。

众的有代表性的语言,在文学艺术中是从老百姓语言中提炼出来的语言,不是方言、行话,也不是少数知识分子语言。在他看来,为什么"从我们的新作中,感觉不到象《红楼梦》《水浒传》那样亲切的民族色彩呢?"是因为当代作家学习旧形式只学了皮毛和渣滓,简单学习"欲知后事如何,请听下回分解"和口语"妈的"①等,而对人物民族心理,如反叛抗争、勤劳勇敢、真诚友善、忠诚尽孝等,对民族风俗,如风俗画以及民族风格的学习揣摩不够。民族形式离不开民族内容,即民族生活和精神风貌。巴人认为,中国气派是民族的特性,中国作风是民族的情调,特性包括思想、风俗、生活、情感,情调包括趣味、风尚、嗜好和语言技巧,它们相互依存,实际上是一个东西②。民族形式也好,中国气派、中国作风也罢,它们都需要在与世界文学的联系中才能显现出来,民族性与世界性、传统性和现代性都是相互关联、相互创造、相互成就的,没有世界性的进入与参照,何来民族性的确立与生长?鲁迅曾有一句名言:"现在的文学也一样,有地方色彩的,倒容易成为世界的,即为别国所注意。"③说的也是这个道理。

在当代文学那里,民族形式不是纯粹形式问题,而是人民政治和群众需要的统一。民族形式既是人民政治的内容表达,又

---

① 同上。
② 巴人:《中国气派与中国作风》,《文学的"民族形式"讨论资料》,知识产权出版社,2010年,第49页。
③ 鲁迅:《340419·致陈烟桥》,《鲁迅全集》第13卷,人民文学出版社,2005年,第81页。

是老百姓所喜闻乐见的艺术形式。所以,民族形式是民间形式、传统资源和地方形式的融合与提高,具有"在地性"和"传统性"。茅盾曾专门撰文讨论文学的民族形式,他认为文学民族形式主要有两个因素:一是文学语言,这是主要的,起决定作用;二是表现方式(即体裁),它是次要的,只起辅助作用。他也承认还有另外的说法,如把作品表现的民族生活内容,如地方色彩、风俗习惯、民族思想感情、人物习惯,也看作民族形式的重要内容,即渗透民族内容的形式。他认为这是广义的民族形式,包含民族语言和民族生活内容,但他不赞同将生活内容看作民族形式,认为这反而会将问题弄复杂了。他还专门就小说民族形式谈了自己看法,不同意将章回体、笔记体,讲故事有头有尾和有序展开当作民族形式,认为这属于体裁的技术性问题,应该从小说结构和人物形象塑造上去讨论和发掘民族形式。由此,他认为传统长篇小说结构的"可分可合,疏密相间,似断实联",人物塑造的"粗线条的勾勒和工笔的细描相结合"[①],才是中国小说的民族形式,至于诗歌、散文、戏剧,显然也有它们自己的传统形式,并且,他认为文学民族形式的主要因素首先是文学语言,其次才是文学方法。茅盾眼中的民族形式立足于民族的"独特性"和文学的"形式感",自然就排除了"人物性格""风俗风貌"和"语言特点"。周扬却有自己的看法,他说:"一个民族形成除

[①] 茅盾:《漫谈文学的民族形式》,《茅盾全集》第 2 卷,人民文学出版社,1996 年,第 432—433 页。

了经济上的许多条件以外,还有民族共同的语言,共同的心理,生活习惯"①,民族语言、民族心理和生活习俗被他当作民族形式的主要内容。1961年,周扬说:"当前短篇小说大部分是受欧洲的影响。李准较有民族的风格。赵树理可算是民族化了。但风格也应该多样。有一种理论认为,民族化就是用中国字写中国事,我赞成。"②"中国字"是语言,"中国事"就属于文学内容了。周扬还回忆了一件事:"毛主席有一次和我讲过鲁迅风格。毛主席说,鲁迅风格是决断与虚心的结合,知之为知之,不知为不知,知道的就很坚定,坚信不移,凡是不知道的就说是不知道,决不强不知以为知,更不随便写。这话对我教育很大。"③他这里所说的风格近于人的风骨和立场,即人的精神力量和态度。

邵荃麟在第二次文代会上作总结发言,他说:"创造和发展我们民族的形式,这个原则问题是没有不同意见的。文学形式和其内容一样,其源泉总不外是人民的生活",因此,"应根据我们各民族人民的生活、语言、风俗、习惯,根据他们所喜闻乐见的现有文学形式,随着他们生活内容的改变与文化的提高而予以发展和提高。"④民族形式包含了民族生活和民风民俗,文学形

---

① 周扬:《在中国音协第二次理事(扩大)会议上的报告》,《周扬文集》第2卷,人民文学出版社,1985年,第448页。

② 周扬:《在上海文学界创作座谈会上的发言》,《周扬文集》第3卷,人民文学出版社,1990年,第200页。

③ 周扬:《关于电影〈鲁迅传〉的谈话》,《周扬文集》第3卷,人民文学出版社,1990年,第279页。

④ 邵荃麟:《沿着社会主义现实主义的方向前进》,《邵荃麟全集》第1卷,武汉出版社,2013年,第350页。

式最主要的是语言,向人民群众学习语言,吸收外国语言中所需要的成分,学习古人语言中有生命的东西。1960 年,周扬在第三次文代会报告中说:"我们的原则是政治方向的一致性和艺术风格多样性的统一","在为工农兵服务、为社会主义事业服务的方向下实行百花齐放、百家争鸣和推陈出新,这就是我国社会主义文学艺术发展的道路。"①如果放在文学创作实践,借鉴传统形式创造民族形式,就是当代文学最为便捷的方法。《林海雪原》和《铁道游击队》都带有通俗传奇小说特点。《林海雪原》是传统样式和现代革命的融合,有"英雄",有"儿女",也有"鬼神","旧瓶"装"新酒",带有革命通俗小说特点。这也是红色经典小说的惯常模式。一般说来,通俗文学有传奇性和趣味性,涉及英雄、儿女、鬼神和复仇主题,在形式上,章回体是其基本样式。

就诗歌形式而言,新中国成立初期,何其芳提出创建新格律诗,"要解决新诗的形式和我国古典诗歌脱节的问题,关键就在于建立格律诗,就在于继承我国古典诗歌和民间诗歌的规律传统,而又按照'五四'以后的文学语言的变化,来建立新的格律诗"②。林庚提出"半逗律"理论,但没有创作实践作支撑。李季探索诗歌新形式,创造为群众喜闻乐见,又能反映新生活的新形

---

① 周扬:《我国社会主义文学艺术的道路:一九六〇年七月二十二日在中国文学艺术工作者第三次代表大会上的报告》,《中国文学艺术工作者第三次代表大会资料》,第 32 页。
② 何其芳:《再谈诗歌形式问题》,《何其芳全集》第 5 卷,河北人民出版社,2000 年,第 157 页。

式,放弃民歌体而走向半自由体,张志民、阮章竞也转向半自由体。最为成功的是闻捷和公刘,他们的《天山牧歌》和《在北方》是半自由体的代表。另外,田间、严辰、郭小川、严阵、张永牧、雁翼也采用半自由体写作。郭小川继承古典诗歌"感物咏志""借物抒情"传统,不拘泥于一种体裁,也不想为体裁而体裁,而是"努力尝试多种体裁","民歌体、新格律体、自由体、半自由体、'楼梯式'以及其它各种体,只要能够有助于诗的民族化和群众化,又有什么可怕呢?"①他的《厦门风姿》《乡村大道》《甘蔗林——青纱帐》《团泊洼的秋天》都有这样的创作特点。《林区三唱》汲取了元明散曲特点,采用轻捷明快的短句,音韵优美、节奏轻快。他又汲取赋体铺陈和民歌特点,创造格律化诗体。贺敬之的抒情诗《回延安》在意象与意境构造上颇费苦心,讲究练字造句,化用陕北民歌"信天游"形式,将比兴、对偶、排比等交叉使用,淋漓尽致地表达了诗人对延安的感情。

就散文而言,20世纪五六十年代的散文家,如杨朔、刘白羽、秦牧、碧野、菡子、郭风以及老作家巴金、冰心、吴伯箫、曹靖华、吴晗、邓拓、翦伯赞等的散文,都拥有情景交融的诗意,谋篇布局曲径通幽,语言表达追求凝练、简洁以及韵律节奏,显然汲取了传统散文资源,有着鲜明的民族形式特点。20世纪60年代初也出现了一批历史题材短篇小说,如陈翔鹤的《陶渊明写〈挽

---

① 郭小川:《〈月下集〉权当序言》,《郭小川全集》第5卷,广西师范大学出版社,2000年,第398页。

歌〉》《广陵散》,黄秋耘的《杜子美还家》《顾母绝食》,冯至的《白发生黑丝》,徐懋庸的《鸡肋》,师陀的《西门豹的遭遇》,李束丝的《海瑞之死》,它们语言平实、朴素、凝练,叙事畅达、明晰,也显示出作者深厚的传统功力。

三、文学实践:传统形式与语言修辞

当代文学借鉴传统技巧,是创造民族形式最为便捷的路。《吕梁英雄传》《铁道游击队》《敌后武工队》皆为章回体的传奇小说。借鉴古典小说叙事方式,人物性格简单,品质鲜明,多为类型化,作家情感爱憎分明,正面人物和反面人物一目了然。小说结构采取传统线性结构,以人物贯穿不同故事线索。《敌后武工队》以一群人物的战斗轨迹为线索;《烈火金刚》围绕几个颇富传奇色彩的英雄人物展开叙事;《林海雪原》头绪虽多,仍是单线模式,环环相扣,适于大众读者的阅读。它们着眼于小说娱乐和意识形态功能,风格明朗、轻松,内容单薄,只是经不起长久的咀嚼回味。《新儿女英雄传》《吕梁英雄传》也借鉴了民间绿林和游侠故事模式,书写农民传奇故事,展示共产党领导的战争状态中的民族精神。《铁道游击队》以传统话本形式讲述抗日英雄故事,刘洪的硬汉形象带有侠骨柔肠的民间理想,林忠进和鲁汉形象是对梁山好汉林冲和鲁智深形象的模仿。《林海雪原》继承传统小说和民间故事形式,将传奇性、通俗性融入革命历史斗争,嫁接"武松打虎"的传统情节展现革命豪情,将"革命"与"江湖"消融在一起,将"英雄美人"故事融入少剑波和白茹的爱情书写,加上自然描写的精妙细致以及古老的民间传说,使小说极有浪漫主义风范,为读者提供了江湖世界的传统记忆和革命豪情的自由想象。侯金镜认为,《林海雪原》有着"浓厚的民族色彩","故事性强并且有吸引力,语言通俗,群众化","能生动准确地描绘出人民斗争生活的风貌"[①]。他充分肯定了小说"充沛的革命英雄主义的豪迈感情"和"接近民族风格并富有传奇色彩的特色"[②],并认为小说向《水浒传》和《三国演义》汲取了资源。李六如的《六十年的变迁》借鉴传统说书方法,以回溯叙述方式讲述从清末到20世纪三四十年代戊戌变法、辛亥革命、五四运动、北伐战争和井冈山武装割据的历史事件和人物,以古鉴今,表现中国革命历史的长期性和曲折性。李英儒的《野火春风斗古城》写地下斗争的传奇故事,情节复杂,波澜起伏,细节真实,引人入胜。但是英雄人物和反面人物出现脸谱化,故事情节也走向了大团圆结局。张宝瑞1971年创作的手抄本《一只绣花鞋》,讲述了共产党特工龙飞设法与梅花党党魁女儿白薇邂逅,潜入梅花党党部盗取有梅花党人名单的梅花图的故事。故事头绪纷繁,扑朔迷离,很有传奇性,同时在破案情节中插入地理风貌、名胜古迹、奇风异俗、神话传说、历史典故、故事笑话,增强了故事的趣味性和吸引力。小说像一个幽灵在中国民间游荡

---

① 侯金镜:《一部引人入胜的长篇小说:读〈林海雪原〉》,《侯金镜文艺评论选集》,人民文学出版社,1979年,第106页。
② 同上书,第109页。

了半个多世纪,在普通大众中影响较大。显然,它的传奇性、地方性和历史性等传统形式是其俘获读者的重要元素。

马烽的创作也非常重视农民读者,沿着民族化、群众化的道路前进,继承民间文学和古典文学小说传统,讲究小说的故事性、喜欢用纵切面结构方式,依照时间顺序讲述人物故事,跌宕起伏,变化多姿,来龙去脉一清二楚。它选取有典型意义的细节刻画人物,恰到好处地表现人物性格,受到了民间文学传统影响,洋溢着幽默曲调。他的《三年早知道》,写赵满囤以超常规方式拦截过路种猪为社里的母猪配种,赋予他一系列滑稽可笑的语言动作,表现主观动机和客观效果的矛盾,收到了外偕内庄的喜剧效果。小说语言通俗朴实、含蓄幽默、洗练明快、平易流畅,充满生活气息,富有民族特色。西戎的小说讲究故事性,结构单纯,层次清楚,刻画人物善用白描,通过人物语言行动刻画人物,语言朴素、通俗易懂、富有幽默感。刘真小说有民间艺术资源,保持浓郁的泥土气息,语言上运用群众日常口语,具有质朴、优美、风趣的特点。王汶石的小说描绘出时代的风景画、风俗画,有鲜明的乡土气息和生活风情和俊逸明快、清晰峭拔的风格。刘澍德的小说情节波澜起伏,引人入胜,语言朴实、生动简练,有云南农村泥土气息。沙汀的小说简洁凝练,深沉含蓄,洗练凝重,语言精确贴切,简洁生动,有浓郁的生活气息和地方特色。峻青的《黎明的河边》通过人物行动表现人物性格,也是传统小说手法之一。《老水牛爷爷》对老水牛爷爷的刻画主要集中在两件事上:一是不幸被捕,在押送途中,叛徒胆小恐惧,老水牛爷爷昂首挺胸,跳进河里,挣脱绳子,掐死叛徒;二是抗洪抢险,为了抢险,抱病跳进河里,用身躯堵住洞口,献出了宝贵生命。小说叙述从不拖泥带水,干净利落。

在形式问题上,语言具有头等重要的意义。语言是民族形式的直接手段和表现方式。毛泽东《在延安文艺座谈会上的讲话》,将大众化表述为需要将文艺工作者的思想情感与工农兵大众的思想情感打成一片。如何打成一片?就要从学习群众的语言开始。在《反对党八股》里,毛泽东也强调学习人民语言的重要性。周扬也认为:"我们文学上的现实主义的传统,从《诗经》《楚辞》到鲁迅的作品,绵延两千多年之久,始终放射着不朽的光辉","历代伟大的文学家为了掌握语言的技术,曾呕尽多少心血啊!我们的许多的年青的作者对于作为语言艺术的文学的技术是太不注意了。我们只要看看施耐庵、曹雪芹、吴敬梓如何运用丰富生动的语言创造了那么多的令人难忘的人物性格的艺术形象,就知道我们该如何地去努力。"[1]梁斌的《红旗谱》深受好评,就与它的民族风格和语言有关。作者在写作小说之前,就想在"小说的气魄方面、语言方面,树立自己的风格",他想完成一部具有"民族风格""民族气魄"的小说,体现中国的历史特点,"首先想到的是要做到深入地概括一个地区的人民生活。地方色彩浓厚,就会透露民族气魄"。他为了加强地方色彩,就从

---

[1] 周扬:《为创造更多的优秀的文学艺术作品而奋斗:一九五三年九月二十四日在中国文学艺术工作者第二次代表大会上的报告》,《周扬文集》第2卷,人民文学出版社,1985年,第255页。

一个地区的民俗着手,因为"民俗最能透露广大人民的历史生活"。他觉得自己的生活领域狭窄,"读的书这样少",又真切感受到《水浒传》的山东话,《红楼梦》的北京话,鲁迅小说写绍兴,赵树理小说写家乡,都有鲜明的民族气魄和民族风格,"有了这个想法,就开始根据家乡一带的人民生活、民俗和人民精神面貌来写《红旗谱》"①。同时,在创作《红旗谱》过程中,他还特别按照"中国古典小说的传统习惯,似乎还应该有个楔子"②,于是加写楔子,把朱老忠从小孩子时代就放进强烈的阶级斗争的环境之中,写朱老忠和冯老兰的冲突,写他姐姐被狗腿子强奸,他怀着不共戴天之仇逃到北京做小工,到天津织毯子,闯关东,准备报仇,"这样一来,朱老忠这个人物的阶级反抗性就明朗了,朱老巩的叛离性格遗传给了朱老忠"③。在刻画人物时,他认为中国农民自古就有勤劳、俭朴、勇敢、善良的崇高品质,于是,就把"朱老忠的火暴脾气改掉了"④。显然,传统小说是《红旗谱》写法的模板,影响了小说的艺术追求。

无论是小说内容还是形式,或者说从内容到形式都渗透了传统小说的影子。古典小说通过人物行动和对话描写性格,《红旗谱》也大量采用人物的行动和对话描写,注重语言的生活化和

---

① 梁斌:《漫谈〈红旗谱〉的创作》,《梁斌文集》第6卷,人民文学出版社,2005年,第283页。
② 同上书,第267页。
③ 同上书,第273页。
④ 梁斌:《漫谈〈红旗谱〉的创作》,《梁斌文集》第6卷,人民文学出版社,2005年,第274页。

性格化。茅盾评价它"有浑厚之气而笔势健举,有浓郁的地方色彩而不求助于方言",笔墨"简练",也适度渲染创造"气氛",始终带有"乐观主义的高亢嘹亮的调子",拥有"浑厚而豪放的风格"①。在艺术形式和表现手法上,他也有意识地采用了比西洋小说写法粗一些、比传统小说细一些的写法。在结构布局上,追求故事连贯,主干突出,层次分明。《红旗谱》的民族风格和地方色彩赢得广泛认可和高度评价。小说写地方风俗,如赶庙会、过除夕等。小说叙述也遵循古典小说做法,如曲折的故事情节,矛盾冲突的节奏安排,善于用语言和动作刻画人物,语言通俗、口语化、朴素、简洁、生动,贴近生活和大众口味。朱老忠形象也有传统文化积淀,特别是造反传统的根脉,他侠肝义胆,疾恶如仇,重义轻利,一诺千金,爱打抱不平,为朋友两肋插刀,犹如《水浒传》中的梁山好汉人物。当然,朱老忠身上的革命精神吸引读者,他的传奇性格更吸引读者,特别是在朱老忠成为共产党员后,他的性格反而显得有些单调和生硬。他的政治意识虽符合社会时代要求,却压抑了他的草莽品格,反而没有那么令人喜爱了。

赵树理曾经认为:"中国过去就有两套文艺,一套为知识分子所享受,另一套为人民大众所享受"②,因它们的区分和差别,

---

① 茅盾:《反映社会主义跃进的时代,推动社会主义时代的跃进》,《茅盾全集》第26卷,人民文学出版社,1996年,第65—66页。
② 赵树理:《〈三里湾〉写作前后》,《赵树理全集》第4卷,北岳文艺出版社,2000年,第277页。

写作就需要考虑写给谁读以及如何写的问题。他写东西主要是写给农村中识字人读的,在写法上采用传统就会多一些,他并不是为了继承传统,而是为了读者。所以,他说:"我们要向传统学习,因为传统性的东西观众最多。"①他非常清楚自己的优势和长处,他熟悉农村"自在的文艺生活","知道他们的嗜好,也知道这种自在文艺的优缺点,然后根据这种了解,造成一种什么形式的成分对我也有点感染、但什么传统也不是的写法来给他们写东西"。他也知道他的写法并不能和大多数作家的写法截然分开,因为他"虽出身于农村,但究竟还不是农业生产者而是知识分子","在文艺方面所学习和继承的也还有非中国民间传统而属于世界进步文学影响的一面——中国民间传统文艺的缺陷是要靠这一面来补充的"②。他的《三里湾》以事件推动情节发展,大故事穿插小故事,人物融合在故事之中,让人物性格逐步显露,在叙述上以传统的动作和对话为主,线索比较单一。同时,注重日常细节和自然描写,生活气息浓厚而真实,带有浓郁的泥土气息。《套不住的手》《登记》《"锻炼锻炼"》仍采用评书体,既不同于新小说,又有别于传统评书和古典小说,采用第三人称客观叙事,情节结构单线推进,故事连贯,带出土里土气的农村景象。赵树理还将传统文学特别是说唱文学融入现代小

---

① 赵树理:《与长治市青年文艺爱好者谈创作》,《赵树理全集》第4卷,北岳文艺出版社,2000年,第330页。
② 赵树理:《〈三里湾〉写作前后》,《赵树理全集》第4卷,北岳文艺出版社,2000年,第277页。

说,探索老百姓喜闻乐见的民族形式。如讲究作品的故事性和连贯性,"从头说起,接上去说"①,有头有尾,首尾连贯,故事套故事,有伏笔,有悬念,曲折起伏,引人入胜。小说开头就能抓住读者,或直接介绍人物,或介绍一地一物,引出人物,展开故事多采用章回体,上下不断线,有条不紊,时而也制造悬念,让读者寻根问底,有时也渲染气氛。在叙述和描写上,吸收传统小说写法,"把描写情景融化在叙述故事中"②,多写人物动作,少心理描写、景物描写和肖像描写,从人物言谈举止书写人物的神态和心理。

在语言上,赵树理博采口语,如《登记》开头说:"诸位朋友们:今天让我来说个新故事。这个故事题目叫《登记》,要从一个罗汉钱说起",接着介绍罗汉钱,"说过了钱,就该说故事","有个农村叫张家庄。张家庄有个张木匠。张木匠有个好老婆,外号叫个'小飞蛾'。小飞蛾生了女儿叫'艾艾',算到一九五〇年阴历正月十五元宵节,虚岁二十,周岁十九。庄上有个青年叫'小晚',正和艾艾搞恋爱。故事就出在他们两个身上。"③其说话方式完全是农民口气,声调短促,平白流畅,朗朗上口,带有传统说唱文学的语言特点。他还用这样的方式写过民歌,如"你也学雷锋/我也学雷锋/雷锋向谁学/《毛选》启其蒙/《毛选》人人

---

① 赵树理:《〈三里湾〉写作前后》,《赵树理全集》第4卷,北岳文艺出版社,2000年,第278页。
② 同上。
③ 赵树理:《登记》,《赵树理全集》第2卷,北岳文艺出版社,2000年,第2页。

看/原文部部同/学来何以异/每在力行中"①。在赵树理那里,不但是叙述语言,人物对话也是个性化、口语化、场景化的。周扬曾经说他"尽量用普通的,平常的话语,但求每句话都能适合每个人物的特殊身份、状态和心理。有时一句平常的话在一定的场合从一定的人物口中说出来可以产生不平常的效果,同时他又采用了许多从群众的生活和斗争中不断产生出来的新的语言。他的人物对话是生动的,漂亮的;话一到他的人物的嘴上就活了,有了生命,发出光辉"②。周扬的评论虽写于1946年,讨论赵树理解放区的文学创作,如果放在1949年后的赵树理身上也完全适合。地方色彩和乡土风味也是赵树理民族形式的重要内容。他说:"熟悉的语言、熟悉的地方风趣是有助于使感情深刻化的。"③赵树理自己并不把语言看作艺术手法,他说:"我对运用语言方面的看法,一向不包括在写法中",它只是一个说话习惯,有艺术的地方,也有非艺术的地方,"写文艺作品应该要求语言艺术化",他只是想在能达到语言艺术化这个共同要求下又"不违背中国劳动人民特有的习惯"而言,就语言艺术化上,在"能'化'多少"之后,同时"在保持习惯方面做得多一点而已"④。

---

① 赵树理:《学雷锋》,《北京文艺》1963年6月号。
② 周扬:《论赵树理的创作》,《周扬文集》第1卷,人民文学出版社,1984年,第495—496页。
③ 赵树理:《戏外话》,《赵树理全集》第4卷,北岳文艺出版社,2000年,第573页。
④ 赵树理:《〈三里湾〉写作前后》,《赵树理全集》第4卷,北岳文艺出版社,2000年,第282页。

民族形式,一方面,指向传统形式和群众语言;另一方面,指向民族风格。事实上,风格的含义比较模糊,有形式论、形式内容综合论和价值论等不同说法。价值论相当于境界说。《文心雕龙》"体性"说相当于形式论,它提出"典雅""远奥""精约""显附""繁缛""壮丽""新奇""轻靡"八体,以作家个性不同,风格多样,但大要不出八体。八体中相互对待,但其"远奥"和"显附"并不符合文学文体,而不被广泛认同和征引。晚唐司空图《二十四诗品》和宋代严羽《沧浪诗话》的九品二概之说,基本建立了中国诗学风格论,后人也不乏风格论者,都不出声色、格调、韵致和意境之四段格局。对古诗文而言,声色雅谐,格调高古,韵致清远,意境浑融,则成为风格尺度,牵涉到诗人与诗作、语言与形式、感受和格式不同视角的综合评判。《文心雕龙》也有"风骨"一章,"风",教也,与讽喻教化有关,指充满郁勃之气势和力量的情感;"骨",沉吟铺辞,结言端直,指文辞语言。到了现代和后现代,文学被本雅明称为复制艺术,解构了艺术风格概念,相互模仿而成大众时尚,个人风格已近绝迹。

文学风格确是 20 世纪 50—70 年代文学除社会主义现实主义、"双百"方针和民族形式之外获得文学共识的价值观念。照理,文学风格应是作家精神、文学个性和语言修辞的综合体现,但在文学批评和文学实践中逐步偏于语言修辞,成为语言技巧的编织和重组。在民族形式和文学风格的并置和交错里,出现了民族风格的说法,民族形式转化成了文学风格或者说民族风格,民族形式成为文学风格或民族风格的组成部分。这样,在总结当代文学成就时,常将是否具有文学风格作为其标志。如,认为赵树理的《三里湾》有北方的"深厚、明朗、乐观而质朴的风格",周立波的《山乡巨变》有南方田园一样的"明快、幽美而织丽",梁斌的《红旗谱》"浑厚、浓冽而深沉",柳青的《创业史》"踏实、谨严",艾芜的是"委婉有致、细致生动"的工笔画,杜鹏程的是"强烈明快、黑白分明"的木刻画,刘白羽"高亢激昂",孙犁"秀雅自然"①,"艺术风格的形成,既包括了作家独特的生活经验、取材范围以及思想感情和艺术本质等方面的问题,也包括了作家如何成熟地、创造性地掌握艺术语言和艺术技巧,并赋予它们以鲜明的民族特色和民族气魄的民族形式问题"②。当代文学中在一段时间里,最值得称道的是赵树理,他的创作显示了既有民族特色又有个性的艺术风格,"是一位熟练地掌握民族语言和传统艺术技巧的能手",《三里湾》有鲜明质朴、乐观幽默的风格,是"地地道道的民族风格"。周立波《山乡巨变》有平易近人、不无雕镂痕迹的"民族气息"。梁斌的《红旗谱》追求比西洋小说写法略粗一些、比传统小说略细一些,也富有民族风格,"在我们所有的优秀作家当中,几乎没有一个人不是在向我国的传统优秀文学作品汲取了养分之后才逐渐形成了自己的成熟的艺术风格"。哪怕算不上成熟的曲波,他的《林海雪原》也具有群众化语言、引人入胜的情节、简洁富于行动性的描写,这些"不能

---

① 冯牧、黄昭彦:《新时代生活的画卷:略谈十年来长篇小说的丰收》,《文学十年》,作家出版社,1960年,第104页。
② 同上书,第105页。

不是作品获得成功的一个重要的因素"①。1959年,邵荃麟列举了文学风格的多样化、民族化和群众化发展成就,说"郭沫若的《蔡文姬》的那种清新鲜明的风格和浓烈的民族色彩,为近年话剧界放异彩,田汉的《关汉卿》也表现了独特的民族风格",小说风格也在发展,"文学的民族风格、民族形式、艺术技巧、艺术个性,被作家们所普遍重视了"②。

1960年7月,茅盾在第三次文代会上作报告,报告的第一部分"东风送暖百花开",全面概述文学成绩,第二部分为"民族形式和个人风格"。他说:"深入生活,批判地继承传统,批判地借鉴外国,三者结合,使得我们的作家已经在民族化、群众化的基础上创造个人风格,取得了越来越显著的成就。"③在诗歌方面,有阮章竞、李季、田间的诗歌,特别是叙事长诗在学习民间歌谣、新民歌,吸收古典诗词、说唱文学等优秀传统基础上创造了民族形式新诗风。另外,贺敬之、闻捷、郭小川的抒情长诗也发展了古代抒情诗。小说的民族形式也有了新发展,有显著的文学成就,"和群众化的要求,有不可分割的关系","如果把章回体,把有头有尾、有来有去、人人事事都要交代的表现手法,当作小说

---

① 冯牧、黄昭彦:《新时代生活的画卷:略谈十年来长篇小说的丰收》,《文学十年》,作家出版社,1960年,第106—107页。
② 邵荃麟:《文学十年历程》,《邵荃麟全集》第1卷,武汉出版社,2013年,第399页。
③ 茅盾:《反映社会主义跃进的时代,推动社会主义时代的跃进》,《茅盾全集》第26卷,人民文学出版社,1996年,第53页。

的民族形式的特征,这便是从表面上看问题"①。他还认为,即使作品体现了民族化、群众化,也并不一定创造了个人风格。赵树理的个人风格在于他文学语言的"明朗隽永而时有幽默感"②,周立波在"追求民族形式的时候逐步地建立起他的个人风格",如《山乡巨变》,"结构整齐,层次分明,笔墨干净,勾勒人物,朴素遒劲"③。马烽、李准的风格是"洗练鲜明,平易流畅,有行云流水之势,无描头画角之态"④。

---

① 茅盾:《反映社会主义跃进的时代,推动社会主义时代的跃进》,《茅盾全集》第 26 卷,人民文学出版社,1996 年,第 64 页。
② 同上书,第 65 页。
③ 同上书,第 66 页。
④ 同上书,第 67 页。

第十章

史诗性与当代文学的美学迷思

对中国当代小说创作而言,"史诗性"是一个极为重要的概念。中国当代文学拥有积极参与社会现实的诉求和书写历史本质的急迫愿望,史诗或者说史诗性也就成了当代文学创作的审美迷思[①]。它主要表现在以革命历史作为书写对象,试图揭示历史本质和规律,证明历史变化的必然性和社会现实的正当性,同时,在艺术上追求宏大叙事和崇高品格。

---

① "迷思"为英语"Myth"的音译,又译为"神话",指人们为了应对社会生活中难以完全解决的冲突而想象的故事,通常包括超自然的人物、行动或事件。

五四以来,伴随对西方文学观念的引入,史诗观念也传入中国,扮演着十分重要的角色,被作为最高的文学样式和美学观念,用来评价和衡量一个时期的文学成就或作家作品的审美力量。茅盾、巴金、老舍、李劼人、路翎等现代作家的长篇小说创作就显示出某种史诗性特征。史诗或史诗性也成为当代文学的创作理想和文学批评的重要标准,它激活了当代作家对无产阶级革命和社会主义建设的感受和想象,成为参与社会主义政治合法性与合理性建构的重要力量。1954年,冯雪峰称《保卫延安》是一部"革命战争的史诗"[①],1957年出版的《红日》也初具战争史诗的规模,同年出版的《红旗谱》被称为中国当代小说史上第一部具有真正意义上的史诗性作品,此后,1959年的《三家巷》,1960年的《创业史》,都对史诗有着自觉的艺术追求,《创业史》还被称为第一部反映社会主义现实生活的史诗。之所以称它们为"史诗",是因为它们拥有巨大的社会历史和现实生活概括力,拥有宏伟浩大的时空结构、鲜明而完整的英雄谱系、崇高庄重的艺术风格。当代长篇小说创作以史诗或史诗性为目标,或者说,史诗性成为当代文学创作的美学迷思。

一、文学史诗的百年情结

　　社会主义文学对历史和现实拥有一套预设的观念,特别是

[①] 冯雪峰:《论〈保卫延安〉》,《冯雪峰论文集》(下),人民文学出版社,1981年,第233页。

受马克思主义历史观的影响,超越了传统朝代更替、知天乐命的历史循环论,而以阶级政治、社会革命、历史发展作为历史本质和历史规律。历史被描述为有目的性、有规律性的活动,所有活动都指向了历史发展的必然性,符合社会乃至人类发展目标。并且,当代文学与民族国家有着高度的政治认同,经过多次政治运动,文学被完全纳入国家政策和意识形态。将革命历史创作为小说题材也来自国家文艺政策的倡导。周扬在第一次文代会上就激情洋溢地号召作家创作记载中国人民解放斗争历史的"最有价值的"作品,"假如说在全国战争正在剧烈进行的时候,有资格记录这个伟大战争场面的作者,今天也许还在火线上战斗,他还顾不上写,那末,现在正是时候了,全中国人民迫切地希望看到描写这个战争的第一部、第二部以至许多部的伟大作品!"[①]1953 年,在第二次文代会上,社会主义现实主义也被确立为中国社会主义文艺的最高创作方法,要求文艺从社会主义历史发展的本质规律上去反映历史和现实。作家们也积极响应有关政策号召,将革命历史化和历史革命化,现实理想化和理想现实化作为小说叙事原则,创作了一批被文学史称为革命历史题材的小说,通过叙述革命的起源神话来确立新政权的合法性,无论是书写历史还是历史的书写,都是对历史记忆的重构,将过去的革命斗争与现实生活对接起来,形成一条历史必然性的意义

---

① 周扬:《新的人民的文艺》,《周扬文集》第 1 卷,人民文学出版社,1984 年,第 529 页。

链条,阻挡意识形态之外的历史感受和认知,用小说创作为社会主义价值观念提供精神资源。此时,选择小说的史诗性方式也就具有某种文体的契合,如同巴赫金所说:"史诗的绝对过去,对往后的时代来说,是一切好东西的渊源和起点",通过叙述历史起点和过程,呈现价值和意义的来源,这时的历史已"不是纯时间性的,而是时间和价值的范畴"①,具有意识形态的功能。洪子诚也认为:"以对历史'本质'的规范化叙述,为新的社会、新的政权的真理性作出证明,以具象的方式,推动对历史既定叙述的合法化,也为处于社会转折期中的民众,提供生活、思想的意识形态规范——是这些小说的主要目的。"②显然,史诗性写作是为了社会现实的需要,为社会现实的合法性提供历史依据,实现现实穿透历史、历史映照现实的意义重构,呈现革命历史的正义性和社会现实的合法性,"唤起人们对现代民族国家的整体认同"③。

当代中国最早被称为史诗作品的,应是杜鹏程的《保卫延安》,被认为"代表了建国初期长篇小说所达到的新水平、新高度,在当代小说艺术发展史上树起了一座高高的界碑,是一部具有里程碑意义的作品"④。小说出版于1954年,是新中国成立后较早出现的战争题材的长篇之一,它有宏伟的结构、磅礴的气

---

① (俄)巴赫金:《史诗和小说》,《巴赫金集》,上海远东出版社,1998年,第262页。
② 洪子诚:《中国当代文学史》,北京大学出版社,2007年,第95页。
③ 杨厚均:《革命历史图景与民族国家想象:新中国革命历史长篇小说再解读》,华中师范大学出版社,2005年,第187页。
④ 金汉:《中国当代小说史》,杭州大学出版社,1997年,第61页。

势,在广阔的历史背景上正面描写了解放战争中敌我双方兵团的作战场景。宏大场景和众多英雄人物被认为是其史诗性主要因素,小说叙述了青化砭伏击战、蟠龙镇攻坚战、长城线上运动战和沙家店歼灭战等战役,正面构造了气势恢宏的战争场景,被视为具有史诗性的情境。另外,众多英雄人物的塑造也是其史诗性的体现形式,从高级将领到基层指挥员、从普通战士到根据地的支前模范都有刻画。其中,连长周大勇是小说叙事线索的核心,还有战士王老虎、马全有,旅长陈兴允,团参谋长卫毅,政工干部李诚等。这些人物基本上都是完美和高大的,没有成长变化过程。小说还涉及真实历史人物彭德怀形象,小说表现了他作为政治家和军事家的高瞻远瞩、运筹帷幄,也展现了他作为普通人的和蔼纯朴、平易近人的一面。把真实的历史人物写入小说,打破了艺术虚构和历史真实之间的界限,显示出当代小说从虚构向纪实的转变。实际上,这样以自身经历作为写作素材,既可保证历史的真实性,也可降低政治风险,有利于实现小说的社会政治功能。

小说《红日》以陈毅、粟裕率领的华东野战军由战略防御转为战略反攻,最后全歼敌整编第七十四师的史实为依据,以沈振新军的活动为主线,从一个军由挫折到胜利的战斗历程,反映出第三次国内革命战争时期的一个横截面,显示毛泽东军事思想的光辉和革命战争的威力。冯牧认为,"它不只是写出了一个普通的战场,一支普通的军队,一次普通的战役,而是把这一切方面,一切生活场景一切身临其境的人们的思想和行动,都自然而细密地交织在一起,构成了一幅彩色斑斓的历史画卷,生动而真实地反映了我们宏伟卓绝的革命斗争史诗当中的壮丽的一章"①。欧阳山的《三家巷》以广州为背景,通过三个家庭错综复杂的关系,反映出当时的阶级矛盾和阶级力量的消长,真实地再现了震撼中外的省港大罢工、沙基惨案、广州起义、"四一二"反革命政变等历史事件,表现中国无产阶级及其政党由小到大、由弱到强、由幼稚到成熟的过程,支撑了一幅广阔而丰富的社会生活画卷。《红旗谱》也通过锁井镇朱严两姓三代农民同冯家两代地主的矛盾斗争,表现从老一辈农民的自发反抗到新一代农民自觉斗争的历史转折,被认为反映了中国新民主主义革命方式和道路的特殊性。

1959年,《创业史》在《延河》杂志连载,1960年正式出版。按照作者计划,要写四部连续的史诗性长篇小说,但最终并没有完成。作者以现实主义的笔触,描绘了合作化初期各种人物的思想心理变化和错综复杂的矛盾斗争,表现处在历史转折中的农村如何在党的领导下逐步放弃私有制,接受公有制,热情地歌颂了合作化的优越性和强大的生命力,揭示了社会主义必将代替资本主义的社会发展的必然规律,说明只有社会主义才能救中国,农民只有组织起来走集体化道路,才有光辉的未来。小说着重表现社会主义在中国的创业史和幸福史。作者对社会主义

---

① 冯牧:《革命的战歌,英雄的战歌:略论〈红日〉的成就及其弱点》,《冯牧文集》第1卷,解放军出版社,2002年,第134页。

过渡时期的总路线在中国社会引起的深刻变化进行了现实主义全知全能的叙述，显示了广阔而深远的历史背景，特别是描绘了深刻而剧烈的社会变革对不同阶层产生的巨大的冲击，乃至逼迫性的力量，揭示社会革命运动的历史必然性和矛盾性，这也被文学史认为是作品深刻主题的主要表现。作者以阶级斗争和路线斗争为线索设计小说结构，以梁生宝、高增福、任老四、欢喜等为代表的贫雇农坚决要走"共同富裕"的道路，打破旧的所有制，和一切旧的观念做斗争；而富农姚士杰和郭世富以及村长郭振山则想走个人发家之路；处于两条道路之间的则是徘徊、摇摆的梁三老汉。这样的设计体现了社会主义对文学的规范性要求，以文学方式为社会现实提供实践性案例和样本。

  在中国传统中，历史写作拥有绝对的特权，占有统治地位，小说则是边缘性的文体，小说叙事学几乎都出自历史学理论，而史家则强调对事件和人物的忠实直接的记录，或者说是"实录"。当代文学的史诗性创作有传统历史叙事的因子，也有当代特定的历史语境的牵制。当代文学创作被看作一项担负时代使命和政治责任的工作，拥有实实在在的荣誉和无形的政治压力，特别是涉及历史的真实性问题，也不得不选取实录方式，忠实地记录历史，降低政治风险。杜鹏程说："中国革命战争的伟大历史性场面，人民解放军的英雄业绩，本身就是一首壮丽无比的史诗，我只不过忠实地再现了其中的一个片段一个侧面；作品中所显露出我创作风格上一些特点，也是部队指战员英雄气概对我思想、气质影响的结果。"①《红旗谱》的许多情节几乎都是"实录",许多人物都用了真名。梁斌说:"在这个时代中,一连串的事件感动了我。自此,我决心在文学领域里把他们的性格、形象,把他们的英勇行为,把这一连串震惊人心的历史事件写出来",在写作过程中,"从短篇发展到中篇,从中篇发展成长篇,其中有些人物在我脑海里,生活了不下一二十年。开始长篇创作的时候,我熟读了毛主席的《在延安文艺座谈会上的讲话》,仔细研究了几部中国古典文学,重新读了十月革命后的苏联革命文学。"②既要有丰富的生活经历,还要有政策把握的能力,主题先行也就在所难免,"一开始就明确主题思想是阶级斗争,因此前面的楔子也应该以阶级斗争概括全书"③。《红岩》是一部在史实基础上写成的史诗。忠实于历史、让后代记住革命烈士血与火的斗争并从中汲取精神养分,是《红岩》创作者从创作准备到创作过程中非常清醒的意识。小说作者罗广斌、杨益言都是中美合作所狱中斗争的亲历者与见证人。正是在亲身经历和丰富翔实的史料的基础上才完成了长篇小说《红岩》。当然,文学作品不可能只是现实的摹写,它更是现实的创造。从史实到史诗,从生活到小说,作家当然不能只停留在记录实有之事的层面上。他们从自己对现实的形象把握和审美评价出发,将作为

---

① 杜鹏程:《平凡的道路》,《杜鹏程研究资料》,福建人民出版社,1983年,第22页。
② 梁斌:《我怎样创作了〈红旗谱〉》,《笔耕余录》,中国青年出版社,1984年,第276—277页。
③ 梁斌:《漫谈〈红旗谱〉的创作》,《笔耕余录》,中国青年出版社,1984年,第286页。

现实性存在的革命者的经验提升为作为审美性存在的作家的体验,对原型加以酿造、提炼、充实和强化,将实有之事上升为应有之事,让小说的内容不仅符合生活的真实,而且让小说的价值取向与社会时代一致,使小说更逼近历史本质以达到更高的真实。

二、历史本质与史诗合法性

中国当代文学史诗性也具有相对规范的形式特点,如宏阔的革命历史背景、较大的时空跨度、庄重崇高的艺术风格,等等。冯牧认为,《红旗谱》和《创业史》是两部"最受读者赞誉的优秀作品","都在建筑着一个同样艰巨的建设工程——在创作着一部有着史诗般的宏大规模的长篇巨著"[1]。《红旗谱》是一部"全面地概括了整个民主革命时期中国农民的生活和斗争的史诗",《创业史》则是一部"深刻而完整地反映了社会主义革命时期我国广大农村中的两条道路斗争的全貌的作品"[2]。小说史诗所关注的是社会发展道路、历史变革的必然性等重大而敏感的时代问题,自然需要有严肃的创作态度,形成庄重、崇高的艺术风格。冯牧曾以"革命的战歌,英雄的颂歌"称赞《保卫延安》和《红日》等史诗性的小说。茅盾也认为《保卫延安》中的人物"好像是用巨斧砍削出来的,粗犷而雄壮;他把人物放在矛盾的尖

---

[1] 冯牧:《〈红旗谱〉与〈创业史〉》,《冯牧文集》第 1 卷,解放军出版社,2002 年,第 274 页。

[2] 同上书,第 276 页。

端,构成了紧张热烈的气氛,笔力颇为挺拔"①。小说不仅描绘了悲壮激烈的战斗生活,而且也描绘了宏大雄伟的战略思想;不仅描写了生龙活虎的普通战斗员形象,而且也描写了光辉睿智的高级指挥员形象;不仅描写了人民战士气吞山河的革命英雄主义气概,而且也描写了革命军队深沉真挚的阶级情感。可以说,作品把一切生活场景和一切身临其境人们的思想和行动,都自然而细密地交织在一起,构成一幅色彩斑斓的历史图卷,生动而真实地再现了革命战争中最为恢宏、壮丽的乐章。

小说的史诗性也常常表现为一种英雄主义色彩,给人以崇高、壮阔的审美感受。创造英雄形象是史诗写作的重要任务,也是史诗的渊源和不可或缺的基本要素。史诗对历史有着特殊的概括方式,体现了史诗的创造者对历史和现实的理解和表现特点。史诗性小说大多着意于对社会生活做全景式的宏观把握,以此来传达一个时代及一个民族的主体精神。一要有"史"的内涵,如题材重大,有宏阔的时空和叙述规模,真实而深刻地反映历史和现实,且上升到一定的哲理高度;二要有"诗"的艺术,追求宏大叙事,审美地把握世界,塑造能体现民族性和人类性的典型人物,主要是英雄人物。黑格尔认为,史诗产生于英雄时代,早期史诗也被称为"英雄史诗",它讲述的就是英雄的业绩、英雄的神话,如荷马史诗中的奥德赛、阿喀琉斯等。英语中"英

---

① 茅盾:《反映社会主义跃进的时代,推动社会主义时代的跃进》,《茅盾全集》第26卷,人民文学出版社,1996年,第67页。

雄"(Hero)一词本身就有两重含义,一是指英雄,二是指作品中的主人公,前者多用于古典史诗,后者指一般作品中的主要人物。但是对于20世纪50—70年代的中国文学而言,它们直接地统一起来了,主人公必须是英雄,英雄必然是主人公。塑造英雄人物是衡量一部史诗性作品的基本尺度,也是当代文学史诗经典意义之所在。英雄人物与史诗性概念直接联系在一起,这些英雄人物"一个个都像金刚石般坚强凌厉,光彩逼人……他们不仅有惊天地泣鬼神的英雄事迹,还有着中国劳动人民勇敢、勤劳、忠心耿耿、自我牺牲等优秀的崇高品质。他们经得起千锤百炼的考验"[①]。不过,虽同是英雄人物,古典史诗与中国当代史诗也是有不同的,荷马史诗中的英雄由神而人化,有七情六欲和喜怒哀乐,而中国当代史诗性作品则由人而神化,少写英雄人物的"弱点",而是把普通人写成英雄,或是写成了英雄的传说和神话。

《红岩》也有高亢悲壮的风格。它创造了革命史诗所特有的壮美气质:牺牲、酷刑、斗智斗勇以及大悲剧,但最后用曙光和胜利,调和了死亡带来的悲剧情调,而产生史诗所特有的壮美风格。最符合史诗壮美浑厚风格的应该是梁斌的《红旗谱》。茅盾认为:"从《红旗谱》看来,梁斌有浑厚之气而笔势健举,有浓郁的地方色彩而不求助于方言。一般说来,《红旗谱》的笔墨是

[①] 冯牧、黄昭彦:《新时代生活的画卷:略谈十年来长篇小说的丰收》,《文艺报》1959年第19—20期。

简练的,但为了创造气氛,在个别场合也放手渲染;渗透在残酷而复杂的阶级斗争场面中的,始终是革命乐观主义的高亢嘹亮的调子,这就使得全书有了浑厚而豪放的风格。"①时间和空间、传奇和写实都在小说中得到了充分展现。作者以史诗般的彩笔,在广阔的历史背景下,通过三代农民不同的斗争道路和命运结局艺术地描绘了从二次国内革命战争到"九一八"事变后,我国北方农民在共产党的领导下向地主阶级和反动统治者进行生死搏斗的波澜壮阔的巨幅历史画卷,成功地概括了中国农民革命斗争和成长的历史命运,揭示农民阶级同反动统治阶级以及日本帝国主义的尖锐对立、农民和中国共产党领导的民主革命的血肉联系,再现了中国农民走向革命的历史进程。《创业史》作为一部现实题材史诗,充分地发挥了史诗的叙事特点。既有宏大、整体的结构,又在细节上有精致的描写,有着"画面的宏阔与笔致的严谨、细腻相结合","细节描写与深入的内心分析相结合"②,体现了黑格尔所谓的人物、情节、社会背景和时代精神的统一。一切矛盾都围绕主人公梁生宝展开,以两条道路斗争为主线,尤其是用题叙、主体和结局构成的结构框架又隐含着丰富而伟大的时代主题,恰到好处地体现了史诗的艺术特点。

当代小说史诗性的庄重风格还表现在语言上,语言也被作为史诗的民族形式。当然,民族形式本身也是一个有不同看法

---

① 茅盾:《反映社会主义跃进的时代,推动社会主义时代的跃进》,《茅盾全集》第 26 卷,人民文学出版社,1996 年,第 65—66 页。

② 何文轩:《论〈创业史〉的艺术方法:史诗效果的探求》,《延河》1962 年 2 月号。

的概念。茅盾认为,文学民族形式主要包含两个因素:一是语言,这是主要的,起决定作用的;二是表现形式(即体裁),这是次要的,只起辅助作用①。有人也将民族风土人情看作民族形式,茅盾则认为应将它们作为文学内容看待。他甚至认为,小说的民族形式不在章回体、笔记体,不在有头有尾、顺序展开故事,而在"可分可合,疏密相间,似断实联"的结构以及"粗线条的勾勒和工笔的细描相结合"的人物形象塑造方法②。在他看来,"民族化、群众化的特征,主要表现在作品的文学语言,表现在人物的音容笑貌。即使用了章回体,而如果充满了洋腔洋调,也不能算它是民族化、群众化了的"③。这样,文学语言成为民族形式的主要依据。柳青进一步指出:"作品的好坏,在拿思想原则性和艺术形式美(主题、结构、情节和语言)来衡量的时候,有决定意义的是:读者能否通过精神感觉与艺术形象同在,这就是所谓艺术的魅力。在叙事文学中最具有这种魅力的还不是作家的文学语言,而是人物对话和内心独白的生活语言。这是生活的感觉和艺术的感觉结合的焦点。"④史诗性小说语言的庄重严肃主要体现在叙述语言上,如《红旗谱》这样写道:"江涛勒马站在堤上,看见对岸白杨的枝条在风前抖动,显示着一种挺拔不屈的

---

① 茅盾:《漫谈文学的民族形式》,《茅盾全集》第25卷,人民文学出版社,1996年,第427页。
② 同上书,第432—433页。
③ 茅盾:《反映社会主义跃进的时代,推动社会主义时代的跃进》,《茅盾全集》第26卷,人民文学出版社,1996年,第64页。
④ 柳青:《美学笔记》,《柳青文集》第4卷,人民文学出版社,2005年,第295页。

精神。他放马缰涉过结下薄冰的河流,坐骑含着'盼家'的热情,闪开大道,跃下柳林,直奔朱老忠的门前。"从自然景物白杨枝条里悟出挺拔不屈精神,显然是特定时代的语言方式,采用连续几个动词写骏马奔跑的急促,简洁明快,有汉语特点,也有政治寓意。《保卫延安》的语言有浓厚的生活气息,简洁朴素,生动有力。如写三个战士跳崖之后,"黑洞洞的夜,枪声一阵一阵响。大风顺沟刮下来,卷着壮烈的消息,飞过千山万岭,飞过大河平原,摇着每一户人家的门窗告诉人们:在这样漆黑的夜晚,祖国发生了什么事情!"句式短小而铿锵有力,极力渲染气氛,又不无兴奋之态,反过来,也仓促了些,缺乏汉语叙事的舒缓和从容,除了比喻贴切有新意之外,总体上还是套话,虽写自然之风,落脚点却是"祖国发生了什么事情"的喜悦和亢奋。

三、左支右绌的史诗迷思

近百年的中国小说,史诗性一直是长篇小说追求的美学精神,甚至上升为至高无上的美学规范。当代作家大都持有文学的社会生活反映论,因对社会生活和革命历史有着高度的政治认同,史诗成为记录无产阶级革命和社会主义建设最重要的文体形式,当代作家非常热衷于史诗创作。但是,除少数作家具备史诗意识和写作能力之外,大部分作家都还停留在学习、模仿阶段,甚至连写小说都还处在尝试之中,却一厢情愿地选择有一定高度和难度的史诗作为写作目标,也就创作不出真正具有史诗性的优秀的长篇小说,何况社会时代和文学体制对史诗写作设置了不少限制,正如同文学史所说:"这一时期的'史诗式'写作,由于作家史诗意识(体现为对历史、现实的主体独立思考与批评意识)的贫弱与匮乏,也由于现实不可能给他们提供真正史诗意识生长的空间,更由于文化、政治环境决定了这不可能是一个产生史诗的时代,因而,依靠篇幅来支撑'史诗',最终只能是徒有其表。"[1]"史诗"一词源自古希腊语 epos,原意是"说话""故事"。一般说来,史诗有广狭义之分,狭义史诗指人类早期大型的民间叙事诗,广义史诗则发生了意义转移,指全面反映一个历史时代的社会面貌和民族生活,内容丰富、情节复杂、结构宏阔、意义深邃的长篇叙事作品。亚里士多德把史诗作为一种文类看待,提出了史诗、悲剧和抒情诗的文类区分,由此,史诗就成为西方文论中一个有主导地位的文类,指以诗叙史的文学体裁。它最初特指荷马的《伊利亚特》《奥德修纪》及各民族的古典史诗,但后来这一概念的内涵和外延都发生了变化,但丁《神曲》和弥尔顿《失乐园》,以及 18、19 世纪以来的一些长篇小说都被称作史诗。卢卡契就认为巴尔扎克、司汤达和托尔斯泰等 19 世纪现实主义小说家创作的长篇小说,故事情节都"以史诗的形式展开"[2]。别林斯基称 19 世纪全面反映俄国人民生活的长篇小说

---

[1] 董健等:《中国当代文学史新编》,人民文学出版社,2007 年,第 118 页。
[2] (匈)卢卡契:《革命前俄国的人间喜剧》,《卢卡契文学论文集》(二),中国社会科学出版社,1981 年,第 294 页。

为"我们时代的长篇史诗"①;与"古典史诗"相对,称近现代史诗式的长篇小说为"现代史诗"。这意味着史诗已超越文体属性而成为文学的审美内涵。罗杰·福勒认为,史诗被西方推向了"最卓越的古典文学形式的宝座",其"崇高地位一直保持到文艺复兴时代,但丁和后来的人文主义者都奉史诗为源远流长至高无上的文学形式"②。也许是出自文学传统的影响或者说焦虑,当代文学创作和批评选择以史诗性作为价值目标,虽不失为一场英雄行为,却留下了许多值得深思的地方。

在一个缺乏主体体验和自由想象的时代,写什么和怎么写都被社会现实所规约,本质化和崇高化的历史叙事也不过成了逻辑的演绎和概念的修辞。可以说,史诗性虽是对长篇小说的一种褒扬性评价,但并非衡量长篇小说是否优秀的唯一尺度。当代文学的史诗性追求存在着许多问题。尽管当代文学史诗创作所追求历史的客观性和必然性,意在统摄历史本质、揭示历史发展的必然法则、实现历史预言的社会效应,但实际上,所谓历史本质也是时代政治的产物。《创业史》被认为具有典型的史诗性写作模式,但它对历史本质的阐释依然是主流意识形态,对社会生活的描绘不可避免地带有"理想化"的痕迹。由于对历史缺乏超越性的认识,必然性必然受到一定的限制。走农业合

---

① (俄)别林斯基:《诗歌的分类与分科》,《别林斯基文学论文选》,上海译文出版社,2000年,第348页。
② (英)罗杰·福勒:《现代西方文学批评术语词典》,春风文艺出版社,1988年,第216页。

作化道路合乎历史的必然,以后农业合作化发生改变也可以说是合乎历史的必然。正如有的评论者在肯定《创业史》时所指出的那样:"历史的真实是本质的真实,历史的本质往往被掩盖在复杂的表面现象后边,以极曲折的形式表现出来。要从万花筒一般的现实生活的表面挖掘出历史的本质,包括形成多样化的人物性格的历史根源,这就要求作家沙里淘金,付出艰巨的劳动。不仅如此,要达到对历史本质的真正了解,掌握人物性格形成的客观规律,还必须站在一定的思想高度,对于掌握革命现实主义与革命浪漫主义相结合的艺术方法的作家们来说,这就是共产主义理想的高度,党的政策思想的高度。"[1]无论是创作方法的规定还是时代政策的指导,都是意识形态化的历史本质,所谓的历史现象、本质和规律都是被要求站在"一定的思想高度"上的产物。小说沿用了编年体叙述方式,以"题叙"方式为故事提供历史背景,将时间向历史深处延伸,梁三老汉的回忆把"过去"和"现在"联系起来,在古今对比中肯定了现实变革的意义,强调了历史的"断裂",而忽略了历史因袭的重负,表现在人物形象的刻画上,特别是新一代农民形象,过于理想化和简单化。《创业史》最大的艺术成就被认为是塑造了梁生宝、梁三老汉形象,陈晓明则认为梁生宝身上"汇集了中国传统农民的所有美德,也概括了新时代农民成长的全部进步因素",被称为具有客观真实性和本质性,但"人物的性格本质也是被政治先验性地决

---

[1] 何文轩:《论〈创业史〉的艺术方法:史诗效果的探求》,《延河》1962年2月号。

定的,只有返回到这个先验决定的本质性的概念中,它是真实的,否则就不是真实的"①。小说采用"父子对立"和"阶级对立"的构思方式,但人物个性并不显得十分丰富,回避了个人的情感表达,梁生宝与改霞的恋情描写,就显得有些"不近人情",凸显了他作为先进农民的代表,忽略了其个性色彩,其艺术感染力反而不及梁三老汉了②。

对历史本质和历史规律的认识需要以历史整体性为前提,历史整体性也是史诗创作的基本特点。卢卡契就曾认为,只有荷马作品才是史诗,千百年来没有人能与荷马比肩,甚至都不曾有人接近过他,因为现代以来,古希腊的完整性被破坏了,"这种统一分解之后,就不会再有自发的存在总体性了",历史发展"将世界的面貌永久地撕扯出一道道裂纹","在此情况下,它们把世界结构的碎片化本质带进了形式的世界"③。我们看到的只是支离破碎的社会,毫无诗意,"小说是一个被上帝遗弃的世界的史诗"④。他所说的"完整性"是指原本的、没有破裂的生活"整体性",这也是从史诗到悲剧再到小说的文类更迭的原因,且决定了不同历史阶段有不同的"形式"特征,史诗、悲剧和现代小说,均为不同时代精神的不同外化形式。通过小说,史诗达到对历史本质的认识,虽然建立了历史的整体性,但也失去了历

---

① 陈晓明:《中国当代文学主潮》,北京大学出版社,2009年,第109页。
② 严家炎:《谈〈创业史〉中梁三老汉的形象》,《文学评论》1961年第3期。
③ (匈)卢卡契:《小说理论》,《卢卡契早期文选》,南京大学出版社,2004年,第14页。
④ 同上书,第61页。

史的丰富性和复杂性,或者说是简化了历史的矛盾、冲突和张力。巴赫金也认为:"恢弘的史诗形式(大型史诗)(其中包括长篇小说),应该描绘出世界和生活的整体画面,应该反映整个世界和整个生活。在长篇小说中,整个世界和整个生活是在时代的整体性切面上展开的。长篇小说中所描写的事件,应能在某种程度上以自身来代表某一时代的整个生活。能够取代现实中的整个生活,这是长篇小说的艺术本质决定的。"①当代作家却缺乏对历史整体性和社会复杂性的深刻认识。历史是什么、现实又怎样,都被政治文件和国家政策规定好了。国家对待作家的态度和政策又是矛盾变化的,一方面对他们加以改造和整合,另一方面又鼓励他们发挥作用,在政策上也是松一阵紧一阵,在批判中斗争,在斗争后调整,在不断调整中接着又是一场更大的批判和斗争,作家不得不陷入思想认知的困境,既不可能丰富地把握历史本质,也不可能整体性地刻画社会现实,更不可能深入而复杂地描绘世界乃至人类的精神面貌。

在"史诗性"的背后,却是作家自我的迷失和个人体验的雷同化。尽管这种缺失常被作家以一种无所不在的激情所掩盖,但缺乏个人生命体验的激情易显露出虚妄和空洞。正如曹文轩所说:"激情与矫情只有一步之遥。当一种激情过于背弃人性,过于追求所谓的深沉与深刻,过于脱离现实在表达上很雷同、很概念化,情感涨落的幅度与引起情感涨落的事件的大小相去甚

---

① (俄)巴赫金:《小说理论》,河北教育出版社,1998年,第258—259页。

远(比如事情很小,而却大动感情)时,已再也不能阻止矫情的产生了。"①没有生命体验和独立思考,史诗创作也就左支右绌,难以为继。黄子平也发现当代作家想用长篇小说再现时代全景和史诗的野心与对历史单向度平面化的理解是不相吻合的②。梁斌在1958年出版《红旗谱》之后,又续写了《播火记》(1963年)和《烽烟图》(1983年),试图保持《红旗谱》的艺术特色,但成就和影响都不及《红旗谱》。"对于一部史诗性巨著来说,这种前强后弱,头重脚轻的现象,不能不是一种艺术上的缺憾。从这个意义上说,中国当代文学史上还没有出现过一部艺术上高度完整统一的史诗性著作。"③

新时期以来,史诗性已不再是文学普遍的美学理想和美学标准,甚至出现了反史诗性,如质疑客观真实、颠覆英雄神话和消解庄重风格④。史诗失去了当年至尊的荣耀和诱惑。今天的时代似已不再是一个适合于产生古典史诗的时代,它既不存在黑格尔或卢卡契所说的那种整体性理念,也缺乏某种具有权威性的神圣信仰,因而也就不具备从整体上把握历史、把握现实的能力。虽然,"史诗性"曾被作为当代最优秀长篇小说的代名词,连茅盾文学奖也曾以史诗性作为评价标准,但所评作品却有不少争议。有研究者认为,历届茅盾文学奖评奖的局限之一,就

---

① 曹文轩:《20世纪末中国文学现象研究》,北京大学出版社,2002年,第245页。
② 黄子平:《"灰阑"中的叙述》,上海文艺出版社,2001年,第11页。
③ 金汉:《中国当代小说史》,杭州大学出版社,1997年,第101页。
④ 王又平:《反"史诗性":文学转型中的历史叙述》,《荆州师范学院学报》2001年第3、4期。

是"对小说叙事的史诗性过于片面地强调","除了《白鹿原》具有一点史诗的迹象之外,所有获奖作品都毫无史诗气息",将《李自成》《东方》《黄河东流去》《第二个太阳》《战争和人》等作品"冠之以'真正的史诗'在每一届茅盾文学奖中大力推举,显然是一种对史诗过于高举的理解而又片面追求的粗率行为"[1]。当然,如果史诗性小说不能回答当代社会问题,也就无法满足当下读者的阅读诉求,不可能产生广泛的社会影响力,但在理想沉沦、价值破碎、世事迷惘和诗性消解的当下社会,文学却出现了疲软无力,甚至置若罔闻,20世纪五六十年代的小说史诗却让人肃然起敬。

---

[1] 洪治纲:《无边的质疑:关于历届"茅盾文学奖"的二十二个设问和一个设想》,《当代作家评论》1999年第5期。

第十一章

悲剧观念与当代文学的审美限度

20世纪五六十年代,中国当代文学批评界曾经发生了一场关于悲剧的讨论。有学者认为它确立了社会主义的悲剧概念,并成为"我国文学理论的重大突破"[①]。事实上,问题虽然被提出来了,但并没有得到积极而普遍的回应,讨论也没有深入下去,它却在当代文学史上留下了不可抹去的履痕,值得重新考察和反思。虽然作为文体形式的悲剧被排挤在文学主流之外,但

[①] 刘崇义:《社会主义悲剧概念的确立是我国文学理论的重大突破》,《上海社会科学院学术季刊》1986年第4期。

作为审美意识的悲剧却依然渗透在小说、诗歌和戏剧等不同文学样式之中,并成为一种潜在的美学经验。悲剧的言说与写作的限度既呈现了当代文学窘迫而逼仄的创作生态,也显现了当代文学不同价值诉求的困惑和矛盾。今天我们所关心的主要不是它在悲剧理论上的建树和悲剧创作上的贡献,而是当悲剧成为创作禁区和理论禁忌之时,一些作家和理论家却发出仗马之鸣①,提出并讨论悲剧的价值和意义,在创作中不断探索和表现悲剧意识。"悲剧问题的讨论"并非完全是如有的学者所言"真实性讨论的一个组成部分","真实性是衡量悲剧的一个基本尺度"②,而是关涉到当代文学内容和价值选择。

一、仗马之鸣的悲剧言说

在进入共和国时代之后,文学发生了诸多变化,如政治意识的凸显和体制力量的强化等。文学观念也发生了大变化,如从人的文学到人民的文学的转变。曾经在现代中国文学里占据着重要地位的悲剧意识,被以欢乐和颂歌为基调的喜剧意识所替代。文坛充满着莺歌燕舞的革命乐观主义之风,如同胡风所说,选材和立意"一定是光明的东西,革命胜利了不能有新旧斗争,更不能死人,即使是胜利以前死的人和新旧斗争,革命胜利了不

---

① 仗马是皇帝仪仗队所用的马,装饰华丽,却性格温驯,不可随便发出嘶鸣之声。仗马之鸣却打破了常规,破坏了制度,比喻在政治高压下却敢于说话。
② 刘崇义:《这里是罗陀斯:论社会主义悲剧》,北岳文艺出版社,1988年,第47页。

能有落后和黑暗,即使是经过斗争被克服了的落后与黑暗"①。悲剧的缺失也让作家们有了美学的焦虑,但重提悲剧观念的却是老舍。老舍1949年12月才从美国回到国内,1954年被推选为全国人大代表。还陆续写作了《龙须沟》《西望长安》《茶馆》和《全家福》等14部戏剧,实现了华丽转身,如鱼得水,成了社会现实的"歌德派"②。1957年3月18日,他却发表了《论悲剧》一文,认为新中国成立后"讽刺剧"的境遇虽说不被待见,但"到底有了讽刺剧和对它的争论","运气总算不错"。相比而言,悲剧"可真有点可悲",既"没人去写","也没人讨论过应当怎么写,和可不可以写"③。于是,提出了悲剧的"写"和"说"的问题。

在老舍看来,因为现实里没人去写悲剧,自然也就谈不上写得怎么样了,要讨论的只有"可不可以写"了。古老的"命运悲剧"因为不再相信"宿命论",也就不用照着"老调儿"去写了,后来表现"人物(并不是坏人)与环境或时代的不能合拍,或人与人在性格上或志愿上的彼此不能相容","不可免地成悲剧",也就是社会悲剧和性格悲剧,"今天我们是可以还用这个办法写悲剧呢,还是不可以呢?"也"还没有讨论过","这只是未曾讨论,不是无可讨论"④。他反问是不是人们以为当时社会"没有了悲剧现实","不必多此一举去讨论呢?"他的感受是:"在我们的社

---

① 胡风:《三十万言书》,《胡风全集》第6卷,湖北人民出版社,1999年,第303页。
② 程绍国:《林斤澜说》,人民文学出版社,2006年,第177页。
③ 老舍:《论悲剧》,《老舍全集》第17卷,人民文学出版社,2013年,第722页。
④ 同上。

会里,因为人民生活的逐渐改善和社会主义的建设等等,悲剧事实的确减少了许多,可是不能说已经完全不见了。在我们的报纸上,我们还看得到悲剧事例的报道"。是不是人们不喜欢悲剧呢?因为没有新的悲剧出现,也就无从"知道了"。他还认为,《刘胡兰》和《董存瑞》"不能算作悲剧",它们所"歌颂"的杀身成仁、视死如归的"英雄人物",虽牺牲了生命,却"死得光荣"。如果这也算作悲剧,悲剧的范围就要扩大。当然,老舍所持的标准主要是西方的悲剧传统,虽然"不必事事遵循西洋,可以独创一格",如"先悲后喜"的传统大团圆,但都需要进行深入的讨论①。

面对悲剧被遮蔽或者说被冷淡,老舍发出了"为什么我们对悲剧这么冷淡呢"的疑问。老舍也有自己的顾虑,于是有了声明式的表态,他并不想提倡悲剧,实际上也用不着他去提倡,因为"二千多年来它一向是文学中的一个重要形式。它描写人在生死关头的矛盾与冲突,它关心人的命运","具有惊心动魄的感动力量",他只是"因看不见而有些不安",感到"这么强有力的一种文学形式而被打入冷宫,的确令人费解,特别是在号召百花齐放的今天"②。他自己"并不偏爱悲剧,也不要求谁为写悲剧而写悲剧",也不是出于文体保存的愿望,"古代有过的东西,不必今天也有"。之所以重提悲剧,是因为"悲剧"是"足以容纳最

---

① 老舍:《论悲剧》,《老舍全集》第 17 卷,人民文学出版社,2013 年,第 723 页。
② 同上。

大的冲突的作品","有很大的教育力量";"取用悲剧形式是为加强说服力,得到更大的教育效果"①。显然,老舍有意掩盖了自己的真实想法和审美立场,将倡导悲剧的意图落在了实现文学的教育作用、发挥文学的社会功能上面,不免给人一种此地无银三百两的印象。当然,他的遮遮掩掩也是情有可原。在一个只需要歌功颂德的时代却去呼唤悲剧的写作,如仗马发出嘶鸣之声,是需要很大勇气的!

老舍以"设问"方式,分别从悲剧文体、悲剧现实、社会读者以及悲剧价值等方面指出了悲剧的重要性和必要性。也许他预感到问题的敏感和现实的复杂,为了规避或者说降低难以预料的风险,他自己在提出问题的同时又尝试解决问题。表面上是对文学悲剧形式的追问,实际上是对社会现实的质询和反思。悲剧现实虽然存在,但人们并不关注悲剧的写作。老舍的质问既是对作家责任的拷问,也是对文学价值的反思。重提悲剧问题,其用意是为了重建文学的价值和力量。老舍认为悲剧"具有惊心动魄的感动力量"、表现社会的矛盾冲突和人物的命运等说法,并没有多少理论的深度和高度,也缺乏理论的原创性和系统性,他对悲剧的理解不过是如同鲁迅强调文学应"直面人生",以及《摩罗诗力说》所说的"撄人心"而已,特别强调文学的审美价值和社会力量。

继老舍文章之后,就有人做了呼应。彭鼎认为,社会主义社

---

① 老舍:《论悲剧》,《老舍全集》第17卷,人民文学出版社,2013年,第724页。

会也有悲剧的现实,悲剧乃是人的主观与客观的矛盾所造成的,人的主观和客观的矛盾,不但在今天的社会主义社会里,就是将来的共产主义社会里也还将存在,所以,社会主义当然还有悲剧①。胡铸在《悲和悲剧》一文里,对悲剧的有关理论,特别是悲剧根源、悲剧冲突、悲剧主人公和悲剧效果等进行了理性的思考。他认为,悲剧并非阶级的产物,社会主义依然还有悲剧,"当剥削阶级被消灭了,受制于它的各种剥削阶级的意识仍存在于不少人的头脑中,还未随其阶级而走向灭亡,在这样的情况下,悲剧根源仍然存在","即使到了共产主义","悲剧的可能性仍是存在的。只要有社会,有人,就免不了要有矛盾、斗争,也就有失败的痛苦,因此也就有悲剧"②。老舍重提悲剧虽没有引起文学界的普遍共鸣和兴趣,风生水起,却如不竭的溪流时断时续。60年代初,悲剧问题又再次被提了出来。1961年,王西彦以"细言"为笔名在《文汇报》上发表了《关于悲剧》,认为悲剧已经消失了,"在这个唱赞歌的时代里,我们可以歌颂的事物是太多了,即使也有应该揭露、批评的现象,也不能把它作悲剧来处理。悲剧这种样式,在我们的文学艺术的园地里,应该是已经死亡或即将死亡的东西"③。1961年,作为国家领导人的陈毅也在戏曲编导工作座谈会上发表讲话,提出戏剧要给人"愉快",给人"艺术上的满足","不是作为政治课来上","即使是悲剧,也给人以艺

---

① 彭鼎:《也论悲剧》,《人民日报》1957年4月2日。
② 胡铸:《悲和悲剧》,《人民文学》1957年第8期。
③ 王西彦:《关于悲剧》,《文汇报》1961年1月31日。

术上的满足"①。所以,"悲剧还是要提倡","悲剧对我们青年人很有教育意义",但"不要搞成团圆主义",因为"实际生活中也不都是完满的结局","也并不都是美满的"②。一年以后,陈毅指出:"我们总是不愿意写悲剧,说是我们这个新社会,没有悲剧。我看呐,我们有很多同志天天在那儿造悲剧,天天在那儿演悲剧。"于是,他反问:"我们为什么不可以写悲剧呢?""悲剧的效果往往比喜剧大,看悲剧最沉痛。沉痛的喜悦,是比一般的喜悦更高的喜悦。"③这里,陈毅所说的主要是作为戏剧样式的悲剧对当代社会的艺术效果和教育意义。老舍、胡铸和陈毅都谈到了悲剧与社会时代的关系,自然也就引出了社会主义的悲剧问题。悲剧之于社会主义具有重要的教育意义和社会价值,但文学是否敢于涉足和表达社会主义时代的悲剧现实呢?这却又是一个非常敏感的问题。

二、隐含的美学书写

对悲剧的言说和写作,主要牵涉到三个相关的命题,一是社会生活是否有悲剧的发生?二是作家们是否有悲剧的体验和艺术感受?三是当代文学生产体制是否允许和接纳悲剧的创作?

---

① 陈毅:《在戏曲编导工作座谈会上的讲话》,《党和国家领导人论文艺》,文化艺术出版社,1982年,第96页。
② 同上书,第118页。
③ 同上书,第153页。

毋庸置疑的事实是:社会现实里有悲剧的发生和存在,作家也有悲剧性体验,但悲剧创作并不被文学体制所承认和接纳。如穆旦就拥有丰富的悲剧性体验,1956年写作了《妖女的歌》后,他说"妖女索要自由、安宁、财富","我们就一把又一把地献出","丧失的越多,她的歌声越婉转","终至'丧失'变成了我们的幸福"①。在丧失了自由、安宁和财富之后却获得了"幸福",这样的"幸福"也就是虚伪和空洞的幸福,自然也就失去了任何幸福的价值和意义。1957年,他又写作了《葬歌》,在"蓝"色的"天空"下,"温暖"的"日光"和"鸟"的"歌声"里,却要与"过去的自己""永别",因为"过去的自己"成了"我的阴影"②。《我的叔父死了》也这样写道:"我的叔父死了,我不敢哭/我害怕封建主义的复辟/我的心想笑,但我不敢笑/是不是这里有一杯毒剂?"③亲人死了我"不敢哭",因为伦理亲情成了封建主义,想笑又"不敢笑",因为"笑"成了一杯毒剂。这是多么可怕的现实,又是多么悲哀的人性! 沈从文1949年也陷入自我迷失,"'我'在什么地方? 寻觅,也无处可以找到。"④"一切和我都已游离","完全在孤独中。孤独而绝望。"⑤它们都呈现了当代作家丰富而独特的悲剧性体验和艺术感受,这些感受和体验也转化为文学的书写,成为特定时代一道绚丽的风景。

---

① 穆旦:《妖女的歌》,《穆旦诗全集》,中国文学出版社,1996年,第285页。
② 穆旦:《葬歌》,《穆旦诗全集》,中国文学出版社,1996年,第289页。
③ 穆旦:《我的叔父死了》,《穆旦诗全集》,中国文学出版社,1996年,第295页。
④ 沈从文:《从文家书:从文兆和书信选》,上海远东出版社,1996年,第151页。
⑤ 同上书,第153页。

1957年,老舍创作了三幕话剧《茶馆》。它是一部不朽的悲剧名作,以老北京一家大茶馆的兴衰变迁为背景,向人们展示了从清末到抗战胜利后的50年间,北京的社会风貌及其各阶层人物的不同命运。它以同情和怜悯之眼光写出了他们无可奈何的悲剧结局。茶馆老板王利发一心想让父亲的茶馆兴旺起来,为此他八方应酬,然而严酷的现实却使他每每被嘲弄,最终被冷酷无情的社会吞没。经常出入茶馆的民族资本家秦仲义曾雄心勃勃搞实业救国却最终破了产;豪爽的八旗子弟常四爷在清朝灭亡以后走上了自食其力的道路。故事的结局是王利发、秦仲义和常四爷三位老人自己祭奠自己,撒着捡来的纸钱,凄惨地叫着、笑着,最后剩下王利发一个人,步入室内,找到了了结自己的地方。显然,老舍想用悲情和哀怜为过去的时代献祭,将悲剧历史化,意在通过否定那个时代的历史而肯定当代的历史,历史就被分为悲剧和喜剧两个不同时代,具有合理与不合理的不同成分。

　　20世纪60年代初,时任《光明日报》副刊《文学遗产》主编的陈翔鹤在《人民文学》上连续发表了《陶渊明写〈挽歌〉》和《广陵散》。写的虽是古人,却表达了作家强烈的悲剧感受,特别是《广陵散》丰富地表现了嵇康视死如归、勇于担当的悲剧精神。小说写嵇康临别之夜与妻子的心灵碰撞和托付,临死前嵇康以一曲《广陵散》殉葬,"琴音已由低沉转向高亢,由舒缓趋于急促,这样便将鼓弹者和聆听者都一步一步地一同带到另一种境界趋去了"。整个刑场"鸦雀无声,静寂已极",连来行刑的兵

第十一章　悲剧观念与当代文学的审美限度　|　285

士也忘记了"杀人的任务",仿佛是"专门为听琴而来似的"[①]。《陶渊明写〈挽歌〉》"在平淡、有节制的文字里,表现了主人公对'艰难坎坷的一生'的感慨,和对死生的旷达和超脱"[②]。陶渊明和嵇康都是历史上带有隐逸气质和狂狷性格的知识分子,特立独行,不为政权所容,陈翔鹤既刻画了他们的忧郁、感伤和无奈,又表现了他们对待生死的超脱态度和担当精神。小说对陶渊明和嵇康与社会政治的对抗的书写明显带有时代比附和作者自况的意图和特点,特别是在60年代特定的历史语境下,陈翔鹤借助历史故事和传说的书写寄寓了丰富的现实关怀,可以说是一种"象征性叙述"。叙述的对象虽然是古代历史人物,却隐含着作家的现实感受和生命体验,延续或者说重建了知识分子与社会现实的悲剧性传统。

　　李国文的《改选》、宗璞的《红豆》和丰村的《美丽》等表现现实生活的作品,也呈现出鲜明的悲剧意识。《改选》叙述工会为了改选寻找"样板",工会主席向各个委员提出了"两化一版"的要求,并开会要大家汇报,老郝为了给老工人出殡而迟到,没有按要求汇报,受到比他年轻、曾经是他下级的工会主席的批评。"改选"是一场官僚主义和形式主义的表演,在其背后隐含有政治权力,与改选之风形成鲜明对比的则是老郝默默无闻地为工人们服务,一味一心一意为大家办事。最后,在新一次工会领导

[①] 陈翔鹤:《广陵散》,《陈翔鹤选集》,四川人民出版社,1980年,第358页。
[②] 洪子诚:《中国当代文学史》,北京大学出版社,1999年,第145页。

的选举中,老郝的名字被排除在候选人之外,但大家都选了老郝,他却"静静地在人群的声浪里死去"了。老郝之死既是对权力意志的嘲讽,也表现了生活的无奈,有着强烈的反讽色彩。小说结尾写道:"按照工会法的规定,改选是在超过人数三分之二的会员中举行的。这次选举是有效的。新的工会委员会就要工作了。"①老郝的死并没有使体制发生任何改变,体制的力量是强大的,有它自己的运行轨迹。小说的结尾无疑充满了反讽,更凸显了老郝之死的悲剧性。《改选》最初刊发在《人民文学》1957年7月"特大号"的头条,编辑认为,它以内容"尖新独特",结构"出奇制胜"见长②。在《改选》发表一个月后,张兆和就向沈从文写信推荐,沈从文看了后,觉得它的"文字好",但写老郝的"死"却是"做作的安排"③。随后的文学生态发生大变化,小说被作为政治符号而受到批判,作者也因此获罪,成了文学的悲剧事件。

小说《红豆》以诗意化的叙述方式开篇:"天气阴沉沉的,雪花成团地飞舞着。本来是荒凉的冬天的世界,铺满了洁白柔软的雪,仿佛显得丰富了,温暖了。"④无论是对革命与爱情的叙述内容,还是浓郁的抒情的叙事方式,都不同于社会时代的主流话语,特别是对女大学生江玫在革命与爱情之间做出悲剧性选择

---

① 李国文:《改选》,《重放的鲜花》,上海文艺出版社,1979年,第365页。
② 涂光群:《五十年文坛亲历记》(上),辽宁教育出版社,2005年,第269页。
③ 沈从文:《从文家书:从文兆和书信选》,上海远东出版社,1996年,第292页。
④ 宗璞:《红豆》,《重放的鲜花》,上海文艺出版社,1979年,第366页。

的叙述,更是风格别致,意味深长。江玫在受到同宿舍萧素革命思想的影响以及为了给自己母亲治病而献血卖钱的感召之下,而走上了革命之路,追求新生活。如果仅仅是这样,它与20世纪30年代初的左翼文学和《青春之歌》有着相似的叙事模式,但小说还叙述了江玫与齐虹的爱情故事。小说结局虽是革命战胜了爱情,但作者并没有简单处理革命与爱情的关系,而是细致入微地描写了爱情的魅力,描写了祖国、革命和爱情、家庭的艰难取舍,新我和旧我的痛苦决裂,叙述了一场发生在人生"十字路口的搏斗"[1]。江玫与物理系大学生、银行家少爷齐虹拥有共同的精神追求与思想性格,都有清高、孤傲的个性,追求自由和独立,还有着共同的音乐和文学爱好,于是他们相爱了。在校园的小路上,他们"无止境地谈着贝多芬和肖邦,谈着苏东坡和李商隐,谈着济慈和勃朗宁"[2]。在江玫心里,爱情和革命曾经都是不可或缺的,但随着社会的剧烈动荡,家庭环境的影响,特别萧素的被捕,她拒绝了与齐虹共同赴美留学的选择,而走上了与齐虹完全不一样的人生道路。江玫虽然并不后悔自己的选择,但在齐虹离开时,她的心却"一面在开着花,同时又在萎缩"[3],六年以后重回故地,物是人非,在看到曾经的爱情信物"红豆"时,"泪水遮住了眼睛"[4]。如果说,江玫和齐虹是一场爱情悲剧,还

---

[1] 宗璞:《〈红豆〉忆谈》,《宗璞文集》第4卷,华艺出版社,1996年,第307页。
[2] 宗璞:《红豆》,《重放的鲜花》,上海文艺出版社,1979年,第373页。
[3] 同上书,第393页。
[4] 同上书,第368页。

不如说是人生或者说人性的悲剧。

《美丽》叙述了作为文化机关领导秘书的季玉洁,在工作中与秘书长产生了感情,却与身患重病的秘书长妻子姚华发生了冲突。姚华为了维护家庭的圆满,发动家庭保卫战,当面斥责季玉洁的"不道德"行为。季玉洁主动向党支部书记作了汇报并保证割舍这份特殊的情感。不久,姚华病逝,首长向季玉洁表达了感情,却被她拒绝,因为她无法忘记姚华的妒恨,更不能违反自己曾经向领导做出的承诺和保证。秘书长后来便与他人组成了新家庭。季玉洁也有过重新恋爱机会,但她却不愿牺牲自己的工作而主动放弃爱情。显然,小说借助季玉洁的爱情经历,肯定了她美丽的心灵和高尚的道德,表明爱情不仅是个人与个人之间的感情,更有社会道德的要求。

如果说《改选》揭示了政治生态与生活逻辑之间的紧张矛盾,《红豆》和《美丽》则表现了革命与爱情、道德与爱情之间的冲突和错位。它们都呈现出一定的悲剧意识,也许这并非作者们的主观愿望,却客观上产生了悲剧性的审美效果。正因如此,《改选》和《红豆》等小说很快就遭受到被批判的命运,文学悲剧意识也在日后的文学创作中逐渐退场,成为隐形的美学意识。

三、说与写的文学限度

1949 年 7 月,在第一次文代会上,周扬作了题为《新的人民的文艺》的报告,其中谈到应超越鲁迅启蒙主义的批判精神,去表现"新的国民性的成长的过程",但又"不应当夸大人民的缺点",因为"比起他们在战争与生产中的伟大贡献来,他们的缺点甚至是不算什么的"①。悲剧意识的发生以超越和抗争为前提,没有了文学的批判意识,也就没有了悲剧意识的思想根基。1951年,萧殷就指出,"在新社会里与其强调悲剧的意义,不如强调新的人民的斗争的胜利,因为后者更有普遍性,更能反映这个社会的真实面貌,更能给人民展示美丽的远景,更能巩固并加强人民走向远景的信心"②。萧殷将悲剧与希望对立起来,是非常肤浅的看法,但悲剧不受人待见却已成定局。

于是,悲剧创作被挤出主流之外,悲剧理论成了文学界讳莫如深或是言不由衷的话题。比如,郭沫若一直对悲剧创作和理论都有深切的感受,他曾经认为"悲剧在文学上是有最高级的价值的"③,1950年却认为,"中国的时代进展得很快,仅仅八九年的期间中国已经成为了人民的中国",像《屈原》这样的悲剧作品"便很快地失掉了它的时代的意义"④。1951年,又反过来认为,"悲剧的教育意义比喜剧的更强","悲剧的戏剧价值不是在单纯的使人悲,而是在具体地激发起人们把悲愤情绪化而为力

---

① 周扬:《新的人民的文艺》,《周扬文集》第1卷,人民文学出版社,1984年,第518页。
② 萧殷:《论文学与现实》,新文艺出版社,1951年,第76页。
③ 郭沫若:《革命与文学》,《郭沫若论创作》,上海文艺出版社,1983年,第33—34页。
④ 郭沫若:《序俄文译本史剧〈屈原〉》,《郭沫若论创作》,上海文艺出版社,1983年,第404页。

量";对于革命胜利之后是否还存在悲剧,郭沫若做了肯定回答:"我们今天中国的革命是胜利了,但我们不能说,以后的戏剧便不要演悲剧了,而一律要演喜剧,要在舞台上场场大团圆。因此,有的朋友认为悲剧的结束'容易使人感到正气下降,邪气上升',我认为这种看法是一种杞忧。事实是相反的,人们看到悲剧的结束容易激起满腔的正气以镇压邪气。"[1]1959年,他又将悲剧确立在历史的关键时期发生,认为:"敌我矛盾可以产生大悲剧。但人民内部矛盾产生不出大悲剧","至于干部犯错误,堕落蜕化等,那是小悲剧,甚至根本不能成为悲剧","只有在历史转换期,新旧力量交替的斗争中,才往往产生大悲剧。"[2]那么,如果在社会的和平时期,又不是敌我矛盾,那就没有悲剧的发生,即使有悲剧存在也是小悲剧。郭沫若40年代曾创作了《屈原》《虎符》《高渐离》等悲剧作品,到了五六十年代,且不说延续悲剧创作,就是讨论悲剧也是这样说话吞吞吐吐,反反复复,也从一个方面表明悲剧问题已成为话语禁忌和创作禁区,它已经不仅仅是文学或美学方面的问题,而是文学与现实、审美与政治的关系问题,文学已被社会现实设置了"言说"的限度和"写作"的边界。

悲剧向来被认为是文学艺术的最高形式,它以人与宇宙、自然和世界的分裂和对抗为前提,追问和反思自然、社会及人类的

---

[1] 郭沫若:《由〈虎符〉说到悲剧精神》,《郭沫若论创作》,上海文艺出版社,1983年,第427页。
[2] 郭沫若:《谈〈蔡文姬〉的创作》,《郭沫若论创作》,上海文艺出版社,1983年,第480页。

生存方式和意义,不但具有独特的艺术魅力,而且还隐含丰富的哲学意味。悲剧的创作则需要有复杂的悲剧体验和怀疑的思维方式,如果悲剧体验消失了,也就没有了悲剧意识。中国拥有丰富而独特的悲剧传统,它不同于西方以抗争和反叛为主的悲剧精神,而偏重以悲哀、同情为底色和情调的悲剧意识。对现代中国来说,悲剧是舶来品,是从西方移植进来的概念。现代中国并没有建构起一个完整的、体系化的悲剧观念,却拥有自己的特点和追求,相对而言,它缺少悲剧的"恐惧"和"怜悯",而偏重于"悲"的意义呈现,不关心悲剧的形而上学,包括悲剧精神的绝对性和超验的崇高性,而流连于社会的正义和人性的善恶。它将西方悲剧理论发展的历时过程并置为共时的空间存在,虽仅有百余年的历史,却创造了丰富的悲剧意识和文体形式。现代悲剧传统与其他文学观念和价值一样并没有完全传入当代中国,而被截割或被分解成不同的意义形态。人们对悲剧多持漠视和否定态度,崇高和颂歌成为时代的主旋律,贺敬之、郭小川以激情澎湃、气势磅礴的政治抒情诗卓立于诗坛,梁斌、杜鹏程等的长篇小说以其宏大的构思和飞扬的笔墨书写中国革命的辉煌历史,被确立为文学的最高成就。从 20 世纪 50 年代中期到 60 年代初,悲剧问题虽然获得了少部分作家和理论家们的认同,确认了悲剧艺术在社会主义时代的合理性,但又纠缠于社会主义时代有没有悲剧和可不可以写悲剧等非文学命题,失去了价值合法性的支撑,自然难以将悲剧理论和创作实践推向深入。

当代文学发生于一个有秩序、讲规范的时代,各种成文或不成文的规约参与到了文学的意义生产中,包括思想的整合、观念的统一和生产流程的牵制等。文学创作、文学理论和文学批评总是围绕提倡"写什么""怎么写"和反对"写什么""怎么写"展开,而这个"什么"并非来自文学本身,而是文学与社会的关系。在一个不需要文学以悲剧方式介入的时代,自然就不允许悲剧的创作和理论的言说,哪怕社会正在发生着一件又一件的悲剧,文学也不得不保持沉默。尽管文学也有自身的美学逻辑,一旦作家有了悲剧性体验,也就或多或少有了悲剧创作的欲望和冲动,如同地面下的野草,一旦感受到春天的温度,就有生长的强劲欲望和力量。但是社会始终是文学生长的公共空间,社会为文学划定了范围和功能,文学的生长力量也是非常有限的了。悲剧的言说和创作也是这样的道理,它的言说和写作的限度,也就是当代文学创作生态窘迫而逼仄的表征。当然,在一定程度上也是当代知识分子思想的边界和精神的限度,呈现了当代作家创作的被规约和审美体验的衰弱化,至少证明了当代作家精神的困顿和文体的偏狭。

第十二章

文学风格与当代文学的美学底线

　　20世纪五六十年代文学有没有自己的美学标准,或者说独立的艺术力量?在我看来,如果说有的话,那就是文学的艺术风格。文学风格是当代文学创作和批评中重要的关键词。它既是当代文学创作的艺术追求,也是当代作家创作个性和走向成熟的标志,同时还是当代文学批评的美学底线。文学风格不同于诸如社会主义现实主义、形象思维这些来自西方的文学观念,而是一个本土性的传统观念,它形成于魏晋南北朝时期,以"气"

"体"为中心,注重整体、直观神悟、艺术品格和创作人格等因素[①]。宋人李塗有"韩如海,柳如泉,欧如澜,苏如潮"[②]之说,苏轼也有"元轻白俗,郊寒岛瘦"[③]的评点,今人林庚用"盛唐气象"[④]概括了一个时代的整体艺术风格。显然,风格论既不同于真实论、典型论和倾向论这些偏重思想的文学观念,也不同于持这些观念的否定性和政治性判断,而是强调文学的语言形式和审美特点,在一定程度上坚守了文学的艺术性和作家创作个性。

何谓文学风格,却有不同的含义,多指语言形式、作家个性、鉴赏格调以及主体情性与语体方式等,文学风格与创作主体有关,也与语言形式有着紧密联系。文学风格有个人、文体和流派的不同形态,以及时代的、民族的和地域的等不同特点。这些都是人们习以为常的基本知识,但对中国当代文学,特别是五六十年代的文学创作和文学批评,文学风格却被作为既充分贯彻文学政策,又能体现艺术创造性的文学手段,作为作家创作个性和走向成熟的标志。当然,文学风格也受制于社会时代的局限,最终却成了奢侈的文学想象,虽然不断被倡导和追求,但又面临种种尴尬情境。

[①] 吴承学:《中国古典文学风格学》,北京大学出版社,2001年,第14页。
[②] 李塗:《文章精义》,人民文学出版社,1960年,第62页。
[③] 苏轼:《祭柳子玉文》,《苏轼论文艺》,北京出版社,1985年,第147页。
[④] 林庚:《盛唐气象》,《北京大学学报》1958年第2期。

一、文学风格的政策诉求

对当代文学而言,拥有一批风格独特的作家,创作一批风格鲜明的作品,被看作社会主义文学成就或成熟的标志,如同今天人们所说的"现代性"或"后现代性"一样,具有价值评判的优先性和话语权。文学的风格问题不仅仅是文学的艺术问题,而是牵涉到文学与生活、作家世界观以及文学的社会功能等问题。

文学风格的多样性和民族化一直被作为当代文学政策和方针。1953年,在中国文学工作者第二次代表大会上,将文学风格作为社会主义现实主义创作方法的主要标志,认为"新的社会生活赋予文学以新的内容与形式"[①],"新的时代要有新的技巧,新的风格。整个国家的新文艺风格如此,个人来说也是这样"[②],所以,"社会主义现实主义要求作家,按照自己的兴趣,选择各种各样的体裁,创造各种各样的风格","社会主义现实主义的创作方法不但不是妨碍,而是要求我们创造和发展文学风格的多样性"[③]。1956年,在中国作家协会理事会会议(扩大)上,又谈到文学风格问题,认为一些青年作者"对生活理解不深,

---

[①] 茅盾:《新的现实和新的任务:1953年9月25日在中国文学工作者第二次代表大会上的报告》,《茅盾全集》第24卷,人民文学出版社,1996年,第254页。

[②] 茅盾:《文艺和劳动的结合:在长春市文艺大会上的讲话》,《茅盾全集》第25卷,人民文学出版社,1996年,第329页。

[③] 茅盾:《新的现实和新的任务:1953年9月25日在中国文学工作者第二次代表大会上的报告》,《茅盾全集》第24卷,人民文学出版社,1996年,第281页。

缺乏独创性和独特的风格,有许多作品留有模仿的痕迹,还不能熟练地运用语言,艺术的表现力不强等等"①。于是,风格又成了判断作家体验生活、思想认识和语言表达的试金石。1956年伴随"双百方针"的提出,"品种和风格,应当是愈多愈好"②自然就是理所当然的事了。1960年,在中国文学艺术工作者第三次代表大会报告里,再次讨论到"民族形式和个人风格"问题,认为:"由于坚决贯彻了百花齐放、百家争鸣、推陈出新的正确方针,我们的文学艺术出现了空前的繁荣",呈现出"倾向一致,风格多样","我们的作家已经在民族化、群众化的基础上创造个人风格,取得了越来越显著的成就"③。文学风格被想象为在民族化和大众化基础上的个人性建构,这也成了当代文学对文学风格的标准化表述。

众所周知,孙犁是从解放区过来且有着独特艺术风格的作家,1953年,他专门撰文《论风格》,认为风格的形成主要是"作家的丰盛的生活和对人生的崇高的愿望。丰盛的生活迫使他有话要说,作品充实;崇高的愿望指导他的作品为人生效力"④。这样的说法凸显了生活和思想对于风格的重要性,因为"风格任

---

① 茅盾:《培养新生力量,扩大文章队伍》,《茅盾全集》第24卷,人民文学出版社,1996年,第432页。

② 茅盾:《文学艺术工作中的关键性问题》,《茅盾全集》第24卷,人民文学出版社,1996年,第455页。

③ 茅盾:《反映社会主义跃进的时代,推动社会主义时代的跃进》,《茅盾全集》第26卷,人民文学出版社,1996年,第53页。

④ 孙犁:《论风格》,《孙犁全集》第3卷,人民文学出版社,2004年,第464页。

何时候都不是单纯形式的问题,它永远和作家的思想、作家的生活实践形成一体",孙犁还进一步补充道,对读者而言,"如果离开作家的思想和生活,就没有办法探究和理解作家作品的风格",对作家而言,"如果不努力使自己的思想前进和生活充实,而只是希望造成自己的风格,他就永远不会获得任何的风格"①。"风格是一种道德品质。"②风格被道德化即人格化,也就是布封所说风格即人。将风格等同于作家思想、精神和人格形式,风格问题也就转化为如何处理文学与生活,如何改造作家世界观的问题。如同孙犁所描述的那样,"风格的土壤是生活,作家的前进的思想是它吸取的雨露。如果作家的生活和思想都是充实的、战斗的、积极为人生的,那他的作品就像是生长在深山大泽中的树木一样,风格必然是奇伟的。否则,即使作家精心修饰,他的作品也不过是像在暖室里陈设的盆景一样。在暴风雨里长大的才能是海燕,在房檐上长大的只是家雀。它们的声音是完全不同的"③。风格问题成了作家的世界观和生活态度问题,"风格虽然也是一个文学修养的问题,但是最主要的是深入生活的问题"④。"我们的生活还不很充实,不从根本上去求得解决,单单惋惜自己的文字没有独到的风格,自然是很不实际的想法。同时,如果忽视了立场和思想,没有灯塔的照耀,作品的

---

① 孙犁:《论风格》,《孙犁全集》第3卷,人民文学出版社,2004年,第464页。
② 同上书,第466页。
③ 同上书,第467—468页。
④ 同上书,第468页。

风格也是不能提高的。"①将风格等同于作家的思想立场,显然是将问题简单化了,当然,我们不能说风格与作家的思想立场无关,但至少不是孙犁所说的这种简单对应关系。也是1953年,阿垅也谈到了风格问题。他认为鲁迅文章风格的"冷静"和"热烈"也就是他的人格,"人格底达到和完成,然后才有风格底达到和完成"②。"'文'和'人'是统一的,风格和人格是不可分割的","人,生活,诗,风格,是一元的。"③"世界是丰富的。人也是丰富的。血肉的面貌和精神的面貌同样是丰富的。"④这样的说法比孙犁要地道和准确得多。

  文学风格被作为时代的晴雨表。"我们的辽阔的土地上到处高亢而愉快地奏着社会主义建设的交响乐,我们的六亿五千万人民正以生龙活虎的雄姿进行着拔山倒海的伟大事业,我们的社会风气,人与人的关系已经发生了深刻的变化,具备共产主义崇高品质的新人不是三三两两地出现,而是成批成群地涌现。"⑤那么,"作为时代风雨"和"时代精神烙印"的文艺,就应富有"斗志昂扬、意气风发"的"创造性精神","高瞻远瞩"的"革命乐观主义和革命英雄主义的浪漫精神"以及"敢想敢说敢做","个人利益服从集体利益","和一切不合理的事物作不调和斗

---

  ① 孙犁:《论风格》,《孙犁全集》第3卷,人民文学出版社,2004年,第468页。
  ② 阿垅:《关于风格》,《阿垅诗文集》,人民文学出版社,2007年,第479页。
  ③ 同上书,第480页。
  ④ 同上。
  ⑤ 茅盾:《反映社会主义跃进的时代,推动社会主义时代的跃进》,《茅盾全集》第26卷,人民文学出版社,1996年,第41页。

争的共产主义的崇高品质",这样的精神也就是文学的"时代风格","一切个人的风格中都不能不渗透着这光芒四射的时代风格"①。崇高也就成了当代中国文学的时代风格。"十七年文学风格形态,是以崇高为主调,以优美、幽默和喜剧为变奏。"②从1949年开始,以崇高为基调的文学风格日益趋于成熟,到60年代崇高风格已发展至极致。贺敬之、郭小川的政治抒情诗,《铜墙铁壁》《保卫延安》《林海雪原》以及"三红一创"小说都有着雄放、激越、明亮的风格。尽管也有优美、幽默和喜剧风格的作品,赵树理的小说就不乏活泼、风趣。孙犁的《村歌》《铁木前传》,周立波的《山乡巨变》《山那面人家》,秦兆阳的《农村散记》,艾芜的《野牛寨》,徐怀中的《酒家女》也不乏田园牧歌情调,拥有纯净优美的美学风格。虽然理论上也主张文学创作的多种风格,"我们的生活既有挥斥风雷的一面,也有云蒸霞蔚的一面,既有拔山倒海的一面,也有错彩镂金的一面,这就要求我们的作家不能光靠一副笔墨,这就使我们不能不深刻地感觉到,如果要百分之百准确地、鲜明地、生动地反映我们这光辉灿烂的现实,就不能不有几副笔墨。我们不能光会吹笛子,不会打鼓。就拿吹笛子来说吧,我们不能光会清扬婉转的柔调,却不会激越高亢的急迫。我们要有几副笔墨"。但是,在"辽阔的土地上到处高亢而愉快地奏着社会主义建设的交响乐","六亿五千万人

---

① 茅盾:《反映社会主义跃进的时代,推动社会主义时代的跃进》,《茅盾全集》第26卷,人民文学出版社,1996年,第72页。

② 赵俊贤:《中国当代文学时代风格论略》,《陕西师范大学学报》1997年第3期。

民正以生龙活虎的雄姿进行着拔山倒海的伟大事业"的时代浪潮中,"一切个人的风格""都不能不渗透着这光芒四射的时代风格"[1],"同一时代的作家"也需要"在共同的文风之中"再创造"各自不同的风格"[2],这也就让个人风格变得十分逼仄了。个人风格很容易被理解为脱离时代的个人主义和形式主义,"一时代有一时代的文风,然而同一时代的作家在共同的文风之中又有各自不同的风格。有健康的文风,具备着准确性、鲜明性和生动性;又有不健康的文风,那就是浮华、堆砌、装腔作势、故弄玄虚"[3]。对作家风格而言,有"时代的社会风气(尤其是作家自己的生活方式)和文艺风尚"的影响,并且,"作家的世界观和这些社会风气、文艺风尚"不能发生矛盾。标新立异是有风险的,"'标新立异'有进步的,也有反动的,就看它是处在什么环境中,'标'的是什么'新','立'的是什么'异'"[4]。

关于民族风格和个人风格的关系,也被做了符合辩证法的解释。"民族化、群众化和个人风格不是对立的。个人风格必须站在民族化、群众化的基础上。但民族化、群众化的作品不一定都有个人风格。离开了民族化、群众化的大路而追求所谓个人

---

[1] 茅盾:《反映社会主义跃进的时代,推动社会主义时代的跃进》,《茅盾全集》第26卷,人民文学出版社,1996年,第72页。
[2] 同上书,第71页。
[3] 同上。
[4] 同上。

风格,猎奇矜异,自我陶醉,那就必然要走进形式主义的死胡同。"①茅盾认为,阮章竞的《漳河水》采用了"民间歌谣","诗的语言,绚烂铿锵",显示出"诗人的独特的风格"②,后来,他的《新塞外行》组诗又"熔炼"了"古典诗词的句法和词汇",企图创造"富于形象美和音乐美的适合于表现我们这时代的丰富多彩生活的民族形式的新诗风"③。李季的《杨高传》有"诗的语言,朴素而遒劲;不多用夸张的手法而形象鲜明、情绪强烈;不造生拗的句子以追求所谓节奏感而音调自然和谐"④。田间的《赶车传》显示了"诗人的个人风格","善于用叠句和重唱表现心潮的起伏和情绪的回荡激昂"⑤。这些作家作品要么是"缺少独特的风格",却"在民族化、群众化方面有成就,在思想性和艺术性上都值得赞扬",要么是"写过一些闪烁着个人风格的作品,但还不能说他的风格已经稳定","形形色色,绝非一格"⑥。事实的确如此,阮章竞、李季和田间的诗歌创作并不拥有经典化的文学史地位,却有某种公式化和概念化特点。

---

① 茅盾:《反映社会主义跃进的时代,推动社会主义时代的跃进》,《茅盾全集》第26卷,人民文学出版社,1996年,第55页。
② 同上书,第58页。
③ 同上书,第59页。
④ 同上。
⑤ 同上书,第60页。
⑥ 同上书,第65页。

二、文学风格的创作个性

文学风格还成为当代文学的艺术追求。一个时代或社会的文学成就,主要是看它的思想性和艺术性,"艺术性的准则,在于它的品种、流派、风格是既多且新呢?还是寥寥无几而又陈陈相因?在于它用怎样的活泼新颖的艺术形象以表达它的思想内容?"对作家而言,则是创造自己的独特风格,在他"独有一套的取材、布局、炼字炼句等等方法",由此形成"作家的个人风格"[1]。文学风格主要呈现为文学的艺术性,"这种艺术形式方面的创造性的成就,就是个别作家和作品的独特的风格",而"许多作品可说是缺乏独特风格的。张三的作品如果换上李四的名字,也认不出到底是谁写的。这就说明了我们在作品的形式方面多么缺乏创造力"[2]。在一个文学被划分为思想性和艺术性层级模式规范,且思想性具有绝对支配权的前提下,亦即文学题材、主题乃至创作方法都被规定的时代,只有语言方式和结构设置还拥有一定的自由度,能够显示出某种个性化的标识。这也是文学风格既被官方所看重也被作家所推崇的地方。当然也存在有的作家因风格而受到批判,不得不藏头缩尾,转移路

---

[1] 茅盾:《一九六〇年短篇小说漫评》,《茅盾全集》第26卷,人民文学出版社,1996年,第115页。

[2] 茅盾:《新的现实和新的任务:1953年9月25日在中国文学工作者第二次代表大会上的报告》,《茅盾全集》第24卷,人民文学出版社,1996年,第281页。

径。如《洼地上的"战役"》《广陵散》《草木篇》都因其思想和风格受批判,它们的作者也就不可能继续沿着这些作品的风格路子走下去了。有的作家也曾试图改变自己的创作风格,探索新的可能性,如郭小川的《望星空》、李准的《灰色的篷帆》等所做的探索,却被视为越轨的歧途,不得不回到老路上去。

无论怎样,作家创作常以追求个人风格为目标。赵树理的风格,"早已为大家所熟知。如果把他的作品的片段混在别人作品之中,细心的读者可以辨别出来。凭什么去辨认呢? 凭它的独特的文学语言。独特何在? 在于明朗隽永而时有幽默感"[1]。老舍和沙汀也有着不同色调的幽默,老舍"锋利多于蕴藉,有时近于辛辣",沙汀"谨严而含蓄","多弦外之音,耐人寻味"[2]。张天翼的"结构于平淡中见曲折,文学语言朴素而天真之态可掬,艺术构思常出人意外,然而作者一贯以平易出之,不故作惊人之笔"[3]。孙犁也有一贯的风格,其散文"富于抒情味",小说"好像不讲究篇章结构,然而绝不枝蔓;他是用谈笑从容的态度来描摹风云变幻的,好处在于虽多风趣而不落轻佻"[4]。这些老作家的创作风格为年轻作者起到了示范作用,表明文学风格的本质和特征在于形成或拥有创作的个性和特色。

实际上,在共和国时代成长起来的青年作家也逐渐拥有了

---

[1] 茅盾:《反映社会主义跃进的时代,推动社会主义时代的跃进》,《茅盾全集》第26卷,人民文学出版社,1996年,第65页。
[2] 同上。
[3] 同上书,第66页。
[4] 同上书,第67页。

他们的创作风格。柳青的《创业史》拥有雄浑而恢宏、热烈而深沉、细密而遒劲的艺术风格;周立波的《山乡巨变》有着自然而凝练、平易而隽永、细腻而明快的风格基调;杨沫的《青春之歌》也洋溢着热烈奔放之情,柔美中不乏阳刚之气;梁斌的《红旗谱》画面宏大,笔力酣畅。就文体而言,杨朔的散文以诗为文,讲究意境,刘白羽的散文气概豪迈,秦牧的散文崇尚理趣;郭小川、贺敬之的政治抒情诗汪洋恣肆、豪迈高亢、感情激越,李季的叙事诗则醇厚、朴质,有浓郁的民歌风味。总的说来,中国当代文学创作主要以崇高、豪放、热烈、冷峻为基调,虽时有优美、幽默和喜剧性风格的出现,但多属于点缀,缺少丰富和多样,真正具有风格特色的作家并不多,一旦有了自己的风格,也缺乏变化。正如有的学者所说,"田园牧歌和乡村喜剧","似乎是中国当代文学的一个序幕,一支前奏曲,而五六十年代的文学主角则是史诗和赞歌——战歌,它以一个时代、一个民族的命运以及代表了这一时代人民意志的政党和领袖为表现对象,它所赞颂的是历史的巨人,文学风格也是以宏伟、雄壮、明朗、昂奋为主调,它的典型则是长篇小说和抒情长诗"[①]。特别是一批年轻作家,如"王汶石、茹志鹃、林斤澜、胡万春、万国儒等的作品,都有个人的特色;这些特色(例如王的峭拔,茹的俊逸),或将发展成为固定的风格,或者随着生活和文艺修养的进展而别有新的发展,这都很难预言。然而,可得而预言的,青年作家风格的形成,不会在

---

① 张志忠:《中国当代文学艺术主潮》,中国社会科学出版社,1994年,第153页。

一朝一夕之间;生活既在奔腾前进,和时代的脉搏紧密联系着的作家也就不会停留在既有的艺术风格,摆在他们面前的课题是善用其所长,同时开拓新的境界"[1]。玛拉沁夫的短篇小说,"行文流利,诗意盎然,笔端常带感情而又十分自在,无装腔作势之病",并且,"民族情调和地方色彩是浓郁而鲜明的","拈出一二最有典型意味的情节,又辅之以抒情的叙写,来表现人物的性格","自然环境的描写同故事的发展有适当的配合,结构一般都谨严",由此,已"形成为风格,十年来始终一贯"[2]。共和国时代的诗歌创作也在风格上各自有别。"我们的诗坛上,老一辈的诗人如萧三、臧克家、冯至、袁水拍、严辰等等,他们都有自己的风格,而且都有了新的发展。比较年轻但极为活跃的青年诗人和近年出现的大批工农兵诗人,他们的成就有大有小,他们的风格或已成熟或正在形成。工农兵诗人如王老九(农民),温成训、黄声孝(皆工人),饶阶巴桑(战士)等,朴素刚健是其共同点,但艺术构思各自不同,故风格亦自有别。至如张永枚、未央等后起之秀,或以俊逸取胜,或以遒劲见长,然而,正像他们在诗体上正努力多种'试验田'一样,他们的个人风格也还时有变化(他们的抒情短章和叙事长诗在风格上常常不一样),而正因为在变化,他们的前途是无限宽广的"[3]。

---

[1] 茅盾:《反映社会主义跃进的时代,推动社会主义时代的跃进》,《茅盾全集》第26卷,人民文学出版社,1996年,第67—68页。
[2] 茅盾:《读书札记》,《茅盾全集》第27卷,人民文学出版社,1996年,第69页。
[3] 茅盾:《反映社会主义跃进的时代,推动社会主义时代的跃进》,《茅盾全集》第26卷,人民文学出版社,1996年,第63—64页。

当代文学作品也自有风格。沙汀的《你追我赶》是一篇"严守绳墨、无懈可击，而又不落纤巧的佳作"①，具有"结构严整，行文细密，洗练而含蓄的风格"②。李满天的《力原》"是一篇风格清新、题材别致的短篇小说"，"文字朴素而又富于形象性，对话有个性"，"结构如行云流水，层次分明，先后呼应，具见匠心，而又不露斧凿痕迹"③。在当代文学史上已成经典的作品更是风格凸显。《红旗谱》有"浑厚而豪放的风格"④，杜鹏程的《保卫延安》，"好像是用巨斧砍削出来的，粗犷而雄壮；他把人物放在矛盾的尖端，构成了紧张热烈的气氛，笔力颇为挺拔"⑤。

　　当代文学也存在风格单调和贫乏的毛病，人们"所期待的多种多样文学风格"，并"不曾出现"⑥。茅盾在《夜读偶记》中谈到当代文学风格日趋单一化的现象，只重视"朴素""明朗"风格，"只用'朴素、明朗'来评价一篇作品"，将其对立面看作形式主义。大赞鲁迅作品的"朴素"，实际上"没有读懂鲁迅的作品"，这种"老用'朴素'作赞美词，这就给青年作者一个会发生副作

---

① 茅盾：《一九六〇年短篇小说漫评》，《茅盾全集》第26卷，人民文学出版社，1996年，第150页。
② 同上书，第156页。
③ 茅盾：《〈力原〉读后感》，《茅盾全集》第26卷，人民文学出版社，1996年，第236页。
④ 茅盾：《反映社会主义跃进的时代，推动社会主义时代的跃进》，《茅盾全集》第26卷，人民文学出版社，1996年，第66页。
⑤ 同上书，第67页。
⑥ 茅盾：《在全国省、市文化局长会议上的讲话》，《茅盾全集》第24卷，人民文学出版社，1996年，第392页。

用的暗示",以至于"朴素到了简陋,或者寒伧的地步了"①。严格说来,造成当代文学风格单一性的原因是多方面的,有政治环境的制约、作家主体的缺失,以及文学资源的缺乏,等等。在那特定环境中,茅盾也是心照不宣。对作品而言,文学风格更注重文本的整体性和一致性。赵树理的《套不住的手》,虽然有着"鲜明的个人风格","涉笔成趣","正因为风格的鲜明",即使是没有故事的地方"也能引人入胜,不觉枯燥",但还可以"精炼些","精简的字句恐怕不能太多,如果太多了,就会影响到整篇的风格,因为整篇是娓娓而谈,谈到哪里就是哪里,布局虽然不拘规格,好在行文从容自如,因而不觉得有拖沓之感"②。

三、文学风格的批评底线

当代文学批评也以文学风格为尺度,维护了文学创作的艺术性和个性,也坚守了文学批评的语言感受和审美体验底线。茅盾对当代作家作品艺术风格所进行的言简意赅的批评,不同于周扬、陈涌、张光年、林默涵等理论演绎和政策批评,有着独特的审美感受和艺术视角,发挥了当代文学风格批评的独特作用。最著名的例子是1958年对《百合花》的"清新俊逸"风格的精确评价,茅盾认为它有"独特的风格","结构上最细致严密,同时

---

① 茅盾:《夜读偶记》,《茅盾全集》第25卷,人民文学出版社,1996年,第190页。
② 茅盾:《一九六〇年短篇小说漫评》,《茅盾全集》第26卷,人民文学出版社,1996年,第143页。

也是最富于节奏感"①,"没有闲笔","富于抒情诗的风味"②。《百合花》写成以后先后投寄给了两个刊物,都因"调子低沉"而被退稿,几经曲折才被《延河》1958年3月号刊出,同年6月《人民文学》转载,同时发表了茅盾的《谈最近的短篇小说》,高度评价其独特风格。在一个颂歌和战歌盛行的时代,"清晰俊逸"的《百合花》被茅盾所肯定,如同在雍容华贵的牡丹花丛中有了一枝"康乃馨",因其风格的独特而成为当代文学经典。1961年,茅盾选取1960年的17篇短篇小说从艺术风格角度进行了评点和欣赏,认为它们"取材于日常生活而以大运动大斗争为背景","熟练而巧妙地通过人物的行动",描写了英雄人物的"精神世界",注重"气氛的描写",并且,反映作家们"力求突破已有风格"而"创造新的风格","不同的作家们在努力于百花齐放,同一的作家亦在努力于多放几种花(要求自己你能掌握一种以上的风格)"③。风格就成为他看重的艺术标准,或者说审美尺度。在评价杜鹏程的《飞跃》时,茅盾认为:"作者下笔时,似乎有意追求革命现实主义和革命浪漫主义的结合。全篇的布局,从大处落墨;塑造人物形象,注重于气氛的渲染,不吝惜夸张的笔墨;三个人物的出场都是给布置了浪漫蒂克的场面,用了夸张

---

① 茅盾:《谈最近的短篇小说》,《茅盾全集》第25卷,人民文学出版社,1996年,第281页。

② 同上书,第285页。

③ 茅盾:《一九六〇年短篇小说漫评》,《茅盾全集》第26卷,人民文学出版社,1996年,第166页。

的抒情的笔法。所有这一切,都有吸引力。这是一种风格。不过就事论事,这一篇虽有风骨崚嶒的气概而仍嫌粗疏。"①为了说明《飞跃》风格的独特性,还将它和李准的《李双双小传》进行风格比较,认为它们"各有不同的风格","不同的风格又和题材之不同有密切的关系。《飞跃》凝重而朴实,正和平沙万里、苍苍茫茫的背景相和谐,《李双双小传》玲珑明媚,正符合于公社化时期活跃愉快的农村风光。如果后者能在适当场合多渲染气氛,更好地渲染气氛,同时删改或压缩一些平板的叙述和交代(例如第六节的开头一小段,第八节的开头五小段),那么,这篇作品的抒情味将更见浓郁"②。在分析张勤的短篇小说《民兵营长》时,茅盾认为:"就结构而言,《民兵营长》比《飞跃》和《李双双小传》都更紧凑而浑成。这篇四千字的作品,写人、写事、写景都极为简练,然而又施展自如,毫无局促匆忙的感觉。"它们又各有特色,"《飞跃》善写气氛,但和《民兵营长》相比,前者尚可见斧凿之痕,而后者则谈笑挥洒,举重若轻。《李双双小传》的最大吸引力在于对话的波俏,如闻其声,如见其人。《民兵营长》在这一点上,稍逊一筹,然而它的自然景物的描写却难能可贵",做到了"层次井然,下笔颇有分寸"③。

最后,茅盾谦虚地说:"请允许我再谈谈这三篇的风格",将

---

① 茅盾:《一九六〇年短篇小说漫评》,《茅盾全集》第 26 卷,人民文学出版社,1996 年,第 121 页。
② 同上书,第 123—124 页。
③ 同上书,第 127 页。

第十二章 文学风格与当代文学的美学底线 | 311

作品评价又落在了艺术风格比较上。"在我看来,《民兵营长》亦自有其风格,尽管《飞跃》和《李双双小传》的风格是那样鲜明,一望可见。《民兵营长》有时细针密缕,有时大刀阔斧,五分之四是疾风迅雷,五分之一(结尾)却是晓雾涟漪,好像并无定型,亦就难以称之为何种风格。"①茅盾还从艺术风格角度描述了周立波的创作变化,认为从《暴风骤雨》到《山乡巨变》,周立波的创作"沿着两条线交错发展,一条是民族形式,一条是个人风格;确切地说,他在追求民族形式的时候逐步地建立起他的个人风格。他善于吸收旧传统的优点而不受它的拘束"。《山乡巨变》"越来越洗练了","在紧锣密鼓之间,以轻松愉快的笔调写一二小事,亦颇幽默可喜"。它"结构整齐,层次分明,笔墨干净,勾勒人物,朴素遒劲,这些都是他的特点"②,"林斤澜有他自己的风格,这风格表现在炼字、造句上,也表现在篇章的结构上"③。茅盾对年轻作家创作的批评或者说肯定也多持艺术风格标准。如认为林斤澜短篇小说《新生》"调子是急的,然而韵味却是抒情诗似的;没有特意给人物开脸亮相,然而,姑娘大夫、胡子车把式、复员军人、老爷爷、新媳妇、新媳妇的丈夫,个个都活现在我们面前","故事的发展有起伏、有曲折;紧张处如密锣

---

① 茅盾:《一九六〇年短篇小说漫评》,《茅盾全集》第 26 卷,人民文学出版社,1996 年,第 127—128 页。
② 茅盾:《反映社会主义跃进的时代,推动社会主义时代的跃进》,《茅盾全集》第 26 卷,人民文学出版社,1996 年,第 66 页。
③ 茅盾:《读书札记》,《茅盾全集》第 27 卷,人民文学出版社,1996 年,第 51 页。

急鼓,悠闲处如清风明月。然而通篇又是一气呵成,不见焊接的痕迹"①。认为陆文夫的创作,"有其个人的特点,如果你觉得现在就用'个人风格'这个词儿还嫌太早的话"②。他的短篇小说集《荣誉》,"在故事结构、人物塑造、文学语言这三方面,都煞费苦心","无论从题材、文学语言看来,《小巷深处》的格调都不高,特别是主角(也是个女工)是思想意识有着相当浓厚的小资产阶级的色彩"③。在这里,他的艺术判断让位于阶级分析。他还比较《葛师傅》和《荣誉》,《葛师傅》有着"十分洗练的笔法",《荣誉》则有"酣畅的心理描写",就语言论,《荣誉》"华赡",《葛师傅》"质朴","华赡故时或伤于纤巧,质朴故时时伴着豪放"④。高度肯定陆文夫 1961 年以后的个性追求,他"更加努力追求独创性。他力求每一篇不踩着人家的脚印走,也不踩着自己上一篇的脚印走,他努力要求在主题上、在表现方式上,出奇制胜"⑤。

文学风格使当代文学批评在一定程度上脱离了斗争和颂歌模式,维护了文学批评的审美判断和艺术标准。1956 年,翻译家傅雷在评价赵树理《三里湾》时,认为:"明朗轻快的气氛正是全国农村中的基本情调。作者怀着满腔热爱,用朴素的文体和

---

① 茅盾:《读书札记》,《茅盾全集》第 27 卷,人民文学出版社,1996 年,第 52 页。
② 茅盾:《读陆文夫的作品》,《茅盾全集》第 27 卷,人民文学出版社,1996 年,第 153 页。
③ 同上书,第 155 页。
④ 同上书,第 159 页。
⑤ 同上书,第 173 页。

富有活力的语言,歌颂了我国农民的高贵品质:勤劳,耐苦,朴实;还有他们的政治觉悟,伟大的时代感应他们的积极性与创造性。书中有的是欢乐的气象,美丽的风光,不伤忠厚的戏谑,使读者于低徊叹赏之余,还被他们纯朴温厚的心灵所感动而爱上了他们。"[1]显然,傅雷从时代氛围、写作方法、作品情调以及读者阅读几个方面表达了对赵树理《三里湾》风格的看法。他在评论康濯的《春种秋收》时,也说康濯"用活泼的笔调,素淡的色彩",把婚姻问题"写成一首别有风趣的牧歌","说它牧歌,也许把作品和现实拉得太远了些;但的确是这种艺术境界使人物的劳动热情、思想转变、婚姻苦闷,融合在一起,显得那么浑成"[2]。他认为康濯的文字,"好比白描:只凭着遒劲的线条勾出鲜明的形象,在朴素中见出妩媚,在平淡中藏着诗意,像野草闲花一般有种天然的风韵;尤其可爱的是那种疏疏落落,非常灵活的节奏"[3]。但也存在不完美的地方,"有时露出说教的口吻","说话太露,用笔太实,会减少作品的韵味。最有说服力的,——也就是最能发挥教育作用的,是写得完美的、活生生的故事,是光芒四射的艺术品,而不是火暴的辞藻和鼓动性的文句"[4]。文学风格既指文学的语言形式,也指作家的审美意识,它是作家精神个性、审美意识和语言形式浑融一体的独特表达。在当代文学创

---

[1] 傅雷:《评〈三里湾〉》,《傅雷谈文学》,江苏文艺出版社,2010年,第184页。
[2] 傅雷:《评〈春种秋收〉》,《傅雷谈文学》,江苏文艺出版社,2010年,第186页。
[3] 同上书,第188页。
[4] 同上书,第194页。

作被纳入传达政策意图、时代命题和阶级观念的载体形式时,文学风格既是为了更有效地实现这些目标的重要手段,也无形之中保留住了文学的艺术性。

文学风格主要还是文学的艺术标准,由此可以发现当代文学创作艺术上的种种不足和缺憾,特别是语言艺术和结构上的毛病。茅盾就认为青年作家罗丹的小说《风雨的黎明》,"在结构、人物形象的塑造、文学语言这三方面,已经显示了独特的风格;美中不足在熔裁方面,浪墨赘词还未洗刷干净"[①]。欧阳山的《三家巷》虽然"在民族化和个人风格的道路上又迈进了一步","文气跌宕多姿",但"美中不足是文学语言微嫌驳杂,尚未能首尾一致"[②],也就是风格还有待提炼和统一。田间的诗歌创作之所以出现"危机",主要是因为他"没有找到(或者是正在苦心孤诣地求索)得心应手的表现方式,因而格格不能畅吐,有时又有点像是直着脖子拼命地叫","似乎颇有热情,有想象,但实在也因为它写得长;以长取胜,算不得风格"[③]。最精彩的案例是1959年茅盾对《青春之歌》的批评。他认为:"《青春之歌》的文学语言不能说它不透明,但色彩单调;不能说它不流利,但很少锋利、泼辣的味儿,也缺少节奏感;不能说它不能应付不同场合的情调,但有时是气魄不够,有时是文采不足。全书的文学语

[①] 茅盾:《反映社会主义跃进的时代,推动社会主义时代的跃进》,《茅盾全集》第26卷,人民文学出版社,1996年,第46页。

[②] 同上书,第66—67页。

[③] 茅盾:《关于田间的诗》,《茅盾全集》第24卷,人民文学出版社,1996年,第461页。

言缺乏个性,也就是说,作者还没有形成她个人的风格",虽"有一定教育意义",思想内容上也"没有原则性的错误",但"艺术表现方面却还有须要提高之处"①。

当然,茅盾的这些说法主要还是拈语言形式上的毛病,而没有从文学风格与作家精神和思想个性上去讨论。不是茅盾不懂或者不愿往这方面去考虑,而是茅盾有其难言之隐。早在1922年茅盾就认为风格是作家独创性的标志,"真正的作家必有他自己独具的风格,在他的作品里,必能将他的性格精细地透映出来。文学所以能动人,便在这种独具的风格"②。到了当代文学批评,茅盾的文学风格论不得不偏于作家的语言个性,因为作家的精神和思想个性已成时代的话语禁忌。由此,茅盾所说,文学语言"个性""构成了他们的各自的独特的风格"③,"所谓风格,亦自多种多样,有的可以从全篇的韵味着眼,用苍劲、典雅、俊逸等等形容词概括其基本特点,有的则可以从布局、谋篇、炼字、炼句着眼,而或为谨严,或为逸宕,或为奇诡,等等不一。"④这些说法都表明茅盾有为难之处,不是他不知道,而是不能说,不敢说。即便如此,文学风格批评继承了传统批评模式,维护了文学的审

---

① 茅盾:《怎样评价〈青春之歌〉?》,《茅盾全集》第25卷,人民文学出版社,1996年,第445页。

② 茅盾:《独创与因袭》,《茅盾全集》第18卷,人民文学出版社,1989年,第154页。

③ 茅盾:《关于"歇后语"》,《茅盾全集》第24卷,人民文学出版社,1996年,第297页。

④ 茅盾:《一九六〇年短篇小说漫评》,《茅盾全集》第26卷,人民文学出版社,1996年,第128页。

美底线,超越了当代文学批评的政治模式。

当然,茅盾的风格批评也并不一定就能得到人们的认同,甚至是两面不讨好。如被茅盾肯定的赵树理长篇小说《三里湾》,沈从文就觉得并"不怎么好",它的"笔调就不引人,描写人物不深入,只动作和对话,却不见这人在应当思想时如何思想"[1]。沈从文认为过去的文学创作"以艺术风格见独创性,题材也不一般化为准确目的",而当代创作"主题却忌讳雷同,措辞也不宜有什么特别处,用大家已成习惯的话语,写大家懂的事情,去赞美人民努力得来的成果,便自然可以得到成功!"[2]显然,在沈从文看来,当代作家已没有文学风格可言,只有"雷同"的主题、"习惯"的话语和"赞美"的心态而已。茅盾一个劲儿地从文学风格角度评点当代作家作品,可谓用心良苦,但结果也是仁智各异,甚至是事与愿违。在1964年8月中国作协党组整理的《关于茅盾的材料》中,却认为他是在"与党争夺青年作家","中国当代著名、活跃的短篇小说作家,尤其是年青作家的作品几乎全部受过他的'检阅'和评价。从这情况,可看出他通行无阻,广泛占领文学阵地,抓住创作评论,不但左右文学创作倾向,更严重的是与党争夺青年作家"[3]。茅盾的儿子韦韬在回忆其晚年生活时也提到了这件事,说到一次在文艺界小范围的内部会议

---

[1] 沈从文:《致沈虎雏》,《沈从文全集》第20卷,北岳文艺出版社,2002年,第97页。
[2] 沈从文:《复沈云麓》,《沈从文全集》第21卷,北岳文艺出版社,2002年,第345页。
[3] 陈徒手:《矛盾中的茅盾》,《读书》2015年第1期。

上,中宣部部长陆定一点名批评茅盾,说他是资产阶级文艺路线的代表人物。作协党组在整理材料里说他提携青年作家,发表评论文章,"是与党争夺文学青年,是蓄意培养资产阶级文艺事业的接班人"①。这可能出乎茅盾的意料之外,也可能在茅盾预料之中。作为审美个性和艺术形式的文学风格,不同作家有不同的风格,不同读者也有不同的认识。文学批评风格论显然不同于政治工具论和理念演绎论,它为文学创作个性化和风格多样性提供了生长的可能,显然无助于文学秩序的统一和规范。这样,在文学风格与文学秩序之间,不免就存在着诸多矛盾和冲突。作为文学领导和批评家的茅盾,拥有丰富的创作经验和阅读感受,在新中国成立后,他是把文学批评作为一项"光荣的任务"而为当代文学去"鼓吹"②,但事实并不如其所愿。1949年以后,茅盾虽然先后被任命为全国文联副主席、作协主席和文化部部长,似乎成了文学领导者。事实上,茅盾在经受的多次社会政治运动中,一直是战战兢兢、如履薄冰,遭遇曲折而痛楚的思想改造和自我防范,面临着种种尴尬的人生处境。文学批评不过是他尴尬处境的一种表现形式而已。他发表文学批评,既是作为文学领导的声音,也是作为资深作家和批评家的感受。不说话跟不上形势,说错话又会面临灭顶之灾,胡风、冯雪峰、丁玲、陈企霞的受批评和自我检讨都是例子。茅盾的难处就在这里,

---

① 韦韬、陈小曼:《父亲茅盾的晚年生活》,上海书店出版社,1998年,第13页。
② 茅盾:《〈鼓吹集〉后记》,《茅盾全集》第25卷,人民文学出版社,1996年,第361页。

他不得不将文学风格概念的内涵加以无限扩大,作为文学批评的消化剂,消融那些坚硬的文学尺度,或者说将文学风格解释成为一个伸缩自如的布袋,包裹那些形状不一的道具。

第十三章

简练口语与当代文学的语言问题

20世纪50—70年代的中国文学基本上是对社会政治的回应,社会政治不但要求文学表达什么就表达什么,而且还引导怎么表达就怎么表达,使文学失去了独立面对社会人生和自我的能力。有意思的是,当代文学对语言表达虽缺乏独立的艺术追求,却拥有自己的价值取向。它积极倡导和关注文学语言的口语化和简洁化,以简练的口语作为文学修养和艺术标准。文学语言对于当代文学不仅仅是表达技巧和审美风格的体现,而且还拥有社会时代的政治意图,在口语化和简洁化的背后,有文学的生活化和民族化诉求,它们也正是社会时代对文学的价值规范和约束。在文学与政治之间,当代文学不得不在呼应时代和坚守自我的矛盾里做出痛苦而折中的选择。

一、口语化的语言取向

口语化是当代文学语言的重要特点。有学者将当代中国文学语言划分为四种形态:大众群言(1949—1977)、精英独白(1978—1984)、奇语喧哗(1985—1995)和多语混成(1996年至今)①。大众语言也就是语言的大众化,或者说是口语化和生活化,它注重文学语言与社会生活和社会大众的密切关系,强调文学语言的工具性和简易性。赵树理就是当代文学语言口语化的代表,他认为:"写进作品里的语言应该尽量跟口头上的语言一样,口头上说,使群众听得懂,写成文字,使有一定文化水平的群众看得懂,这样才能达到写作是为人民服务的目的。如果把语言分成两套,说的时候是一套,写的时候又是一套,这样我觉得不大好"②,在创作中,更"照着原话写,写出来把不必要的字、词、句尽量删去,不连贯的地方补起来。以说话为基础,把它修理得比说话更准确、鲜明、生动。"③老舍虽是中国现代文学史上的语言大师,有着成熟而丰富的语言艺术,但在五六十年代也提

---

① 王一川:《近五十年文学语言研究札记》,《文学评论》1999年第4期。
② 赵树理:《当前创作中的几个问题》,《赵树理全集》第4卷,北岳文艺出版社,2000年,第426页。
③ 赵树理:《和工人习作者谈写作》,《赵树理全集》第4卷,北岳文艺出版社,2000年,第389页。

出"向工农兵学习语言",说:"别以为我们知识分子的语言非常丰富。拿掉那些书本上的话和一些新名词,我们的语言还剩下多少呢?"①他主张写大白话,"大白话就是口语。用口语写出来的东西容易生动活泼,因为它是活言语。活言语必须念起来顺口,听起来好懂,使人感到亲切有味"②。追求口语化表达的自然和妥帖是老舍一生的语言追求,叶圣陶就说他一贯的风格是"从尽量利用口头语言这一点上显示出来"③。但毕竟时代不同,势大于人,说出"向工农兵学习语言"也有老舍的时代感受和觉悟。

当代文学语言的口语化,主要体现为俗语化和方言化。如赵树理的《传家宝》这样写道:"李成娘说媳妇金桂:'不嫌败兴,一个女人家到集上买着穿!不怕有人划她的脊梁筋。'"《登记》也说:"燕燕赌着气对妈妈和媒婆王奶奶说:'分明是按老封建规矩办事,偏要叫人假眉三道去出洋相!'""划脊梁筋"(有的地方用"戳脊梁骨")和"出洋相"都是活生生的俗语。方言也是当代文学语言的重要特点。赵树理曾给自己制定了一个原则,尽量少用方言,即使要用,也必须通俗易懂,他说:"我是山西人,说话非说山西话不可,而写书则不一定都是山西话,适当用一点是

---

① 老舍:《语言与生活》,《老舍全集》第16卷,人民文学出版社,2013年,第605页。
② 老舍:《和工人同志们谈写作》,《老舍全集》第16卷,人民文学出版社,2013年,第239页。
③ 叶圣陶:《文章例话》,生活·读书·新知三联书店,1983年,第78页。

可以的。作品中适当用方言,使作品有地方色彩,乱用了也会搞糊涂。"[1]在《小二黑结婚》中如全用"山西方言写作,别的地区、风土人情各异的读者群就会看不懂,所以也最好不用"[2]。在他的小说里,尽管纯正的山西方言较少,但也运用了一些形象生动的浅近方言。如,"捞饭""圪仰""假眉三道""打哈哈""死受""团弄""糊补"等,这些都是典型的山西方言,形象而生动,不但不会显得生僻,反倒读起来轻松明快,妙趣横生。老舍也是运用方言的高手,京味色彩很浓。特别是他的剧作使用了经精心提炼,既有口语化和生活化,又带有北京地方色彩的方言俚语。比如《龙须沟》第一幕丁四向赵老头诉说心中委屈,说:"他妈的我们蹬三轮儿的受的这份气,就甭提了。就拿昨儿个说吧,好容易遇上个座儿,一看,可倒好,是个当兵的,没法子,拉吧,打永定门一直转游到德胜门脸儿,上边淋着,底下蹬着,汗珠子从脑瓜子顶儿直流到脚底下。临完,下车一个子儿没给还不算,还差点给我个大脖拐!他妈的,坐完车不给钱,您说是什么人头儿!"像这样的字正腔圆、鲜活纯粹的北京方言,在老舍的剧作中随处可见。又如"精湿烂滑的""没辙""抓早""泡蘑菇""抱脚儿""赶趟",还有许多惯用的词尾与儿化韵,如"闹得慌""学问大了去了""倒霉蛋儿""胆瘦儿"……它们都有一股北京味儿,都有一

---

[1] 赵树理:《生活・主题・人物・语言》,《赵树理全集》第 4 卷,北岳文艺出版社,2000 年,第 536 页。

[2] 赵树理:《做生活的主人》,《赵树理全集》第 4 卷,北岳文艺出版社,2000 年,第 544 页。

种清脆快当的腔调,显得有声有色。周立波主张有选择性地使用方言土语,"要是不采用在人民的口头上天天反复使用的生动活泼的、适宜于表现实际生活的地方性土话,我们的创作就不会精彩,而统一的民族语也将不过是空谈,或是只剩下干巴巴的几根筋"[1]。当然,使用方言土语也会给读者带来困难,所以,"一定要想方设法使读者能懂",要"有所删除,有所增益"[2]。他还总结出了一套经验,"一是节约使用过于冷僻的字眼;二是必须使用估计读者不懂的字眼时,就加注解;三是反复运用,使得读者一回生,二回熟,见面几次就理解了。方言土语是广泛流传于群众口头的活的语言,如果完全摒弃它不用,会使表现生活的文学作品受到蛮大的损失"[3]。也就是说,"文学作品采用方言土语是可以的,有时很必要。北京话也是方言的一种,但外地人完全不懂的方言,可以少用的要尽量少用,定必要用时,应当加注"[4]。当然,生活中使用方言却不便于交流和沟通。在第一次文代会筹备会上,沈雁冰报告会议筹备"经过","一口南方话,听者多不了了",还"引起甚多质询"[5]。使用方言不但带来了交流的障碍,且还被"质询",其中是否有茅盾等文学领导人还没

---

[1] 周立波:《方言问题》,《周立波选集》第6卷,湖南人民出版社,1984年,第441页。
[2] 同上书,第442页。
[3] 周立波:《关于〈山乡巨变〉答读者问》,《周立波选集》第6卷,湖南人民出版社,1984年,第524页。
[4] 周立波:《几个文学问题》,《周立波选集》第6卷,湖南人民出版社,1984年,第479页。
[5] 宋云彬:《红尘冷眼:一个文化名人笔下的中国三十年》,山西人民出版社,2002年,第138页。

有建立新的权威？抑或是一种文学风气的延续？我们也就不得而知了。

绰号的使用也显示文学的口语化色彩。比如赵树理小说中的"糊涂涂""常有理""铁算盘""能不够""吃不饱""小腿疼""翻得高""一阵风""小反倒""万宝全""惹不起""老定额"等。它能够生动形象地展示人物的个性特征,成为人物性格的标志。这些绰号既来自农民的生活经验,同时也有艺术加工和提升。

口语化体现了语言表达的纯朴和清新。如小说《红岩》这样叙述："到底出了什么问题,情况竟这样危险而紧张？他们被完全隔绝,失去情报,失去和集体的联系。在这孤立的环境里,他们如何是好？成岗和刘思扬焦灼地商量着,需要很快地作出某种最坏的打算和准备。"[①]这段叙述语采用短语方式,简洁而有序。《保卫延安》这样写自然："黄河两岸耸立着万丈高山。战士们站在河畔仰起头看,天像一条摆动着的长带子。人要站在河两岸的山尖上,说不定云彩就从耳边飞过,伸手也能摸着冰凉的青天。山峡中,浑黄的河水卷着大冰块,冲撞峻峭的山崖,发出轰轰的吼声。黄河喷出雾一样的冷气,逼得人喘不上气。透进了骨缝,钻进了血管。难怪扳船的老艄公说:这里的人六月暑天还穿皮袄哩！"[②]全是单纯的主谓宾式,使用短句,既合乎汉语习惯,避免欧化长句,又通俗口语化。新民歌运动更形成了一

---

① 罗广斌、杨益言:《红岩》,中国青年出版社,1963年,第456页。
② 杜鹏程:《保卫延安》,《杜鹏程文集》第1卷,陕西人民出版社,1993年,第4页。

种轻松明快的语言方式,如当时流传甚广的王老九的《想起毛主席》,"梦中想起毛主席,半夜三更太阳起。种地想起毛主席,周身上下增力气。走路想起毛主席,千斤担子不知累。吃饭想起毛主席,蒸馍拌汤添香味"。戏剧对话的口语化,更有语言的原生态,鲜活而明快。如老舍的《茶馆》:

王利发:二爷,(指鸟笼)还是黄鸟吧? 哨的怎样?

松二爷:嗻,还是黄鸟! 我饿着,也不能叫鸟儿饿着! (有了点精神)你看看,看看! (打开罩子)多么体面! 一看见它呀,我就舍不得死啦!

语言的口语化凸显了语言与社会现实的关系,强化了语言的写实功能,但也失去了语言的含蓄性和象征性。实际上,对语言的口语化也有不同的看法。茅盾就认为,"想用方言、俗语来丰富文学语言。这是个值得讨论的问题","文学语言并不排斥部分的方言乃至俗语,但这不等于说,一切方言、俗语都可成为文学语言",文学语言采纳的方言和俗语一定是"新鲜、生动、简练而意义深长的"[1],因为文学语言是"经过加工"和"提炼"的"人民口头的活的语言"[2],所以,他反对滥用方言和歇后语,"不

---

[1] 茅盾:《关于艺术的技巧》,《茅盾全集》第 24 卷,人民文学出版社,1996 年,第 417 页。
[2] 茅盾:《怎样阅读文艺作品》,《茅盾全集》第 24 卷,人民文学出版社,1996 年,第 166 页。

经过选择原封不动的搬用社会生活中一些不健康语言",会使文学语言"流于粗糙庞杂",也破坏了"祖国语文的纯洁"①。他说:"如果不分皂白,滥用方言、俗语,那就不是丰富了文学语言,而是使之庞杂,使之分歧;我就看不出要把同一植物叫做'包谷'、'包米'、'玉米'、'棒子'等等名儿对于丰富文学语言有什么好处。"②

二、简洁化的语言资源

毛泽东曾经提出语言学习的三种资源或者说方向,它们是"人民群众""外国语言"和"古人语言"③,但当代文学语言主要还是集中在两种资源上,一是向下通向生活化,二是向后通向民族化。可以说,文学民族化也是风险相对较小的语言策略。民族化主要有民族内容和民族形式,文学语言属于民族形式。周扬在谈到继承民族文学传统时,提出新的人民的文艺必须与我们自己民族文学艺术的优良传统衔接起来,发展与充实文艺创作的民族形式,而"形式中最主要的因素是语言","语言简练自然。人物性格明确。情节发展交代明白,有头有尾。这是我国文艺的优良传统,值得我们学习的。我们的文艺必须克服不大

---

① 茅盾:《新的现实和新的任务:1953年9月25日在中国文学工作者第二次代表大会上的报告》,《茅盾全集》第24卷,人民文学出版社,1996年,第281页。
② 茅盾:《关于艺术的技巧》,《茅盾全集》第24卷,人民文学出版社,1996年,第417页。
③ 毛泽东:《反对党八股》,《毛泽东著作选读》下册,人民出版社,1986年,第514页。

众化的缺点,而文艺的大众化与民族化分不开的"①。这是文学政策对传统资源的放行和支持。实际上,周扬自己对汉语的简练传统也有深切的体会,他说:"古人写文章,写得那么简练,几百个字,能够讲很多的问题,讲得分析透彻。我们呢,用几百个字,几千个字,翻来倒去,倒去翻来,绕好大圈子,讲出来的事情也不过那么几点,甚至还没有讲出什么东西,前言不搭后语的文章也相当多。"②传统文学或者说传统汉语具有精练而简洁的特点,已是文学史的共识。赵树理也有这样的感受:"看古人的文章,有以繁见长的,也有以简见长的,各人有各人的办法。我是尽可能简的。"③当代文学将文学传统作为作家修养的重要内涵,尤其是将精练作为文学表达的艺术标准和语言目标。简练恰恰也是汉语的特点。老舍认为:"语言是不能割断历史的","我们写东西,就是要让人念起来简而明,它既简单而又要明白,能感动人。人家说一千字,我们说三百个字就够了,这就是我们的本领。这个本领要学一学古典的东西,那就很有好处。"④

事实上,老舍对当代文学语言多有微词和不满,认为:"我们

---

① 周扬:《坚决贯彻毛泽东文艺路线》,《周扬文集》第 2 卷,人民文学出版社,1985 年,第 61 页。
② 周扬:《文艺创作和艺术表演》,《周扬文集》第 3 卷,人民文学出版社,1990 年,第 117 页。
③ 赵树理:《不要急于写,不要写自己不熟悉的》,《赵树理全集》第 4 卷,北岳文艺出版社,2000 年,第 549 页。
④ 老舍:《勤学苦练,提高作品质量》,《老舍全集》第 18 卷,人民文学出版社,2013 年,第 157—158 页。

今天的一部分小说吃了亏,因为其中的语言不三不四,没能充分发挥我们的语言之美,于是也就教民族风格受了损失","民族风格从哪儿来呢?首要的是在语言里找。用歌德的语言永远写不出具有中国民族风格的作品。"①1954年年底,他在中国作家协会和电影局举办的电影剧本创作讲习会上作报告,谈到文学语言问题,一开篇就说,"我觉得在我们的文学创作上相当普遍地存在着一个缺点,就是语言不很好"②,"语言是我们作品好坏的一个部分,而且是一个重要部分"③。他认为:"世界上最好的文字,就是最亲切的文字","精练的文字","简单、经济、亲切的文字,才是有生命的文字"④,"精练的文字才会有力量。"⑤他希望青年作家,"多去了解汉语的本质","念古典作品,大有好处"⑥,因为"中国的语言,是最简练的语言"⑦,"在世界语言中,

---

① 老舍:《请多注意通俗文艺》,《老舍全集》第17卷,人民文学出版社,2013年,第639页。
② 老舍:《关于文学的语言问题》,《老舍全集》第16卷,人民文学出版社,2013年,第361页。
③ 同上书,第362页。
④ 同上书,第364页。
⑤ 老舍:《关于写作的几个问题》,《老舍全集》第17卷,人民文学出版社,2013年,第589页。
⑥ 老舍:《打倒洋八股》,《老舍全集》第16卷,人民文学出版社,2013年,第358页。
⑦ 老舍:《关于文学的语言问题》,《老舍全集》第16卷,人民文学出版社,2013年,第368页。

汉语是简练有力的"[1],"中国文学一向以精约见胜"[2]。在他看来,简练的极致和境界是,"不用任何形容,只是清清楚楚写下来的文章,而且写的好,就是最大的本事,真正的功夫"[3],"世界上最好的著作差不多也就是文字清浅简练的著作","真正的好文章是不随便用,甚至于干脆不用形容词和典故的"[4]。说话"绕弯子"是"受了'五四'以来欧化语法的影响"[5],"'五四'传统有它好的一面,它吸收了外国的语法,丰富了我们语法,使语言结构上复杂一些,使说理的文字更精密一些",在写理论文字时,可以采用。但文学创作还是应该"以老百姓的话为主"[6]。同时,简练还要有逻辑性,简练不是简略、含混和随意,"不能为了文字的简练而简略。简练不是简略、意思含糊,而是看逻辑性强不强,准确不准确。只有逻辑性强而又简单的语言才是真正的简练"[7]。为此,他对文学语言还提出了"严整"和"控制"的要求,

---

[1] 老舍:《关于文学创作中的语言问题》,《老舍全集》第17卷,人民文学出版社,2013年,第691页。

[2] 老舍:《谈简练——答友书》,《老舍全集》第16卷,人民文学出版社,2013年,第635页。

[3] 老舍:《关于文学的语言问题》,《老舍全集》第16卷,人民文学出版社,2013年,第365页。

[4] 老舍:《我怎样学习语言》,《老舍全集》第17卷,人民文学出版社,2013年,第575页。

[5] 老舍:《关于文学的语言问题》,《老舍全集》第16卷,人民文学出版社,2013年,第369页。

[6] 同上书,第373页。

[7] 老舍:《人物,语言及其他》,《老舍全集》第16卷,人民文学出版社,2013年,第550页。

将"朴素"与"严整"对举,认为它们才是文学语言走向成熟的标志①。

　　简练不仅仅是语言表达的技巧问题,还需要有内容的丰富和思想的深刻,也就是老舍常说的"深入浅出"。"明白了什么叫做'深入浅出'——用顶通俗的话语去说很深的道理。"②老舍反复提到语言表达的"深入浅出"问题,认为"文字深入浅出,才显出本领"③。甚至还说,有人觉得白话不精练,"这,毛病不在白话,而在我们没有用心去精选提炼。白话的本身不都是金子,得由我们把它们炼成金子。我们要控制白话,而不教它控制了我们。我们不是记录白话,而是精打细算的写出白话文艺。我们必须想了再想,怎样用最精练的白话,三言两语地把事情说明白了"④。至于如何做到语言的简练,它需要从丰富中提炼,"简练,要从知道得多而来。你要打算简练,得先知道得多。你的语汇很多、很丰富,可以从十个里头选择一个。你知道的很少,就无从选择。你的语言很贫乏,就只能够写来写去都是那伟大的,

---

　　① 老舍:《读〈套不住的手〉》,《老舍全集》第 16 卷,人民文学出版社,2013 年,第 559 页。
　　② 老舍:《我怎样学习语言》,《老舍全集》第 17 卷,人民文学出版社,2013 年,第 574 页。
　　③ 老舍:《关于文学创作中的语言问题》,《老舍全集》第 17 卷,人民文学出版社,2013 年,第 692 页。
　　④ 老舍:《怎样写通俗文艺》,《老舍全集》第 16 卷,人民文学出版社,2013 年,第 328 页。

崇高的,不小的,你就有这点,没法选择嘛"①。它还需要不断训练,"经常写,写的勤,天天写,比你一月写一次当然快得多了。快,不能解决问题。我写了就慢慢的修改,我要让我的文章好念、好听,达到简练的目的"②。

　　赵树理也十分推崇汉语的简练。他认为:"文学语言有个简繁问题,古来文章就有以丰富见胜还是以简练见胜的两种",屈原《离骚》、梁启超的文章和《红楼梦》以语言丰富见长③。因为"翻译的东西读惯了,受了影响,说话写东西也移植过来,就成了问题,这会限制读者的圈子,限制在知识分子中,工农分子读不了。所以最好是用我们国家的语言,无论文法、字句的接法、章段的接法都是这样"④。于是,他认为:"写文章能简省应该尽可能简省。我们上货店买东西,总是希望花钱最少,得东西最多,写文章要力求经济也是这个道理,总希望花的文字最少,得的艺术效果最大。"⑤"少些堆砌,更朴质些,文章就会干净。并不是这种语言好写,还是花花绿绿的东西好写,十分朴素而又有文学

---

① 老舍:《勤学苦练,提高作品质量》,《老舍全集》第 18 卷,人民文学出版社,2013年,第 159 页。
② 老舍:《在中共中央党校谈文学语言》,《老舍全集》第 18 卷,人民文学出版社,2013 年,第 133 页。
③ 赵树理:《在长春电影制片厂电影剧作讲习班的讲话》,《赵树理全集》第 4 卷,北岳文艺出版社,2000 年,第 496 页。
④ 同上书,第 497 页。
⑤ 赵树理:《不要急于写,不要写自己不熟悉的》,《赵树理全集》第 4 卷,北岳文艺出版社,2000 年,第 548 页。

第十三章　简练口语与当代文学的语言问题　|　333

气息的语言不好写。"①

当然,简练还有文学读者的考虑。赵树理的《小二黑结婚》不用"然而""于是"等词,因为它们是知识分子的用语,"农民群众却听不懂、读不惯"②,因为"劳动人民说话不爱说长句子。长句子说起来误事,句子要短些"③。他说:"我的文章大都是农民的话,因为我是想写给农民看的。写作要看对象,要看写给谁看。要写给你们看,就要写农民的话,群众不懂,就换几个字。上个学校的,学过汉语,知道词语是一个一个的。农民就不一定懂得这些。它们不懂得那么多的'因为'、'所以';他们不喜欢用'但是',而喜欢用'可是';不喜欢说'于是',而喜欢说'因此'。我们写文章时就应当考虑到他们的习惯用语。写景也是这样,比如'晚霞'这个词,他们并没有这么说。农村的语言很丰富,各人说各人的话,有所不同。老太太和小孩子说的不一样,上过城市和未上过城市的说的也不一样,就是一般农民各人的说法也有所不同。"④简练也是农民语言的特点。1951年,彭燕郊在参加完土改回来后,专门就农民语言作了调查和谈话,认为农民语言比知识分子语言"优秀",它朴素、形象、丰富、深刻

---

① 赵树理:《在长春电影制片厂电影剧作讲习班的讲话》,《赵树理全集》第4卷,北岳文艺出版社,2000年,第497页。

② 赵树理:《做生活的主人》,《赵树理全集》第4卷,北岳文艺出版社,2000年,第540页。

③ 赵树理:《生活·主题·人物·语言》,《赵树理全集》第4卷,北岳文艺出版社,2000年,第535页。

④ 同上书,第534页。

而有力量,"不像我们过去所想的,是散漫的、破碎的、简陋的。相反的是精炼而有音乐性"①。显然,这里对农民语言有想象和虚构成分,所说也不完全是语言问题,而有思想改造的表态和感情转变的说辞。

三、言外之意的文学传统

虽然口语化和简练化成了当代文学的艺术特色和审美追求,但近年来当代文学的语言问题却饱受质疑和批评。有国内学者认为:"中国当代文学现在所呈现的种种问题,归根结底是一个语言的问题。中国现代汉语文学发展了一百多年,但中国现代汉语文学还没有建立起真正属于自己的文学语言。"②海外汉学家顾彬也说过:"现代汉语,特别是中国作家的汉语是一个很大的问题。"③就是被作为当代文学语言典范的赵树理也颇受质疑,虽然有人认为赵树理"从民族语言特别是民间口语宝库中提炼的、臻于炉火纯青的艺术语言,为母语文学留下无法替代的贡献。不承认这一点,就是对中国现代文学的无知"④,但大家

---

① 彭燕郊:《农民的语言:一次谈话记录》,《彭燕郊诗文集》(评论卷),湖南文艺出版社,2006年,第225页。
② 贺绍俊:《建立中国当代文学的优雅语言》,《文艺争鸣》2011年第3期。
③ 郭建玲、顾彬:《在中国文学里栖居:顾彬访谈录》,《当代作家评论》2012年第5期。
④ 邵燕祥:《〈插错"搭子"的一张牌:重新解读赵树理〉序》,载陈为人:《插错"搭子"的一张牌:重新解读赵树理》,广东人民出版社,2011年,第6页。

熟知的夏志清却认为:"赵树理的早期小说,除非把其中的滑稽语调(一般人认为是幽默)及口语(出声念时可以使故事动听些)算上,几乎找不出任何优点来。事实上最先引起周扬夸赞赵树理的两篇:《小二黑结婚》及《李有才板话》,虽然大家一窝蜂叫好,实在糟不堪言。赵树理的蠢笨及小丑式的文笔根本不能用来叙述故事。"[1]那么,我们应该如何评价当代文学语言,它到底出了什么问题?实际上,中国当代文学的语言问题,并不完全是文学语言本身的问题,牵涉到作家与时代、文学与社会的复杂关系。

当历史进入共和国时期,建立政治、经济和思想文化的高度统一,寻求将彼此疏离和涣散的各社会阶层的生存方式和思想观念,纳入统一的社会结构和价值体系,就成为社会主义文化建设的重要目标。语言也成为社会整合的有力而有效的政治力量,积极开展了一系列语言变革,如政府语言、新闻语言、学术语言、教育语言的应用和规范,特别是颁布和实施汉字简化方案、汉语拼音方案、横排书写规定、标点符号方案等。作为语言艺术的文学创作,追求语言表达的口语化和简练化,也就具有丰富的社会政治意蕴。口语化的目的在于使文学更切近和传达社会生活,以适于普通大众的教育需要;简练和简洁既继承了传统汉语资源,也彰显了文学的艺术特性。

新中国成立以后,40年代文艺的大众化实践被作为民族国

---

[1] 夏志清:《中国现代小说史》,传记文学出版社,1991年,第480页。

家的文化道路和方向,确立了文艺为工农兵服务的价值立场,倡导"为中国老百姓所喜闻乐见的中国作风和中国气派"的民族形式,文学创作日益走向民间化和通俗化,出现了文学语言的非文人化或者说非知识分子化倾向。以鲁迅、沈从文、穆旦等为代表的文学语言被边缘化和历史化,语言仅是文学表达的工具,如何让读者听得懂、看得懂成了文学创作的首要问题。赵树理就认为:"语言是传达思想感情的工具。为了很好的传达思想感情,在语言方面应做到以下两点:一是叫人听得懂,一是叫人愿意听。想叫人听得懂,就须说得通;想叫人愿意听,就须说得好——或者'说得技术'。写文章和说话一样,只是把'话'变成'写',在接受者方面只是把'听'变成'读'或'看'。"①那么,口语化既能体现文学群众化的政治诉求,也能打通说与写、写与读之间的阻隔,最大可能扩大文学阅读的愿望。侯金镜也说过:"语言一定要群众化。衣服是劳动人民的,感情是小资产阶级的当然大谬,而生活是劳动人民的,语言是城市知识分子的也很糟糕。这就要注意劳动人民所特有的辞汇、新鲜活泼的语法和语言形象力之丰富和节奏感之鲜明。"②文学口语化成了作家思想感情的试金石,由此检验作家是否与人民群众打成一片,是否完成了自我思想的改造。试想一想,如果因为没有口语化和通俗化而导致文学创作看不懂,缺少读者,倒还不至于会有多么严重

---

① 赵树理:《语言小谈》,《赵树理全集》第4卷,北岳文艺出版社,2000年,第440页。
② 侯金镜:《读新人新作八篇》,《侯金镜文艺评论选集》,人民文学出版社,1979年,第105页。

第十三章 简练口语与当代文学的语言问题 | 337

的问题;如果由此被认为是创作态度与人民群众不一致,思想感情没被改造好,那问题可就严重了。谁还敢去公开反对口语化和大众化呢?何况当代文学本身就是一个质胜于文的时代,语言问题让位于文学的思想内容,人们对语言问题的关注和思考自然缺乏艺术的自觉。

语言的简练化也被理解为文学的民族化。茅盾就认为:"我们许多古典作品在使用文学语言上是异常经济的。像《水浒传》《红楼梦》《儒林外史》等小说,往往用一二千字的篇幅,写出非常生动的场面。中国的旧诗,常用几十个字写出全部的意境,尤其具有不可比拟的精炼。这种传统应该为我们所积极学习和研究。"[1]张天翼有着同样的看法。他认为:"为做到民族化,语言问题是很重要的",而"我们有些作品的语言不像中国人说的话,不是中国人的口气和语调,像是从外国翻译小说学来的,或者像外国人学说中国话没学好。这样的作品,群众就不大爱看",他又将民族化纳入群众化,搅在一起说。当然,他又认为:"民族化不等于群众化,民族化的东西不一定群众化,但群众化的东西往往是民族化的。"[2]民族化也是为了摆脱五四以来新文学的欧化倾向,"文学语言和表现方法上的欧化,在我们当前的

---

[1] 茅盾:《新的现实和新的任务:1953年9月25日在中国文学工作者第二次代表大会上的报告》,《茅盾全集》第24卷,人民文学出版社,1996年,第277—278页。
[2] 张天翼:《关键要熟悉了解人物》,《张天翼文学评论集》,人民文学出版社,1984年,第275页。

作品中并不是个别现象"①。实际上,作家和批评家对文学语言的口语化和民族化的感受和判断并不一致,一个作家赞赏的口语化作品,并不一定就会被另一个作家所认同。如侯金镜就认为:"曲波很注意口语化,很注意语言在表现人物的性格身份时的确切性,所以《林海雪原》的语言能够表达人物的神情"②,"能够传神",活泼而有"艺术的生命力"③。但老舍的感受却恰恰相反,他认为,小说"故事性很强,但稍欠精练,起码可以删减几万字。还有些作品内容很丰富,但不易念下去,语言还欠推敲,应当加工"④。林斤澜提到一件事,老舍曾经当众批评《林海雪原》,说"这本书叫我写,我一个字也写不出来,因为我没有那样的生活。如果我有那样的生活,我写的话,十万字就可以了吧"⑤。这说明老舍有一份难得的清醒和自信,在文学生活和取材上,他有先天的不足和缺陷,既不熟悉革命历史,也不熟悉现实斗争,但在语言表达和艺术技巧上却有丰富的文学经验。但这份经验并不被文学秩序所认同,而又不得不面临"转行"或"转型"的命运。老舍算是比较成功地实现了自我转型,但沈从文、巴金和茅盾等作家则面临着难以言说的尴尬和痛苦。

---

① 侯金镜:《一部引人入胜的长篇小说:读〈林海雪原〉》,《侯金镜文艺评论选集》,人民文学出版社,1979年,第119页。

② 同上。

③ 同上书,第123页。

④ 老舍:《谈谈文艺创作的提高问题》,《老舍全集》第18卷,人民文学出版社,2013年,第133页。

⑤ 程绍国:《林斤澜说》,人民文学出版社,2006年,第183页。

对当代文学而言,口语化和简洁化并非完全就是语言问题,也主要不是技术问题或知识问题,而是价值观和世界观的问题。老舍自己曾说,无论写什么,"我总希望能够充分地信赖大白话"①,"必须相信白话万能",要"全心全意的去学习白话,运用白话"②。充分信赖和热爱大白话,当然有老舍的一贯风格,叶圣陶就说老舍文章的风格就是"从尽量利用口头语言这一点上显示出来"③,说明白话有着无限的生命力,但当代文学的语言问题主要是思想和立场的问题。如同老舍所说:"我们是为人民写东西,就必须尊重人民的语言"④,"这不仅是语言的运用问题,而基本的是思想问题——爱不爱,重不重视,我们的语言问题。"⑤赵树理是个例外。他说:"我的语言是被我的出身所决定的"⑥,所以,在达到和实现"语言艺术化"的过程中,尽量"不违背中国劳动人民特有的习惯",并且还"做得多一点"⑦。可以说,赵树理的语言是本土化、本色化的,是一种语言习惯,没有过

---

① 老舍:《我怎样学习语言》,《老舍全集》第 17 卷,人民文学出版社,2013 年,第 574 页。
② 老舍:《怎样写通俗文艺》,《老舍全集》第 16 卷,人民文学出版社,2013 年,第 328 页。
③ 叶圣陶:《文章例话》,生活·读书·新知三联书店,1983 年,第 78 页。
④ 老舍:《怎样写通俗文艺》,《老舍全集》第 16 卷,人民文学出版社,2013 年,第 327 页。
⑤ 同上书,第 326 页。
⑥ 赵树理:《回忆历史 认识自我》,《赵树理全集》第 5 卷,北岳文艺出版社,2000 年,第 385 页。
⑦ 赵树理:《〈三里湾〉写作前后》,《赵树理全集》,北岳文艺出版社,2000 年,第 282 页。

多嵌入政治立场和语言禁忌。他出生在农村,经常跟父亲到"八音会"去敲锣打鼓凑热闹,从小就泡在劳动人民的语言里,自然而然吸收和掌握了劳动人民特定的语言艺术。

文学语言不同于政治语言,也不同于实用语言,还不同于日常语言。如果已是大白话,还要去追求简洁和简便,就会很容易滑入简易和简陋了。语言不仅是一种交流工具,而且也是人的存在方式,人有什么样的生存方式,也就会有什么样的语言。汪曾祺80年代说过,"语言不能像橘子皮一样,可以剥下来,扔掉。世界上没有没有语言的思想,也没有没有思想的语言"[①]。他强调,"语言不只是技巧,不只是形式。小说的语言不是纯粹外部的东西。语言和内容是同时存在的,不可剥离的"[②]。这也是八九十年代新时期文学所坚守的"语言就是思想""语言就是文化""语言就是生命"等语言观念,它们所体现和彰显的是现代语言的本体论和存在论观念。但对50—70年代的作家而言,不仅是老舍、赵树理,就是同一时期的其他作家都不可能拥有这样的语言观,他们属于那个特定的时代,只能拥有时代条件下的工具论和政治化的语言观念。对口语化文体和简练传统的追求,也是当代文学在社会政治与艺术形式之间做出的痛苦而折中的选择。

---

① 汪曾祺:《中国文学的语言问题》,《中国当代作家面面观》上卷,春风文艺出版社,2006年,第1页。
② 汪曾祺:《关于小说语言(札记)》,《小说文体研究》,中国社会科学出版社,1988年,第1页。

第十四章

概念化、公式化与当代文学的创作困境

　　从 20 世纪 50 年代开始,当代文艺工作一直在两条路线上展开斗争,一方面反对文艺脱离政治倾向,另一方面反对概念化公式化倾向①。概念化和公式化曾是 50—70 年代文学创作的普遍现象。当代文学创作被置于既要表现生活的本质又要遵照艺术规律的两难处境,当代作家也在艺术独特性与概念化公式化、个人主体性与政治意志之间无所适从,缺少精神的主体性和思

---

① 周扬:《毛泽东同志〈在延安文艺座谈会上的讲话〉发表十周年》,《周扬文集》第 2 卷,人民文学出版社,1985 年,第 152 页。

想的创造性,不得不在反概念化、公式化中又深陷于概念化和公式化的泥淖。

当代文学创作时常出现相同的主题、题材和人物,相近的艺术构思或写作方法,可谓千人一面、千语一腔、千篇一律。写工厂,厂长或老工程师总是"保守落后",党团书记却"是先进的",青年工人"有创造性有发明,思想也先进";写农村,"无论是合作社的问题或婚姻问题,老者或父母总是保守落后的,儿女又总是违父母之命而进步";写英雄人物"离家十几年",虽与妻儿意外相逢,"见了面是什么话都不谈的","这些英雄都是些硬心肠的人"[①]。写革命,总是从曲折走向胜利;写生活,总是从苦难走向幸福。塑造人物形象,革命者是高大全,敌人是阴险、猥琐;写社会形势,总是热火朝天、阳光灿烂,有如万马奔腾,气势如虹。无论是老作家还是年轻作者的创作,都存在概念化和公式化的创作倾向。这也引起了上自文学领导下至批评家和作家的不满和批评,虽然它如过街老鼠,人人喊打,开了不少药方,但并没有将其彻底根除,而是如同痂疤越结越厚,成了50—70年代文学的创作困境或者说难题。

一、概念化、公式化的文学症候

当然,概念化、公式化并不是当代文学的特产,而是中外文

[①] 陈其通:《陈其通的发言》,《中国作家协会第二次理事会会议(扩大)报告、发言集》,人民文学出版社,1956年,第221页。

学史的普遍现象。且不说西方古典主义的"三一律"有此倾向,就是传统的"律诗""绝句"也有公式化倾向,"文以载道"常常出现概念化,"托物言志"也有模式化倾向。五四文学时期的问题小说,左翼文学的"革命+恋爱"模式,解放区文学的"土改"叙事,都或多或少存在概念化、公式化问题。20 世纪 50 年代以后,概念化、公式化现象并没有得到有效克制,反而是愈演愈烈。巴人就说过:"在革命文艺阵营里,历来有严重的概念化和公式化的倾向,而在新中国成立后,文艺界里这种倾向,并没有被克服,某些部门还表现得更明显。"①的确如此,50—70 年代文学创作的概念化、公式化现象比较常见和普遍。1951 年,茅盾就感觉到工人题材作品"千篇一律",有着"基本上相同的主题"②。1952 年纪念"在延安文艺座谈上的讲话"10 周年,《人民日报》发表社论,提出反对资产阶级思想,同时也要克服公式化、概念化倾向。1953 年依然是这样的问题,"我们文艺界还有一个相当普遍的毛病,就是公式化"③,"作品的概念化和公式化的倾向","直到现在还普遍存在"④。1955 年,冯雪峰认为,"公式化和概念化的现象在有些作品中表现得比较严重,有的作品甚至

---

① 巴人:《文学论稿》,上海文艺出版社,1959 年,第 438 页。
② 茅盾:《关于反映工人生活的作品》,《茅盾全集》第 24 卷,人民文学出版社,1996 年,第 197 页。
③ 茅盾:《认真改造思想,解决面向工农兵》,《茅盾全集》第 24 卷,人民文学出版社,1996 年,第 220 页。
④ 茅盾:《新的现实和新的任务:1953 年 9 月 25 日在中国文学工作者第二次代表大会上的报告》,《茅盾全集》第 24 卷,人民文学出版社,1996 年,第 265 页。

非常严重"①。到了1956年2月,中国作家协会召开第二次理事会会议(扩大),会议主题就是反对公式化和概念化。周扬在报告中再次指出:"我们一方面要和危害文学艺术发展的各种资产阶级唯心主义的、反人民的思想和倾向作斗争,另一方面要和我们的文艺创作成长过程中所产生的,相当普遍存在的最有害的毛病之一——公式化、概念化的倾向作斗争。"②由此可见,概念化、公式化的严重程度,成了文学斗争的对象。年轻作者的创作有概念化、公式化倾向,资深作家也不能幸免。曹禺说过,他在写作中"不由自主犯着公式化概念化的毛病","明明知道写文章万万不可概念化,但是当我对我要写的对象知道得不多或者了解得不深的时候,公式化概念化这股邪气不知不觉就钻到笔下来了。同时,当我对一个人物、一件事情的思想意义模糊的时候,我就自然而然地求救于某种一定公式的解决办法"③。曹禺将概念化、公式化称作是创作的"邪气",显然是非常形象化的说法,但他又是怎样中邪的呢?实际上,曹禺说到了点子上,那就是"对一个人物、一件事情的思想意义模糊的时候"。当代作家在创作时常常需要为作品寻找所谓的"思想意义",也就是"写什么",简单地说,就是作品的思想主题和作者的思想倾向。

---

① 冯雪峰:《关于创作中的概念化问题》,《雪峰文集》第2卷,人民文学出版社,1983年,第709页。

② 周扬:《建设社会主义文学的任务》,《中国作家协会第二次理事会会议(扩大)报告、发言集》,人民文学出版社,1956年,第18页。

③ 曹禺:《曹禺的发言》,《中国作家协会第二次理事会会议(扩大)报告、发言集》,人民文学出版社,1956年,第225页。

一旦要求作家创作符合规定的思想意义时,"思想意义"就成了一个概念。尽管也有曹禺所说的情形,在概念化、公式化下面"掩盖着思想水平的低下和生活知识的贫乏"①的情形,作家认为社会的思想和知识比较陌生,而作家所熟悉的生活、思想和知识又常不被社会所认同,于是他就不得不"死盯着一个政策或者一个运动的过程,絮絮叨叨地说着千篇一律的故事"②,不得不"靠着生活的'规律'来写东西","生活的规律像是一列靠得住开到目的地的火车,他们坐上去,就再也不下车来看看生活和人物的真实的复杂面貌了"③。当然,曹禺认为,公式化、概念化是写作的"懒惰","忘记独创的精神","忘记了一个作家应该是有了真正的感受才写出东西的"④。所以,当他"写出粗糙、空洞、落套的、自己也完全不能满意的东西"时,就感觉到"公式主义"的"邪气就向我袭来了"⑤。

巴人对概念化、公式化也下了一个定义,"概念化公式化就是作品没有生活内容,没有人物性格的干枯政治术语,政策理论的杂凑",具体地来说,就是"以政治概念或思想概念来代替生活实感;用大量形容词、感叹词来装饰情绪;用说理来代替形象感染;或者是借人物的嘴大篇地宣传作者主观思想;或者仅仅写

---

① 曹禺:《曹禺的发言》,《中国作家协会第二次理事会会议(扩大)报告、发言集》,人民文学出版社,1956年,第225页。
② 同上。
③ 同上书,第227页。
④ 同上书,第225页。
⑤ 同上书,第227页。

第十四章　概念化、公式化与当代文学的创作困境　|　347

些生活现象的'外衣'不适当地套在自己思想概念的'身上'"[1]。公式化,即"作品的构成有一定的公式"[2],如"从落后到转变"的结构模式[3]。巴人还以诗歌《春耕》为例说明概念化和公式化,"公鸡啼了/天还没有大亮/王老汉开了房门/走到院中/尝尝春晨新鲜的空气/深深地打了一个呵欠/抬头望望天/星儿尚挂在高空/眨着眼睛……"。在"生活现象的罗列"和"杂凑"的背后,没有"思想",没有"感情","没有灵魂,没有生命",所以是概念化写作[4]。当然,这首诗有自然主义倾向,近似于八九十年代流行的口语派诗歌。概念化、公式化主要表现为对生活的概念化表达,对人物形象的公式化塑造,或者说是主观地将生活和人物作概念化、本质化处理,"用主观的方法把矛盾轻易地'解决'了,因而复杂的、丰富的社会现象,在作家笔下简单化了,片面化了,变成了干瘪的公式"[5]。描写英雄人物"往往缺乏个性,缺乏感情,缺乏思想的光辉",常"以说教者或演讲者的姿态出场",于是人物"丧失了生活的光彩,成为毫无生命的形象"[6]。

姚雪垠也谈到当代作家在创作中常常出现概念化和公式化现象。"思想中的公式主义也同生活互为影响。比如,我们下工

---

[1] 巴人:《文学论稿》,上海文艺出版社,1959年,第438页。
[2] 同上。
[3] 同上书,第444页。
[4] 同上书,第442—443页。
[5] 茅盾:《新的现实和新的任务:1953年9月25日在中国文学工作者第二次代表大会上的报告》,《茅盾全集》第24卷,人民文学出版社,1996年,第260页。
[6] 同上书,第267页。

厂,事先就计划好找先进生产者如何克服阻力和困难的题材(领导和编辑部也时常提出来这一类的具体任务),有这种计划原无不可,可是它常常变成公式主义的死框框,套住了作家的生活。于是,尽管我们生活在极其复杂多彩的现实中,所看见的却往往只限于这一点,对其他失去了敏感、失去了探讨和追求的兴趣"[1]。他以质问的口气呼吁:"我们不应该拿一个框框去套取生活,不应该让一个简单的公式、一个死板的主观意图限制了我们在生活中的创造性活动,不是吗?"所以,"下去生活,也需要反教条主义和公式主义,也需要思想解放"[2]。"思想解放",说到了点子上,也说到了问题的根子上。1959年,姚雪垠在《文艺报》上"打开窗子说亮话",抨击文学界的官僚主义和教条主义,认为:"公式化这种现象不能完全归罪于作家生活不深入,而更应该归罪于教条主义的猖獗。既然有一部分领导、编辑、批评家和读者群众按照几个简单的教条对作品进行衡量、挑剔和指责,形成一种很大的压力,作家中除非少数真正'特立独行'之士,对生活和艺术确有真知灼见,而刊物编辑部和出版界又不敢挡他过关,敢于对教条主义嗤之以鼻,其余一般作家就没有这种魄力。而且,你真要完全不接受教条主义,刊物和出版社编辑们就不让过关。即让你斗过了这一关,还会有扛着教条主义大旗的批评家领导着所影响的一部分读者队伍从背后掩杀过来。情况

---

[1] 姚雪垠:《创作问题杂谈》,《姚雪垠文集》第17卷,人民文学出版社,2010年,第267页。
[2] 同上。

如此,公式化作品安得不相当流行?"①从体验生活开始就受教条主义的束缚,"下去要看什么、要发现什么、要表现什么,都有一定的框框,这叫做'创作的指导思想'"②。"框框规定得很具体、很死板,硬要你拿住这些框框往生活上边套","寻找他要表现的人物和题材,事先就决定好了,只是下去'按图索骥'。对框框以外的生活,作家因受了框框的限制,失去敏感,或看见了也不知道是否应该写"③。于是,他发出感叹:"在新社会,创作的道路本来应该是非常宽阔的,自由的。但是各种各样的教条主义却到处布置了绊马索,等着你一万个小心中的一个疏忽。这样,作家在进行创作时不能不缩手缩脚,不求有功,但求无过。古语云:'战战兢兢,如临深渊,如履薄冰。'此之谓也。"④

二、生活本质和艺术规律

概念化、公式化的创作倾向,引起了文学领导、文学批评家和作家的高度重视,将其上升到世界观改造和反现实主义的高度,为其指点迷津,修建围栏,但它却如一头猪一样在围栏里越养越肥。1950年,茅盾不无自信地说:"结构和人物之公式化的

---

① 姚雪垠:《打开窗子说亮话》,《姚雪垠文集》第17卷,人民文学出版社,2010年,第281页。
② 同上。
③ 同上书,第282页。
④ 同上。

问题,我以为这个问题是不难解决的","避免之道,就在于达到'大团圆'的过程须有变化,就是要深入生活,要有新发现,而不人云亦云",它主要"是一个生活经验和思想深度的问题",而不能把它"作为一个单纯的技巧问题来解决"①。1953 年,他依然坚持认为概念化和公式化"是主观主义思想的产物。它们是一对双生的兄弟"②。柳青认为,作品概念化是作家没有自己的思想,"作家不能只是宣传家,而且必须是思想家。就是说,你在生活里呆了一段之后,就要对生活发表你的看法,这就要写作品。而这种'看法'(或者叫思想),必须是你自己的,不是那种'人云亦云'的'看法';也不是报纸上或电台上早已宣传过多少遍的'看法',然后你再通过作品来解释它。当然,你的'看法',必须是符合社会主义方向的。这是个前提。但又确实是你自己的,有别于其他人的"③。那么,造成概念化、公式化创作倾向的真正原因又是什么呢?

冯雪峰认为,思想上的根源主要是"主观主义和教条主义"④,艺术上主要是在"现实生活的观察和掌握"上的不深刻、

---

① 茅盾:《文艺创作问题:一月六日在文化部对北京市文艺干部的讲演》,《茅盾全集》第 24 卷,人民文学出版社,1996 年,第 112—113 页。
② 茅盾:《新的现实和新的任务:1953 年 9 月 25 日在中国文学工作者第二次代表大会上的报告》,《茅盾全集》第 24 卷,人民文学出版社,1996 年,第 265 页。
③ 吉学沛:《珍藏的往事》,《大写的人》,中国青年出版社,1982 年,第 42 页。
④ 冯雪峰:《关于创作中的概念化问题》,《雪峰文集》第 2 卷,人民文学出版社,1983 年,第 715 页。

不全面,在艺术描写上的"不生动和没有创造性"[①]。要解决公式化、概念化问题,应"体验和熟悉生活","从熟悉人民生活和提高艺术和水平上努力"[②]。深入生活和提高艺术水平,也就被当成克服概念化、公式化问题的两服良药。冯雪峰还将概念化、公式化中的"概念"和政治"理论"作了区分,认为"概念化中的概念,并不等于革命理论","假如因为反对概念化,就以为可以不学习革命理论,可以不学习马克思主义和党的政策,那是完全错误的"[③],"恰恰相反,我们所以有概念化、公式化的现象,就是我们还没有学好马克思列宁主义和党的政策的一种表现","如果没有马克思列宁主义的党的政策指导我们,我们是不可能深刻全面地掌握我国今天的生活的。因此,越是要反对概念化,我们就越是要学习马克思列宁主义和党的政策"[④]。并且,还进一步提醒:"不应该把作品的明显的倾向性"和"概念化混淆起来",如果为了避免概念化,"连作者自己拥护什么、反对什么的立场和态度也不敢明白表示,那是完全错误的。作者有权利,而且也应该,用他的作品来表现他的世界观和他的政治思想。作者的明确的立场和思想,同概念化是两件事。"[⑤]将文学创作的概念化从作家的世界观改造以及所掌握的政策理论剥离出来,

---

① 冯雪峰:《关于创作中的概念化问题》,《雪峰文集》第2卷,人民文学出版社,1983年,第710页。
② 同上书,第717页。
③ 同上书,第714页。
④ 同上书,第717页。
⑤ 同上。

其良苦用心隐含着社会时代的压力,概念化、公式化问题不仅仅是文学艺术的问题,而且是社会政治问题,如果仅仅是文学艺术问题,问题反而会变得简单多了。也许正因为是这样,作家和批评家不得不话中有话,甚至是揣着明白装糊涂,一本正经地说着连自己也并非完全相信的话。

1957年,茅盾还专门撰文讨论概念化、公式化问题,认为:"最错误而最有害的说法,是把产生公式化、概念化的原因,归之于教条主义的文学批评,归之于所谓创作不自由,归之于什么生活本身就是公式化的歪论,甚至于说,党领导文艺是产生公式化、概念化的根本原因。这最后一种荒谬绝伦的说法,在最近的资产阶级右派向党进攻的时期,特别嚣张!"[①]这显然是表态性的文字,有批判胡风及"右派"言论的意思,将概念化、公式化原因拉回到写作者自身,而不是写作者之外,也就降低了由反概念化、公式化带来的政治风险。茅盾开出的药方是,"学习马列主义、深入生活、加强艺术实践,三者反复进行,是克服公式化、概念化的不二法门。"[②]周扬也表达过这样的意思,"创造人,掌握技巧,进一步深入的观察生活,研究生活,掌握了马克思主义基础,深入的研究生活,这是解决公式化的道路,除这条道路外,没有别的道路"[③]。1957年,在优秀影片授奖大会上,茅盾在讲话

[①] 茅盾:《公式化、概念化如何避免?》,《茅盾全集》第25卷,人民文学出版社,1996年,第108页。
[②] 同上书,第116页。
[③] 周扬:《论艺术创作的规律》,《周扬文集》第2卷,人民文学出版社,1985年,第352页。

中认为,造成"概念化和公式化"的"原因是复杂的",如"艺术生产上的管理过于集中、行政干涉过多、教条主义的影响、创作人员的脱离生活等等"①。这里所提到的文学生产、文学领导和管理上的原因,显然是非常大胆的说法。

周扬认为作家"没有充分掌握表现生活的创作方法和文学技巧"是产生概念化、公式化的"最普遍最主要的原因",是"现实主义薄弱"的表现,是"主观主义的创作方法"的结果,"不从生活出发,而从概念出发,这些概念大多只是从书面的政策、指示和决定中得来的,并没有通过作家个人对群众生活的亲自体验、观察和研究,从而得到深刻的感受,变成作家真正的灵感源泉和创作基础",于是,他提出:"要克服创作上的概念化、公式化的倾向,关键就在于提高作家的认识生活和表现生活的能力。"②周扬也不得不承认:"公式主义并不是十分容易克服的东西;要克服它,决定关键在于正确地解决作家和生活的关系,这不但包括作家接触生活的广度和深度,而且也包括作家认识和表现生活的能力,包括作家对生活的观察力、热情和他的艺术技巧。"③"生活"和"艺术"被作为解决概念化、公式化的重要手段,

---

① 茅盾:《创造出更多更好的社会主义的民族新电影》,《茅盾全集》第25卷,人民文学出版社,1996年,第24页。
② 周扬:《为创造更多的优秀的文学艺术作品而奋斗:一九五三年九月二十四日在中国文学艺术工作者第二次代表大会上的报告》,《周扬文集》第2卷,人民文学出版社,1985年,第242页。
③ 周扬:《建设社会主义文学的任务》,《中国作家协会第二次理事会会议(扩大)报告、发言集》,人民文学出版社,1956年,第27页。

但一说到作家与生活的关系,这时的"生活"又被作了概念化和本质化的理解。对作家而言,学习和研究"党和国家的政策具有决定性的意义","只有掌握马克思列宁主义这个武器","才能比较敏锐而准确地辨别和认识各种纷繁错综的生活现象的本质","政策帮助作家认识当前生活中的主要矛盾和人们前进的方向和道路"①。作家与生活的关系被设定为体验生活、认识生活和表现生活,认识生活,就需要有理论政策的指导和帮助,才能把握生活的"本质",不然就会"掉在生活的大海里而迷失方向"②。表现生活的本质就必然会产生概念化、公式化,因为生活本质本身就是一个概念,按照生活本身的发展规律,也会成为公式化创作,如果完全"按照生活本身"去写作,又会掉进自然主义陷阱,同样要受批判,被文学领导和批评家加以"难道生活是这样的吗"的质问。

学习理论和政策也好,认识生活的本质也罢,文学创作在生活的本质和理论政策之间也就会无所作为,连茅盾也发出感叹:"别人出题目,作家照题创作,这就是违反文艺创作规律。因为这是把创作过程颠倒过来了,作家不是从生活经验中产生主题与人物,而是得了题目以后再去生活中找人物,那就难怪他笔下

---

① 周扬:《建设社会主义文学的任务》,《中国作家协会第二次理事会会议(扩大)报告、发言集》,人民文学出版社,1956年,第28页。
② 周扬:《为创造更多的优秀的文学艺术作品而奋斗:一九五三年九月二十四日在中国文学艺术工作者第二次代表大会上的报告》,《周扬文集》第2卷,人民文学出版社,1985年,第242页。

的人物会变成概念化了。"①但是,一会儿,周扬又这样说:"一个有才能的作家,决不会按照创作的定义或规律去从事创作,只有低能的没有生活的人,才会按照教条去写。"②到底按不按政策和理论来写呢?依照政策理论创作,容易陷入概念化、公式化,不按政策理论又会偏离政治倾向,这不是让作家左右为难吗?还是茅盾说得好,"一个作家怎样才能够算是具有了马克思主义世界观,要看他是不是能够对社会现实看的远,看的深,抓住关键问题,把握到社会发展的本质。而他的是否具有这个本领,也只有从他的作品来衡量"③。作品好坏的确是试金石,但要从作品中看出作家是否"具有了马克思主义世界观",是不是"对社会现实看的远,看的深,抓住关键问题,把握到社会发展的本质"的本领,则是困扰作家的一个难题。

真正的问题在于,当代文学创作被置于两难处境,既要表现生活的本质又要遵照艺术规律。一面是体验生活,一面又要认识生活;一面要求提高作家的政策理论,改造作家世界观,一面又要遵循艺术特点,按艺术规律办事。这样,教条主义的规范和艺术规律的遵循让作家无所适从。冯雪峰曾有一个希望:"只要大家的作品都写得好,却决不会有重复或千篇一律的现象;为什

---

① 茅盾:《五个问题》,《茅盾全集》第 26 卷,人民文学出版社,1996 年,第 220 页。
② 周扬:《关于当前文艺创作上的几个问题》,《周扬文集》第 2 卷,人民文学出版社,1985 年,第 411 页。
③ 茅盾:《贯彻"百花齐放,百家争鸣",反对教条主义和小资产阶级思想》,《茅盾全集》第 25 卷,人民文学出版社,1996 年,第 7 页。

么呢？因为生活是如此的生动、丰富、复杂,而大家不但从各方面都能够反映出生活的全貌,并且又都可以有各自的创造性。"①当然,如果作品写得好,哪还有概念化、公式化？如果能够"创造性"地表现生活的"生动、丰富、复杂",自然也就不可能出现概念化、公式化。冯雪峰是话中有话。但是,如果要把作品写得好,那又是一件谈何容易的事情。这就让文学陷入了一个怪圈,在反对公式化和概念化的同时又坚持公式化和概念化创作原则;在反对作家从概念出发的同时又坚持理论概念的先导性;在要求作家深入生活的同时又希望作家跳出生活;在反对作家主观主义的同时又将其纳入政治主观主义。这样,当代作家在艺术独特性与概念化公式化、个人主体性与政治意志之间无所适从。在失去了艺术独特性和个人主体性的前提下,文学创作更陷入了概念化和公式化的泥淖。实际上,概念化、公式化的根本原因在于作家缺乏精神的主体性和思想的创造性。

1956年,周扬曾将概念化、公式化的原因总结为三种情形,青年作家"缺乏创作经验",有经验的老作家"对人民的新生活又还不熟悉",另外的一些作家"对文艺创作的特点缺乏正确的理解"②。这涉及"经验""生活"和"艺术"三方面的问题,应该说也是最符合实际的说法。周扬毕竟不是文学的外行,但如果

---

① 冯雪峰:《关于创作中的概念化问题》,《雪峰文集》第2卷,人民文学出版社,1983年,第719页。

② 周扬:《建设社会主义文学的任务》,《中国作家协会第二次理事会会议(扩大)报告、发言集》,人民文学出版社,1956年,第18页。

仅仅从作家与生活关系上去寻找概念化、公式化的原因，或者从政策理论水平上去开药方，虽然说出了文学与生活、文学与政治的理性关系，却解决不了文学创作的根本问题。事实上，概念化、公式化倾向并没有因为当代文学上下一致的合力围剿而消失，反而是愈演愈烈，到了"文革"文学却发展到顶峰，成了概念化、公式化创作的极端化形态。人们似乎对概念化、公式化创作有些一筹莫展了。

在概念化、公式化面前，人们尝试着开出不同的药方，最后不过是用一套概念化、公式化替代另一套概念化、公式化而已。茅盾说过，"好多年来，我们一直反对文艺创作的公式化概念化"①，那问题出在哪儿呢？他认为是作家们没有真正领悟到社会主义现实主义创作方法的真髓，没有真正建立起先进的无产阶级世界观，从思想上、观念上和小资产阶级文学思想划清界限。但他毫不讳言社会主义现实主义文学本身也是"高级的公式化、概念化"，不能"搔到痒处"，"说得具体些，就是：读者没有在作品中看见自己的影子或者他的周围人们的影子，读者不能在开卷时就觉得有一股熟悉的气味扑面而来，最后，读者也不能在这部作品里发现大家意识中模模糊糊存在着而却被作者一口喝破的事理和思想。如果说这样的作品跟上面所说的那种一般被戴上公式化概念化帽子的作品是难兄难弟，那也不公平。但总不能笼统地以'平庸'二字谥之，总该从它的本质上给一个考

---

① 茅盾：《夜读偶记》，《茅盾全集》第 25 卷，人民文学出版社，1996 年，第 217 页。

语。不揣冒昧,我打算称之为高级的公式化概念化"①。实际上,社会主义现实主义也成了教条主义创作模式。周扬说:"什么是社会主义现实主义呢?简单的说就是艺术所要求的真实性和用社会主义教育人民相结合。"②按一般的说法,真实性、典型性和倾向性就是社会主义现实主义,换句话讲就是真实的生活、典型的人物和政治倾向。实际上,这样的创作方法也为概念化、公式化打开了方便之门,连周扬自己也不得不承认:"我们应该把社会主义现实主义了解为一种新的方向,而不能把它当作教条,或者当作创作上的一种公式。不然的话,就有很大的危险。但是,过去乃至于现在,在我们的创作上是存在着把社会主义现实主义当作教条和公式的情况的,苏联也是如此。"③

三、文学形式主义批判

概念化、形式化问题还涉及当代文学的形式观及其形式主义批判问题。"形式"是西方美学和文艺学的关键术语之一,主要指作品组织构造的原则和方法。无论是亚里士多德,还是柏拉图,还是康德、黑格尔,他们都强调了"形式"之于文学艺术的

---

① 茅盾:《夜读偶记》,《茅盾全集》第 25 卷,人民文学出版社,1996 年,第 221 页。
② 周扬:《在中国共产党第二次全国宣传工作会议上的发言》,《周扬文集》第 2 卷,人民文学出版社,1985 年,第 287 页。
③ 周扬:《关于当前文艺创作上的几个问题》,《周扬文集》第 2 卷,人民文学出版社,1985 年,第 409 页。

重要地位,文学之为文学,艺术之为艺术,都在于它们的"形式"性;是"形式",而不是"内容"才使文学和艺术拥有"文学性"和"艺术性"。可以说,"形式"在西方美学史上具有本体论意义。而形式主义则主要关注文学形式问题,探讨文学材料及其实现之间的关系,并将形式的获得作为文学性的规定。它对文学语言及形式的强调,并没有放弃或排斥文学内容,"形式"在形式主义那里主要是作为文学之为文学的独特性的证明,是存在于作品之中,隐含着丰富意义的文学本质。而中国文论上的形式却是被压抑的对象,中国古代文献虽没有出现"形式"概念,却有"文"这个概念,也出现了不少有关文辞的表述,如《论语》的"修辞立其诚",文辞修饰相当于今天的文学形式问题。古人尽管有"言而无文,行而不远"之说,但对炫目的文采却多取排斥和警惕的态度,追求"讷于言而敏于行"的圣人之风范。柳宗元将文辞的超越看作为文的"觉悟",他说:"始吾幼且少,为文章,以辞为工。及长,乃知文者以明道,是固不苟为炳炳烺烺、务采色、夸声音而以为能也。"[①]这样的看法带有一定的普遍性,也成为中国文学批评压抑文学形式的基本论断。

"形式"被中国文论边缘化,到了当代文学还有了某种"原罪"性,特别是被冠上形式主义之后。茅盾曾以老作家身份批判过青年作家对形式的几种错误认识,认为:"有些青年以为文学

---

① 柳宗元:《答韦中立论师道书》,《中国历代文论选》第 2 册,上海古籍出版社,1979 年,第 144 页。

艺术上的技巧就跟车床、刨床的操作技术一样，一经指点，或者传授了窍门，就能学会，而且生产出来的成品，一定合乎规格（抱这样看法的青年，为数不少）。另外有些青年，却以为讲究技巧就是形式主义。他们有这样一种似是而非的议论：文艺作品当然要有艺术性，然而艺术性和形式主义不同；朴素，明朗，交代清楚，文学语言完全是老百姓口头上的活的语言——这是艺术性，反之，就是形式主义。"[1]形式主义似乎是一种风格，朴素、明朗是艺术，不朴素、不明朗就是形式主义？茅盾也不认同，"把不是朴素、明朗的作品都看成是形式主义的东西，这种看法，是错误的，其原因在于不了解何为形式主义"[2]。那什么是形式主义呢？茅盾并没有做进一步的解释。来自老百姓口头的活的语言，是否是艺术性，知识分子语言呢？是否就是形式主义？茅盾也没有说，他只是提醒不要简单理解"形式"和"形式主义"，茅盾对此深以为虑，担心它会使作家失去探索艺术性的动力。毕竟茅盾有新文学的形式探索，也对现代派文学形式非常熟悉，甚至曾经是心驰神往，到了共和国时代，他还有这样的想法："毒草还可以肥田，形式主义文艺的有些技巧，也还是有用的"[3]，但他对路翎《洼地上的"战役"》中长段的心理描写，也认为是"不适宜的"，"目的性不明确"，"歪曲"了"志愿军的精神面貌"[4]。这

---

[1] 茅盾：《夜读偶记》，《茅盾全集》第 25 卷，人民文学出版社，1996 年，第 190 页。
[2] 同上书，第 191 页。
[3] 同上。
[4] 茅盾：《关于人物描写的问题》，《茅盾全集》第 24 卷，人民文学出版社，1996 年，第 356 页。

也是共和国时代拥有文化界领导、文学批评家和老作家等多重身份的茅盾,难免言不由衷、身不由己。一方面,他认为:"文学创作需要一定的技巧,然而思想内容却是作品的灵魂。精神世界贫乏乃至于肮脏的人,称之为行尸走肉。文学作品中也有这样的'行尸走肉'。这就是形式主义作品。"[①]另一方面,他又认为:"文学、艺术形式方面的新创造,总是值得鼓励,而且应当鼓励的;但是,这些形式方面的新创造必须与内容的丰富、健康相一致。用新奇的形式掩盖空虚乃至腐朽的内容,这才是形式主义。"[②]如果形式主义真能为社会主义文学提供肥料,那就应当让其充实进来,但形式主义背后又有着不完全是形式的问题,如茅盾所说,纯形式的现代派并非只提供技术,还代表着一个资产阶级的个人思想,这个思想才是真正有害的毒素。茅盾不无谨慎的言论表明他在现代派形式问题上的复杂态度,尽管他个人不无现代派的创作实践,也看到概念化、公式化问题并不能仅仅通过世界观的改造就能一劳永逸解决,还需要有形式和技巧的学习和创造,但他更为担心因对现代派的倡导而被戴上形式主义帽子的后果。

艾青对形式和形式主义也有自己的看法。他认为:"今天中国的诗,内容和形式都存在着一些问题。其中最中心的问题,是形式主义的倾向",反映在创作上,"是内容的空虚和对于形式

[①] 茅盾:《从创作和才能的关系说起》,《茅盾全集》第25卷,人民文学出版社,1996年,第525页。

[②] 同上书,第525—526页。

盲目的追求;反映在理论上,是对形式的一系列的混乱的观念,这些观念在各种不同的程度上妨碍了创作。我以为,形式主义的倾向不克服,要使社会主义现实主义的诗有正常的发展,是很困难的。"[1]艾青这里所批评的形式主义是内容空虚的形式,是脱离内容的形式。在他眼里,文学艺术的创作原则首先"是内容问题,是一个作品所包含的思想——作者对待现实生活的态度。形式问题只是形式问题。只有当某种形式的发展妨碍了内容——形式和内容存在着严重的矛盾的时候,形式问题才有了特殊的意义。今天中国的诗,最根本的问题,也还是内容的问题,是诗人对于国家现状的态度,诗人和人民的关系,诗人的感情和人民的建设社会主义的感情更进一步结合的问题。把形式问题看作是原则问题,把形式看得比内容更重要,倒的确是本末倒置了。这结果,只会引导诗人努力追求某种体裁和格式,最后也不过出现了一些似是而非的所谓的'诗'的东西"[2]。艾青所说的"形式问题只是形式问题",是将形式与内容分开,否定形式的独立性,"一切形式之能否存在,只有看它是否很完善地表现了现实生活和是否为广大群众所欢迎"[3],"离开内容对于形式的要求而谈形式问题,是形式主义的理论;也就是说,凡是抽象地谈形式问题,把形式看作绝对的一成不变的那种理论,就是

---

[1] 艾青:《诗的形式问题:反对诗的形式主义倾向》,《艾青全集》第3卷,花山文艺出版社,1994年,第327页。
[2] 同上书,第344页。
[3] 同上书,第364页。

形式主义理论"①。这样,把"形式"看作绝对而独立的存在就是形式主义。实际上,何谓"内容",何谓"形式",并不存在本质的规定。形式与内容的主从、并列、包含或对抗关系一直是西方形式研究的中心问题,特别是俄国形式主义、新批评和结构主义都聚焦"形式"问题,"形式"不仅被作为文学的标识,而且还认为文学的意义就发生在形式空间,并提供了全新的批评实践方法,拓展了人们对文学的阅读和理解。文学的内容和形式是不断转换的,文学内容蕴藏着文学形式,文学形式也隐含了文学内容。不但没有独立的形式,也没有独立的内容。

但当代文学却虚构了形式主义的罪名,认为"形式主义讲形式不讲内容","把形式和内容割裂了",不知道"形式和内容是一起来的,二者是辩证的统一,是艺术的规律,破坏了这个规律,就破坏了艺术"②。这是周扬的判断,属于辩证法的经典表述。艾青也指出过形式主义的两条罪状:"形式主义一面是否定艺术创作的规律,否定一定时代的审美观念,使诗的形式陷入虚无主义和无政府状态里;另一方面是把创作规律看得很简单,把创作活动限制在这种或那种形式的模仿里。"③将形式主义说成是"虚无""无政府"和"模仿"的渊薮,认为形式主义没有时代的审

---

① 艾青:《诗的形式问题:反对诗的形式主义倾向》,《艾青全集》第3卷,花山文艺出版社,1994年,第357页。
② 周扬:《论艺术创作的规律》,《周扬文集》第2卷,人民文学出版社,1985年,第350页。
③ 艾青:《诗的形式问题:反对诗的形式主义倾向》,《艾青全集》第3卷,花山文艺出版社,1994年,第358页。

美观念,没有形式的创造性,这些令今人有些匪夷所思的看法,在艾青所处的时代已是习以为常的了。艾青还将概念化、公式化看作形式主义的产物,认为"文学艺术上的概念化和公式化的创作倾向","是和形式主义的理论分不开的。形式主义是教条主义的产物,追究它的根源则是哲学上的唯心论"[①]。这样,从概念化、公式化到形式主义,从教条主义到唯心主义,艾青如同办丧事一条龙服务一样,一起把他们放进了火化炉烧掉了。但它们并没有化为灰烬,到了80年代,形式主义却"死灰复燃",披荆斩棘,成为新时期文学突围的先导,成为先锋文学潮流的标识,为新时期文学的创新和开拓提供了强大的理论资源。艾青希望当代诗歌能够发达,"让各种各样为人民所喜爱的文学形式都有繁荣的机会","让我们所有的形式都能达到社会主义现实主义的要求。让我们能听见这个大时代的繁复又洪亮的声音"[②]。恰恰相反,当代文学的"形式"没有"多种多样",即使是"社会主义现实主义"要求的"形式",也常常落入模式化的套子。当"形式"被作为负面价值时,对形式的追求和创新就失去了动力,因袭、模仿已有形式,或者不讲"形式"也就成了最为保险的事。一旦没有形式创新,文学的内容也就是裸露的、概念化的。所以说,当代文学在对形式主义展开批判、设定形式主义罪名的同时,也为概念化、公式化提供了方便之门。

[①] 艾青:《诗的形式问题:反对诗的形式主义倾向》,《艾青全集》第3卷,花山文艺出版社,1994年,第363页。

[②] 同上书,第364页。

第十五章

赶任务与当代文学创作的时代命题

赶任务并非当代文学政策,但它却成了政策规定之外的一项任务,可谓不是政策的政策。赶任务中的"任务"既被作为当代文学所"致力"和"从事"的义务,又是当代作家主动或被动完成的"要求"或者说责任。众所周知,当代文学已被纳入国家一体化管理机制,社会政治、经济任务之紧迫性和重要性显而易见,同时,作家的身份认定和工作要求也是其必须接受的理由。当然,在任务要求和完成过程中,"赶"的方式及其效果自然也是千差万别的。

一、赶任务的政策引导

当代文学最大特征是它的社会主义文学性质,拥有文学政策指导和文学组织计划。按照一般性的理解,政策常常根据社会发展和时代要求而确定,"根据生活的规律,对生活规律的认识,根据群众的愿望与利益制定的;制定了以后又拿到群众那里去变成群众自己的东西变成生活",政策和生活是"一个辩证的统一",不要把政策与生活对立起来,"政策固然指导生活,但生活究竟比政策困难",政策是作家观察生活的"一个指导"原则[①]。政策来自生活,又回到生活,甚至指导生活,显然,它就高于生活。文学表现生活,这是不变的真实。那么,文学是否表现政策呢?在一个相当长的时期里,文学也是要反映政策的,因为生活就受政策指导。国家"整个政策路线应当反映在我们的作品里,如果不表现政策就不能真实地反映现实,这就是历史的具体性;离开这个也就不能以社会主义精神去教育人民。什么是社会主义精神,不是那种抽象的社会主义精神,而是中国的工人阶级怎样领导新民主主义革命的经验去教育人民的"[②]。这样,现实和政策、历史和政策都被统一起来,有了一致性,同时,它也

---

① 周扬:《在全国第一届电影剧作会议上关于学习社会主义现实主义问题的报告》,《周扬文集》第2卷,人民文学出版社,1985年,第230页。
② 同上。

存在于"千百万人的地方"①,涉及千百万人的利益。并且,政策就是政治的具体形式,文创作品"应当表现党的政策",如离开了党和国家的政策,也就"离开了党和国家的领导","政策一经被千百万群众掌握之后就以无可抗拒的力量改变着整个国家和人民的命运。因此,在艺术作品中表现政策,最根本地就是表现人民中先进和落后力量的斗争,表现共产党员作为先锋队的模范作用,表现人民民主制度的优越性,因此,正确地表现政策和真实地描写生活两者必须完全统一起来。而生活描写的真实性则是现实主义艺术的最高原则"②。文学的政策问题,决定着"作品的思想性和艺术性",还成为解决"文艺与政治""文艺与现实结合的问题"③。这样,文学表现政策或者说书写政策也就成了文学的一项政策。

1950年,邵荃麟也认为,"文艺创作除了结合政策的问题以外,还有和政治任务相配合的问题",也就是"赶任务"。应如何理解"赶任务"?邵荃麟的看法是,如果将赶任务看作"奉命写作","这当然是不对的","因为作品总是要通过作者感觉和思

---

① 周扬:《在全国第一届电影剧作会议上关于学习社会主义现实主义问题的报告》,《周扬文集》第2卷,人民文学出版社,1985年,第231页。
② 周扬:《为创造更多的更优秀的文学艺术作品而奋斗:一九五三年九月二十四日在中国文学艺术工作者第二次代表大会上的报告》,《周扬文集》第2卷,人民文学出版社,1985年,第243页。
③ 周扬:《文艺思想问题》,《周扬文集》第2卷,人民文学出版社,1985年,第265页。

维,没有怀孕就生儿子是不成的"①。应该把它看作作家的"一种自觉行为","每个作家在其实践或一定岗位工作中,都应该自觉地担负其宣传教育的任务","这样的赶任务是完全应该的","自然那种把文艺创作贬抑为一种机械的命令的服从,抹杀了个人创造性的意义,这种庸俗的赶任务观点,是要不得的,而事实上这样做法也并不能真正的配合政治任务"②。赶任务是文学政策,但又不满庸俗化和机械化,其中有"机关"和奥妙。1951年,丁玲认为:"任务必须要赶,而且要全心全意去赶",不然就落后了,就"谈不上如何去完成文艺的战斗任务","就谈不上为人民服务了","好作品有的就是在赶任务中赶出来的","我们处的时代是飞跃前进的时代,我们想站在一边看别人飞跃而自己却幻想着去写'伟大的作品',这是不切实际的空想。"③好作品是赶任务出来的,丁玲能说出这样的话,不得不让人惊讶。当然,丁玲理解的赶任务主要还是社会现实、社会时代,是作家需要投入人民群众生活。从这个意义上,赶任务与深入生活就有着相近的目标和意图。

　　文学与政策的关系,也是文学与群众关系问题,"政治是关系千百万群众的事情",文学作家与"工农群众的思想感情打成

---

　　① 邵荃麟:《论文艺创作与政策和任务相结合》,《邵荃麟评论选集》上册,人民文学出版社,1981年,第290页。
　　② 同上书,第291页。
　　③ 丁玲:《谈谈文艺创作问题》,《丁玲全集》第7卷,河北人民出版社,2001年,第252页。

一片","与群众的脉搏一同跳动",要拥抱群众,因为群众不是"假想的幻影",而是要"注意政策,研究政策,并在作品中反映出来"。这样,"文艺服从政治反映政策,就会是主动的,自觉的,有力的,而不会是被动的,勉强的,无力的。这样,就可以脱出'赶政治','赶任务'的那种勉强状态"①。那么,"政策是否会限制了作家创作的视野呢?"政策制定者断然决然地认为:"不!真正的政治是扩大作家的视野的。"②于是,"文艺界提出了'赶现实','赶任务'的问题,就是说文艺要结合现实,反映政策,完成任务。可是现实发展快,政策变化多,任务时时有,文艺老在后面追,追不上,就有'疲于奔命'之势,又因为是'赶任务','赶现实',急就章不免标语口号。这种情况,从客观上说,是反映了革命斗争发展迅速而又复杂,反映了斗争的紧迫,文艺不能不适应这种情况。革命的文艺如果回避了这些任务就不成其为革命的文艺了"。③ 由此,文艺成为革命的文艺,成为人民的文艺,成为生活的文艺。

文艺与政策、文艺与政治的关系非常复杂,并且不断发展变化,主要是政策的不断变化。1950 年,茅盾也谈到文学赶任务的问题,认为文学"配合政策","文艺须与政策结合,完成一定的政治任务",是不成问题的,之所以成了问题,它"不在文艺与

---

① 周扬:《文艺思想问题》,《周扬文集》第 2 卷,人民文学出版社,1985 年,第 266—267 页。
② 同上书,第 267 页。
③ 同上书,第 265 页。

政治结合这基本原则",而在"实际执行上遭遇的困难"①。究竟是什么困难呢?即"赶不上"和"赶不完"。作为有丰富创作经验的作家茅盾,他知道文学本身和文学创作的独特性。所以,他说:"文艺创作这件事毕竟是精神的劳动,一篇作品脱稿有它的过程,打个浅近的比喻,好比生孩子,从受孕,怀胎,然后临盆等过程,如果任务下来了好比受孕,那么从接受任务到作品生产这一段时间就好比是怀胎","'月份不足'产生的作品总也有点不大成熟的地方","在作家方面说,题材尚未成熟而要'赶'它出来,当然会感到疲劳,乃至痛苦,何况有时候即使'赶'了出来,而情况已有变动,作品成为过时。凡此种种实际执行任务时所遭遇的困难,即使同志们感到须要解决的问题,这是可以理解的。"②事实上,文学创作是赶不上社会政策变化的,茅盾说了大实话。那么,"赶任务和提高作品的思想性与艺术性会不会发生矛盾呢?不可否认是有的"③。那该怎么办?当出现"精神上的矛盾和苦闷"时,茅盾提出了两条建议,一是根据任务大小,长远和临时采用不同文体形式;二是调整心态,不以赶任务为苦,反"引以为光荣"④。照茅盾的意思,采取变换文体方式应对不同任务,诗歌和散文文体是否就可以对付短期任务,小说戏剧可用

---

[1] 茅盾:《文艺创作问题:一月六日在文化部对北京市文艺干部的讲演》,《茅盾全集》第24卷,人民文学出版社,1996年,第107页。
[2] 同上书,第108页。
[3] 同上书,第113页。
[4] 同上书,第114页。

来回应长远任务。

尽管如此,赶任务仍然很有必要。茅盾做出了坚定回答,"'赶任务'是否必要呢?为了'赶任务',作者不得不写他自己认为不成熟的东西,是否值得呢?我以为是必要的,也是值得的",并且,还说:"我们不但应当不以'赶任务'为苦,而且要引以为荣。因为既然有任务要交给我们去赶,就表示了我们文艺工作者对革命事业有用,对服务人民有所长,难道这还不光荣么?"不以为苦,还以为荣,问题在于任务光荣。自然,"以为'赶任务'是损害了文艺的什么尊严"则是错误的观念,"没落的统治阶级当其在思想战线上连守势都不能维持下去的时候,往往想用什么'超现实','超阶级','与政治无关'等等烟幕来迷糊目标,并麻痹群众,他们把文艺说成多么清高,而以服务政治为亵渎了文艺的尊严"[1]。周扬也认为,这反映了"对政治的比较狭隘的了解",把目前的"日常工作任务"当作了政治,"政治眼光比较小","出题目做文章,不大考虑文艺创作过程的特点","只向作家订货,而不善于真正从政治上帮助作家。这也往往是引起作家'苦闷'的原因之一"[2]。他批评了文艺与政治结合的几种错误理解,如主张艺术即政治,文艺与政治可以结合,却"拒绝文艺反映各种具体政策",还有"把文艺与政治的关系庸俗

---

[1] 茅盾:《目前创作上的一些问题:1950年3月在〈人民文学〉社召开的创作座谈会上的讲话》,《茅盾全集》第24卷,人民文学出版社,1996年,第130页。

[2] 周扬:《文艺思想问题》,《周扬文集》第2卷,人民文学出版社,1985年,第265页。

化,好像政治是调料一样可以任意加到任何一个作品中去"①。

在这里,还出现了一个问题,那就是"如何能使一部作品完成政治任务而又有高度的艺术性,这是所有的写作者注意追求的问题。如果追求到了,就能产生伟大的作品。如果两者不能得兼,那么,与其牺牲了政治任务,毋宁在艺术上差一些"②。这是一个两难取其轻的问题,当问题出现困境和无解之时,也有解决办法,虽说让艺术差一些比牺牲艺术略有不同,但目的和方向还是一样的。茅盾还不无自信地说:"我相信,革命的文艺工作者不会把'赶任务'看作是一件苦差使",但也要承认"赶任务"会使"作者不得不写他自己认为尚未成熟的东西,这在一位忠于文艺的作者也确是有几分痛苦的"③。他个人意见是"滥造是不应该的,但有时为了革命的利益,粗制未可厚非",粗制则是可能的,不追求传世之作而放弃赶任务④。

二、赶任务的创作局限

1949年,茅盾在《文艺报》第1卷第9期上发表了《目前创作上的一些问题》,就当时文艺创作与政治要求之间的矛盾,提

---

① 周扬:《文艺思想问题》,《周扬文集》第2卷,人民文学出版社,1985年,第266页。
② 茅盾:《目前创作上的一些问题:1950年3月在〈人民文学〉社召开的创作座谈会上的讲话》,《茅盾全集》第24卷,人民文学出版社,1996年,第130页。
③ 同上书,第131页。
④ 同上。

倡文艺"赶任务"的主张。"赶任务"就是要求作家尽可能快地和尽可能多地写出符合文艺政策的作品。1951年,茅盾认为"当前的政治任务"主要有三个:抗美援朝,保卫世界和平;生产建设和镇压反革命①。他将解放后至1958年所写评论结集,命名为《鼓吹集》,1959年1月,由作家出版社出版,仅看书名就可知其用意,"宣传党的文艺方针的小册子",就是一项光荣的"赶任务"②。

至于文学如何表现政策,这也是一个问题。"过去的缺点是从政策出发表现政策,把政策改变成图解来解释政策的条文,不是从生活出发去表现政策。错误就在这里。把政策变成图解式的工作在过去曾起过一定的作用。在当时那样的革命条件,向群众向人民用文学形式来宣传我们的政策甚至图解我们的政策,这是必要的,起了进步的作用,应该肯定这一点。因为艺术在尖锐的斗争中可以采取不同的形式来服务,当它只能用这种形式来服务的时候,它才采用了这样的形式。"③但是也存在不同的看法,如认为"要求文学来解释政策实际上就是取消了文艺的创作"④,周扬在回答文学"反映政策是不是会过时? 政策是

---

① 茅盾:《目前文艺创作上的几个问题》,《茅盾全集》第24卷,人民文学出版社,1996年,第179页。

② 茅盾:《〈鼓吹集〉后记》,《茅盾全集》第25卷,人民文学出版社,1996年,第362页。

③ 周扬:《在全国第一届电影剧作会议上关于学习社会主义现实主义问题的报告》,《周扬文集》第2卷,人民文学出版社,1985年,第227页。

④ 同上书,第228页。

不是束缚作家的自由"时,认为有过时和不过时两种情形,像宣传品的小册子、传单就是过时方式,如把反映政策当作"历史的记录"就不会过时。在他看来,"我想政策过时的问题,主要看我们怎样写,写得好是不过时的,至于政策的约束作家主要决定于两方面,决定于我们作家对于政策的了解的能力同作家的表现能力"①。他把问题绕回去了,政策与文学关系不在政策的"任务"上,而在于如何"赶"以及"赶"得好不好。皮球再次被踢到作家脚下了。作家必须赶任务,只是看你脚法好不好,是不是一双臭脚或者说大脚。

当然,高手也是有的。赵树理和老舍算得上赶任务写作的高手。赵树理认为:"写作者赶任务的原因有二:一是自己没有当了变革现实的先驱者,等到别人把一种事物变革的一段过程推向高潮的时候自己才意识到,一是有些做实际工作的同志们要求写作者用文艺这种武器来完成文艺以外的任务。"②一旦面临这种情况,"每当一个事件或运动来了之后会有新的任务摆在作家们的面前,就是平常所说的要'赶任务',于是许多在这个问题上闹不通,放下原来的工作,原来的著述,去赶任务,总觉得是妨碍了自己的工作"③。如果作家专门去赶写人物,那就会顾

---

① 周扬:《在全国第一届电影剧作会议上关于学习社会主义现实主义问题的报告》,《周扬文集》第 2 卷,人民文学出版社,1985 年,第 228 页。

② 赵树理:《和青年作者谈创作:在全国青年文学创作者会议上的发言》,《赵树理全集》第 4 卷,北岳文艺出版社,2000 年,第 301 页。

③ 赵树理:《谈"赶任务"》,《赵树理全集》第 4 卷,北岳文艺出版社,2000 年,第 242 页。

此失彼,出现按倒葫芦浮起瓢,忙不过来,怎么办?赵树理的做法是写自己的,如与任务对上了就对上了。任务有长期和临时之分,他的创作"写的时候就与当时任务统一",有的是"写完之后与任务碰了头",有的也是"赶任务"赶出来的[①]。不同创作也有不同情形。

1953年,冯雪峰将"任务"政策理解成时代精神,反对将政策作概念化理解,认为它是反现实主义的,问题一下子就豁然开朗了。在他看来,是什么推动作家创作?是"时代的要求","每个作家都感到伟大的向上的新生力量推动着他们的创作",就连过去与革命关系疏远的老舍也写出了《龙须沟》,"思想还是比较肤浅",但仍是受了这种力量推动和影响的。但是,"政策——如果不是作家从生活中去认识,而是什么人告诉他的条文,创造性从何而来呢?"[②]如果要求"作家拿着概念去体验生活,给作家马粪纸的船,他们怎么敢下到波涛汹涌的扬子江去呢?作家不是怕淹死,而是怕概念、政策","现在去的是概念,来的是概念,搞来搞去还是概念;政策、概念已经概括的很够了","这条路是走不通的","这种创作路线,影响了有才能的作家,也包括老舍先生。《春华秋实》是失败的,没有艺术的构思,这是奉命写的东西。'三反'可以写,但可以不这样写;这条路

[①] 赵树理:《谈"赶任务"》,《赵树理全集》第4卷,北岳文艺出版社,2000年,第243页。
[②] 冯雪峰:《关于目前文学创作问题》,《冯雪峰全集》第6卷,人民文学出版社,2016年,第26页。

是走不通的,我们要把老舍先生走得很苦的道路停下来。我们要否定这条路,否定这样反现实主义的创作路线"①。周恩来也认为:"所谓时代精神,不等于把党的决议搬上舞台。不能把时代精神完全解释为党的政策、党的决议。"②对时代精神可作广义理解,不能完全被拘束了。陈毅认为,赶任务可一分为二,他说:"写任务,我看可以用相声、活报剧,简单的一篇通讯,或者报告文学。一般的,我们写剧本、写小说,最好是写成熟或比较成熟的东西。那个不成熟的,不要写。作者自己就没有把握,写出来不能很具体的鼓舞人家干什么,批判什么,那何必呢?所以,完全由领导上弄一个这一类的题目,一定要作家几个礼拜、几个月赶出一个什么东西,这个办法无论如何要不得,希望你们作家以后不要接受这个任务。"陈毅的意思很明白,那就是赶任务可以采用短平快的文体样式,像小说、戏剧这种大容量文体应该表现比较成熟的内容,写作家自己熟悉的东西,如逼迫作家"忙于去写一些不成熟的东西",就会"糟蹋精力,糟蹋劳动力"③。

　　冯雪峰明白老舍的难处。老舍回到新中国以后,担任了第一个成立的省级文联——北京市文联主席,但他是来自国统区的作家,不得不热情地去赶任务,赶任务就成了一种身份证明,

---

① 冯雪峰:《关于目前文学创作问题》,《冯雪峰全集》第 6 卷,人民文学出版社,2016 年,第 27 页。
② 周恩来:《对在京的话剧、歌剧、儿童剧作家的讲话》,《党和国家领导人论文艺》,文化艺术出版社,1982 年,第 69 页。
③ 陈毅:《在全国话剧、歌剧、儿童剧创作座谈会上的讲话》,《党和国家领导人论文艺》,文化艺术出版社,1982 年,第 143 页。

其中有成功的论证,也有不少苦恼。老舍表现得很积极,被周扬称作"劳动模范"。周扬说:"几年来,老舍是写作最勤的作家之一。应该说他是文艺队伍里的一个劳动模范。读者希望他更深入地去理解新的生活,描写他所更擅长的题材,这样,使他的高度政治热情同他的写作技巧和幽默才能更好地结合起来。"①老舍的模范也被人误解,认为他有"高度的政治热情",邓友梅说:"在他回国后几年,如果说别人在政治上积极配合,紧跟,是从个人名利的目的出发去做些事(当然我不排斥个人名利的合法性),但老舍用不着,他回来后很快就当选为北京文联主席、全国作协副主席,然后是政协委员,甚至是国务委员,地位已经很高了。毛泽东、周恩来都经常见他,很多事情跟沈从文等这样一些从过去走过来的作家比,境况显得非常优越。他用不着用政治表现来换取个人利益。他的这种投入觉得确实是一种由衷的政治热情。"②到底老舍有多大的政治热情,这确实难以确证。从老舍的人生经历和思想态度看,"热情"是他一贯做事认真的态度,当然,是否还隐藏有挣表现、受表扬的想法,这也说不定。

  作家所"赶"任务,有国家大政策的配合,还有具体任务。相对国家政策任务,现实中的具体任务常常变动频繁,也让作家们十分苦恼,"所谓'赶任务',就是当一个运动到来的时候,有

---

  ① 周扬:《建设社会主义文学的任务:在中国作家协会第二次理事会会议(扩大)上的报告》,《中国作家协会第二次理事会会议(扩大)报告、发言集》,人民文学出版社,1956年,第26页。
  ② 傅光明:《邓友梅敞开心扉谈老舍》,《乡音》1999年第6期。

关方面,立刻要求作者配合上去。有的地方,指定题材,指定故事,要作者在短促的时间内写成文艺作品,有的甚至要求在运动之前就写出指导运动进行过程的文艺作品。……于是许多作者终日忙忙碌碌,东'赶'西'赶';可是尽管忙,有时简直就忙不出作品来;有时作品忙出来了,运动已经过去;有时运动'赶'上了,可是'赶'不好,又要受批评。……总之,运动不断有,'任务'不断'赶',苦恼不断地缠着作者"①。这说的也实情。

老舍表面上把"赶任务"看作作家的本分,"赶任务不单是应该的,而且是光荣的",并且,提出"须定个赶任务的公约:我们要欢欢喜喜地接受任务,而且立志要把它写好!我们若具有高度的政治热情,与深入新事体的敏感,我们确是能把作品在短时间内写好的。"②老舍自觉自愿"赶任务",因为他感受到了新社会带给他的荣誉和尊重,相较过往,他的喜悦发自内心。他说:"我也必须提到,无论我写大作品也好,小作品也好,我总受到领导上的无微不至的帮助。在国民党的黑暗统治下我是经常住在'沙漠'里。这就是说:我工作不工作,没人过问;我活着还是死去,没人过问。国民党只过问一件事——审查图书原稿。不,他们还管禁书和逮捕作家!今天,为写一点东西,我可以调阅多少文件,可以要求给我临时助手,可以得到参观与旅行的便利,可以要求首长们参加意见——当北京人民艺术剧院排演我

---

① 玄仲:《"赶任务"》,《文艺杂志》1953年第1期。
② 老舍:《剧本习作的一些经验:在全国文工团工作会议上的发言》,《老舍全集》第17卷,人民文学出版社,2008年,第562页。

的《春华秋实》话剧的时候,北京市三位市长都在万忙中应邀来看过两三次,跟我们商议如何使剧本更多一点艺术性与思想性。当我的《龙须沟》(并非怎么了不起的一本话剧)上演后,市长便依照市民的意见,给了我奖状。党与政府重视文艺,人民重视文艺,文艺工作者难道能够不高兴不努力么?我已有三十年的写作生活,可是只有在最近的五年中的新社会里我才得到一个作家应得的尊重。"①他获得了尊重,得到"无微不至"的关心和便利,真切感受到国家和社会对文艺工作和工作者的重视,新旧社会两重天,怎能不让他兴奋不已?

实际上,老舍奉命写作,也并不是没有一点经验和遗憾。抗战时期,老舍就为民族抗战而出现转向,转入大众文艺和通俗文艺创作,这是奉时代之命而创作。他所创作的九部话剧或多或少也都有遵他人之命的创作动机,只是多属于个人邀约。他为抗战鼓与呼,创作通俗文艺,也不无痛苦,"说真的,写这种东西给我很大的苦痛。我不能尽量的发挥我的思想与感情,我不能自由创构我自己所喜的形式,我不能随心如意的拿出文字之美,而只能照猫画虎的摹画,粗枝大叶的述说;好像口已被塞紧而还勉强要唱歌那样难过"②,"最初它给我的痛苦,是工作上与心理上的双重别扭",写起来感觉"没有自由","没有乐趣","幸而写

---

① 老舍:《生活,学习,工作》,《老舍全集》第 14 卷,人民文学出版社,2008 年,第 541 页。
② 老舍:《保卫武汉与文艺工作》,《老舍全集》第 17 卷,人民文学出版社,2008 年,第 142 页。

第十五章 赶任务与当代文学创作的时代命题 | 381

成一篇,那几乎完全是仗着一点热心——这不是为自己的趣味,而是为文字的实际效用啊!"①但他坚持下来了,成为民族抗战的文艺鼓手。老舍的《龙须沟》也是"赶任务"之作,他自称是"最大的冒险",他在执笔之前,阅读了一些参考资料,也亲临其境观察,但都说不上"满腔满馅的了解",但在他看来,"有这样好的政府而我们吝于歌颂,就是放弃了我们的责任",所以须"不顾成败而勇往直前"②。有意思的是,周扬却对《龙须沟》大加赞扬,说老舍"以高度的政治热情来拥护人民政府的,正是这种热情,给了他一种不可克制的创作冲动"③,并且说,《龙须沟》"是一个现实主义的作品,也是一首对劳动人民的颂歌,对共产党和人民政府的颂歌"④。

《春华秋实》也是赶任务的产物。它是老舍写作时间最长、修改最多的一部话剧。从1952年2月开始构思,1952年5月中旬完成初稿,一直到1953年4月公演,在排演之前,一共修改了10次。他"每一次都是从头至尾写过一遍,不是零零碎碎的修改添减"⑤。剧本最终还是"难产"了,因为所赶"任务"不断变

---

① 老舍:《制作通俗文艺的苦痛》,《老舍全集》第17卷,人民文学出版社,2008年,第155页。
② 老舍:《〈龙须沟〉写作经过》,《老舍全集》第17卷,人民文学出版社,2008年,第554—555页。
③ 周扬:《从〈龙须沟〉学习什么?》,《周扬文集》第2卷,人民文学出版社,1985年,第31页。
④ 同上书,第36—37页。
⑤ 老舍:《我怎么写的〈春华秋实〉剧本》,《老舍全集》第17卷,人民文学出版社,2008年,第619页。

化,最初四稿按照"打虎"思路写作,"因为在那时节,大家只知道'打虎',还不大理解别的",人物设计也"集中力量描写不法资本家,而且写得相当生动","随着运动的发展,大家看出来第四稿的缺点——只见不法资本家的猖狂,不见工人阶级打退进攻的力量。故事始终围绕着一两个资本家的身边发展","没有一个与他们对立的工人队伍。这样,所有的斗争就仿佛都由感情和道德观念出发,而不是实打实的阶级斗争"①。这显然离"'五反'运动的阶级斗争的主题还很远。不行,还得另写"。根据当时的政治要求,老舍修改时把资本家放在工人面前,让工人占据重要地位,将工人身份修改为产业工人,最后让掌握政策的检查组出场。到 1952 年夏,北京"五反"运动进入结束阶段,剧作又面临"任务"调整,不仅要写出"五反"运动的轰轰烈烈,还要追根溯源,写出"五反"运动的重要与必要,同时,对资本家的政策也从"打虎"改为以团结为主,剧本立意修改为:"由描写'打虎'的情况,进一步去写也团结也斗争的政策","把前稿全盘打烂"②,经过四次修改才终于定稿。在排演过程中,审看领导又提出新的意见,"又斗争又团结是对的,但是还须表现出'五反'运动的胜利是工人阶级的胜利,否则剧本的结局必会落到大家一团和气,看不出为什么'五反'运动足以给国家的经济建设铺平了道路"。所提意见虽比较委婉,但领导身份(主要是

---

① 老舍:《我怎么写的〈春华秋实〉剧本》,《老舍全集》第 17 卷,人民文学出版社,2008 年,第 620 页。
② 同上书,第 622 页。

周恩来)德高望重。老舍又继续修改剧本,"再加强工人的戏"①。老舍在第一幕两场中间加了一场工人戏,第三幕两场合并为一场。尾声修改掉之前的"一团和气",最后阶段又修改六次。剧本的反复修改,包括颠覆式的修改,这对其他作家而言,也许是无法想象的,但解放后的老舍却接受了这样的事实。历经 10 多次修改,耗时近一年,老舍说他找到了"赶任务"的要害,那就是"思想和政策",并将其作为"主要的提线","串起那些现象",而不被"小情节缠绕住",因为"感动人的戏不完全仗着几段漂亮话或一些巧妙的小手段支持着,激烈的思想斗争才能惊心动魄"②。他在事后说起来,仿佛很轻松似的,如果在事情过程之中,估计没有这么容易,不然,何以老舍这么不厌其烦地介绍剧本写作过程?在一个思想和政策不断发生变化的时代,赶任务极其尴尬,创作过程十分艰难。

老舍的"赶任务"显然有着不少苦恼,正如有人所说:"老舍先生常常处在想写自己最想写的东西而又无法拒绝、不断接受新'任务'那样一种窘境中。"③1953 年,他给胡乔木写信,说:"年下正在赶写的小歌剧,还是高明不了。到时候即须交卷,无法推敲。今年宣传方针,是既要奋斗,又不拆散家庭。这样,就

---

① 老舍:《我怎么写的〈春华秋实〉剧本》,《老舍全集》第 17 卷,人民文学出版社,2008 年,第 630 页。
② 同上书,第 626 页。
③ 涂光群:《老舍"赶任务"》,《五十年文坛亲历记》(上),辽宁教育出版社,2005 年,第 42 页。

不得不以'调解'结束'斗争',恰好是反高潮!至于人物,还是新闻翻版——没功夫去体验生活。这样,赶任务即是凑数儿,如何是好!到时候不交卷,怕人家责难;交出去,又只是添多了一个可有可无的东西!"老舍深知,没有生活体验,只是为了"宣传"政策,赶出来的东西只算是"凑数儿",终究是"可有可无的"。于是,他请求多给时间去体验生活,"现写的小歌剧只给我半个月的期限。我盼望您再给我们作报告的时候,说明一下:写小东西也要用全力,给够用的时间,也要去体验生活"①。信中所提小歌剧应是六场歌剧《大家评理》,该剧 2 月 20 日发表于《说说唱唱》,讲述的是老寡妇韩赵氏认为,媳妇李秀珍是白虎星,克死了自己丈夫,没有给韩家生儿子。韩赵氏不仅常年虐待李秀珍,还强逼儿子韩大金与媳妇离婚。法院审判员冯守易官僚主义严重,没有做详细的调查研究就判决离婚,导致李秀珍回到娘家,生活难以为继。李秀珍的父亲李福东也是满脑子封建思想,认为自己的女儿被休是耻辱。生活与精神的困苦逼得李秀珍想寻短见。1952 年夏的司法改革给李秀珍带来了希望,法院到人民群众中去办案,在法院干部和人民陪审员深入调查研究之后,李秀珍获得公正的待遇,不仅与韩大金破镜重圆,而且韩赵氏、李福东、韩大金也都受到了应有的教育。最后,全家大团圆。这个歌剧主要是为了宣传婚姻法,老舍的写作也来自新

---

① 老舍:《致胡乔木(一九五三年一月六日)》,《老舍全集》第 15 卷,人民文学出版社,2008 年,第 684 页。

闻报道,戏剧冲突需要符合政策,他抱怨时间不够,没有体验生活,这虽然也是问题,但还不是根本问题。

后来,老舍对"赶任务"也有过反思,他说:"我过去写新题材没有写好。这与生活有关。我从题材本身考虑是否政治性强,而没想到自己对题材的适应程度,因此当自己的生活准备不够,而又想写这个题材的时候,就只好东拼西凑,深受题材与生活不一致之苦。题材如与自己生活经验一致,就能写成好作品;题材与生活经验不一致,就写不好。"①老舍从题材选择与个人经验间的矛盾,思考"赶任务"对文学创作的影响。应该说,老舍是在进行理论反思,也是在自我批判。在"赶任务"10多年后,他有感而发:"我们有些作者没有充分的创作准备,作品的主题思想并不是自己从生活中反复思索得来的,而是把政策当作主题,却又不知道政策是怎样得来的。这样写成的作品只是拿一些临时找来的材料来拼凑,硬安上一个主题,怎么能够写好呢?我写话剧《义和团》的时候有些体会:本来这个题材可以有各种解释,可以从各方面去选材。因为我父亲是被洋兵所杀,所以北京虽有些人不喜欢义和团,我可是另有感受,因此要写这个剧本。我感到中国的农民很勇敢,不甘做奴隶,如果受压迫,就要揭竿而起,这就是这个剧本的主题。我过去写的几个剧本,也有先定主题,临时找材料的,正如一件'富贵衣',没有做到天衣无缝。有时要突出主题就喊几句口号,好像告诉读者说,教育意

---

① 老舍:《题材与生活》,《老舍全集》第16卷,人民文学出版社,2008年,第513页。

义就在这里!有时就让支部书记出来说几句话,也为了点明主题!因此我看到自己写的剧本中支部书记讲话,就感到特别难受。"①老舍说的是创作准备,实际上是艺术规律。他内心的真实想法是:"谁写什么合适就写什么,不要强求一律。顺水推舟才能畅快。同时也与劳逸结合有关。如果要我关起门来写悲剧就很困难,对健康也许有些损失。所以应多写一些对自己适合的、自己愿意写的东西,也预备写一些虽然现在不熟悉却可以去熟悉的东西。写新事物,也写旧生活。有人老是写一样的题材也无所不可。有一招就拿出一招来,总比一招也没有好一些。大家都拿出自己的一招来,也就百花齐放了。"②他的话说得很全面,也很辩证,却隐含着他自己的真实想法,要写"适合"自己而又"愿意"写的题材,这显然是他内心最为真实的想法。

---

① 老舍:《题材与生活》,《老舍全集》第16卷,人民文学出版社,2008年,第514页。
② 同上书,第515页。

参考文献

毛泽东:《毛泽东著作选读》(上、下),人民出版社,1986年。

毛泽东:《毛泽东文艺论集》,中央文献出版社,2002年。

《党和国家领导人论文艺》,文化艺术出版社,1982年。

《建国以来重要文献选编》,中央文献出版社,1992年。

《中国作家协会第二次理事会会议(扩大)报告、发言集》,人民文学出版社,1956年。

《为保卫社会主义文艺路线而斗争》(上、下),新文艺出版社,1957年。

《重放的鲜花》,上海文艺出版社,1979年。

《文学理论争鸣辑要》(上、下),上海文艺出版社,1983年。

巴人:《文学论稿》,上海文艺出版社,1982年。

白烨:《演变与挑战》,作家出版社,2009年。

柏定国:《中国当代文艺思想史论(1956—1976)》,中国社会科学出版社,2006年。

北京大学西语系:《从文艺复兴到十九世纪资产阶级文学家艺术家有关人道主义人性论言论选辑》,商务印书馆,1971年。

蔡翔:《革命/叙述:中国社会主义文学—文化想象》(1949—1966),北京大学出版社,2010年。

曹景清、陈中亚:《走出"理想"城堡:中国"单位"现象研究》,海天出版社,1997年。

陈思和:《中国当代文学史教程》,复旦大学出版社,1999年。

陈徒手:《人有病 天知否:一九四九年后中国文坛纪实》,人民文学出版社,2000年。

陈伟军:《传媒视域中的文学:建国后十七年小说的生产机制》,广西师范大学出版社,2009年。

陈为人:《插错"搭子"的一张牌:重新解读赵树理》,广东人民出版社,2011年。

陈翔鹤:《陈翔鹤选集》,四川人民出版社,1980年。

陈晓明:《现代性与中国当代文学转型》,云南人民出版社,2003年。

陈晓明:《中国当代文学主潮》,北京大学出版社,2009年。

陈周旺:《正义之善:论乌托邦的政治意义》,天津人民出版社,2003年。

程光炜:《文学想象与文学国家:中国当代文学研究(1949—1976)》,河南大学出版社,2005年。

程麻:《文学价值论》,人民文学出版社,1991年。

程绍国:《林斤澜说》,人民文学出版社,2006年。

程文超、郭冰茹:《中国当代小说叙事演变史》,中国社会科学出版社,2006年。

丁玲:《丁玲全集》,湖北人民出版社,2001年。

董健、丁帆、王彬彬:《中国当代文学史新稿》,人民文学出版社,2005年。

董之林:《追忆燃情岁月》,河南人民出版社,2001年。

董之林:《旧梦新知:"十七年"小说论稿》,广西师范大学出版社,2004年。

杜英:《重构文艺机制与文艺范式:上海,1949—1956》,上海三联书店,2011年。

冯雪峰:《冯雪峰论文集》,人民文学出版社,1981年。

高华:《在历史的风陵渡口》,时代国际出版社有限公司,2010年。

高华:《革命年代》,广东人民出版社,2010年。

古远清:《中国当代文学理论批评史》(1949—1989大陆部分),山东文艺出版社,2005年。

郭沫若:《郭沫若论创作》,上海文艺出版社,1983年。

郭小川:《郭小川全集》,广西师范大学出版社,2000年。

韩毓海:《20世纪的中国:学术与社会》(文学卷),山东人民出版社,2001年。

郝宇春:《苏联政治生活中的非制度现象研究》,华东师范大学出版社,2008年。

何其芳:《何其芳文集》,人民文学出版社,1983年。

贺桂梅:《转折的时代:40—50年代作家研究》,山东教育出版社,2003年。

贺桂梅:《书写"中国气派":当代文学与民族形式解构》,北京大学出版社,2020年。

贺桂梅:《时间的叠印:作为思想者的现当代作家》,生活·读书·新知三联书店,2022年。

洪子诚:《问题与方法:中国当代文学史研究讲稿》,生活·读书·新知三联书店,2002年。

洪子诚:《中国当代文学史·史料选》(上、下),长江文艺出版社,2002年。

洪子诚:《中国当代文学史》(修订版),北京大学出版社,2007年。

洪子诚:《当代文学的概念》,北京大学出版社,2010年。

洪子诚、孟繁华:《当代文学关键词》,广西师范大学出版社,2002年。

侯金镜:《侯金镜文艺评论选集》,人民文学出版社,1979年。

胡风:《胡风全集》,湖北人民出版社,1999年。

胡良桂：《史诗类型与当代形态》，湖南教育出版社，2002年。

胡良桂：《史诗特性与审美观照》，湖南教育出版社，1994年。

胡绳：《中国共产党的七十年》，中共党史出版社，1991年。

黄曼君：《中国20世纪文学理论批评史》（上、下），中国文联出版社，2002年。

黄兴涛：《重塑中华：近代中国"中华民族"观念研究》，北京师范大学出版社，2017年。

黄子平：《"灰阑"中的叙述》，上海文艺出版社，2001年。

江畅：《现代西方价值理论研究》，陕西师范大学出版社，1992年。

金汉：《中国当代小说史》，杭州大学出版社，1997年。

金雁：《倒转"红轮"：俄国知识分子的心路回溯》，北京大学出版社，2012年。

康濯：《康濯文集》，湖南文艺出版社，1998年。

蓝爱国：《解构17年》，华东师范大学出版社，2003年。

老舍：《老舍全集》，人民文学出版社，2013年。

李春青：《文学价值学引论》，云南人民出版社，1995年。

李怀印：《现代中国的形成》，广西师范大学出版社，2022年。

李洁非：《典型文坛》，湖北人民出版社，2008年。

李洁非：《典型文案》，人民文学出版社，2010年。

李洁非、杨劼:《共和国文学生产方式》,社会科学文献出版社,2011年。

李杨:《抗争宿命之路》,时代文艺出版社,1993年。

李杨:《50—70年代中国文学经典再解读》,山东教育出版社,2003年。

李遇春:《权力·主体·话语:20世纪40—70年代中国文学研究》,华中师范大学出版社,2007年。

李运抟:《裂变中的守成与奔突》,湖南师范大学出版社,2002年。

梁斌:《梁斌文集》,人民文学出版社,2005年。

林代昭、潘国华:《马克思主义在中国:从影响的传入到传播》,清华大学出版社,1983年。

林建法、乔阳:《中国当代作家面面观》,春风文艺出版社,2006年。

林默涵:《林默涵文论集》(1952—1966),当代中国出版社,2001年。

刘崇义:《这里是罗陀斯:论社会主义悲剧》,北岳文艺出版社,1988年。

刘晔:《知识分子与中国革命》,天津人民出版社,2004年。

刘增杰、关爱和:《中国近现代文学思潮史》(上、下),上海文艺出版社,2008年。

刘志荣:《潜在写作》,复旦大学出版社,2007年。

路文彬:《历史想像的现实诉求:中国当代小说历史观的承

传与变革》,百花洲文艺出版社,2003年。

陆梅林、程代熙:《异化问题》(上、下),文化艺术出版社,1986年。

陆益龙:《超越户口:解读中国户籍制度》,中国社会科学出版社,2004年。

罗岗:《现代国家想象与20世纪中国文学》,上海人民出版社,2014年。

罗岗:《英雄与丑角:重探当代中国文学》,东方出版中心,2020年。

罗荪:《保卫社会主义文学》,新文艺出版社,1958年。

罗荪:《罗荪文学论集》,上海文艺出版社,1984年。

茅盾:《茅盾全集》第24~27卷,人民文学出版社,1996年。

孟繁华:《传媒与文化领导权:当代中国的文化生产与文化认同》,山东教育出版社,2003年。

孟繁华:《中国当代文学通论》,辽宁人民出版社,2009年。

敏泽、党圣元:《文学价值论》,社会科学文献出版社,1997年。

穆旦:《穆旦诗全集》,中国文学出版社,1996年。

南帆:《二十世纪中国文学批评99个词》,浙江文艺出版社,2003年。

牛运清:《中国当代文学精神》,山东教育出版社,2003年。

彭燕郊:《彭燕郊诗文集》(评论卷),湖南文艺出版社,2006年。

覃火杨:《海外人士谈中国社会主义》,北京大学出版社,1990年。

任剑涛:《道德理想主义与伦理中心主义:儒家伦理及其现代处境》,东方出版社,2003年。

商昌宝:《作家检讨与文学转型》,新星出版社,2011年。

邵荃麟:《邵荃麟评论选集》,人民文学出版社,1982年。

沈从文:《从文家书》,上海远东出版社,1996年。

宋云彬:《红尘冷眼:一个文化名人笔下的中国三十年》,山西人民出版社,2002年。

孙康宜、宇文所安:《剑桥中国文学史》(下卷),生活·读书·新知三联书店,2013年。

涂光群:《五十年文坛亲历记》(上、下),辽宁教育出版社,2005年。

王德威、陈思和、许子东:《一九四九以后:当代文学六十年》,上海文艺出版社,2011年。

王建刚:《政治形态文艺学:五十年代中国文艺思想研究》,中国社会科学出版社,2004年。

王蒙:《王蒙文存》,人民文学出版社,2003年。

王晓明:《批评空间的开创:20世纪中国文学研究》,东方出版中心,1998年。

王学典、牛方玉:《唯物史观与伦理史观的冲突:阶级观点问题研究》,河南大学出版社,2010年。

王尧:《文学与历史的双重见证》,中国华侨出版社,

2008年。

吴根友:《中国现代价值观的初生历程:从李贽到戴震》,武汉大学出版社,2004年。

吴秀明:《"十七年"文学历史评价与人文阐释》,浙江大学出版社,2007年。

吴秀明:《当代中国文学六十年》,浙江文艺出版社,2009年。

吴秀明:《当代历史文学生产体制和历史观问题研究》,中国社会科学出版社,2011年。

武新军:《意识形态结构与中国当代文学:〈文艺报〉(1949—1989)研究》,中国社会科学出版社,2010年。

武新军:《意识形态与百年文学》,河南大学出版社,2011年。

萧殷:《萧殷自选集》,花城出版社,1984年。

徐觉哉:《社会主义流派史》(修订本),上海人民出版社,2007年。

许纪霖、宋宏:《史华慈论中国》,新星出版社,2006年。

严家炎:《二十世纪中国文学史》(下册),高等教育出版社,2011年。

杨匡汉、孟繁华:《共和国文学50年》,中国社会科学出版社,1999年。

杨匡汉:《20世纪中国文学经验》(上、下),东方出版社中心,2006年。

杨奎松、董士伟:《海市蜃楼与大漠绿洲:中国近代社会主义思潮研究》,上海人民出版社,1991年。

杨扬:《新中国社会与文学》,上海人民出版社,2009年。

叶圣陶:《文章例话》,生活·读书·新知三联书店,1983年。

以群:《在文艺思想战线上》,新文艺出版社,1957年。

於可训:《中国当代文学概论》,武汉大学出版社2009年。

于风政:《改造》,河南人民出版社,2001年。

余岱宗:《被规训的激情:论1950、1960年代的红色小说》,上海三联书店,2004年。

袁水拍:《文艺札记》,北京出版社,1959年。

乐黛云、陈珏:《北美中国古典文学研究名家十年文选》,江苏人民出版社,1996年。

张凤阳:《政治哲学关键词》,江苏人民出版社,2006年。

张健:《中国当代文学编年史》,山东文艺出版社,2012年。

张炯:《社会主义文学艺术论》,花山文艺出版社,1996年。

张天翼:《张天翼文学评论集》,人民文学出版社,1984年。

张僖:《只言片语》,北京十月文艺出版社,2002年。

张岩泉、王又平:《20世纪的中国文学》,武汉大学出版社,2009年。

赵树理:《赵树理全集》,北岳文艺出版社,2000年。

周立波:《周立波选集》,湖南人民出版社,1984年。

周扬:《周扬文集》,人民文学出版社,1985年。

朱晓进等:《非文学的世纪:20世纪中国文学与政治文化关系史论》,南京师范大学出版社,2004年。

朱学勤:《道德理想国的覆灭:从卢梭到罗伯斯庇尔》,上海三联书店,2003年。

朱学勤:《书斋里的革命》,云南人民出版社,2006年。

朱泳燚:《叶圣陶的语言修改艺术》,宁夏人民出版社,1981年。

朱自清:《朱自清全集》,江苏教育出版社,1996年。

祝克懿:《语言学视野中的"样板戏"》,河南大学出版社,2004年。

宗璞:《宗璞文集》,华艺出版社,1996年。

(苏)高尔基:《不合时宜的思想》,江苏人民出版社,1998年。

(苏)列·斯托洛维奇:《审美价值的本质》,中国社会科学出版社,1984年。

(苏)卢拉察尔斯基:《论文学》,人民文学出版社,1978年。

(苏)依·萨·毕达可夫:《文艺学引论》,高等教育出版社,1958年。

(俄)别林斯基:《别林斯基文学论文选》,上海译文出版社,2000年。

(俄)谢·卡拉-穆尔扎:《论意识操纵》(上、下),社会科学文献出版社,2004年。

(美)本杰明·史华慈:《中国的共产主义与毛泽东的崛

起》,中国人民大学出版社,2006年。

(美)宾克莱:《理想的冲突:西方社会中变化着的价值观念》,商务印书馆,1984年。

(美)戴维·埃伦费尔德:《人道主义的僭妄》,国际文化出版公司,1988年。

(美)丹尼尔·贝尔:《意识形态的终结:50年代政治观念衰微之考察》,江苏人民出版社,2021年。

(美)杜赞奇:《从民族国家拯救历史:民族主义话语与中国现代史研究》,江苏人民出版社,2009年。

(美)汉娜·阿伦特:《论革命》,译林出版社,2007年。

(美)汉娜·阿伦特:《集权主义的起源》,生活·读书·新知三联书店,2008年。

(美)吉尔伯特·罗兹曼:《中国的现代化》,江苏人民出版社,1998年。

(美)孔飞力:《中国现代国家的起源》,生活·读书·新知三联书店,2013年。

(美)拉蒙特:《作为哲学的人道主义》,商务印书馆,1963年。

(美)拉塞尔·雅各比:《乌托邦之死:冷漠时代的政治和文化》,新星出版社,2007年。

(美)拉塞尔·雅各比:《不完美的图像:反乌托邦时代的乌托邦思想》,新星出版社,2007年。

(美)莫里斯·梅斯纳:《毛泽东的中国及其发展:中华人民

共和国史》,社会科学文献出版社,1992年。

（美）乔纳森·斯潘塞:《改变中国》,生活·读书·新知三联书店,1990年。

（美）史景迁:《天安门:知识分子与中国革命》,中央编译出版社,1998年。

（美）史景迁:《追寻现代中国》,四川人民出版社,2019年。

（美）威廉·约瑟夫:《极左思潮与中国》,东南大学出版社,1989年。

（美）西德尼·塔罗:《运动中的力量:社会运动与斗争政治》,译林出版社,2005年。

（美）约翰·罗尔斯:《正义论》,中国社会科学出版社,2001年。

（美）詹姆斯·汤森、布莱特利·沃马克:《中国政治》,江苏人民出版社,2003年。

（美）邹谠:《二十世纪中国政治》,香港中文大学出版社,1994年。

（美）邹谠:《美国在中国的失败(1941—1950年)》,上海人民出版社,1997年。

（英）艾瑞克·霍布斯鲍姆:《极端的年代》(上、下),江苏人民出版社,1999年。

（英）鲍桑葵:《个体的价值与命运》,商务印书馆,2012年。

（英）伯里:《思想自由史》,商务印书馆,2012年。

（英）弗雷德里希·奥古斯特·哈耶克:《通往奴役之路》,

中国社会科学出版社,1999年。

(英)贡布里希:《理想与偶像:价值在历史和艺术中的地位》,上海美术出版社,1989年。

(英)卡尔·波普尔:《开放社会及其敌人》,中国社会科学出版社,1999年。

(英)柯尔:《社会主义思想史》,商务印书馆,1977年。

(英)以赛亚·伯林:《苏联的心灵:共产主义时代的俄国文化》,译林出版社,2010年。

(联邦德国)姚斯、(美)霍拉勃:《接受美学与接受理论》,辽宁人民出版社,1987年。

(德)保罗·蒂里希:《政治期望》,四川人民出版社,1989年。

(德)卡尔·施米特:《政治的概念》,上海人民出版社,2004年。

(法)布迪厄:《艺术的法则》,中央编译出版社,2001年。

(澳大利亚)迈克尔·达顿:《中国的规制与惩罚:从父权本位到人民本位》,清华大学出版社,2009年。

(以色列)艾森斯塔德:《现代化:抗拒与变迁》,中国人民大学出版社,1988年。

(捷克)米兰·昆德拉:《被背叛的遗嘱》,牛津大学出版社、上海人民出版社,1995年。

(匈牙利)雅诺什·科尔奈:《社会主义体制:共产主义政治经济学》,中央编译出版社,2007年。

(日)加藤节:《政治与人》,北京大学出版社,2003年。

后 记

对于1949—1976年的文学研究,主要有三种思路。一是伴随当代文学发生发展同时的认识和评价,它们主要突出了当代文学的伟大成就,但也存在明显的社会历史和思想观念局限。二是在1976年以后,在"新时期文学"和西方文学观念和方法的参照之下,对1949—1976年文学的反思和批评。它们以文学"现代性"和审美主义作为评价尺度,通过"文学"与"政治"、文学"内部"与"外部"的区分策略,提出了"让文学回到自身""把文学还给审美"主张,这无形之中切断了文学与社会主义政治的联系,将文学性及其相关知识体系作为评判文学标准,有意或无意地遗忘或掩盖了1949—1976年文学价值,忽略了社会主义文学秩序与文学价值的内在关系。三是21世纪以来对当代文学史的重新叙述,对文学精神的规范与叛离、断裂与承续、当代文学与社会体制,文学经典的历史化等问题进行了新探索。

显然,我们不能忽略1949—1976年的社会主义文学内涵和特征。中国社会主义文学是历史上前所未有的一种新型的文学。作为一种新的历史范畴,它创建了新兴的文学规范,产生了特殊的文学实践,创造了崭新的审美理想和审美形态。可以说,它在其特殊的历史实践中产生了特定的文学形式和文学内容。为了实现社会主义文学的理想主义、爱国主义、集体主义和英雄主义思想特质,坚持社会主义意识形态的领导地位,配合和推动社会主义政治、经济和文化建设,它建立了一套与之相适应的文学的组织、引导、评价的管理机制,可以称之为文学制度。这里,我们使用了"秩序""制度"和"体制"三种说法,本来它们之间有联系也有区别,"制度"主要指在一定历史条件下形成并共同遵守的政治、经济和文化的规章和规则;"体制"指系统、体系和方法;"秩序"则有组织机构、行事方式、思维习惯和组织秩序等多重含义,它既有"建制""规制"的动态性,又有顺序的静态意义。我认为,对当代文学,特别是1949—1976年文学而言,文学的"制度性""秩序性"和"体制性"是完全重叠和统一的,既居高不下而又无处不在,既体现在文学运动、文艺批评、文学斗争的外在形态,也生成于文学创作、文学媒介和文学教育的内部结构,还渗透在作家想象、文本形式和读者期待的意义结构之中,当代文学的"秩序""意义"和"形式"既相互统一,也存在一定的离析状态。

　　社会主义文学的特征除文学制度外,就是它所建立的价值共同体,即由文学政策、文学批评和文学创作所建构的文学价值共同体,它们受制于运行机制,又形成某种悖反现象,既为社会主义时代做见证,也担负文学的时代责任。我的用意是聚焦文学与社会、文学创作与文学批评、文学的历史语境和价值建构,将宏观与微观、历史事实与观念逻辑、文学细节与历史过程结合起来,讨论中国社会主义文学的生成机制及价值内涵,考察"社会政治—文学批评—文学生产"所形成的"制度与价值"结构及其对当代文学的推动和制约作用,试图揭示造就"如此文学""如此创作""如此事件""如此思想"的动力机制和先在观念,实现对中国社会主义文学的理解和阐释,探讨中国当代文学的时势汇聚、自成一体、制约调适、相生相克的历史化特征,展示中国社会主义文学的价值内涵,勾勒中国当代文学的社会生态及其历史图景。

　　我想,文学史研究要让文学回归历史,让人们看到作家和批评家怎样创作,怎样批评,并在文学创作、文学批评和文学组织及其社会接受过程中,文学观念和文学价值具有怎样的建构历程。中国社会主义文学观念和价值的内涵和外延,常常被作为单线的、纯洁的、进步的历史过程,事实上,它有抽象和具体的、个人与群体的、文学的与政治的等多面性,在不同历史阶段也有意义转移和裂变。如果把"价值"视为有意识的实践行为,自然就有其历史化过程。判断文学价值,不仅仅根据它确立了什么,更要考察文学创作实现了什么。价值或者说思想,不仅是名词,也是动词,是文学实践,而且是有意识的实践,还始终处在一种实践状态。并且,在反复表述和实践过程中,还伴随着各式各样的理解,甚至出现各种歧义和冲突以及辩论和斗争。所以说,文学价值不仅在于由谁提出和参与,而且还有历史的动机和意图。这样,文学观念和价值就不纯粹是理性逻辑,更有历史策略和客观条件。

中国社会主义文学不但拥有独特的制度特征和丰富的价值内涵,还有世界性、历史性和现实性,有发展进步,也有分解和延续。它有中国的历史传统和文学记忆,有自己的政治结构和经济形态。社会主义文学是一种文学秩序、思想观念、文学主题、人物形象,或者是艺术形式。无论是社会主义文学观念,还是社会主义文学秩序,它们都具有某种"实验"性质,在不断调适中走向完善并发展壮大。也可称之为社会主义文学经验或社会主义文学传统。通过丰富的社会主义文学创作实践,形成了既蕴含中国本土探索又体现世界潮流的当代中国社会主义文学经验,它是对中国社会主义文学道路、文学传统的形成、发展及确立过程的总结与概括。

本著作曾是国家社会科学基金项目"文学秩序与中国社会主义文学价值研究"的结项成果,并已顺利结项多年。只因个人兴趣的转移和研究对象的复杂而踌躇不决,时有鲁迅开口觉得空虚、沉默感觉充实的体验,迟迟拿不出手。后来,转念一想,事已至此,总是要有结果的,也就淡然处之。这是一个变化常比想法快的时代,新冠疫情改变了人们的工作和生活,百年未有之变局也改变着人们认识世界的方式。再也回不到过去,又不断重复着过往,且相互交织重叠。人们的思想情感、思维心理似乎都在变化,喜忧参半,一切都有可能,只是暂时不可知。

2022 年 12 月 13 日于重庆